亿万

围剿华尔街大白鲨

| 珍藏版 |

BLACK EDGE

Inside Information, Dirty Money,
and the Quest to Bring Down
the Most Wanted Man on Wall Street

[美] 茜拉·科尔哈特卡（Sheelah Kolhatkar）著

李必龙 冯浜 张旭 译

机械工业出版社

CHINA MACHINE PRESS

图书在版编目（CIP）数据

亿万：围剿华尔街大白鲨：珍藏版 /（美）茜拉·科尔哈特卡（Sheelah Kolhatkar）著；李必龙，冯浜，张旭译 . —北京：机械工业出版社，2024.1

书名原文：Black Edge: Inside Information, Dirty Money, and the Quest to Bring Down the Most Wanted Man on Wall Street

ISBN 978-7-111-74443-6

Ⅰ . ①亿… Ⅱ . ①茜… ②李… ③冯… ④张… Ⅲ . ①长篇小说 - 美国 - 现代 Ⅳ . ① I712.45

中国国家版本馆 CIP 数据核字（2024）第 006526 号

机械工业出版社（北京市百万庄大街 22 号　邮政编码 100037）
策划编辑：张竞余　责任编辑：张竞余　高珊珊
责任校对：李小宝　责任印制：邬　敏
三河市国英印务有限公司印刷
2024 年 7 月第 1 版第 1 次印刷
147mm×210mm · 12.25 印张 · 283 千字
标准书号：ISBN 978-7-111-74443-6
定价：69.00 元

电话服务　　　　　　　　网络服务
客服电话：010-88361066　机 工 官 网：www.cmpbook.com
　　　　　010-88379833　机 工 官 博：weibo.com/cmp1952
　　　　　010-68326294　金 书 网：www.golden-book.com
封底无防伪标均为盗版　机工教育服务网：www.cmpedu.com

献 给 塞 特

本书是一部精心打造的力作、开创性的报道、精彩绝伦的故事。它对联邦政府如何追捕那个声名显赫的目标，进行了揭示性的内幕描述。而且，同样重要的是，它还对当今华尔街令人不安的运作模式进行了勾画。

——杰弗里·图宾（Jeffrey Toobin），

《纽约时报》畅销书 *American Heiress* 作者

本书不仅是一部很重要的作品，而且还是一部令人心醉神迷的读物，非常引人入胜！茜拉·科尔哈特卡拉开了一块帷幕，暴露了隐藏于大量对冲基金公司和部分华尔街传奇财富背后的欺诈、腐败和舞弊。这是一本一经拿起就很难放下的书。

——珍·迈尔（Jane Mayer），《纽约时报》畅销书 *Dark Money* 作者

本书波诡云谲、节奏明快，具有惊悚片的主要元素。与此同时，它揭露了我们这个时代的一块黑幕，是一部暴露了我们金融体系深度腐朽的作品。它是我们的必读之物。

——戴维·格兰（David Grann），《纽约时报》畅销书 *The Lost City of Z* 作者

本书是关于政府试图对传奇交易员史蒂文·科恩，进行内幕交易指控的现实版惊悚片，还包括他躲避这些指控的细节。茜拉·科尔

哈特卡采用深度报道和一流的故事叙述方法，在华尔街的一位最不为人所知和最令人眩晕的角色中，发掘出了一些新的视角。

——贝萨尼·麦克林（Bethany McLean），
The Smartest Guys in the Room 的合著者

如果本书不是活生生的现实的话，阅读起来就不会那么回味无穷。本书扮演着多重角色：华尔街入门书、故事情节剧、现代版《白鲸》——这里用的是窃听而非鱼叉。作为《纽约客》的特约撰稿人和前对冲基金分析师，科尔哈特卡娴熟地在本书中有机地融合了大量资料，包括法庭文件和数百次自己所做的访谈。

——詹妮弗·西尼尔（Jennifer Senior），《纽约时报》

很多人不信任华尔街。他们认为它就是一部赚钱机器，只为在那儿工作的人牟利，不屑于实现它所声称的目标：把资金引入企业，帮助它们成长，惠泽社会。对于这样的怀疑论者，史蒂文·科恩提供了超级样本。

——约翰·盖博（John Gapper），《金融时报》

一个卓越的报道壮举！

——马尔科姆·格拉德威尔（Malcolm Gladwell）

本书描述的是政府与科恩之间猫捉老鼠的游戏，内容丰富、趣味盎然。

——安德鲁·罗斯·索尔金（Andrew Ross Sorkin），《纽约时报书评》

本书基于卓越的报道和科尔哈特卡生动的叙述，辅以结构的跌宕和散文式的简洁。

——《环球邮报》

本书妙笔生花，引人入胜，充满了意外。

——乔·诺赛拉（Joe Nocera），彭博社

尽管它涉及的是很专业的金融和法律主题，并以赛克资本内部用于描述"肮脏"信息的术语命名英文的书名 *Black Edge*，但对于广大读者来说，这本书还是简明易懂的……本书讲述了一个引人入胜的故事。

——《巴伦》

科尔哈特卡比《亿万》的编剧或迄今为止的任何其他人，都更深地了解事件双方的内情（联邦政府一方和科恩一方）。更重要的是，本书清晰地揭示了整个对冲基金行业的根本问题（也是一个实际的问题）：它是否还能继续合规地运营？科尔哈特卡已经为一个时代书写了一个令人难忘的、开创性的篇章，而且这个时代还没有结束。

——《国家图书评论》

本书是一部重磅之作……更是一个对尖锐社会的批评，它穿透金融术语和官方文章，准确地映射了腐败透顶的美国的对冲基金——它们吮吸了本应投资于基础设施建设、壮大现有和新兴企业、创造就业，以促进社会增长和福祉提高的巨量资金。

——《温尼伯自由新闻》

本书是司法部调查赛克资本的故事，《纽约客》的在职作家茜拉·科尔哈特卡把它写成了扣人心弦的惊悚片。

——《商业内幕》

本书看起来像一部法律惊悚片，但它为我们展现的却是活生生的事实。它捕捉和定义了华尔街的一个时代，这里唯一重要的是：黑色优势。

——CNBC

如果你喜欢《亿万》这部连续剧的话，我告诉你，这本书描述就是这个剧目所依据的那个真实的对冲基金亿万富翁，以及他赚很多钱的阴暗方式。这是一本引人入胜的书，会告诉你很多关于金融世界的事情。

——*theSkimm*

本书值得一读，令人爱不释手。

——Investing.com

这本书写得很好，对雄心勃勃的金融玩家及其动机做了尖锐的刻画，极力推荐对金融、犯罪和政治感兴趣的读者阅读本书。

——《图书馆杂志》

科尔哈特卡从 FBI 和 SEC 工作人员的角度，以一种流畅的叙事风格，呈现了一个十分吸引人的画面，让读者看到科恩如何将他的交易者逼到极限，即"黑色边缘"，以及他是如何将自己与这个潜在的后果隔绝开的。这个快节奏的、真实的惊悚片将给读者带来眉飞色舞和不解之困。

——《书单杂志》

这是我在很长时间里阅读得最愉悦的书籍之一。你可以在东／西海岸的飞行途中读完它。这里既有精巧的节奏，也有巧妙的组合，无行话俚语之困，但有深度报道和适度调研……我希望所有的书都这么好。总之，这是一本物有所值的书！

——奥姆·马利克（Om Malik）

年度最佳公司犯罪书籍之一。

——《公司犯罪报道》

看到最真实、最精彩的对冲基金行业

2016 年美剧《亿万》横空出世，让我们整个金融圈的人为之震撼，每一集有大量真实的细节，剧情也非常紧凑。一下子，就成为国内金融行业最火爆的美剧。直到今年，迎来《亿万》的最后一季，这中间也经历了口碑的波动，关键原因在于，前两季的精彩源于一个真实的故事。

这个故事就是对冲基金大佬——前 SAC 创始人史蒂文·科恩的内幕交易案件。关于这个案件的来龙去脉，以及科恩的成长历史，都被写入 *Black Edge* 这本书，之后该书的书名被翻译成了和美剧同名——《亿万》。

我自己在 2017 年的时候，专门买了英文版的 *Black Edge*，几乎一口气看完。之后还做了关于这本书的好书共读。这一次非常欣喜地看到《亿万》中文版的再版，想强烈推荐给身边的每一个人。

这是一本关于对冲基金领域最真实的书，里面有许多有血有肉的人物，也有绝对让你感到精彩的细节。一直以来，对冲基金都是一个非常神秘的领域，我们或多或少知道一些故事。比如说哪个大佬买了豪宅，或者又有谁的某一笔交易大赚。但对冲基金到底是一个什么样的生态，是如何保持高收益的，以及从研究到投资的交易具体是怎么实施的，许多人并不清楚。在这本书中，通过还原一系列的内幕交易，能让我们看到对冲基金运作的整个链条。

二十多年前，我之所以在毕业之后选择做金融，并不是看了巴菲特、芒格、格雷厄姆这些价值投资大佬的书，而是看了两本关于华尔街真实故事的书，一本是《说谎者的扑克牌》，是迈克尔·刘易斯的成名作，另一本是《华尔街的肉》。这两本书都真实还原了华尔街投行，让我对进入华尔街产生了浓厚的兴趣。

我在某家外资投行做销售的时候，SAC 就是我们最重要的客户之一。他们每年会给华尔街支付巨额的交易佣金，条件是所有的研究报告一出来，就要先给他们打电话，也要提供最及时和最一流的服务。我还记得很多年前，美国投资界最成功的华人江平，就是 SAC 的交易员[⊖]。早在 2005 年江平准备回国创业时，科恩就通过朋友介绍和这位投资天才吃饭，并且当场开出了 1000 万美元的签约金，也就是说，只要江平去 SAC 报到，就能拿到 1000 万美元的支票。当然，在 2007 年江平为 SAC 赚到了 10 亿美元的利润，那一年他也拿到了 1 亿美元的天价奖金。如果我没记错，这是华人在华尔街拿到的最大的一张支票。

在 SAC 的停车场，永远能看到最新款的法拉利和兰博基尼跑车，科恩直接从长岛豪宅坐着直升机上班。SAC 的办公室里放着一个巨大的鱼缸，里面有一条死去的鲨鱼，被浸泡在福尔马林中，科恩为了这件象征自己的作品，花费了 800 万美元。在 SAC 内部，从专业的按摩人员到心理咨询师一应俱全。交易员要做的就是一件事：为公司赚钱，然后享受人生。这也是美国对冲基金的文化，只要合法合

⊖ 这里的交易员更像是基金经理。

规赚到了钱，就可以按照自己想要的方式生活。然而，这本书讲的是内幕交易，为什么科恩能逍遥法外呢？

我想，通过好好读一下《亿万》，我们能打开全新的视角。而且，这本书有太多精彩的故事，即便没有任何金融背景的人，也会爱不释手。

朱昂

点拾投资创始人

译者序 | BLACK EDGE

在我的眼里，这是一部趣味性和知识性并驾齐驱的作品。

从趣味的角度看，这部作品有很浓的侦探小说色彩。本书描述了在两组高智商人群间，进行的那种"猫捉老鼠"式的现代社会的竞争手段：窃听、威胁、利诱、策反、跟踪、搜查、逮捕；发展内线、获取信息、交易获利、构筑防线、组织律师、庭辩交锋……

从知识的角度看，有几点值得一提。首先，本书在勾勒一组内幕交易众生相的同时，也给我们素描了一个天才交易员的某些特征，如这类人通常都是牌桌上的高手，他们对数字有很强的敏感性——译者身边也出现过类似人物。所以，可能还得在桥牌高手里去发掘和培养顶级交易员。其次，在股票市场，机构投资者必须对信息进行严格的分类管理，就像本书的信息分类："白色优势""灰色优势"和"黑色优势"——防微杜渐。

此外，本书还能让我们大致了解美国对冲基金的运作生态，尤其是在这种高智商人群中进行的"猫捉老鼠"的过程中，它给我们展示了美国相关法治环境的强大和无奈。

本书的第 1 章和第 2 章由张旭翻译，第 8 章和第 9 章由冯浜翻译，其余各章均由李必龙翻译，并由李必龙做全部译稿的校对和润色。

李必龙

2017 年 9 月 25 日

策 反

2008 年 7 月的一个晚上，联邦调查局特工 B. J. 康坐在桌旁，俯首前倾，戴着耳机，听着电话。此时，外面很黑，他还没吃晚饭，肚子饿得咕咕叫。

"拉吉，你最好听我说，"一个女人用温柔的声音说，"请不要这样。"

"好的。"一个男声答道。

"它就要 guide down 了。"[1]女人说。B. J. 康知道，guide down 是一个常见的华尔街术语，意指该公司就要宣布其上期收益将低于预期，这绝对是坏消息；"它"是一家价值 8 亿美元的互联网公司，[2]总部位于马萨诸塞州的剑桥，名叫阿卡迈科技（Akamai Technologies）。"我刚刚接到我那哥们儿的电话。我把他摆平了。"[3]

"我还做空啦，你知道的，对吧？"男子说。

"我想要你在上面，"女人柔声说道，"我们需要相互配合。"但她不是在谈论性事，至少这次不是。他们是在谈钱。"我们来玩一把吧！就做空，每天都如此。"

这个女人是谁？B. J. 康问自己。她听起来像个卡通里的密谋者。B. J. 康边听边做笔记。此时，他正在联邦调查局的"电讯室"。

这是一个位于曼哈顿下城曼哈顿联邦广场 26 号大厦 24 楼的房间。它没有窗户，但配置了 14 台老式戴尔计算机和各种各样的办公家具，沿一面墙，还摆放着一排金属架，装满了格兰诺拉麦片棒、金鱼牌饼干和雀巢 Kit Kats 巧克力——这些食物都是供每天在那里待几个小时，监控实时电话的特工享用的。

通常，听电话被认为是一种令人生厌的工作，但 B. J. 康并不这样看。他认为这只是需要耐心而已；如果你全身心投入到这项工作，它最终会带来回报。

几个月前的 3 月 7 日，一名联邦法官给予 B. J. 康一份礼物，批准他监听一位名为拉吉·拉贾拉特南的华尔街巨头的手机。自此，B. J. 康实际上就住在了电讯室，为一项内幕交易大案收集证据。他现在可不是在证券犯罪科，只是逮捕那些下三滥的小骗子（他过去两年一直在干的事）。他想拿下一个像拉吉这样的大人物——金融界重量级的角色。

加拿大帆船集团（Galleon Group）是一家管理着 70 亿美元的对冲基金。拉吉·拉贾拉特南 50 岁，是这家基金的联合创始人，同时，也是华尔街甚为引人注目的交易员之一，部分原因可能是他那鹤立鸡群的大块头。拉吉肥胖且爱炫耀，胃口惊人。他酷爱饮食，喜欢花钱，曾邀请 70 名朋友飞往肯尼亚，做生日野生狩猎之行，[4] 并在比斯坎湾的星岛上为一个超级碗派对 [5] 支付了 25 万美元巨款。

拉吉与 B. J. 康形成了鲜明的对比，后者是自律性很强的韩国移民的孩子，黑发寸头映衬着结实的身板。在拉贾拉特南的生活中，除了闲谈就是交易，他不会放弃任何吹嘘他的特殊交易技能的机会；B. J. 康则是一个安静、不知疲倦的工作狂，只有在绝对必要的时候才会说话。所以，即使是局里最亲密的同事，对他也知之甚少。

在那次电话的六天之后，[6] B. J. 康正在监听之时，阿卡迈科技就向全球宣布，它的下季盈利状况将会令人失望。随之，其股价一夜之间由31.25美元狂跌至23.34美元。做空了875 000股的拉吉，[7]前后只用一周时间，就赚了500多万美元。给他情报提示的那个女人——一个叫丹尼尔·基耶西的交易员，也赚了250万美元。[8]

B. J. 康想知道，就阿卡迈科技将要发生的事情，她是如何获得如此宝贵的情报的，所以，他通过法律程序查阅了她的电话记录。在查阅的过程中，他发现，她在把那个信息泄露给拉吉之前，曾与阿卡迈科技的一位资深高管通过电话。

"你做得太漂亮啦！"后来，当拉贾拉特南打电话来感谢她的时候，大肆夸赞基耶西道，"你的关系运作得太好了！"

基耶西慨叹道："这是爱情征服之果！"[9]

仅就这个录音带之证，拉贾拉特南就被逮了个正着，明显违法：获取阿卡迈科技的机密内幕信息，并借此进行交易、赚取利润。这里没有任何晦涩的代码或暗示，所有的环节都表现得完美无缺，适于进行刑事诉讼：来电发生于7月24日晚；第二天，拉吉做空了138 550股，[10]赌这只股票的行情将下跌，而且，在7月30日消息公布之前，他一直在持续做空。仅根据这个证据，华尔街最成功的交易员之一就可能奔监狱去了！B. J. 康越想越兴奋。如果拉吉和基耶西能够如此肆意公开地做内幕交易，那么，应该还会有其他人也做着同样的勾当。

通常，拉贾拉特南的电话在早上是最忙的，主要是在市场开盘前后，B. J. 康都会早点进来侦听。拉吉会打电话给他的朋友和熟人，到处寻找市场缝隙。与他交换信息的人，多是来自沃顿商学院的前同学（他们现在在世界各地经营着技术公司或对冲基金）。他们中的许多人还都在他的薪酬名册里。在B. J. 康侦听期间，拉吉在大肆收集尚未披露的有关即将发布的盈利公告和收购要约的信息，并借此买卖股票，攫取数百万美元的非法之利。几个月之后，B. J. 康也开始监听拉贾拉特南的那些朋友了。[11]

随即，他和其他的监听特工对其所听到的内容感到震惊！这是华尔街的正常行为吗？内幕信息就这么容易得到吗？他们已经习惯于在金融业发现腐败，但这种相互勾结是如此的明目张胆，是如此的无法无天，而且，似乎正在向各个方面蔓延。每当他们发现一个内幕交易圈时，它通常会与另一个内幕交易圈有交集，他们又得跟踪一组全新的嫌疑人。这里存在的问题要比拉吉的大，这是一个庞大而复杂的网络。

随着这些特工的监听和相关电话记录及访谈笔记被研究，一家对冲基金频频出现：赛克资本顾问公司（SAC Capital Advisors）[12]。B. J. 康决定对其进行调查。

B. J. 康驾驶着租赁来的中型轿车从停车场驶出，向南开往库比蒂诺；大约 40 分钟后，车停在一条安静街道旁的一间三居室房子前。此时，南旧金山市那个国宾饭店的标志在头顶前方出现。

他和自己的搭档（默默地坐在旁边）前天晚上花了很多时间演练，以应对当到达目的地敲门时，可能发生的不同情景：如果他们找的人不在家，怎么办？如果他叫他们滚蛋，怎么办？如果他有枪，怎么办？这些好像都不太可能，但他们必须为每一种可能性做好准备。

这是 2009 年 4 月 1 日，太阳落山之时。B. J. 康和另一位特工，被称为"僚机"的汤姆·祖卡卡斯，从这辆车里出来，大步走向门前通道。敲门后，出来的是一个黑发男子。

"阿里·法尔？"[13] B. J. 康问道。那男子点点头，一脸茫然。B. J. 康把手伸进夹克，拿出自己的特工徽章，递到他面前。"我叫 B. J. 康，联邦调查局的。我们来这里是想和你谈谈内幕交易的事。"

他停顿了一两秒，给对方一个反应时间。

B. J. 康进一步解释说，阿里·法尔所做的一些事情，使他陷入了麻烦，但可能会有解决办法；他们可以互相帮助。阿里·法尔的妻子、两个女儿、母亲和岳母都蜷缩在后面，[14] 满脸惊恐。"我们知道你曾在帆船集团为拉吉·拉贾拉特南工作过，而且，你还一直在做内幕交易，"B. J. 康说道，"我们有你的通话录音。"

通话录音？

B. J. 康随后播放了一段录音，其中可以听到阿里·法尔向拉吉·拉贾拉特南提供有关半导体公司的内幕信息。在播放录音的过程中，阿里·法尔默不作声。

2008 年，阿里·法尔离开了帆船集团，与朋友 C. B. 李（众人称之为 "C. B."）开办了自己的对冲基金。C. B. 李曾是工作于赛克资本的技术分析师。[15] B. J. 康希望借助于阿里·法尔和 C. B. 李接近赛克资本，这家世界最大的对冲基金之一。

B. J. 康对该基金及其神秘创始人史蒂文·科恩的了解日益增多，而且，从华尔街其他交易员那儿听说，科恩在所有的交易中都"永远站在正确的一边"——至少从表面上来看，这是一件不可思议的事。业内人士都不明白科恩怎么能持续地赚这么多钱；他的竞争对手都很嫉妒，而且，也很怀疑。

阿里·法尔和 C. B. 李利用在帆船集团和赛克资本练就的技能，将自己的基金（Spherix Capital）推销给了潜在投资者。当然，部分原因是他们宣扬自己有接近技术公司高管的通路，并能利用那些关系，获得有价值的信息。B. J. 康很清楚这些套路的玩法。

他总爱说，他知道不同对冲基金的区别："肮脏的重量级对冲基金""无须为其浪费时间的肮脏的对冲基金""非重量级对冲基金"。他曾与联邦调查局的同事们争辩道，他们应该将调查推广到拉贾拉特南和帆船集团以外的、更大和更有势力的猎物，如科恩。

B. J. 康认为，关系良多，似乎能直接从公司员工那儿获取内幕信息的阿里·法尔和 C. B. 李只是这个群体的第一梯队，但也值得去追究。但对于 B. J. 康来说，他们同时也是猎捕他们身后那些大盗的通路。B. J. 康所要做的就是说服他们悔过自新。

B. J. 康确信，阿里·法尔很适合成为联邦调查局潜在的合作伙伴。他似乎是一个好人，想为自己的家庭尽其所能。

"你真的想让你的孩子经历这种灾难吗？" B. J. 康问道。

他告诉阿里·法尔，要认真考虑他的建议，因为这是他能得到的最好结果——肯定比进监狱更好。如果他执迷不悟，下次联邦特工再出现在他面前时，那就是逮捕他了。"别把这件事告诉任何人，"在离开之前，B. J. 康加了一句，"我们会看着你，如果你仍然继续图谋不轨，我们会知道的。"随后，两位特工开车离去。

那天晚上，阿里·法尔很苦恼，无法入睡。尽管 B. J. 康给了他警告，但阿里·法尔还是打电话给他的合作伙伴 [16] C. B. 李。对方应答的是语音信箱。"联邦调查局的人刚刚来我家了。"阿里·法尔说完，立马就挂了电话。

对联邦调查局来说，至关重要的是，调查和窃听的消息绝对不能泄露给对冲基金界。为遏制泄露之险，B. J. 康不得不尽快与 C. B. 李谈。C. B. 李和其母亲的住地离阿里·法尔家只有 20 分钟车程，两天后，B. J. 康去拜访了他。C. B. 李刚开门，B. J. 康就告诉他，自己知道他一直在 Spherix Capital 做内幕交易。

起初，C. B. 李拒绝回答联邦特工的任何问题。但在谈话结束时，B. J. 康却很自信，觉得 C. B. 李会合作。

B. J. 康对他说："我们要互相帮助，我们相信，你会做正确的事情。"

在史蒂文·科恩赛克资本的办公室，电话响了。这是 C. B. 李的来电。他和科恩有一段时间没有通话了。

"嗨，史蒂文，我们不得不关闭我们的基金。"C. B.李告诉科恩，并试图使自己的声音平静如常。他解释说，他和阿里·法尔没法相处，因为他们无法就利润分享问题达成一致。"我很想再次为你工作。"C. B.李说。

C. B.李设法让科恩回忆起几年前他为其工作时，他们一起所挣到的那些钱。C. B.李建议安排他作为科恩的顾问；如果C. B.李提供了有益的信息，所获利润就平分。他列举了几家相关的技术公司，并夸耀他能获得所有这些公司的内部机密数据。

"我认识一些人，"[17]C. B.李说，"我认识英伟达（Nvidia）销售部和财务部的人，他们能够让我随时了解季度收益情况，而且，我还在半导体业有联系人，他会给我提供有关晶片方面的数据。"

科恩很感兴趣。在2004年离开赛克资本之前，C. B.李曾经一直是他业绩最好的分析师之一，是一个能带来赚钱思路的人。C. B.李的研究非常好，以致科恩和他的一个投资组合经理曾经为此发生过冲突。但科恩十分老到，谨小慎微。

"我不想在手机上深谈。"他说。

科恩对此兴趣不小，他让招聘主管叫C. B.李过来，和他谈回赛克资本工作的相关事宜。随后，这两个人谈了好几次。

几周后，科恩向他的一名研究交易员提到他正在考虑重新聘请C. B.李的打算。这位交易员耸了耸肩，但他没说什么。他有一位朋友在帆船集团，为拉贾拉特南的基金工作，他此前刚刚听这位朋友谈到了一些关于C. B.李的八卦，说联邦特工最近拜访了C. B.李和阿里·法尔的对冲基金。"我不知道那里发生了什么事情，"在三天前曼哈顿举行的集体晚餐上，那位帆船集团的交易员说起过，"有点怪怪的！"

第二天早上，这位研究交易员鼓起他所有的勇气，俯身贴近了科恩。他不知道他那反复无常的老板，会对他的所言做出什么反应。他说："这可能完全没有根据，但是有一个传言说，联邦机构的人去过 C. B. 李的办公室。你最好仔细了解一下。"

"你是说联邦证券交易委员会？"科恩说。

"不，"这位交易员回答，"是联邦调查局。"

科恩随即抓起电话，拨了他一个朋友的号码——一名前赛克资本投资组合经理，与 C. B. 李的关系很近。"我听说 C. B. 李可能在和联邦机构合作，"科恩对他说道，"我们听说他携有窃听装置。"[18] 这听起来好像是联邦机构正在调查对冲基金业，但谁知道是怎么回事呢？

"小心。"

这场调查有别于华尔街历史上的任何一次，它是一场长达 10 多年的多政府机构着力打击内幕交易的浩大行动，几乎完全集中在对冲基金上。它始于拉吉·拉贾拉特南和帆船集团，并迅速扩大到数十家公司的企业高管、律师、科学家、交易员和分析师。这次行动的最终目标是史蒂文·科恩——赛克资本（可能是该行业最大的对冲基金公司）的亿万富翁创始人。

1992 年，在科恩开创赛克资本时，一般人几乎不知道对冲基金是什么。大多数像他开办的这种小型的不正规基金，都是由性情古怪的交易员创办的，而且，他们的赚钱野心甚至是华尔街最大的投资银行都无法满足的。他们对企业文化没有耐心，没有兴趣每年就他们的奖金进行谈判。他们中的许多人就是穿着牛仔裤和拖鞋来上班的那类人。他们对大银行和经纪公司的厌恶源自他们的极度傲慢。

对冲基金被认为有如下特点：一项小型的精品金融服务，是富人投资多样化的工具，能产生稳定且适度的收益，并远离股市波动。它们背后的思路很简单：基金经理找出最好的公司并买入其股票，同时，卖空不太可能做得好的公司的股票。

做空是押注股票下跌的预期，这种做法为资深投资者开辟了新的投资机会。这个过程包括借入股票（支付费用），在市场上出售，然后，如果一切顺利的话，再以较低的价格购买这种股票，并用它们偿还原来所借的股票。

在好的市场中，大多数股票上涨时，多头收益可以抵消空头损失；在不好的市场里，空头赚钱，帮助抵消多头亏损。同时，做多某些股票和做空其他一些股票，意味着你的头寸被"对冲"。除股票外，这种做法也可应用于世界任何市场上的其他金融工具，诸如债券、期权和期货等。

如果证券持续上涨，空头头寸的损失可能就是无限的，因此，这种做法被认为是一种高风险行为。许多对冲基金使用杠杆或借款运作，外加在全球不同市场上采用不同做法进行交易，导致监管机构规定只有最成熟的投资者才能做这种投资。

对冲基金被允许以几乎任何方式赚钱，并随意收费，当然，前提是只要它们将投资者限制在富人身上，这是因为至少在理论上，这些人有能力承担他们所投资金的损失。

多年来，在很大程度上，对冲基金在华尔街是无足轻重的，但到了 21 世纪前 10 年中期，它们就已经攀至行业的中心位置。有些对冲基金开始每年赚取巨额利润。随着时间的推移，对冲基金已经与其名称所示的那种谨慎投资策略没有了任何关系，相反，它们本质上成了一种为所欲为的投资公司。

虽然它们以利用杠杆和敢冒风险而闻名于世，但大多数对冲基金的定义属性是经营它们的人所募集起来的巨额资金：他们的收费极为昂贵，通常是每年按资产额收取 2% 的"管理费"，每期资金按利润的 20% 收取"业绩费"。

在为其投资者获得任何利益之前，[19] 一个 20 亿美元规模的基金经理，将会为维持这个基金的运转而收取 4000 万美元的管理费。截至 2007 年，像保罗·琼斯和肯·格里芬 [20] 这样的对冲基金创始人，都各自管理着数十亿美元的资金池，为自己建造了 2 万平方英尺⊖宫殿般的住宅，坐着 5000 万美元的私人飞机旅行！

对某些交易员来说，在对冲基金工作有一种解放之感，它有机会测试一个人博弈市场的技能，并使他在这个过程中变得富有。以致后来，对冲基金的工作成了金融界最令人垂涎的岗位。它们可能带来的巨大财富使华尔街传统的职业 [21]（在贝尔斯登或摩根士丹利等成熟投行的层级攀爬）黯然失色。在 2006 年，高盛首席执行官劳埃德·布兰克费恩 5400 万美元的薪酬，引来了不少愤怒之声，但也是这一年，25 名收入最高的对冲基金经理人 [22] 中，报酬最低的那位的收入是 2.4 亿美元！前三名每人的年收入都超过了 10 亿美元。科恩当年是第五名，为 9 亿美元。

到 2015 年，对冲基金在全球控制了近 3 万亿美元的资产，[23] 是 21 世纪初财富极端不平衡背后的一个驱动力。

这些对冲基金大亨既没修铁路，也没建工厂，更没发明救命药品或技术。他们通过市场投机，赌市场走势，以求胜多败少，甚至有时可以赚取数十亿美元的丰厚回报。他们不仅获得极端的个人财富，而且，在整个社会的政治、教育、艺术、职业运动（他们选择的所需关注力和资源走向）等方面，都获得了可怕的影响力。

他们管理着大量的养老金和捐赠基金，对市场影响很大，以致

⊖ 1 平方英尺 = 0.092 903 平方米。

上市公司的 CEO 们都不得不看他们的眼色，被迫专注于其股票的短期表现，以便让对冲基金的合伙人高兴。多数对冲基金的交易员并不认为自己是那些被投公司的"所有者"，甚至不认为是它们的长期投资者。他们的兴趣是买入，赚取利润，然后售出。

如果要为对冲基金的兴起及其改变华尔街的方式，找一个标志性人物，那就非史蒂文·科恩莫属！他是一个神秘人物，甚至对他自己的行业来说，也是如此！但他 20 年来保持每年平均 30% 的收益率，的确是个传奇！

他特别引人关注的是，他的业绩表现并不基于任何众所周知的投资策略（不像其他著名投资人，如乔治·索罗斯或保罗·托多·琼斯），他不以押注全球经济趋势或预测住房市场的衰落而著名。

科恩对市场如何变动似乎有一种与生俱来的直觉，而且，他进入这个行业正逢其时，这个阶段的社会正在大幅地调整自己，好像给予这种超级技能以相应的奖励。史蒂文的典型做法是：快速地买卖股票，一天之内就有数十次交易！

年轻的交易员都渴望为他工作，富有的投资者都极力把钱放在他的手中。到 2012 年，赛克资本已经成为世界上最赚钱的投资基金之一，管理着 150 亿美元的巨额资金。在华尔街，"史蒂文"（这是众人所熟知的科恩的名字），就像一个神！

这种成为富翁的新方式迅速传播开来，成千上万的新对冲基金开业，都雇用了极具侵略性的交易员，到处寻求可以盈利的投资机会。竞争变得日益激烈，潜在的赚钱机会激增；为了获得市场优势，在对冲基金交易员的使用上，也开始无所不用其极，招聘科学家、数学家、经济学家和心理医生。

对冲基金铺设了靠近证券交易所的电缆，以便自己的交易可以以纳秒的速度更快地执行，并且，雇用工程师和程序员，使它们的计算机和五角大楼的计算机一样强大。它们花钱请"足球妈妈"在沃尔玛购物，向它们汇报销售情况。它们研究停车场的卫星图像，甚至请CEO去赴奢侈的晚宴，极力挖掘所需信息。

它们之所以如此，是因为它们很清楚，要想日复一日，月复一月，年复一年地打败市场，是多么困难！所以，对冲基金总是试图找到交易员称之为"优势"的信息，因为这会使它们具有其他投资者所没有的优势。

在某种程度上，这种对优势的不断追求，最终不可避免地会撞线，然后，被迫越线：提前窃取一家公司即将发布的利润数据；尽早得到一个芯片制造商将在下周获得收购要约的消息；早日看到一家公司药物试验的结果。这种专有的、非公开的，但肯定能引起市场变动的信息，在华尔街被称为"黑色优势"，这是最有价值的信息！

通常，基于这种信息的交易也是非法的。[24]

当一个交易员被问及他是否知道还有没有并未涉及内幕信息的基金时，他会说："不，没有，否则，它们早就无法生存了。"

在这种情况下，黑色优势就如同精英级的自行车赛车手吸食的兴奋剂，或棒球圈里使用的类固醇。一旦顶尖的自行车运动员和本垒打球手开始这样做，你或者与他们为伍，有样学样，或者提前败北！

就像自行车赛车和棒球运动所经历的一样，对华尔街的清算时刻终于来了！

2006年，美国证券交易委员会、联邦调查局和美国检察署联合宣布，它们将调查"黑色优势"现象，而且，不久之后，它们的调查搜索结果就把它们引向了科恩。无论这个圈里的人折腾到什么程度，大家都很清楚：他显然是那位贼中之王！

本书讲述的是一个侦探故事，发生于商务别墅的密室和华尔街的交易大厅。它描述了联邦特工，跟踪线索、实施窃听、策反证人、逐层追溯，直至擒到贼王的故事；它描述了一群理想主义的检察官，智斗那些年收入为自己 25 倍的油嘴滑舌的辩护律师的故事。

它再现了那些年轻交易员，用锤子砸碎硬盘、粉碎文件，设法使其亲密的朋友，免于牢狱之灾的真实景象。与此同时，它还展现了像赛克资本这种对冲基金经过精心组织，让顶级大佬免受底层雇员问题交易影响的剧情。

本书也是有关史蒂文·科恩的故事，讲述了他如何经过让人眼花缭乱的运作，攀至华尔街的塔尖，以及他为了能够继续待在这个塔尖上，进行的疯狂而徒劳的困兽之斗！

目　录 | BLACK
EDGE

第 1 部分

钱、钱、钱

在华尔街寻找工作的人，大致可以分为两大类。

第一类是那些被送到正确的预科学校并考入常春藤盟校的富二代，而且，从他们交易的第一天开始，就似乎注定要在华尔街终其一生。他们的日子过得轻松自如，也知道他们将很快会在公园大道上拥有自己的公寓，在汉普顿拥有自己的度假别墅。这种心态来自高雅的学校教育、儿时的网球课程，以及清楚男人应该何时穿泡泡纱（seersucker）衣服的品味。

第二类会让人想起生存能力和生存斗志这些词。他们可能已经看着父亲为了养家糊口而艰辛奋斗，或在销售或保险领域没日没夜地奔波，或在含辛茹苦地经营着一家小企业，付出和收获不成正比，这些会对他们产生深刻的影响。

这类人在孩提时，可能被捉弄过，或在高中时，被女生拒绝过。他们之所以成功是因为他们有强烈的怨恨且要证明自己，或是因为他们憋着发财致富的野心，或者两者兼而有之。他们几乎没有任何靠山，但有不惜一切的决心和意志，包括超越那些自负的富家子弟的渴望。有时，这类人的动力是如此之强烈，就像火山喷薄欲出的岩浆。

史蒂文·科恩就是第二类人。

1978年1月的一天上午，当科恩去工作单位报到之时，他看起来就像即将开始人生第一份工作的其他21岁年轻人一样。

他能听到交易厅里不停的吼叫声，数十名年轻人在电话里喋喋不休，试图从另一端的人那哄骗出钱来。办公室里激情飞扬，就像秋日森林中摇晃的参天橡树，金钱之叶似倾盆之雨狂飙。对科恩来说，真有宾至如归之感，他要义无反顾地扎进去。

格兰特尔是一家小型证券经纪公司，位于纽约证券交易所的拐角处，曼哈顿下城阴沉的钢筋水泥的峡谷之中。

自1880年成立以来，格兰特尔经历了麦金利总统遇刺、1929年大萧条、油价飙升和经济衰退，但它幸存了下来。[1]它的主要生存手段是收购其他微小的，主要是犹太人的公司，并设法使公司规模保持得足够小，不引人注目。

与此同时，在全国各地格兰特尔办事处的经纪人，极力地向牙医、水暖工和退休人员兜售股票。当科恩到来时，该公司刚刚开始进入了一个更激进的、被称为自营交易的领域，试图通过投资公司自己的资金来获利。

对于像科恩这样一个来自长岛的渴望成功的犹太孩子，华尔街并没有发出盛情邀请。所以，即使是刚从大名鼎鼎的沃顿商学院出来，但科恩仍然不得不使出浑身的解数，才能勉强挤进去。格兰特尔并不是一家受业界尊重的公司，但科恩并不在意声望。他关心的是钱，他想赚很多钱，暴富于世！

碰巧，科恩的童年朋友罗纳德·艾泽尔最近刚刚得到了负责运营格兰特尔期权部门的岗位，正在到处寻找助手。

艾泽尔比科恩大 10 岁，数学方面有很高的天赋。他现在可以根据自己的意愿，自主投资公司的资金。在科恩报到的第一天，艾泽尔指着一把椅子，告诉他的新雇员坐在那里，让他想清楚自己做什么合适。科恩很快就埋头于科特龙屏幕前，沉醉于数字滴答作响的节奏中。

股票市场精炼出了一个基本的经济原则，而且还是艾泽尔已经弄清楚如何利用的那个：投资的风险越大，投资的收益就越大。如果有消息可能会引发股票暴跌，那么，投资者为了自己可能遭遇的潜在的损失，会预期更大的收益。预期很确定的事情，像市政债券，通常回报很小。没有风险就没有回报，这是投资的核心特征之一。不过，艾泽尔在这种投资机制中发现了一个有趣的漏洞：有时，两个因素会失去它们之间原有的同步性。这就是当时股票期权在市场上所表现出来的一种现象。

当时的期权市场交易量要远低于正常股票的交易量，而且在许多方面更有吸引力。实际上，期权是允许一个人在未来的特定日期之前以固定价格买入或卖出股票的合约。"看跌期权"代表出售股票的权利，即如果股价下跌，投资者将会有所收益，因为他能够以协商好的更高的价格出售相关股份。"看涨期权"则相反，它授予持有人在到期日或之前以特定价格购买特定股票的权利；如果股票上涨，该权利所有者将受益，因为期权合约允许他以比公开市场上更低的价格购买相关的股票，产生即时利润。此外，投资者有时也会利用股票期权，作为对冲他们已有股票头寸的手段。

在格兰特尔，艾泽尔已经实施了一个名为"期权套利"的策略或做法。[2] 这种做法有一个精确的数学关系，确定期权价格应该如何根据相关股票的价格而改变。理论上，在完美的市场里，看跌期权的价格、看涨期权的价格以及股票交易的价格具有某种一致性。因为期权当时是新的金融产品，而且，彼时市场之间的沟通有时相当滞后，所以，这个方程等式偶尔也会失衡，造成不同价格之间的不匹配或失衡。此时，聪明的交易员就可以通过在一个交易所买卖期权，在另一个交易所买卖相关的股票，吃到相关的差额。

就理论而言，这种交易做法几乎没有什么风险。这里不涉及借贷资金，所需的资金相对较少，大多数头寸都可以在一个交易日结束前就平掉，这意味着你不用担心一夜之间出现的那种使市场暴跌的事件。随着技术的进步，相关的做法可能会过时，但在20世纪80年代初，它就像在葡萄藤上采摘现金一样容易，格兰特尔的交易员也因此收获了丰厚的利润。那时，艾泽尔及其交易员整天都在将股票价格与期权市场的估值之间进行比较，只要发现不一致，就会立即进行套利交易。

"如果在纽约证券交易所，IBM的交易价是100美元，"20世纪80年代早期担任艾泽尔文员的海伦·克拉克说，"在芝加哥交易所，相当于100美元交易价的IBM股票的期权交易价为99美元，那么，你就可以到芝加哥买这种期权并在纽约证券交易所卖出。"如果这个差价存续时间足够长，你累积的价差额就会相当可观。

在没有计算机电子表格的便利时，交易员不得不用大脑来追踪相关的一切。就此艾泽尔建立了一个系统，只需交易员付出一点思考即可。艾泽尔喜欢说：你无须具备精算能力，只需遵循相关的公式就行。的确，这种做法很乏味，一个训练有素的猴子都能胜任。

在科恩工作的第一天，他看到艾泽尔正与一名交易助理一起，快速搜索基于0.25美元或0.50美元的套利机会——通过其傻瓜期权方案确定的。在他们运作的间歇期间，科恩盯着市场行情屏幕。不一会儿，他大声叫道，他盯上了美国广播公司的股票。他说："我认为明天它会高开。"即使只是一只刚刚正式踏入这个领域的菜鸟，科恩也对自己作为交易员的能力充满信心。

艾泽尔窃笑起来。"好的，"他说，心中有些好奇，想看看这个有着浓密棕色头发和戴着眼镜的新人的所言是否靠谱，"行啊，那就做一单吧。"

科恩当天下午就赚了4000美元，第二天又赚了4000美元；在1978年，这可是一笔不错的利润！看到价格像正弦波一样上下震荡，择时下注、承担风险、清盘获利，他的身体也随着肾上腺素的激增而澎湃激荡。科恩被迷住了。无须多言，证券交易就是他想做的工作。

艾泽尔惊呆了！一个如此缺乏经验的人，一个甚至连衬衣都懒得熨的人，怎么会这么擅长预测股票的涨跌呢？

"我知道，他会在一周内就出名，"艾泽尔说，"我从没见过具有这种天赋的人才。他只需盯着看行情就行。"

一个星期天的下午，在长岛大颈镇的一座四卧室的错层式住宅里，一个小男孩在卧室的窗户旁，等待着轧过沥青路面的轮胎声响起。那辆凯迪拉克一停在屋外，他就飞奔下楼。和往常一样，每当祖父母到达时，科恩总想在其兄弟姐妹之前，最先赶到门口。

沃尔特和玛德琳·迈尔是史蒂文·科恩的外祖父母；他们当时在做遗赠资金的投资组合，这也是他们部分生计的来源。两位老人每月都来看望他们的孙子一次或两次。他们在曼哈顿过着令人羡慕的生活，那里有高档餐厅和百老汇表演。对史蒂文来说，他们代表着安逸、丰足和兴奋。在史蒂文的成长过程中，他们的来访是他一周里最幸福的时光。他们总是在谈论钱，科恩会仔细聆听，吮吸有益之处：一旦你有钱，银行就会付利息，而且，还可用来投资，使它增值；投资者几乎无须劳作，是人们羡慕和嫉妒的对象。祖父母所享受的自由舒适与科恩父母所过的紧巴和平庸的日子，形成了鲜明的对比。每晚，当其父亲下班进门后，科恩就会从他手里抢过当日的《纽约邮报》，然后，就像他外祖父一样，仔细地研读上面的股票价格表。[3]

科恩出生于1956年的夏天，是杰克和帕特里夏·科恩八个孩子中的老三。大颈镇距离纽约市20英里[一]，是一个住满富人的郊区飞地，住户都是有进取心的犹太裔专业人士，都期望他们的孩子在学校成绩优异，继续深造并最终成为医生和牙医。斯科特·菲茨杰拉德于1922年定居于此，该地也成为《伟大的盖茨比》创作的部分灵感之源；[4]故事的背景场地是位于长岛海峡大颈镇最北端国王角虚构的豪宅"西卵"。许多大颈镇家庭的父亲都独自生活在长岛和曼哈顿，相应地平添了很多次饮酒、长途火车通勤，延长了离家在外的时间。这里有犹太教堂、不错的学校和宏大的庄园。

在大颈镇，科恩家的财务状况处于这个区域谱系的低端，史蒂文从小就意识到这一点。在曼哈顿的时装区仍然生产服装的时候，科恩的父亲杰克每天早晨乘火车，到他在曼哈顿其中的一个样板间；他在那里经营着一家名为"米勒娃时装"的企业，为诸如梅西百货（Macy's）和杰西－潘尼（JC Penney）等连锁店提供20美元价位的女装。

一　1英里=1.609 344千米。

科恩的母亲帕特里夏是一名个体钢琴老师。她在当地的免费分类广告报纸上登广告，招揽客户（大都是邻里的孩子），只教《你好，多莉》这类流行音乐，不碰贝多芬或勃拉姆斯。她是一个苛刻的、不妥协的女人，主宰着自己的家庭；她有着锋利的幽默感，并定期修理自己的丈夫："杰基，你应该在他们打你之前，打他们。"

金钱是科恩一家持续不断的压力之源。科恩的父母公开表达他们希望尽快从外祖父母那里得到遗产，他们计划借此为他们的生活带来更多的舒适感。在很小的时候，科恩就显示出自己的运动员天赋——棒球的掷球手、篮球的控卫。但父母没办法帮他充分发掘自己的运动潜力，没有多少钱可用于私人教练课程，也没有太多时间驾车带他去参加比赛。初中时，学校的足球教练会在缅因州的一个湖畔举办夏令营，有几个邻居的孩子去过。科恩参加了1968年的那届，并非常喜欢它。这种营地不仅是一个迷人的世界，还是一个极好的均衡项目：所有的孩子都穿同样的T恤衫，都睡在松木小屋，每个人都平起平坐；周遭没有为账单而争吵的父母，没人告诉孩子不能做这、不能做那。不过，自那个夏天之后，史蒂文的父母再也没有送他去过；他的同学都认为，这都是因为其父母无力支付所需费用。

尽管如此，史蒂文还是得到了宠爱。他祖母将他视为八位兄弟姐妹中最聪明的一位，并将他称为"铅笔盒里最尖锐的那只铅笔"。这使他很有自豪感。他没花费太多时间，就在学校取得了优异成绩。科恩的哥哥加里记得，母亲有次为史蒂文准备了牛排，其余的孩子却只有热狗。"我曾经抱怨，"他回忆说，"但我母亲却说，你弟弟史蒂文有一天会反哺我们。"

在高中时，科恩发现了一个激发他真正热情的课外活动：玩扑克。"我们中的一群人，开始在对方的家里玩纸牌，最初是一整天，然后是一整夜，"科恩回忆说，"随后，就开始赌了，25美分、50美分。最后，我们玩到了一张替换牌，10美元、20美元；若到第10级，你可以在一晚上赢下1000美元！"

所有这些玩牌的经历帮助科恩学到了有关资本的重要一课。有些赚钱方式很辛苦，比如在博海客超市做货架的补货工，一小时赚1.85美元（他在某个夏天做了一个暑假）。同时，也有更容易的赚钱方式，比如在牌桌上打败牌友，这是他觉得很愉悦的方式。

通常，科恩会在一大早，带着大把的现金匆匆地赶回家，[5]确保能及时把父亲的车钥匙还给他，好让父亲早上开车赶去上班。当时看着自己的父亲每天早上都驱车去上班，科恩心想：这种工作不适合我。

科恩被沃顿商学院录取，父母欣喜若狂。他们从杰克父母那儿继承了一些钱，使他们摆脱了学生贷款的负担，但史蒂文仍要靠打工挣钱，以资买书和外出之用。一到沃顿商学院，他就注意到停车场挤满了同学的宝马和梅赛德斯。科恩在此所处的环境是：周围大多数人都来自比他富裕的家庭，他被最精英的社交圈拒之门外。兄弟会成了他生活的中心。

沃顿商学院的文化[6]是受金钱崇拜所驱使的。科恩参加的兄弟会叫泽塔头（或ZBT），是校园里两个犹太兄弟会中较富的一个。它的昵称是"兆亿亿"。科恩大部分时间都在泽塔头的活动室度过；这个活动室被改造成了一个赌窝，通常都是桌子旁围着十几个人，桌子中央坐着科恩，他在烟雾缭绕和啤酒瓶的叮当声中，全神贯注地主导着赌博游戏。他是五六名核心年轻人中的一员，始终主宰着这个赌桌，而那些失败者则轮流使用额外的席位。

1976 年的一个晚上，他的一个同班同学坐在他的对面，紧张得汗流浃背。科恩开着玩笑，呲着牙。他俨然成了一名"耍蛇者"，专门让他的同学亏钱。科恩长得不酷，没有女生关注他，但他赢得了学校里那些具有信托基金的孩子的尊重。这些玩法的赌注已经达到了数百美元；一位科恩的对手（偶尔的玩家），发现在这种大学生的游戏里，自己还算是有点儿钱的。结果，科恩的这位同学苦不堪言，屡战屡败。在那个学期，科恩从这位同学那儿赢了几千美元；每当输钱时，这位同学都会发誓不能再输了！

许多兄弟会的兄弟熬夜、吃迷幻药，或喝啤酒，但科恩还会照样早起读《华尔街日报》。他会仔细追踪股市变化情况，认为上学本身是在浪费时间。一天，在统计考试课堂上的其他人都在设法完成考卷，科恩在自己做完之前，就起身出门，去查看他的股票收盘价。与那些说着同样语言，读过同样书籍的预科学校的孩子相比，他认为自己在学业上没有打败他们的机会。[7] 智胜是他的出路。

在各课之间，科恩会去费城－巴尔的摩－华盛顿的证券交易所，穿着 T 恤衫徜徉于它们的交易大厅；有时还会走近交易员，给他们拽一句心烦的话："嘿，你的价差没了。"他甚至逃课去参观美林证券在费城的办公场地，在那里可以看纽约证券交易所的股票行情。

"我只是站在那里盯着看，[8] 耳朵听着纸带嗒嗒的穿孔声，"他说，"你会看到股票的波动，比如说，50……50……50……然后，它可能会冒出一个上升或下降的行情信息。你可以看到交易的发生，眼睁睁着它慢慢地发生。不久，我发现我很擅长猜测这些数字的走向。"

在自己的周围，科恩看到的那些人并没有他所具有的天赋。他觉得自己未来成功的钥匙就蕴藏在那行情纸带的嗒嗒声里。

伊莱恩是一家以橡木板作为内饰的餐厅，通常烟雾弥漫的它，吸引不少上东区的艺术家和戏剧界人物。一天，科恩在这家餐厅的酒吧，悠闲地喝着饮料；不巧，这天是他的生日，但他独自一人。他没有什么朋友。此时，外面的街道正下着倾盆大雨。

这是 1979 年 6 月，在格兰特尔交易厅忙碌了一天的科恩，疲惫不堪。在交易厅里，周边的人整天都在尖叫"史蒂维！"听到这个昵称时，他浑身就会起鸡皮疙瘩。实际上，艾泽尔是采用"史蒂维"这个昵称来区分史蒂文·科恩与史蒂文·金斯伯格；后者是肯尼·金斯伯格的哥哥、科恩高中最好的朋友。他刚刚开始与他们合作。艾泽尔的小经营单位成了格兰特尔的重要利润中心；格兰特尔首席执行官[9]霍华德·西尔弗曼也给予了他们很多自由，而且，霍华德十分佩服科恩。西尔弗曼喜爱驾驶跑车，[10]傲慢自大，但喜欢价值观相同的人。他看出科恩急于表现自己，他希望周边的人都能像他这样。

在过去一年中，科恩在格兰特尔做的赚钱交易越来越多，但从社交的角度，他仍感不满，失望于自己没被人们认可。他没有什么朋友。一天，伊莱恩餐厅人头攒动，科恩环顾四周，感叹自己已经23 岁了，仍然孤身一人！此时，有一个人骤然引起了他的注意。

一个女人刚刚走了进来，浑身湿透，身穿一件白色的吊带背心和一条粘在双腿的丝绸裙。科恩目不转睛地盯着她。

那个女人一边焦急地环顾四周，一边捋顺自己的湿发。她约了一个女友吃饭，但遭遇了曼哈顿的暴雨。此刻，街上很难找到出租车，所以，她的朋友迟到了。她坐在酒吧的高脚椅上，看着门口，尽量把眼光放低，躲避从餐厅各处那些男士扫过来的目光（这是她在纽约市这种地方自然而然地养成的生存之道）。有一瞬，她注意到科恩正盯着自己，她调整了自身角度，面朝另一方向。看了几分钟后，科恩才壮起胆子接近她。

"你好。"他说道，很尴尬地侧着身。他甚至还试着微笑。

"你好。"她说，疑惑地看着他。这个家伙是何方神圣？她内心琢磨着。

她的名字叫帕特里夏·芬克。她一般不会与科恩这种一副既保守又呆板的公司做派的人交往。她在曼哈顿的一个艺术家庭中长大，从小就对郊区有一种不屑的心态。若是在一个不同的环境下，她完全不会理他。此时，他那皱巴巴的衬衫和俗气的鞋子似乎表明，这小子应该不会有什么恶意，而且，他似乎被她所迷倒。实际上，在女性的眼里，科恩的吸引力可能存在于他那易受伤害的气质里。

首先，为了给帕特里夏留下印象，他叨唠了一些自己的往事：作为一个孩子，他是如何将其成人礼上所得到的红包钱投到股市的；他在格兰特尔的老板是如何对他风险较大的交易感到不满的，以及他工作中的同事是怎样觉得他太自傲了。"他们认为我就是个牛仔。"他说。这段时间，帕特里夏的视线总是从他的肩上掠过，焦急地查看她的朋友到了没有。但最终的结果是，她还是背弃了自己坚守的信条，陷了进来。她和科恩最终竟然谈了好几个小时。[11]

在那晚离开之前，科恩说服帕特里夏把她的电话号码给了他。他花了接下来的几个星期追求她，每天打三次电话，要求知道他们什么时候能够再见面。

在接下来的几个月，他们一直在约会。但帕特里夏的一些朋友不明白，她为何要与科恩这种人在一起；他们视后者为来自长岛的纸醉金迷的浅薄猪头。但帕特里夏是在一个缺钱的家庭长大的，甚至高中都没毕业。她十分清楚，为支付所有生活费用而发愁是什么滋味。她在一家出版公司工作，并在西村租了一个廉价公寓。她的日子过得不幸福。不可否认，科恩对财富的追求是吸引她的原因之一。她对股市一无所知，但这是科恩喋喋不休的话题，他不断地吹嘘他计划要赚多少钱。他说他会照顾她。

对科恩来说，他的生活几乎是一成不变的。他住在一个单卧室的公寓，而且大多数灯泡都被烧坏了。他的多数业余时间都是在孤独中度过的。他想要一个妻子。此时，帕特里夏占据了他的情感空间，不久，他开始向她求婚。最终，帕特里夏点头同意了。

他们告诉各自的父母，他们已经私奔了。但事实上，他们在曼哈顿中部一个安静社区，找了一个小型的一神论教堂，举行了一个只有两位客人参加的小型婚礼；[12] 他们一位是帕特里夏的伴娘、一位是科恩的伴郎。不久之后的1981年，他们的第一个孩子杰西卡·科恩诞生。科恩最终有了自己的家。

"拿起你的手机！"罗恩·艾泽尔大叫。

在格兰特尔的交易厅，这是一个典型的上午场景：艾泽尔的交易员都在敲打着自己的键盘；当一个电话响起之时，每个人通常都会摆出一副事不关己的模样，看看谁会不胜其烦，被迫接起这个电话。

其中一位满桌都是交易单据的助理交易员，正在填写交易单据；他环顾四周，发现自己周边没有闲着的电话。"不是我的电话!"他大叫。

电话还在不停地响着!

正在做交易的科恩,不胜其烦,把自己的电话机从墙上猛地拽了下来,摔在了那位助理交易员的桌子上。"你不是没有电话吗?这就是你的电话!"瞬间之内,他们都"噌"地站了起来,相距咫尺,怒目相对。

"你以为你在做什么?"

"你就是狗屎一个!"

但几分钟后,大家又恢复了平静,再次成了朋友。

几乎天天如此!艾泽尔的工作就是制造和把控紧张气氛,使自己的交易员能保持高效和忙碌的状态。在这个团队里,艾泽尔将道琼斯指数的股票分成两个部分,把波动最大的股票(如IBM、伊士曼柯达和霍尼韦尔)留给自己。其他的分配规则是:如果某只股票无人定期交易,那么,任何交易员都可以拿来做,直到成为他的专做股票为止。大多数时候,每个人都尊重这种分配原则,但科恩例外。

一天,一位交易员来找艾泽尔,抱怨梅萨石油(他经手的股票之一)的问题。梅萨石油是一只不稳定的股票,大幅的波动创造了很多赚钱机会,这意味着其他人也想交易它。交易员抱怨说:"每次我准备交易这只股票时,史蒂文都抢在了我的前面。梅萨石油是我最好的股票,他让我没法做了!"

艾泽尔找科恩谈话。"史蒂文,你赚了这么多钱,这些家伙没挣什么钱,"他说,"你真的需要做梅萨石油吗?"

"洋基队会叫米奇·曼特打第八棒吗?"科恩反击道。艾泽尔耸耸肩,很难继续辩说。科恩是一个赚钱如此之多的家伙,所有的规则对他都不管用!

艾泽尔通过与公司谈判,可保留其团队所赚利润的 50%,以致他们每月的利润总额达数百万美元之多。为容纳所有新雇的交易员,他们搬进了一个更大的,靠近格兰特尔交易厅的办公区。他们许多人来自迈克尔·米尔肯的德崇证券(它因培养激进的交易员而闻名业界),但即便是在一个更大的空间里,火爆脾气的人不成比例地搅在一起,还是会导致冲突不断。

不过,对于科恩和艾泽尔的其他员工来说,他们却是在一个绝佳的机会窗口,开始了自己的职业生涯。对华尔街及其交易员和掠夺者来说,罗纳德·里根的亲商政策就如同给他们绑上了一架喷气式飞机。各种管制放松,公司可以借钱收购竞争对手。股市由此开始了历史上最长的一轮上涨期。此时,并购步伐的提速,[13] 部分原因是德崇证券的米尔肯帝国在烈火烹油,该公司为并购创造了一种新的融资方式:发行高收益债券,即所谓的垃圾债券——因为风险高于其他债券,被评级机构评为"非投资级"。借助这种新融资工具,无法正常借钱的公司突然可以发行垃圾债券,获得所需的财务资源,对竞争对手发动敌意收购。在这段时期,这些杠杆收购的谣言几乎每天都会使相关公司的股价飙升,使买卖这些股票的交易员赚取数百万美元的利润。

在很短的时间里,科恩就因为自己的成功而变得更加自信。他逐渐开始做日盘交易,围绕收购和新股发行等相关事件建立头寸,还将自己对市场行情的本能反应能力应用于行业变迁领域。"他是我见过的最好的交易员,无人能及,"艾泽尔的文员海伦·克拉克说,"他有能力坚守自己的头寸,不会屈服。有时,在你持有某个头寸的过程中,可能出现了意外的事件,好像突然间一切都变了。

科恩从来就没有因为这种情况而变紧张，匆忙甩掉某个头寸。"

这并不是因为科恩比其他交易员聪明多少，而是他坚信自己的本能并能做出快速反应。"他有一种自然的天赋。"西尔弗曼回忆说；这位格兰特尔首席执行官将科恩的技能形容为"自动行情纸带"：他通过无数次观看实际的自动行情纸带所示的刚刚完成的交易数据，获得市场供求变化的直观灵感。"他真的是天资聪慧！"

科恩最终成为格兰特尔的明星交易员，一个无法被解雇的人——无论他践踏了多少次风险底线，还是在违规时，发了多少次脾气。一般情况下，科恩知道自己对特定股票价格走势的判断是正确的。他放弃了艾泽尔的无风险期权策略，[14] 并停止对冲自己的头寸。当然，这种结果通常就是，风险更大，利润也更大。

科恩很快就能每年赚到 500 万～1000 万美元。[15] 但奇怪的是，虽然这些钱能在交易厅里激发他的自信，但对他的私人生活却没有什么好处。他往往会在焦躁不安的状态下下班回家，他和帕特里夏也会不时地吵架。同时，他也是个不称职的父亲。现在，他们的财富已经允许他们进入他们原来梦想的那种社会环境，但他和妻子都感到无所适从。每天，科恩除了述说他当天做的每一笔交易外，还会不断地向帕特里夏倾诉各种抱怨，认为每个人都在试图占他的便宜：自己如何被交易所的场内特种经纪人做空，或是某经纪人在某只股票上如何骗了他 1/4 点。

他觉得每个人都想占他的便宜，并非完全出于他的想象；这部分是由这个行业的结构所致。在华尔街，像科恩这种小公司的交易员都在与各种银行和经纪公司进行竞争，后者充斥着一群穿着笔挺衬衣的鲨鱼型交易员。那些比格兰特尔大得多的公司的交易员会整天给科恩打电话，试图向他兜售他们设定好价格的股票。这让科恩很抓狂，因为他们希望他能同意做他们提出的任何交易。"我可以告诉你，在通常情况下，他是怎么想的，"一位前同事说，"高盛会打电话给你，并说：'我们将以90美元的价格放出10万股某某股票'，而且，他认为你应该在那一头接住它。"他们意思是你应该买一些他们要卖的股票。在几乎每一种情况下，与科恩持有相同头寸的买家都知道，逆着高盛的交易方向做，结局会很惨。这就像在拉斯维加斯赌场投注，赔率总是会有利于赌场一方。科恩不想成为让别人富有的人，但他想知道为什么高盛似乎总是有比他人更好的信息。他不想被高盛和摩根所利用，而是与他们竞争。所以，当高盛他们打来电话时，他总是明确地表示，他不会做任何他们想要他做的事情。他想要他们给他最好的交易、最好的价格，以及他们为自己保留的那些最有价值的信息。

到20世纪80年代中期，科恩通过交易创造了如此多的佣金，以致高盛和其他大公司别无他法，只能选择与他合作。最终，他开始得到一些尊重。

随着在华尔街的地位日益提高，科恩意识到，他可以通过远离艾泽尔，自立门户，赚更多的钱。他认为自己注定要比艾泽尔更有出息。1985年，科恩与格兰特尔达成协议，他负责自己的交易小组，使他有权聘请和解雇自己的交易员，直接与公司协商他们的报酬，完全把艾泽尔排除在外了。作为格兰特尔最赚钱的交易员，科恩能够就他的交易利润要到史无前例的60%的提成比例，再加上年终2%～4%的"意外之喜"——取决于他的表现有多好。这些使他更接近他的梦想：[16] 经营自己的基金，使自己挣的钱都进入自己的口袋。

霍华德·西尔弗曼给了他 800 万～1000 万美元的投资资本，并把他搬到了大楼 23 层一个更大的办公区；科恩还在此装了一个篮球圈，作为他独立的象征。他最好的朋友，沃顿商学院毕业的杰伊·戈德曼（昵称是"J-Bird"），也来此与他一起工作，而且，他的交易桌就在科恩的旁边。科恩的弟弟唐纳德是一名会计师，被聘请来核查科恩的交易记录，并帮助他管理这个小组行政方面的事宜。科恩的高尔夫球伴也成了自己的文员。此外，还有一名助理专门填写他的交易票据。之前有好几次，由于他拒绝写他自己的交易票据，几乎被公司解雇。当他可以做交易赚钱的时候，为什么要为这样的事操心呢？

既然现在是他说了算，他的情绪和坏毛病就表现得更加肆无忌惮了。他把房间的温度保持在接近北极的温度，他觉得这能帮助他处在更清醒的状态，而且，他不会为任何人做调整。尽管桌下有一个便携式的加热器，但他聘请来做交易员的妹妹温迪，还是坐在角落里发抖。甚至有一天，科恩莫名地冲进来，把办公室所有的地毯都给拆了，因为他认为它分散了他的注意力。在某种程度上，他的团队就是一群天才和怪癖的集合体，他们主要是来自沃顿商学院或大颈镇的故人。

在玻璃墙的另一边，艾泽尔的期权小组继续运营了几年，但最后以关闭谢幕。随着市场变得更加成熟，他的无风险交易机会也逐渐消失。艾泽尔不喜欢这种交易业务的变化，所以，他搬到了佛罗里达。科恩就此和这位在华尔街给了他第一份工作的导师没有再说过话。

从 20 世纪 80 年代中期开始，美国股市就由并购主导。每天，在华尔街并购传闻的肆虐之下，像康乃馨、联合碳化物和钻石三叶草这样大公司的股价被搅得大幅波动。像大多数其他的股票交易员一样，科恩也被谣言所裹挟。在那段时间里，他被频繁的交易缠得很难脱身。据他以前的一位交易员说，他几乎错过了他儿子罗伯特的出生，因为当时他正在医院打电话，为斯伦伯格股票的买卖发出交易指令，而帕特里夏则在其身后因生产的阵痛而尖叫不已！

"我们当时的工作就跟玩似的，"一位前交易员说，"你就只管买吧，哥们儿。大家都处在交易狂热症里，而且，每一个谣言都是真实的！"

科恩喜欢在看屏幕的同时，和他人讨论市场情形，和朋友交换有关股票的看法。他还有一个习惯：与他哥哥唐纳德分享交易股票想法，后者还在他迈阿密的办公室里，管理着科恩的账本。

1985年12月的一天早上，科恩打电话给唐纳德，建议他购买NBC电视网母公司美国无线电公司的股票。"我听说可能会进行重组，"[17]科恩说，"这些电视股现在很热。"随后，他又补充说："如果NBC被拆分的话，它的股票可能会涨20点。"

在周末研究了美国无线电公司的股票图表，并浏览了几期《福布斯》杂志后，唐纳德利用自己在富达公司的个人交易账户，买了20份该股3月的看涨期权。这给了他3个月后以50美元买入美国无线电公司股票的权利；这是针对该股价将会上涨所做的一种积极的下注。科恩已经在自己的账户上进行了类似的投资。帕特里夏后来说，他一直在告诉人们，沃顿商学院的一位同学告诉他，[18]该公司将会有一个并购要约。

当时，美国无线电公司股票的走势，看起来就像安第斯山高耸的天际线；收购谣言使投资者不断出手购买，使该股的价格走势形成了一组锯齿形的凸起峰峦。在他与唐纳德谈话的六天后，通用电气宣布以每股 66.50 美元的价格收购这家广播公司，[19] 该股价又被推到一个更高的水平。科恩在这次交易中赚了 2000 万美元！[20]

3 个月后，联邦证券交易委员会的一个信封被送到了格兰特尔法律顾问的办公室。[21] 它内装一份传票。该委员会对美国无线电公司被收购前，是否存在内幕交易启动了调查。该监管机构似乎清楚地看到，市场上有些交易员已提前知道了这笔交易。联邦证券交易委员会要求科恩出庭作证。[22]

事实上，该机构还在调查一些其他的股票，包括华纳通讯、通用食品和联合碳化物，它们都是最近收购要约的目标。根据内部人泄露的应该保密的重要非公开信息进行交易，是违反证券法的行为。联邦证券交易委员会注意到，在公告发布推高价格之前，与科恩有联系的一群人已经累积了所有这三只股票，外加美国无线电公司的股票。该机构怀疑存在着某种内幕交易的圈子。

唐纳德也收到了传票。他试图保持冷静，并给史蒂文打电话，要求知道到底发生了什么。

"别担心，"[23] 科恩向他保证，"当时买美国无线电公司的人都受到质疑。"

私下里，科恩十分恐慌。前几天，他和他的交易员都惊恐地看着电视报道，德崇证券之前的顶级并购银行家丹尼斯·莱文被逮捕，他被指控通过贿赂律师和银行家，使他们向他泄露关于收购和其他相关的交易信息，策划了庞大的内幕交易。

莱文的逮捕只是迈克尔·米尔肯垃圾债券帝国解体的开端；这是前所未有的一系列起诉，将在几个月内成为主宰报纸的头条新闻。联邦证券交易委员会指控莱文[24] 累计非法获利 1260 万美元，并冻结了他的所有资产，甚至使他无法支付自己的律师账单。

1986年6月5日下午6:00前后，[25]莱文承认了逃税、证券欺诈和伪证罪，并同意向司法部提供证据，证明他人在华尔街的犯罪行为。同一天，科恩穿着自己最好的西装，抵达百老汇沃思街联合广场26号。他将在美国无线电公司案的调查中作证宣誓。格兰特尔为科恩安排的律师是奥托·奥伯迈耶，[26]联邦证券交易委员会的原首席辩护律师（此君对昂贵的葡萄酒和莫扎特颇有兴趣）。无论是从才华还是从人脉的角度来看，奥伯迈耶都是业界最佳的辩护律师之一。在此，他将要再一次验证自己的声誉。

联邦证券交易委员会的专职律师和财务分析师（为该机构执法部门做交易数据评估），都在会议室等待科恩。在尴尬的问候之后，这位专职律师开始正式流程。"这是联邦证券交易委员会的一项调查，题为'与美国无线电公司证券交易案相关的问题'，"这位专职律师说，"我们想在这里就此事进行取证，以确定是否有违反联邦证券法的行为存在。"

律师要求科恩举起右手。科恩举起右手，做了宣誓。然后，这位律师向科恩介绍自己和他的同事，随后问道："你看过传票了吗？"

"他看过了。"科恩指着奥伯迈耶的方向说。

这位专职律师看了一眼奥伯迈耶，然后又转向科恩。"你看过传票了吗？"

"我想没有，"奥伯迈耶说，替科恩作答，"没给他看过。"

作为调查的一部分，该机构向科恩发送了一份单独的传票，要求得到相关的交易记录和其他文件。这位律师刚刚又直接提到了这一点，然后，再次看着科恩问："你还没有出示任何文件。你今天打算出示任何文件吗？"

"不。"奥伯迈耶再次代表科恩回应。他们不打算提供任何帮助，但他也不打算向联邦证券交易委员会的律师直说。相反，奥伯迈耶告诉他们，他将根据自己客户的宪法权利"拒绝提交所需的任何文件"。

"这个宪法权利是什么？"这位专职律师问道。

奥伯迈耶回答说："任何人不得被迫成为不利于自己的证人。"

"是指他的'第五修正案权利'。"这位专职律师说。

联邦证券交易委员会的律师相当沮丧，但他仍然坚持让科恩自己回答有关这个文件的问题。实际上，在获取证词的过程中，有关双方通常就像是一场智斗。在此，联邦证券交易委员会的目标是：设法使证人承认，他在拒绝回答问题时，笔录显示他"第五修正案权利"。[27]这可以稍后用来作为他有罪的推论。如果你是无辜的，为什么不借此机会把所知的一切都告诉联邦证券交易委员会呢？当然，白领辩护律师很清楚这一点，所以，他们的工作就是设法抵制，尽量避免让客户说他要"保持沉默"（即使他采取的就是"保持沉默"策略）——也正是由于这个原因，客户不能自己说出来。当然，这是标准的法律操纵行为。

"他必须亲自主张'第五修正案权利'，不出示相关文件。"美国证券交易委员会的这位专职律师进一步说，他试图再做一次尝试。

"我不认为他会这样做，"奥伯迈耶回答，他不想让科恩说一句话，"我是他的律师，可以代为回答。"

这位专职律师和金融分析师相互瞥了一眼。此时，奥伯迈耶已经察觉到他们让步的征兆。事实上，他们已经败了。

"你的出生日期和地点？"这位专职律师继续问道，看着科恩。

科恩则看着奥伯迈耶。实际上，他们已经就此做过了排练。"根据我们律师的意见，"科恩说，"我得恭敬地拒绝回答这个问题，理由是我正在被迫成为一个指控我自己的证人。"

"1985年12月，你是否代表格兰特尔公司，根据拥有的美国无线电公司的非公开信息，购买了它的股票？"

"答案依旧。"科恩说。

他们来回拉锯。这位专职律师提出了更多的问题：科恩1985年12月在自己的账户中购买了美国无线电公司的股票吗？有没有人在公告之前告诉他，美国无线电公司将会被通用电气收购？科恩在1985年12月建议任何人购买美国无线电公司股票了吗？每次科恩都重复了同样的答案——实际上利用了"第五修正案"所赋予的权利，但不说自己利用了这种权利。

这位律师问道："你熟悉一个被称为戈德曼公司的实体吗？"该律师是指科恩的亲密好朋杰伊·戈德曼，又名"J-Bird"，在前年离开格兰特尔后组建的自己的证券交易公司。

科恩几乎没有表现出任何承认的迹象。"答案依旧。"他说。

这次取证在20分钟内就结束了。[28] 乘坐电梯回到大厅后，奥伯迈耶不敢相信竟会如此轻松。他确信，他已经尽了自己最大的努力使得自己的客户免于起诉了。

然而，科恩却受到这次经历的强烈震撼。在执法机关面前拒绝回答任何问题，通常使人听起来是有罪的表现——即使他原本无罪。与此同时，美国无线电公司案的调查工作仍在进行中。科恩觉得他现在有丧失生计的风险。他白天比平时更烦躁，晚上在家的大多数时间里，当着帕特里夏的面，大骂联邦证券交易委员会。有个周末，他几乎没下床。他抱怨自己受到了不公正的迫害，没有天理。就帕特里夏来说，她也很焦虑，但她相信丈夫的保证，他没做错事。

有一天，一封来自电话公司的信送到他们公寓。它通知科恩夫妇，联邦检察署已发出传票，要查看他们的电话记录。这个迹象说明，除了联邦证券交易委员会的民事调查之外，还有可能进行刑事调查。帕特里夏读完后，吓得尖叫起来。自此，出现了刑事案件的可能性。这就与科恩一直告诉她的那些截然不同了。按科恩所说的情况，最糟糕的可能结果也就是他必须支付罚金。刑事诉讼就可能导致监禁。科恩向她保证，他只是间接得到了这些信息，来源不是沃顿商学院的同学，是一个中介，这意味着他的交易并非违法。然而，这种不确定性对整个家庭产生了不小的负面影响。每当夜幕降临，听到科恩用钥匙开门时，帕特里夏和孩子们都会吓得哆嗦！[29]

政府的美国无线电公司案调查是一个持续不安的根源。"我只是一个股票交易员，[30] 我碰巧交易了这些股票，"科恩甚至向高尔夫球场的朋友抱怨道，"对我的调查给我的家人、我的孩子和我的个人生活带来很多问题。"

1987 年 10 月 19 日星期一，科恩早 8:00 上班，比平时早。他有种不好的感觉。尽管联邦证券交易委员会的调查让他分心，但科恩的小组还在继续赚钱，因为数百单并购交易推动着市场不断攀升。不过，在过去的几个星期里，裂缝已经开始出现，部分原因是华盛顿的立法者正在辩论是否应该消除敌对收购贷款所付利息的税

收漏洞的问题。如果并购活动突然停止，股价的上涨也会终止。因此投资者都紧张起来。

此外，市场还担心那些地缘政治导致的紧张局势，包括伊朗与伊拉克之间的长期战争。在上个星期四（10月15日），伊朗还用导弹轰炸了一艘在科威特附近的美国油轮，引发了关于美国如何应对的辩论。道琼斯指数也因此跌了100点。星期一上午，世界各地的市场都在崩溃。实际上，这似乎是下述事件的综合结果：对中东局势的恐惧、油价的下跌、并购热潮的结束、经济衰退迹象的出现，以及电脑程序化的股票抛售。当他到达办公桌时，科恩知道了所有这一切；他想看看海外和亚洲市场的表现如何。香港指数下跌，欧洲图表上的所有数字均呈红色。他自己的投资组合中有很多空头头寸，[31] 将会对冲一些可能的损失。他盯着他的屏幕，尝试着计算自己可能会损失多少钱。

当市场在纽约开盘时，他开始尽可能快地出售自己所持股票。但麻烦的是，其他所有的人都在试图做同样的事情，市场上完全没有买家，股价只有下跌！交易员在纽约证券交易所的交易厅里乱穿，相互冲撞。在交易时间的最后一个小时，由于投资者一想到隔夜持有股票就感到恐惧，所以，抛售加速。历史上的这一天，成就了"黑色星期一"的伟名：道琼斯工业平均指数下跌了508点，跌幅达23%，创历史最大单日跌幅！ 10年间无限制的借贷戛然而止。

格兰特尔和许多其他公司一样，业务实际上已经瘫痪了。科恩的小组失去了近一半的资本。他的七位交易员，每位的资本都损失殆尽！

当金融风险很高时，科恩却表现出几乎超人的能力：保持冷静，做出理性的交易决策。在他身边的混乱还在持续之时，他就已经看到了机会。据他一名前雇员的说法，当天的交易结束后，科恩转向他的交易员们；他们正在揉搓着自己的脸，惊恐地瞪着他们的监视器。"从现在开始，除了我以外，任何人都不要做交易，"他告诉他们，"我是唯一的交易员，你们都是我的文员。"说实话，没有人知道他在说什么，但他们没有争辩。

这是一个充满焦虑的日子，财富丧失，生命泯灭。与他们做业务的其他公司的两位经纪人，包括涉及德崇证券内幕交易丑闻的基德和皮博迪，从他们办公室的窗口，一跃而下！垃圾债泡沫开始破灭，借了数十亿美元的公司无力偿还。储蓄和贷款危机日益深重，导致全国1000多家银行倒闭。华尔街处于危机之中！

然而，科恩的业务仍处在掌控之中。在市场崩溃后的那个月，纽约证券交易所的场内特种经纪人，每天早上都会挣扎着就他们各自的证券开市交易，所以，科恩的"文员们"都会在市场开盘之前给他们打电话，询问他们将要开始交易的某只股票会是什么报价。崩盘的恐慌还在继续，而且，没人知道还将发生什么；这段时间，最大的交易机会是在一天的开盘之际。此时，人们的心中都有这个疑问：这可能是一切都归零的那一天吗？科恩会从场内特种经纪人那里得到传递给他的"可能性"，比如"吉列可能会高开2个点"。一旦这只股票开盘，他就会卖出尽可能多的该股（卖出他实际并不拥有的股票，当这只股票再次下跌时，再买回来）。就这样，他一遍又一遍地做了好几个星期，几乎卖空了道琼斯指数的每只股票（杜邦、通用电气和IBM等）；每次随着这些股票价格的走低，他几乎都能赚钱。当市场正在挣扎着恢复时，这不是一种爱国的举动，但他的同事们却惊讶于他对自己情绪的控制力。

格兰特尔和科恩的交易组最终幸存了下来。但科恩的婚姻没有这么幸运。

他和帕特里夏苦斗了好几个月，并且做过好多次夫妻心理咨询。但事情还是发展到如此紧张的地步，以至于 1988 年 6 月 22 日，科恩被迫从他那东尾大道 5500 平方英尺的公寓搬出来。这也是历时一年半的艰难的离婚谈判的开始。在他们试图达成和解分手协议时，科恩的律师建议他搬回公寓，以便给他一个更强的谈判地位，他的确这么做了。[32] 这套公寓有 28 个房间，地方很大；科恩认为，他应该能够住在那里，直到正式离婚为止，因为这似乎会花很长的时间。但这一举动却是他们之间新一轮冲突的开始。

这位律师花费了数百小时的收费时间来廓清科恩的资产清单，并试图确定他每年赚了多少钱。他从未与妻子分享过这个信息。他们对这份财产清单进行反复的争论。科恩最终拿出了一份表格，显示他在世界上一切的价值是 1690 万美元。其中约一半，875 万美元，[33] 投到了与他的朋友布雷特·卢里合伙做的房地产交易里。科恩说，这笔交易一直没有挣到钱，而且，整个 875 万美元都已经没了，所以他把它的价值评估为零。剩下的约 800 万美元，必须平均分配。科恩提出把这套公寓给帕特里夏，他说它的价值是 280 万美元，[34] 另加 100 万美元的现金。他还同意支付杰西卡和罗伯特的抚养费，每月约 4000 美元（不包括他们的夏令营和私立学校的学费）。就帕特里夏来说，她计划出售这套公寓，搬进小一些的住宅；她还放弃了自己拿配偶赡养费的权利。

虽然科恩在那一年赚了 400 多万美元，[35] 但他却不愿就此给前妻任何钱。他抱怨她大手大脚的消费习惯，比如，她在波道夫奢侈店还有 8 万美元的消费账单。[36] 在签署离婚协议的第二天，科恩就带着暴躁的情绪出现在工作中，并发泄到自己的交易员身上。

"我的财产刚刚被老婆瓜分了，"根据一位当时在场的人回忆，科恩说，"我要通过削减你的报酬来弥补。"

他的员工不能相信自己所听到的。科恩拿了该小组利润的60%。在这个池子里，他向每个人支付各自交易利润的30%，把他没有参与交易的其余利润的整整一半留给了自己。要知道，许多交易员都是从文员的薪水起步的。科恩竟然想要减少他们5个百分点的收入！

"你不能这样做。"其中一位交易员说。

"去你的，"科恩说，"我是老板。"

在一个相对较短的时间内，"黑色星期一"造成的阴霾逐渐消失了。股市开始了再次漫长的攀升过程。联邦证券交易委员会的美国无线电公司内幕交易调查也结束了，它显然没有对任何人提出指控或制裁。刑事案件的调查也是如此。就此，未来许多其他的金融犯罪嫌疑人都明白了一个道理：保持沉默会让所有的证券调查案无疾而终！

史蒂文，为所欲为

"我们要做的事情是，"科恩在 1992 年向他的交易员宣布说，"我希望我们摆脱格兰特尔的经纪交易商的封地制。他们正在吸吮我们的利润，他们在抑制我们挣钱。"实际上，只要科恩的交易小组是注册经纪人（格兰特尔）的一部分，他们就会受到严格的监管，其行为就会受到限制，如不能购买首次公开发行的股票，这正在成为一个重要的新利润来源。科恩咧嘴一笑："我们要做这种投资，就必须摆脱束缚，自己玩。"

到目前为止，格兰特尔仍然是一家无法赢得人们尊重的公司，[1]并且多次成为监管部门调查的对象。在华尔街以毫无道德底线和公然违法为特征的时代，格兰特尔首席执行官霍华德·西尔弗曼给予科恩完全的自由，科恩也因此兴旺发达起来。14 年来，他从初级交易员蜕变为华尔街明星。他已近 36 岁，刚刚离婚，羽毛已丰，是单飞的时候了！

科恩以约 2300 万美元的资本和 9 名员工创建了赛克资本。[2]他自己投入了大约 1000 万美元，他的交易员、朋友和投资者投了其余的资金。他的许多交易者都是20多岁、30多岁，家里都有年幼的孩子。有些员工的妻子反对他们放弃稳定的工作，去科恩新创的公司里冒险。在出现紧急情况时，不会有哪家大银行来帮助他们；他们这是置自己的生活安全于不顾。

在他们开始做业务的第一个星期，科恩就意识到他的新员工显得很紧张。因为现在用的是他们自己的钱，他们变得有些怯懦，在下每一个买卖指令时都很犹豫，反复计算当市场不利时，他们可能会损失多少钱。科恩尽力抑制自己，不去斥责和贬低他们，而是设法建立他们的自信。"振作起来，"他告诉自己的交易员，"这和原来没有什么不同！"

他想让那些愿意冒险的人在自己的身边。他喜欢招聘那些有动力、有竞争性的人，特别是那些在大学里喜好运动的年轻人。[3]他的梦想是满屋子都是迷你型的史蒂文·科恩——那些无所畏惧的人。"告诉我你所做过的那些最危险的事情，"科恩总会问他的潜在交易员，"我想要的是那些充满着自信、敢于冒险的人。"

科恩相信，股票市场的赚钱方式就是冒理智的风险。若你有一个很好的投资理念，但你不敢把大量的资本投进去，那你就不可能赚取丰厚的利润。科恩认为，他5%的交易员贡献了他公司利润的大部分。若他不把足够的钱放在这些胜者手里，那么，所获利润就会少得多。对科恩来说很自然的事，对大多数人却是很挣扎的。这实际上就是遗传变异的结果，在做交易时，他的这种行为能力就像爬行动物，异于容易产生恐惧和自我怀疑的人类。所以，当他面试潜在的新员工时，他会尽可能地测试对方是否会有他的这种品质。

科恩的投资方式与大多数其他对冲基金所用的投资方式不同。他每天都从市场的各个角落吸收大量的信息；当市场上的要价和竞价出现时，他会观察它们的动态，然后，购买几万股甚至几十万股，并在价格上涨后立即出售。就做空头而言，他也会如法炮制，即当股票下跌或继续下跌时，他会及时清盘获利。他是一个异常成功的日盘交易员。实际上，这是一种几乎不可能成功复制的投资风格，但如果科恩的交易流程有一个什么模型的话，那么，可能就是在 1967 年就创建对冲基金"斯坦哈特 - 费恩 - 伯克威茨"的迈克尔·斯坦哈特所采取的投资策略。斯坦哈特开始做股票交易[4]时，正值养老金开始盛行之时，那些普通人每年在股票市场上投入数十亿美元的新资金。1950 ～ 1970 年，有福利退休金保障的美国工人数量增加了两倍，这些钱都需要做投资。因此，股票交易也从穿彩色夹克文员所做的行政工作中脱颖而出，成为进军华尔街超级明星的最快的路径。作为当时交易量最大的个人之一，斯坦哈特要求有大量股票需要交易的大型经纪人首先打电话找他，而且，给予他的价格一定要好于普通投资者在公开市场上能够得到的价格。斯坦哈特与银行和经纪商的亲密和有争议的关系，使他具有优于其他投资者的市场地位，为他创造不菲的财富。

多年来，对冲基金一直处于华尔街的主流之外，主要是由那些不愿抛头露面的古怪人群组成。在 20 世纪 80 年代，一些投资名人从对冲基金中脱颖而出，包括乔治·索罗斯和保罗·托多·琼斯[5]，但大多数人仍然不清楚他们到底在做什么。最终，大家逐渐知道这些聪明而怪异的人悄然间积累了数十亿美元的财富，媒体也开始关注他们了。他们大多购买了类似泰姬陵规模的豪宅，乘直升机前往长岛的海滨别墅，并大肆收集属于大都会博物馆的艺术品。他们成为被极度羡慕的对象！

科恩略有不同，他数学不是很棒，也没有研究过全球经济，也没有独特的投资理念。他只是一个优秀的交易员，但他的这种优秀程度是如此超群，以致传统华尔街的职业生涯不足以满足他。实际上，拥有自己的对冲基金给了他进入一个财富和权力世界的新通道。

⌐

随着赛克资本的规模越来越大，用于交易和投资的资金越来越多，老牌的华尔街公司都开始向它投来关注的目光。他们怎么能不呢？三年来，赛克资本的资金规模翻了四倍，达到近 1 亿美元！[6]科恩及其交易员每天都买卖这么多股票，那些经纪人开始担心，如果他们不与赛克资本做交易，他们会错失大量的收入。但经纪人不得不克服的问题是，许多雇用他们的大公司对整个对冲基金，特别是对科恩，持有不信任的态度。有传言说赛克资本每年的回报率是100%！大公司的交易员相互传话说，科恩肯定作弊了。J. P. 摩根甚至拒绝与他做生意！

与此同时，科恩希望赛克资本保持增长，这需要找到新的投资者，也需要可以帮助赛克资本进入 IPO 市场的销售人员，或者能够提供他们自己无法想到的投资理念的人。通常，他会出去吃牛排晚餐、玩高尔夫和打壁球。但科恩不喜欢为商业目的而进行社交活动，他不善于建立有助于企业发展的种种关系。他也的确不想成为任何俱乐部的一员。他需要聘请一位专业人员为他做这些事。

他知道一个非常适合这项工作的人。他叫肯尼·利萨克，是科恩在格兰特尔工作的最后几年，曾聘用过的一名蓝眼睛、宽肩膀的股票推销员。利萨克喜欢和经纪人一起出去打高尔夫球和喝酒。他曾与美林、高盛和雷曼兄弟建立了一些关系，科恩一直试图使这些公司的人把自己视为一位重要客户。在许多方面，利萨克与科恩有很强的互补性，所以，他们很快就走到了一起。

利萨克在交易方面比科恩更传统。利萨克在美国最大的经纪商之一希尔森 - 雷曼兄弟公司工作过，了解机构的研究报告会如何影响股票价格：如果美林发表一位分析师批评 IBM 的分析报告，投资者可能会抛售这只股票，它的价格就会下跌。即使某份报告的实质内容是错误的，但只要是一位受人尊敬的分析师对相关股票的评级进行了升降改动，就会对这只股票价格产生很大的影响。在做股票投资时，没有遵循这些基本机制行事，就使科恩少挣了不少钱。

利萨克会见了高盛和第一波士顿的经纪人，并将科恩说成一名严肃的投资者，认为他应该能够接触到最好的研究分析师。作为一种交换，利萨克告诉经纪人，他们将会有巨大的交易佣金。当他不急于去与他人会面时，利萨克也自己交易股票，他与科恩共同管理一个投资组合账户。在这段时间里，他们是最好的朋友，每周都玩命工作，然后，在周末一起放松身心，在长岛的格伦精英乡村俱乐部打高尔夫，在阿斯彭滑雪度假。

每天早上，他俩来到办公室，阅读相关的报纸，查看股票价格，决定他们当天将在哪里赚钱。如果有关于某家公司的消息，或有大额的买入或卖出订单进入市场，科恩就会准备利用它们将创造的势头做盘：若是股价上涨，就买入股票；若是下跌，卖出即可。科恩非常擅长此道，而且，其他公司的交易员也开始追随他的所作所为。

通常，科恩和利萨克会花几个小时对他们的交易进行复盘，试图找出能做得更好的方法。利萨克以简单的方式阐述了他们的核心理念：摒弃赔钱方式，增加赚钱方法，提高赚钱概率。他们认为，赚钱的关键在于理智地控制损失。在学术上，这被称为风险管理。

他们的交易通常都是对他们有利的，但并不总是。在他俩合作早期的一天，市场收盘后，科恩和利萨克在上东区的一家冷冻酸奶店坐在一起，那天下午的讨论特别痛苦！

"到底发生了什么？"科恩愁眉苦脸地说。

他们刚刚在北电股票上遭遇了巨额亏损。该股股价从 38 美元一路降至 31 美元，但他们不愿承认自己的误判；在该股逐渐走低之时，科恩和利萨克也在渐次买进。他们确信最坏的情况已经过去了，该股票马上就会反弹。这是一种典型的自以为是的愚蠢行为，一直影响着投资者；他们害怕因马上止损而坐实了亏损，且无理性地认为，当你屈服和抛售的那一刻，股票将会突然反弹。那笔交易使他们亏了接近 200 万美元！当然，这次亏损还不至于使他们关门歇业，但对科恩而言，这是一件十分痛苦的事情。对于自己每天的每一笔交易，科恩都会十分严肃地对待。但没有任何误判是可以原谅的！

科恩说："我们要做什么打算，去开出租车吗？"

在北方电信的那笔交易之后，科恩在再次遭遇赔钱的盘时，严格遵循了一项铁律：如果某个交易对你不利，立刻设定一个止损线，不管发生任何情况，届时，一定按止损线平仓。决不能再让情绪绊倒！

汉普顿是曼哈顿精英长期以来的避暑胜地，包括沿大西洋从西汉普顿向东到蒙特奥克的几个满是木瓦顶宅院的村庄，距科恩的生长地仅 88 英里。实际上，在他创立赛克资本之前，科恩就已经有能力在那里潇洒度假了。他和利萨克开始在夏季将他们的交易业务迁移到东汉普顿。他们租了一套具有五个卧室的别墅，外带游泳池和一位管家。他们的办公室设在东汉普顿中心的格兰德咖啡厅上面（这里是不少富有女士与其贵宾狗的消遣之地）。这个办公室也就作为他们 7 月和 8 月的总部。

科恩每隔一个周末就能分享到杰西卡和罗伯特的监护权，试图用当爸爸的体验来调和自己富裕单身汉的生活。他的前妻帕特里夏认为，当她不在时，科恩并没有用心地照顾孩子。科恩习惯了独自生活，偶尔沉溺于工作时，会扔下孩子不管。有一次，五岁的罗伯特掉进了科恩在东汉普顿别墅的泳池里，科恩不得不和衣跳进去，把他拉出来。

实际上，科恩并不喜欢孤单，但也不喜欢与女人会面的过程。他注册参加了一个约会服务，[7] 他就服务方推荐的 20 份简历，发出了约会邀请。但只有一个女人回应了他。她叫亚历山德拉·加西亚（昵称亚历克斯），有一袭黑色的长发。他们的第一次约会是在曼哈顿科恩公寓附近的一家嘈杂的意大利餐厅。他们聊了好几个小时。

他们开始定期看望对方，但亚历克斯清楚地表示，她对那种随意的关系不感兴趣。她想结婚。从表面上看，她与华尔街的一位成功的交易员不太相配。亚历克斯是一位生活窘困的单身母亲，成长于说西班牙语的哈莱姆区，出生于一个波多黎各裔的大家庭。她没有上过大学，有一个儿子。总之，她和科恩几乎没有共同点。

在经历了一次痛苦的离婚后，科恩一直在犹豫是否要再次结婚。

"我不知道该怎么办。"一天，科恩在他们夏日别墅附近的比萨店里，对利萨克说。

他解释道，亚历克斯催他订婚，但她不喜欢签署婚前协议。其实，科恩的矛盾心态还有其他原因：他仍然对帕特里夏有些留恋。科恩的朋友把他的前妻比作玛格丽特"辣唇"胡丽汉——电视节目 *M**A*S*H 里的那位军营里的性感护士。他也无法想象，在不采取措施保护他不断增长的个人财富的情况下，再次结婚。

当科恩痛苦于不知如何决策时，帕特里夏和亚历克斯相互之间酿出了激烈的仇恨。每当送孩子去父亲那，或去接孩子时，她们俩不得不发生交集。她们之间的这种紧张气氛偶尔也会导致当街爆发冲突。

然而，利萨克看得出来他的朋友比较寂寞，亚历克斯似乎能让他开心。"送她一个戒指，"他向科恩建议，"这需要花多少钱，10万美元的 3/8？如果最终不成，大不了，也就是 3 万多美元没了。"

在这几个月，史蒂文和亚历克斯至少分手了四次，每次亚历克斯都怒火冲天并发出威胁。她不停地放言道：要么现在结婚，要么就永远别想。科恩最后接受了利萨克的建议，向她求婚。他们于 1992 年 6 月 6 日结婚，婚礼现场设在广场酒店，一个奢侈的正式场合，300 位客人到场。利萨克是科恩的伴郎。

亚力克斯立即开始对丈夫施加影响。科恩很害羞，是一个极力避免成为焦点的人。然而，不知何故，他们结婚八个月后，她说服他做了一件不可想象的事情：她代表他俩签了一个合约，合约要求他们出现在一个著名的拉丁语日间电视节目《克里斯蒂娜秀》，一个有关夫妇与前期配偶体验恶劣情感纠缠的特别节目。"可怜的亚历克斯和史蒂文·科恩结婚只有八个月，"克里斯蒂娜（一个拉丁版的金发奥普拉）说，"她觉得自己与丈夫前妻的战斗永无休止。她说，她和他的前妻相互鄙视，只有当我们节目保证不邀请她丈夫那位疯狂的前妻时，她才同意来这里。"随之，克里斯蒂娜向前微微倾斜了一下，做了一个戏剧化的停顿姿势，并说道："告诉我们，亚历克斯，她疯到那个程度了吗？"

科恩有过思想准备，[8] 想到过可能要谈到抚养过继孩子这个难题，但科恩还是被这次经历弄得很尴尬。尽管如此，他还是尽了最大的努力让自己得到解脱。当克里斯蒂娜提出他和亚历克斯开始约会后，科恩还继续看望前妻这个事实时，观众们都显得气急败坏。

此时，科恩的脸色苍白。"这种事情主要发生 [9] 在我们建立关系的第一年，我那时还没有向亚历克斯求婚；也许，我只是把看望前妻作为了一个借口使用，"他吐了口气，说，"我刚刚经历了一次非常糟糕的离婚过程，那时，我还没准备好……我们的关系经历了一段时间的起伏。当然，这里还有一些经济方面的考虑……"

科恩的朋友都被这一事件惊呆了——既为那些尴尬秘事的抖落，也为他们谨慎害羞的朋友竟然敢在电视脱口秀节目出镜这个事实。要知道，科恩通常对抛头露面的事极为反感。他在赛克资本的同事把这次事件，视为亚历克斯完全控制他的一个标志。

在东 79 大街的新公寓，科恩举行了一个圣诞派对，庆祝公司 1993 年所取得的不俗业绩。大家都热情洋溢，对刚赚到的巨额利润兴奋不已，调酒师为大家狂倒饮料。此时，科恩碰了一下利萨克的肩膀，说："我能跟你聊会儿吗？"随即，他们进入一个空无一人的房间。

在过去三年，利萨克成了科恩最可靠的合作伙伴；他既是与投资者和华尔街银行进行沟通的主要人物，也是首席交易员、招聘人员、运营管理者，还是同事在遇到问题时都会找的人。根据利萨克的说法，当时科恩说："你对运行赛克资本的作用非常大，我给你20%的普通合伙人股份。"

利萨克激动异常。他喜欢和科恩一起工作，和他并肩经营基金，整天做交易。成为合作伙伴就有了安全保障，但这也意味着要出更多的钱——数千万美元。他们返回派对后，告诉赛克资本员工利萨克的晋升之事。反应绝对的积极正面。利萨克受到广泛的喜爱和尊重。把他这样的人根植入公司，会使它看起来更加稳定和合法。

沃伦·邓普西是一位在20世纪90年代初加入赛克资本的交易员，主要职责是帮助赛克资本在欧洲寻找投资IPO的机会。"史蒂文是个类似科学家的狂人，肯尼则是位擅长交际的人，"沃伦说，"他们共同经营这个地方，但肯尼在那里拥有真正的权威。至少我在的时候，我认为，如果史蒂文不和肯尼商量，他不可能做出太多事情来。"

两年后，赛克资本的新办公室搬到距离现代艺术博物馆一个街区的麦迪逊大街520号。科恩坐在T形桌的中心，他的交易员坐在他两侧的监视器前。楼下有一家叫圣彼得的意大利餐厅，墙上还装饰着壁画，赛克资本的交易员是其最好的一批顾客。

正当赛克资本蓬勃发展，公司资金规模几乎每12个月翻一番时，科恩却在继续与自己的身体状况苦斗。尽管他实现了自己的人生梦想，经营着自己的公司，但，他仍然振作不起来；此时，他得依靠一位名叫阿里·季耶夫的精神科医生帮助他管理自己的心情。

除了治疗抑郁症，季耶夫的另一个专业领域是成功学，[10]主要是如何实现它。他曾担任过奥运会篮球运动员和划船运动员的精神科医生和教练；他的职责是努力提高他们的成绩，使他们克服内心对失败的恐惧。季耶夫培养运动员冠军的背景对科恩有很大的吸引力，因为他在自己进入的每一种交易中，都想极力获得主导地位。随后，他开始要求季耶夫把他的时间整天都花在赛克资本这里，对他的员工进行系统辅导。季耶夫个子很高，有着浓密的胡须和一个将军肚；他常常会默默地出现在交易员的身边，问他的感觉如何。有时，交易员突然看到季耶夫，吓得从座位上跳了起来。科恩要求季耶夫向员工发表激励性的演讲，帮助他们摆脱对亏钱的焦虑。

季耶夫大体上是在那里教他们如何做到冷酷无情。

每周一次，科恩的交易员会聚集在一个会议室，季耶夫领导他们做集体理疗，重点是设法使他们能更从容地应对风险。季耶夫让他们谈他们的交易，试图了解为什么有些人做得好，而其他人却不如意。"你真的有动力去尽可能多地赚钱吗？这个家伙会帮助你成为一个真正的杀手级交易员。"一个曾持怀疑态度的工作人员记得季耶夫是如何为他们做辅导的。季耶夫给奥运选手的辅导经历使他相信阻止大多数人发挥的因素是内心的恐惧。你可能有两位持有等量资金的投资者：一位准备购买25万股他喜欢的股票，而另一位则不会。为什么？季耶夫认为，这种不情愿是一种害怕的心理所致——它是可以通过适当的理疗来克服的。

季耶夫会要求交易员闭上眼睛，想象自己在做交易并获利了。"聚精会神"和"说实话"是他最喜欢的一些短语。[11] "你为什么在好的交易里没有投更多的钱呢？你做对了什么？"他问道。"专注于不亏钱会妨碍你挣钱，"他说，"想完全不亏钱去做交易，是不实际的策略。你要通过交易去获利。"[12]

许多交易者都讨厌集体理疗课。有人认为季耶夫辅导是假，欺诈是实。

"阿里非常激进，"有个交易员说，"他喜欢钱。"

科恩的前妻帕特里夏，也怀疑季耶夫的动机，认为他在利用给科恩上辅导课的机会，设法获取做股票的技巧或小道消息。从季耶夫的角度，他发现科恩是一个完美的客户；这位患者拥有无限的资源，可以支付巨额费用，并且，华尔街最佳交易员之一的声誉，可以帮助季耶夫实现成为畅销书作者的愿望。能够说你是华尔街最牛交易员之一的交易教练，无疑是销售书籍和吸引客户的绝佳方法。

一些赛克资本的交易员认为，季耶夫在为科恩提供另一项服务：充当后者的内部间谍。对某些特定员工，他想知道到底是什么困扰了他们。做了十几年的治疗师，他擅长让客户感觉良好并获取他们的信任，进而套出他们内心的秘密。但，在赛克资本很少有人对他敞开心扉，因为他们知道自己所说的一切都会被报告给老板。

对于经营者来说，对冲基金的某些经济属性非常有利，即他们能采用高昂的收费结构。科恩早就决定要竭力利用这一点。如果投资者想要最好的交易员（比如他科恩），那么，他们就得付出相应的代价。赛克资本做得很好，科恩能够收取比几乎任何其他基金更高的费用，在年底留下 50% 的收益。一般来说，大多数对冲基金收取的利润提成通常是 20%。但科恩的投资者并没有因此抱怨。相反，他们还要争先恐后地抢着进来。

与此同时，对于他人没能从他的成功里获得合理利益的说法，科恩一直觉得很冤枉。而且，他向外付出的几乎每一分钱（无论是经纪人的佣金还是合伙人的奖金或是税收的款项），都使他觉得很不爽。最后，他认为纽约市的税收太高，曼哈顿的办公租金太贵。他的公司需要扩展，离开这个城市的成本效益会更好。他告诉员工，他们将把赛克资本迁至康涅狄格。他已经选定了斯坦福德的 GE 办公园区。这是一种经济的做法。

除了税收之外，他开始觉得自己对几年前谈定的一些利益安排过于慷慨。因此，科恩会解雇那些突然开始赚钱，而且，他认为是不成比例地赚大钱的人，或者拒绝向他们支付他们认为自己应该得到的钱。最后，他甚至把这种情绪发泄到他的搭档身上。

科恩在 1997 年 10 月的一个晚上，打电话给肯尼·利萨克，说了一件令人震惊的事：[13] 他的妻子亚历克斯指责利萨克试图勾引她。据利萨克说，亚历克斯对科恩说，他必须在自己的业务伙伴和他的婚姻之间做出抉择。利萨克说，他对这一指控感到震惊！利萨克毫不犹豫地予以否认，并说自己的婚姻很幸福。当时，他刚从一系列疾病的危难中恢复过来，身体虚弱。一年前，他因打篮球而引起了一系列身体疾病，并进医院做了常规背部手术。不幸的是，他的脊椎还因此感染了大肠杆菌，几乎要了他的性命，使他在医院卧床一个月。他的体重也因此失去了 100 磅[⊖]！

在利萨克缺席期间，亚历克斯在办公室的里里外外扮演了更为显赫的角色。她向科恩的雇员发备忘录，并在市场收盘后来接她的丈夫。"很明显，她是女王，史蒂文是国王，这是不争的事实，"一位前交易员说，"我不想诅咒她，但这就是我说话的方式。"另一位交易员则把她描述成一个惹是生非的人。有些员工甚至不愿意与她做简单的眼神交流。

她和利萨克之间的关系越来越紧张，几乎就像两个女朋友在竞

⊖　1 磅 = 0.453 592 千克。

争科恩的注意力。当然，这是不正常的。

根据利萨克的说法，在指责自己最好的朋友和商业伙伴试图和自己妻子有婚外情后不久，科恩叫他立即离开公司。他几乎没有生气，只是显得很冷淡。利萨克说，他坚持认为这是一个编造的故事，并试图说服科恩，解雇他是一个错误的决定，但科恩不为所动。利萨克大惑不解，但只得把自己的东西塞进了一个纸箱子，走出了办公室，走出了他的办公室。他极度地痛苦！科恩从来没有向员工解释过利萨克离开的原因，大家对此感到相当不安。但人们很快就听说所发生的事情。

之后，利萨克发现自己也被其他华尔街公司拒之门外。原因很清楚，这些公司还想让科恩继续做自己的客户，它们无法与他们俩同时相处。

一位前交易员说："抛弃肯尼是史蒂文无情性格的一个真实的表露。"

⁓

1998年一个星期一的上午，一群高盛雇员在市场开盘前一个小时召开了部门的周例会。准备向大家讲话的人是高盛证券的推销员，那位负责使公司最重要的交易客户开心的人。他有关于他们最赚钱的账户的紧急信息要分享。

"赛克资本，"他宣布，"现在是为股票部门带来最大佣金的单位。"

这个股票部门负责代表高盛的客户做所有的股票交易；在20世纪90年代后期的技术股繁荣期，这些交易为高盛带来了大量的利润。那时正是比尔·克林顿第二任总统的中期，这个国家正沉浸在一个异常繁荣的股市之中；这股狂热甚至把不少纽约市出租车司机，变成了手握《巴伦投资手册》的日盘交易员。每天都有新的网络公司做大型的IPO，杂志封面频繁涌现出新的亿万富翁。老年人也用他们的社会保障养老金在股市上下注。CNBC的主持人在热情洋溢地报道说，像高通（Qualcomm）和兰布斯（Rambus）这样的科技公司的股票价格，正在以小时的速度打破新的价格纪录。好像整个世界都在变得更加富有！

那时，华尔街的等级制度确定了谁接的电话，谁有资格就做完的交易拿到提成。惠灵顿、富达、道富银行等庞大的共同基金，管理着数万亿美元的退休金账户，它们是业界最重要的客户。但它们不做闪电交易，只做期限更长的投资，一起实现价值的逐步增长。它们会建立巨额的股票头寸，持有持续数月或数年，设法使客户的经济利益与公司的经济利益保持一致。高盛、摩根士丹利和所罗门美邦等公司，会指派专门的销售人员做这些大基金经理的工作，如向他们提供由投行分析师编制的股票研究报告；带他们去看纽约洋基队的比赛和吃寿司晚餐等。这都是一些轻松惬意的活动，正如一位前投资分析师所说，这是一些"50岁的白人老头从其他50岁的白人老头那里获得研究报告的过程"。

负责维护赛克资本账户的高盛证券销售员将把这一切都颠倒过来。他向困惑的高盛雇员（有些高盛雇员从未听说过该公司）解释说，赛克资本是一家对冲基金。他们不会买进大量的IBM股票并持有数月，然后，去打高尔夫球和收取红利。他们是做交易的。但他们不是在做富达那类大基金的那种交易。他们每天交易数以百计的股票种类，一次交易数十万股。他们对公司的长期健康不感兴趣，也不关心它所开发的新产品是否将在五年内雇用更多的人。赛克资本只对一件事感兴趣：能够使它从中获利的股票价格短期走势。

对于高盛代表赛克资本购买或出售的每一种股票，它收取 6 美分的佣金，无须博士学位就可以清楚地了解其中的含义。虽然富达基金的规模要大很多，但赛克资本能为高盛带来更多的收入（完全基于交易数）。[14]

这位销售员说，作为给高盛数百万美元业务的交换，赛克资本希望有一些相应的回报，而且，它应该与公司的重要性相称。赛克资本希望得到优惠待遇，特别是当高盛分析师在做出可能会影响相关公司股价的举动时。这位销售员说："如果您的股票价格预期将变动一分钱或两分钱，请先打电话告知赛克资本。"如果分析师建议投资者买入或卖出他所分析的公司的股票，或者修改他预期的公司下个季度所赚利润金额，赛克资本也想在他人之前知道。如果高盛的分析师主动提出要与重要投资者"相聚"，以帮助他们解读有关公司的举动时，为什么不先与赛克资本一起做呢？这个要求过分吗？

一位负责科恩账户的竞争对手经纪公司的销售员，以这种方式描述了相关的做法："若他要和你交易，他想要最好的价格。他愿意支付很多佣金。而且，他之所以愿意这样做，还有一个原因，即当你或你的公司有能帮助他赚钱的信息时，他能第一个得到你的告知电话。"

在高盛，在那天早上听到那名销售员演讲的分析师中，至少有一名对这种厚颜无耻的做法感到震惊。虽然准确地说，这里没人提出任何违法的事情。但这种做法使分析师感到不舒服。它使得赛克资本具有很大的市场优势。如果有一个新的"买入"或"卖出"评级的早期信息，赛克资本可以预测其他投资者将会做什么来应对这个消息，可以比任何人提前一秒钟买入或卖出，就能获得相关的差价。虽然这种差价不大，但微薄利润的逐次积累，能够聚沙成塔，积累到可观的总量。就此而言，肮脏这个词可能稍显过头，令人厌恶可能更为恰当。但与此同时，分析师和销售人员都明白，他们的首要任务是为客户服务。投资银行的层次结构非常像军队，每个人都必须向等级更高的人（收入更多的部门）致敬。

高盛的推销员的指示反映了华尔街的一个重大转变，但这里根深蒂固的玩家却花了很长时间才认识到这一点。在金融行业，此时，指挥权力的新方法是创建对冲基金。在正确的时间做这件事，可能会使一个在高盛或摩根士丹利以 20 年的职业生涯累积数百万美元收入的人，在几年的时间里就成为一个亿万富翁。对冲基金也因此从华尔街的一种特殊的亚文化形式，走向了行业的中心舞台。它们比业界的富达和道富银行的要求更高和更难满足（它们几乎肯定是由更聪明的一群人组成），但高盛和摩根士丹利则不得不想方设法，来让它们开心。当然，高盛最终就此得到了相应的回报。如果一家能够带来数亿美元收入的对冲基金，想要获得最好的研究报告或第一个告知电话的便利，那么，就给它好了；否则，它们会把其业务转到别处。

1998 年春天，一个阳光明媚的日子，科恩和亚历克斯在康涅狄格州的格林威治市驱车数小时，与一名房地产经纪人一起四处寻房，以便找到一个符合他们不断上升地位的新家。此时，这对夫妇已经住在格林威治，那是一座经过翻新的 6000 平方英尺的牧场住宅；这是科恩在 1993 年以 170 万美元的价格购买的，他们还在那里举行过很多次感恩节晚餐。但，亚历克斯还想要更多的空间。一位当时与他们关系密切的人声称，她对房产的强烈兴趣部分是夫妇婚前协议中的一个条款所致：如果双方离婚，亚历克斯将得到他们的主要住所，作为他们离婚解决方案的一部分。至少这就是科恩在他某次开玩笑时所暗示的。"这就是在剜他的肉"，据说，他是这样告诉他的一个同事的，"当她想要摆脱我的时候，这就是她能得到的"。

与此同时，这对夫妇还有一个不断增长的家庭需要庇护，包括亚历克斯在她遇见科恩之前的儿子和她年迈的父母、周末到访的科恩第一次婚姻的两个孩子、科恩和亚历克斯现有的三个女儿（包括一对年幼的双胞胎）。当亚历克斯第一次看到"30冠巷"时，她惊呆了！这是一个占地14英亩[⊖]的大型殖民地风格的综合体，曾经属于西姆斯服装折扣连锁店的创始人塞·西姆斯。

对他们来说，格林威治是一个摆谱的居住地。自20世纪20年代以来，它就一直是那些钱多得不知如何花的人的住所，一直排在全国最富有的邮政编号之列。它坐落在远离曼哈顿的一个绿树成荫的舒适之地，一度栖息着洛克菲勒和P. J. 摩根财富的继承人[15]——他们的豪宅隐藏在树篱和石墙之后，长长鹅卵石车道的尽头。最终，随着对冲基金大亨的迁入，老财主开始被新财主替代，每一个都在设法建立自己的白金汉宫。保罗·托多·琼斯是这第一批大亨中的一个，[16]也是最惹人注目的人物之一；1994年，他和他的澳大利亚模特妻子以1100万美元的价格买下了一个俯瞰长岛海峡的漂亮豪宅，并将其拆除，取而代之的是一个更大的豪宅，仅地下车库

⊖　1英亩 = 4046.856 422 4平方米。

就可容纳 25 辆轿车。从海面的方向看，人们常常会误以为这是百丽海文游艇俱乐部。

虽然"30 冠巷"已经在待售市场待了近两年，但最近也吸引了另外一位金融人士的兴趣，一位老牌华尔街投行贝尔斯登的合伙人罗伯特·"鲍比"·斯坦伯格。根据与斯坦伯格一起找房的房地产经纪人琴·罗吉耶洛说，这房子没有什么独特之处，但在这个市场上具有这种规模和附带这么多土地的房产极少。斯坦伯格是贝尔斯登风险套利部的负责人。他和妻子苏珊，有一个大家庭，而且，已经决定要为这座房子给出报价。那天晚上，在向卖家经纪人通报了斯坦伯格的报价之后，罗吉耶洛给斯坦伯格打了个电话。

"你会感到意外的，"她说，"还有他人也在为这座房子报价了。"这是一个很异常的情况。在这个市场上，几乎没有这个价位的房子，而且，竟然还出现了为这座 1400 万美元的房地产进行竞标的情况。这闻所未闻！

斯坦伯格对这种异常情况，心怀疑虑；在没有任何人感兴趣的几个月之后，几乎同时突然出现了另一个报价？即便如此，他还是提高了自己的报价，但另一个投标人也提高了他的报价。罗吉耶洛回过头来把这个消息递给了斯坦伯格，后者说他仍然决心买这座房子。他告诉罗吉耶洛再次打电话给卖家的代理人，就说他将会比任何其他竞标人多付支付 25 000 美元，不管其报价是什么。罗吉耶洛确信这个问题就此解决了。但当她通报新的报价时，卖家代理人就笑了起来；显然，另一投标人已经告诉卖方代理人，他不在乎最终的价格是多少，而且，他会以现金支付。他还明确地说："我正在斯坦福德，手握支票簿站在这里，马上就可以开立支票成交。"

罗吉耶洛逼着那位代理人告诉了她另一位买家是谁。然后，她电告斯坦伯格。

"这是一位名叫史蒂文·科恩的人。"她说。但斯坦伯格从来没有听说过他。

第二天，斯坦伯格找到负责科恩账户的贝尔斯登的销售员。"你知道一个叫史蒂文·科恩的人吗？"他问。

"是的。"销售员说，但他不知道斯坦伯格问题的背景是什么，所以，他模糊地回答说："他是客户。"

"你对他有什么了解？"斯坦伯格问。

这位销售员说，科恩是一位对冲基金经理和公司的一位重要客户。他曾参加过科恩在广场酒店举办的婚礼，并且清楚他作为交易员的声誉。此时，斯坦伯格唯一熟知的对冲基金是由伊万·波斯基执掌的那家，但这只套利基金在德崇证券的内幕交易丑闻期间被关闭。作为华尔街最有韧性的投资公司之一的董事会成员，斯坦伯格不甘于一个日盘交易员阻止他想做自己要做的事情。"给我他的电话号码。"他说。

斯坦伯格给科恩打电话，做了自我介绍。"听着，"他说，"我知道，你是就那座房子与我竞价的家伙。我的妻子非常喜欢这座房子。"

科恩则回答说，如果买不到这座房子，他的妻子会闹翻天的，所以他无论如何都会竭尽全力购买它。

"你不会买到它的，"科恩说，"我会。"

当斯坦伯格问为什么时，科恩说："因为我比你有钱！"

"这就离谱啦，"斯坦伯格说着，就激动起来，"我打算给你100万美元，你走人。"

"我要这100万美元做什么？"科恩说，然后，思忖了一会儿。

"我有一个主意，"他笑着说，"让我们来掷硬币吧。"

"什么？"斯坦伯格说。

科恩说："让我来看看你的运气。"

斯坦伯格感觉自己受到了侮辱。他知道，如果妻子发现自己为买房子而掷硬币，她会感到有些恐惧。这很荒谬！"不。"他说。

科恩挂断了电话。然后，他打电话给他的房地产经纪人，把他的投标价提高到 1480 万美元，并用现金买下了这座房子。[17]

不久，挖掘机就陆续到达，一个接一个，成群结队。科恩和亚历克斯很快就开始了他们的装修，自然，也开始骚扰他们的新邻居。"30 冠巷"位于格林威治的"后院"，该市北部的一个森林地带；在此，居住着数代财富传承的家庭，都行为谨慎；他们认为，炫耀财富是置自己的安全于不顾的做法。不过，像科恩和他妻子这样的新土豪对这个阶层的传统一无所知，也就无所畏惧了。他们立即开始推平地面，建造大量的新建筑。

他们新建了一个侧翼建筑，内含一个室内篮球场和一个游泳池，上面是一个一层半高的玻璃圆顶。在后院，他们建造了一个 6000 平方英尺的溜冰场，并拥有自己的赞博尼磨冰机，以及停放这台磨冰机的机库。他们添加了按摩室、健身房和带轻击区草地的小型高尔夫球场。他们还在周边建造了一个 9 英尺⊖高的石墙，[18] 并安装了一套先进的安防系统。最终的建筑面积达 36 000 平方英尺，是该地区最大的建筑群之一。为了建设相关的景观，仅仅土方就运进了 283 车。[19]

⊖　1 英尺 = 0.3048 米。

"我觉得这不是一个家，"[20]一位名叫苏珊·胡特的邻居向城市规划委员会投诉道，"这是一个大观园。它应该出现在布朗克斯植物园。"

在每年培训新的房地产经纪人时，在格林威治卖了39年房地产的经纪人罗吉耶洛，都会引用科恩的那桩交易。她试图用这个例子说明两种不同财富的拥有者，即他们在高端房地产中所要寻找的买家。"非常奇怪的是，"她告诉他们（指第一种富人），"即使你面前有人要买300万美元、400万美元，甚至600万美元的房子，他似乎很富裕，但他毕竟是一个打工者，还要担心薪水问题。"

然而，还有第二类富人，他们根本就不在乎钱。他们通常会随手拿出支票簿，毫不犹豫地支付任何费用。那些人才是房地产业真正的财神。她告诉其他房地产经纪人，如果你发现自己是在和他们竞标，那么，你最好就不要再浪费时间了。

"如果你立马就能拿出1000万美元、2000万美元，那么，你就不必担心薪水问题，"罗吉耶洛说，"史蒂文·科恩没有薪水问题，所以，史蒂文可以为所欲为！"

杀手阵容

1998 ～ 1999 年，赛克资本实现了一个重要的标志性指标：年资产超过 10 亿美元，这是经过 5 年时间，几乎每年翻番的结果。然而，随着赛克资本的成长，科恩越来越无法忽视他那野性十足的投资方式所含的隐患！他有数亿美元要投资，而且，其基金所持头寸规模比以往任何时候都大。但科恩的交易方式仍是一种日间交易，只适用于较小的资金盘子——投资人可以建立更加温和，但相当数量的仓位，并在日内快速平仓。

每天都有新开张的对冲基金，竞争对手频频杀入科恩曾经声称的自己的一亩三分地。由于众多交易员采用同样的做法，获取收益的难度越来越大。[1]当其他公司的交易员发现科恩正在购买某只股票时，他们就照单跟进，迅速推高价格，使曾经轻易获得的利润悄无踪影。面对自己基金日益庞大的规模，他不得不开始对其交易员提出新的要求。当他环顾赛克资本的交易大厅时，所见之人令其极其沮丧：整个大厅充满了长岛或新泽西口音的人；如果他要尝试着开一个像样的分析师会议，几乎无法在他们当中找到合适的人。这些交易员每天都在买卖芯片制造商和生物技术公司的股票，但对这些公司实际上在做什么并不清楚。他们甚至连刻板的华尔街"投机者"都不是，他们纯粹就是赌徒，而且，是那种乳臭未干的赌徒！

科恩嗅到这个行业正在发生变化，他必须与时俱进！他的内心也进行过自我斗争。他想成为一个业界公认的杰出投资者，而不仅仅是一个"交易商"——这个头衔并没有受人尊崇的内涵。他的新目标是让赛克资本成为一家备受尊敬的公司，一家能把他造就为传奇基金经理的公司。为了达到这个目的，他和他的员工需要学习，以更复杂的方式来分析他们的投资，了解在一段更长的时间里，企业的业绩会如何表现，而不是盲目地依据市场动能进行交易。为了做到这一点，他需要雇用他以前避讳的那些人——知道他们正在购买的股票的内涵的专家。他们能直接从公司和其他来源获得制胜之力，而不是依靠高盛和摩根士丹利等公司的研究报告。随即，科恩在市场闭市后的一个下午宣布："我们将要改变我们的行为方式。"

他告诉他的高级助手，从现在开始，他只想雇用那些拥有"制胜优势"的交易员，即在某一特定行业拥有深厚专业知识或人脉的人。他在赛克资本的交易区走来走去，一个一个地把他的雇员分别定位为医疗保健交易员、消费类股票专家、能源股交易员。任何不能调整自己，并变成专家的人都将被解雇。赛克资本的反智主义时代已经结束！

这一转变在公司为一类新人敞开大门：聪明且人脉广泛，毕业于常春藤名校的专业人士。为了重塑公司，科恩开始四处猎聘这种新新人类。

他雇用了一位技术股的交易员，一位富有投资经理的儿子（这位父亲曾在投资银行"唐纳森 - 勒夫金 - 詹雷特"主管风险套利部）。他聘请了来自摩根士丹利的另一位名叫拉里·萨班斯基的交易员，他作为一位杰出的石油天然气投资者而声名卓著。科恩让新交易员坐在他的近处，以便他能看到他们都在做什么。交易厅的那部分被称为"杀手阵容"——这个词曾用来描述20世纪20年代末纽约洋基队的阵容，像贝比·鲁斯和卢·格理克这些优异的球员，使球队成为棒球历史上最好的球队。设法过渡到新风格的赛克资本老员工之一，是一名前大学篮球运动员，名叫理查德·格罗丁（他自1992年以来一直在为科恩工作）。当科恩问他想要聚焦于哪个行业时，格罗丁毫不犹豫地选择了技术公司——具体来说，就是半导体制造商。对格罗丁来说，技术意味着增长、新产品和交易机会。他认为，他可以分析处在供应链中的半导体芯片行业，以及为计算机和手机制造组件的那些公司间的相互依存关系。如果你发现一家公司做得不好，你就可以推断出其他公司的情况。不过，要想得到这类信息，并非易事，而且，大多数这类公司都在亚洲，美国的投资者很难接近。

在工作之外，格罗丁是一个喜欢赌博的家伙，有人缘、大大咧咧、爱笑。但很多在市场交易时间与他打交道的人，却有些怕他。他"绝对是你遇见过的最唯利是图的人"，一位同事说，"他可以为了赚5美分，把他奶奶给卖了！"

格罗丁芯片股的投资策略相当奏效。他负责的资金量相对较小，通常为3000万～4000万美元，但他的回报率达到了30%甚至更高——是调整风险后公司中最高的。不过，这个人却让科恩沮丧不已！在实践中，格罗丁只花很少的钱就得到了自己所需的信息；科恩认为，如果格罗丁的交易量更大，他可能会赚更多的钱。他正是"基辅博士"——可以帮助的那种人，当然，前提是格罗丁愿意。麻烦的是，格罗丁缺乏那种特定的基因条件，让科恩能够坦然地为他背负巨大的风险，尽管格罗丁是那种痛恨亏钱的人。

科恩让格罗丁坐在他旁边的椅子上，以便自己能看到他所做的一切。但格罗丁习惯于小声地向他的交易商下指令，科恩无法听清他们说什么。格罗丁知道，如果他试图购买 5 万股某只股票，科恩可能会试图抢在他前面发出投入 10 万股的指令；在自己买到之前，科恩就已经把该股的价格推高了。实际上，格罗丁的那些交易员也很难听清他在说什么；当他们要求他重复一遍时，他总会大声尖叫道："你是聋子吗？真是白痴！"

就格罗丁来说，如果没有他那位最重要的合作伙伴，他的分析师 C. B. 李，他就一事无成。

C. B. 李是一个寡言少语、不修边幅的家伙，他有黑色的眼睛、宽扁的鼻子和略微隆起的腹部。外表看起来，他并不像是一个有经验，能使周围的人在股票市场赚数百万美元的专业人士。但在与亚洲技术公司的关系方面，没人比他更好。C. B. 李从不闲着，在全球各地旅行，拜访芯片制造商，收集有价值的细节。的确，他收集的信息很有价值！

因此，C. B. 李在赛克资本的办公室非常受欢迎。每个人，特别是科恩，都希望得到他的研究报告；但格罗丁不喜欢与他们分享。格罗丁从一家名叫约翰·汉考克证券的经纪公司招聘到 C. B. 李（从杜克大学获得工程学士学位后，C. B. 李在该证券公司做分析师），[2] 并在赛克资本栽培了他。格罗丁会利用 C. B. 李的"数据点"（这是他给它们的称谓），有条不紊地制订具体的交易方案，迅速锁定利润，但通常量都不是很大。科恩喜欢采用更具侵略性的方式；如果有好的交易机会，科恩认为应该尽可能多地下注。

他俩在获取 C. B. 李的研究报告上，会定期爆发冲突，而且，频率越来越高。在分享到这份信息之前，如何得知格罗丁依据 C. B. 李的信息将要进行的交易，就使科恩到了一种几乎抓狂的程度。他下令公司的内部程序员设计一个系统，使得赛克资本内任何人所输入的交易指令在执行之前，都得让他知晓，而且，如果科恩愿意的话，还得把他的交易指令置于所有人之前。这个新软件被称为"天空之眼"。

在科恩每天变态的监视下，格罗丁忍受了几个月的折磨；然后，他想出了一个远离他的方案。此时，赛克资本以西格玛资本管理公司的名义，在曼哈顿还有一个附属办公室，其位于麦迪逊大道一座塔楼的两层楼中。格罗丁要求把他的交易团队转移到那里，理由是他就要结婚了，不想坐那么远的车上班。最终，科恩还是勉强同意了。

搬了地方后，格罗丁自由度大了一点，但新的状况并未持续很长时间。一年后的 2004 年 1 月，科恩向格罗丁发了一个即时短信："里奇，顺便说一下，我今年想要 C. B. 李正式上交他的研究报告，否则，就不给资金了。"实际上，直到此时，C. B. 李都以非正式的方式把他的市场研究信息直接交给格罗丁，而且，大部分都以电话或简短电子邮件的方式。现在科恩要求得到一个更正式的信息表述，一份他可以自己阅读并转给他人的报告。为了确保他的交易员能在他人之前向他提供最有价值的信息，这可能是科恩能够想出的唯一办法。

格罗丁对这个想法很反感。"如果这样做，那整个公司就可以把这种报告满大街传播吗？"他回应道。

"那就辞职，"在他那著名且错字百出的公函中，科恩如此写道，"规则适于每个人。你若不喜欢，那就挪屁股。为什么他人能得到 C. B. 李的信息，而不能是我？这是错误的，需要纠正。我的想法是不可动摇的，即使不高兴，生活也照常继续。"

格罗丁试图谈判，问为什么合作这么些年后，科恩会突然变得如此不通情理。他写道："C. B. 李不会基于其数据点写出自己的看法；如果它们有意义，我会把它们放在你能看到的地方。"

"这还不够，"科恩回应道，"我很生气，公司的人没尽应尽的义务，让我能接触到最新的信息。我竟然不得不瞎猜，这完全是离经叛道的做法！"

"行吧！"格罗丁回信道。第二天，他就提交了辞呈。

———

在赛克资本，雇用新交易员和分析师的需求成为一个持续的、几乎无法逾越的挑战！科恩就像一个交易员，什么事都做，和他的雇员没有什么不同。多年来，科恩已经陆续解雇了几十个人，多半是因为他们没能实现他想要的回报。

但还有一些像格罗丁这样的人，觉得很难受，忍无可忍，一走了之。对交易员来说，在赛克资本工作，就像是把安全销从手榴弹中拔了出来：这不是一个会否爆炸的问题，而是一个何时爆炸的问题。这个地方成就了一些人的职业生涯，但毁掉了更多！

尽管面临着如此这般的高压环境，但仍不乏热切进入"围城"的候选人。彼时，几乎每个人都想去对冲基金工作，尤其是去赛克资本。在此可以赚到的钱比其他任何地方都多，甚至在赛克资本这样动荡不安的是非之地，你也可以为自己舒适的余生，攒足够的钱！在赛克资本，寻找新候选人的责任，落在了该公司业务发展总监所罗门·库明领导的部门，一个极具进取精神的团队。库明是个天生的推销员。他曾是约翰·霍普金斯大学长曲棍球运动员，对加州风格的马球衫情有独钟，个人魅力超强，与比尔·克林顿有一拼。对他遇到的每个人，他都称之为"挚友"；他过着奢华的生活，不时地坐着自己的私人飞机四处游玩，大量下注自己钟爱的体育项目。他的昵称是"米达斯之王"。

库明的工作是搜寻华尔街最好的交易员；有时，他在跟踪他们数年之后才接近他们。随着时间的推移，涌现的对冲基金越来越多，对人才的争夺越来越激烈。由肯·格里芬在芝加哥创立的城堡投资集团和由以色列"伊慈"英格伦德在纽约经营的千禧管理基金，经常试图雇用与赛克资本相同的交易员。这两个基金都效仿赛克资本的模式，都有数百个交易员在做短期交易（这种做法通常易于受到某种事件的影响）。

在新的交易员中，赛克资本寻找的东西之一是他们与在上市公司工作的人的个人关系[3]（他们可能会带来有价值的情报）。例如，如果一个潜在雇员在汉普顿与一家互联网公司高管共租了度假的房屋，则该聘用文件就会得到批准。在获得信息的时机到来时，朋友、兄弟、岳父和妻子都会有价值。

2004年年底，一位雄心勃勃的年轻雇员向科恩提出了一个运作思路：是否应该在赛克资本组建一个独特的新团队，一个以深度研究驱动的交易团队？这个概念指的是组织专注于行业专业知识的交易员，效仿著名投资人沃伦·巴菲特，他通过那家极其成功的公司伯克希尔－哈撒韦，购买一些公司的大量股票，并持有数十年之久。如果采取这种投资策略，那么，每当公司宣布季度盈利状况时，就不用担心那些微小的股价波动，而且，公司在做这类交易时，对科恩及其直觉的依赖程度将会降低。这些新的交易员和分析师将会成为他们所研究公司的权威。在一系列会议上，这位名叫马修·格罗斯曼的20多岁的经理，向科恩阐述了他的运作模式。他把它称为赛克资本的"扛鼎之器"。格罗斯曼解释说，新团队的部分目的是管理科恩自己的投资组合账户——这个组合账户应该由公司最好的人才来打理。他们要聘请一批新的分析师和交易员进入这个新团队，而且，它将成为公司的"海豹突击队"。

对此，科恩心醉神迷，这正是他试图要做之事的繁衍。这个概念正应了他的虚荣心，使他看起来更像是一个远见卓识的人，而不只是一个牟利者。即使是那些不喜欢华尔街的人，也普遍钦佩沃伦·巴菲特（他会不时接到银行行长和财政部长寻求建议的电话）。当然，这个研究团队也有商业意义。此时，赛克资本正管理着数十亿美元；一个更加专注、长期的方略才是明智之举。科恩喜欢格罗斯曼，他极具天赋且少年老成。格罗斯曼曾就读于马萨诸塞州的一所精英寄宿学校——德菲尔德中学，在哥伦比亚大学读的本科，然后，作为第一位大学实习生，在朱利安·罗伯逊创建的对冲基金"老虎管理基金"得到了一份工作。自2002年以来，格罗斯曼一直在赛克资本工作。

在老板变得过于激动之前，格罗斯曼告诉科恩，他得满足自己三个条件，然后，才会同意帮助建立新的团队：如果新团队最终没有成功，他能得到一个投资组合经理的位置；他能按一个百分比的比例得到新团队整体业绩的提成；他将与科恩在赛克资本具有相同的权威级别——具体地说，赛克资本的每一个人都必须知道，格罗斯曼的指示与科恩本人的一样重要。

令很多赛克资本的人感到惊讶的是，科恩首肯了格罗斯曼的条件，而且，格罗斯曼的同事惊讶地发现，科恩真的接受了来自这位年轻新星的指令。对于赛克资本的员工来说，这可是闻所未闻之事！虽然科恩似乎着迷于格罗斯曼，但赛克资本的大多数人都不喜欢他。

他在办公室里的绰号是"米尔豪斯"——借用了巴特·辛普森在《辛普森一家》中表现得有点书生气的那位助手的名字。但这位米尔豪斯却是一个完美主义者，就员工的微小错误或错失机会，他会像科恩那样，无情地嘲讽他们。格罗斯曼知道自己不招人待见，这使他有些烦恼沮丧。他告诉几位与他相处融洽的同事，他之所以"缺乏人际交往能力"，多半是因为他在中学时被欺负，并受到了父母痛苦离婚的影响。不过，无论他如何努力，似乎也无法改变他对待手下的方式。每当格罗斯曼走进一个房间，满屋的人就会立即陷入沉默。他甚至在 30 岁之前，就可以每年赚 1000 多万美元的收入。他搬到格林威治，买了一辆蓝色的阿斯顿·马丁——一款 26.8 万美元的新版英国跑车，曾在詹姆斯·邦德的电影《金手指》里出现过。有时，他会主动地让赛克资本想要雇用的交易员坐自己的跑车兜风，诱使他们加入"杀手阵容"。

在科恩恩准了他的想法之后，格罗斯曼从办公室消失了一整天，没有告诉任何人他在哪里。当他重新出现的时候，手里拿着一份新部门的商业计划。这个商业计划书被格罗斯曼称为"CR 的本质"。这里的"CR"代表"累计收益率"。

艺术品市场提供了一种将财富转化为一种诱人影响力和权力的方式。[4]"作为一个亿万富翁并不是什么很酷的事，[5]因为这个群体已经有了 200 多人了，"克里斯蒂纽约的当代艺术专家鲁瓦克·古泽如是说，"但如果某人买了一幅画，这一行为就会突然把他置于一个不同的圈子……他们就此进入了一个全新的生态闭环。你将会遇见艺术家，你得与懂艺术的人打交道。这是在国际上扬名的最快方式。"科恩目睹了他的一些员工，通过收集奢侈艺术品改变了他们的名声，因为对博物馆的每一项捐赠，都会出现在报纸的社会版页面。

他的交易员戴维·甘内克从大学时期就开始收藏艺术品；自那时起，他和他的妻子就开始参观一些小画廊和那些不知名艺术家的工作室。在 2000 年技术股市场崩盘后，甘内克发了一笔横财：他的投资组合几乎都是空头；他把自己大部分新赚的钱都投向了不同等级的艺术品。在成为科恩最成功的交易员之一之前，甘内克似乎将所有的空闲时间，都花在了诸如杰夫·昆斯和辛迪·雪曼这类世界知名艺术家的当代作品竞买上。如果他很忙，他的秘书就会出现在克里斯蒂拍卖会他的位置上，手持电话，代他出价。

"这个作品的出价不要花超过 75 万美元。"在隐身去做交易之前，甘内克会如此吩咐她。

科恩对此印象深刻，十分嫉妒。大家都很钦佩甘内克的艺术品位。虽然科恩多年来也收购了少量的绘画，但他从来没有想过自己是"收藏家"。他知道，一个精明的交易商不仅可以通过买卖艺术品来提高自己的声誉，而且，还能赚大钱。

纽约的艺术品经销商和画廊都是按照自己的限制性规范运作的，他们从不会和任何人直接打交道，无论他多有钱。你不能简单地走进一个画廊，就为莫奈的一个作品开出一张支票，然后，就把它挂在你家的阁楼墙上。艺术界的看门人很清楚，他们作品的排他性在于，不允许格林威治的那些土豪级对冲基金经理，购买任何他们想要的东西。这在某种意义上是一种歧视，但也是简单的市场经济学：为了创造需求，你需要控制供给。作为应对，华尔街的收藏家需要雇用合适的人引路，这样才能使他们走到队伍的最前列。

对于科恩来说，那个人就是桑迪·海勒——迈克尔·斯坦伯格的童年朋友（迈克尔是为科恩工作时间很长的交易员之一）。许多艺术界的人私底下认为海勒有点机会主义色彩，但他们无法否认，他能接触到那些最有实力的艺术品买家。桑迪专门与科恩这类不了解艺术界复杂性的土豪级客户合作。开始时，他陪科恩参观画廊，向他提出了一套聚集收藏品的系统方法，耐心地将他发展成一位有品位的鉴赏家。他对这个世界心醉神迷！当他在一件作品上花费了数百万美元（例如，为达米恩·赫斯特的一只悬停于 4360 加仑⊖甲醛[6]中的鲨鱼，他就花了 800 万美元[7]），就会成为媒体的新闻。但这并不只是虚荣。科恩也对他买的许多作品产生了真挚的爱。他为只买最好的高质量作品而自豪。

在 2006 年秋天，当毕加索的《雷神之梦》在拍卖市场出现时，科恩面临着一次把其收藏带到一个全新水平的机会。科恩一看到《雷神之梦》，就极其渴望拥有它。这是毕加索 50 岁时的画作，是有关其年轻情妇玛丽的一幅非常情色的肖像：她坐在一张扶手椅上睡着的媚态，弥漫着一种宝石色调的软性色情。在 2001 年，赌场大亨斯蒂芬·永利从另一位收藏家那里买下了它[8]，那位收藏家在 1997 年为此支付了 4840 万美元。5 年后，永利决定将之出售。科恩听到这个消息之后，就马上叫一名艺术顾问飞赴加利福尼亚，去评估一下它的现状。

科恩的顾问仔细检查了这幅画，并写了一份报告，证实状况良

⊖　1 加仑 = 3.785 411 8 升。

好。交易很快达成，科恩同意为该幅油画支付 1.39 亿美元。接下来的周末，永利为此举行了一个庆祝鸡尾酒会。永利和他的妻子伊莱恩，有一群到访的纽约名流朋友，其中包括诺拉·艾芙隆、尼古拉斯·皮莱吉、芭芭拉·沃尔特斯和能源律师夫妇戴维·博伊斯和玛丽·博伊斯。永利忍不住吹嘘他刚刚与科恩达成的创纪录交易。永利对他们说："这是有史以来价格最高的绘画作品。"[9] 韦恩告诉他们，这次的交易额超过了罗纳尔多·劳德，为古斯塔夫·克林姆特所绘的《阿黛尔·布洛赫·鲍尔肖像》所支付的 1.35 亿美元的原纪录。

在毕加索的这幅作品永远隐身于科恩在格林威治的豪宅之前，永利邀请他的朋友去他的办公室观摩。在他的办公室，该作品与马蒂斯和雷诺阿的作品都被挂在同一面墙上。永利开始招待客人，解读《雷神之梦》的色情表征，即玛丽的头部实际上是如何构成阴茎形状的，以及这件作品曾经属于收藏家维克多和萨利·甘兹[10]（在 20 世纪四五十年代，他们在曼哈顿公寓收藏了一些著名的艺术品）。当永利正讲着时，他突然倒了回去，用肘部挤破了该画的画布；随即，有一个"可怕的"撕裂的声音，[11] 艾芙隆后来回忆道。房间骤然变得鸦雀无声。

"我不敢相信，我怎么会这样做！"当他的客人惊恐地看着这一切时，永利如是说。"混蛋！"

永利试图摆脱窘境。"嗯，我很高兴是我做的，而不是你们，"他向他的朋友说，"这只是一幅画，这是我的画，我们会把它修好的。这不是什么生老病死的大事。这只是一幅画，毕加索花了五个小时完成的一幅画。"

第二天，他打电话给纽约的艺术经纪人威廉·阿奎维拉，他的反应就像被告知他所钟爱的人已经被谋杀了一样。"不不不！"他悲伤地哭了起来。不久，永利的妻子伊莱恩就带着破损的油画，坐上了飞往纽约的私人飞机。一辆装甲车在机场接到他们，将他们运送到阿奎维拉的画廊——位于东70街的联排别墅。科恩在那里见到他们，他想亲自看看该画的坏损情况。永利希望可以恢复原样，但他俩就此达成了新的协议：交易暂停。[12]

科恩非常失望；《雷神之梦》还须等待！

寻找在"累计收益率本质"（赛克资本的新部门）工作的人，是所罗门·库明此时的工作重心。新交易员不能仅有相关的工作履历，他们还必须才华横溢、行业知识深厚，但这种人才极难寻觅！

他听说有一位投资经理很不错；彼时，他是一家位于波士顿的小型对冲基金（西里奥斯资本管理公司）的生物技术专家。当今的生物技术产业正蓬勃发展，数十家企业竞相生产具有巨大经济潜力的新药。不过，真正理解它们所做的一切并非易事！这个年轻人通常是一副严肃且不可思议的表情，好像他是外科医生或医学研究者，不是医疗公司的投资者。他最近刚从斯坦福大学商学院获得工商管理硕士学位（该研究生院是美国最顶尖的商学院之一）。他叫马修·马特莫。

"你愿意来赛克资本工作吗？"库明问他。

马特莫有些犹豫。和行业里的每个人一样，他听说过赛克资本的故事，他不知道自己是否能适应那种沉重的文化氛围。他文静且知书达理，不是那种能够轻松处理公开冲突的人。不过，这项工作有一个十分诱人之处——钱！

库明解释了相关的工作细节。马特莫将会有一笔约4亿美元的资金，可用于进行组合投资；[13] 在公司里的规模处在相对中间位置。库明还保证，他不仅可以把他投资组合所获利润的17%拿走，而且，还能把科恩根据他的投资建议所赚利润的一部分，作为他的奖励。

如果他在年底的收益率只有15%，那么，他也会赚1000多万美元！几乎没有其他对冲基金会能够提供这样一个慷慨的激励方式。此外，他还将成为赛克资本新研究团队的一部分，与公司中最有才华的人共事！

当晚于家中，马特莫与妻子罗斯玛丽一起讨论了这个工作机会。妻子是一名医生，参与了他所做的每一个决定。他们的最终结论是，鉴于这份可观的报酬和这家著名基金在行业中的声望，这是一份值得追求的工作。2006年6月2日，赛克资本向他发送了一份正式的工作邀约；它包括20万美元的基本工资和200万美元的签约奖金。[14]库明在一份内部报告中指出，马特莫在生物技术领域拥有丰富的信息源，包括"该领域"的医生网络。马特莫签署了这份邀约并将其发给了赛克资本。如果他能够胜任这项工作的话，他的家人就不必再工作了。

马特莫是印度移民的儿子，第一代美国人，生长于一个尊重和害怕父母的家庭。这种家庭的追求，就是通过名牌大学的优异学业获得相应的社会地位，同时，他们也有这样的信念：作为美国的后来者，他们必须比其他美国人更加努力，才能在经济上得到保障。他们有这样一种文化：对自己的成就和资历会做冗长的概述，包括他们在学校所获的各种奖励数量，甚至会回溯到小学二年级。当然，在赛克资本工作，除了让他富有外，还将为他闪闪发光的简历增添另一抹亮色。

那个夏天，马特莫和他的家人搬到康涅狄格州斯坦福德的一套公寓，开始适应竞争激烈的新工作环境。此时，罗斯玛丽正怀着他们的第二个孩子，但决定放弃做儿科医生，全身心投入母亲和马特莫伴侣的角色中。像她丈夫一样，她是一个能力超强的人，她把他的工作像她自己的一样认真对待，不断地给他建议。马特莫暗下决心，一定要好好做。他符合格罗斯曼所设想的那种完美的赛克资本新形象。[15] 他是一个思想者，不是一个空喊家，拥有所有应该拥有的条件。

在某种程度上，马特莫在他的新公司再现了他童年时的追求：那时，他极力让他要求很高的父亲满意；现在，他极力让科恩和格罗斯曼高兴。他又找回了高中时所养成的习惯：那时，他力图拿到班级的最高分；现在，他凌晨 4:00 就开始工作，先专注欧洲股市，而且，一直到美国市场关闭后才回家；然后，他帮助罗斯玛丽给孩子们洗澡，哄孩子睡觉；再然后，他会熬夜阅读研究报告[16]（此时妻子已经酣睡于他的身旁）。他工作很有紧迫感，他急于找到一个赚钱的交易。

在股票市场，医疗保健是最激动人心、最难以预测的，但有时也是最赚钱的板块之一（在遭受严格监管的行业里，这些公司都在试图创造和销售能挽救人们生命的产品）。通常，一项药物开发和其他医疗保健研究会耗费数十亿美元的资源。每次新药试验都是一场赌博，会使相关公司的股票产生波动。这是科恩最喜欢的板块之一。

在赛克资本工作之前，马特莫就已经开始密切关注两家公司——宜兰公司和惠氏公司。彼时，它们正在测试一种新的治疗阿尔茨海默病的药物，其被称为 bapineuzumab，或简称"bapi"。由于药物开发成本非常昂贵，所以，两家公司合作支付了多年的研究和药物试验费用。阿尔茨海默病是马特莫长期感兴趣的病症，这可追溯到他当时在杜克大学本科学习期间；当时，他在大学医疗中心的阿尔茨海默病分部做志愿者。[17] 他认为这种特殊药物（bapi）潜力相当大。用最简单的术语说，bapi 的设计功效是改善阿尔茨海默病的前导药物 AN-1792（它被证明会使患者出现严重的脑肿胀，必须从测试中撤出）。bapi 的结构没有那么复杂，[18] 在动物的测试研究上，已经表现出了一定的效果。马特莫预感它可能会是一个巨大的商业成功，他想学习一切关于它背后的科学原理和试验进展。

为了做到这一点，他计划利用他能接触到的每一种资源；在赛克资本，这些资源包括几项昂贵的研究服务。其中他特别感兴趣的是格理集团（Gerson Lehrman Group），一家"专家网络"或做"配对"的公司。[19] 这家公司为下述两类人做需求配对：马特莫这种华尔街投资者；数百家不同上市公司内部的工作人员，如负责订购新卡车配件或零售连锁买家的工作人员——他们能提供一些有关他们行业、竞争对手，甚至是自己公司的真知灼见。

投资者向格理集团支付费用，后者会把付款者和相关公司的雇员联系起来；通过与投资者交谈，这些雇员能得到很高的报酬——有时甚至高达每小时 1000 美元以上。当然，这类公司雇员应该只分享公开的信息，不能违反相关的法律规定。或至少，这是应该注意的问题。

到 20 世纪 20 年代，经过多年的监管和重罚，大多数交易员对敏感的并购信息变得更加谨慎。迈克尔·米尔肯案已经教会了交易员，在一项收购公布之前，避免买入该公司股票；收购前股价的大幅上涨，经常会引起证券交易委员会的关注。然而，投资者极为渴望获取可能会给他们带来优势的信息，因此，他们会倾注很多的精力来获取这类信息。对冲基金分析师会监控购物中心的停车场，甚至会派人到中国去细查卡车进出工厂装卸港湾的情况，以求找到对公司经营情况的独特见解。大家都知道，已经进入公共领域的信息（如公司的证券交易委员会文件或收益公告），对于短期交易而言，基本上毫无价值。

在米尔肯案之后的几年中，短期投资者将注意力转向季度盈利公告，特别是对科技板块的公司来说，它们的股票在业绩公布后会大幅波动。在这个阶段，基于对公司盈利公告的预期，设计合适的交易策略成了有利可图的做法；但只有你在业绩公布前，获得了可信的收益信息，这种做法才能奏效。

因此，获得盈利情报就是对冲基金交易员所关注的焦点。他们纠缠企业高管，以图获得即将公布信息的相关暗示。今年第三季度的业绩将会令人失望吗？这次会是关于明年增长计划的一个重要公告吗？交易员会利用他们从一些相关信源（从首席财务官的"身体语言"到投资者关系部人员提供的明确细节）收集到的那些碎片信息，买进和卖出股票。2000年，美国证券交易委员会认定此类花招对市场不公，遂通过了一项名为"监管公平披露"的规则，通常称为"监管FD"。它禁止上市公司只向部分投资者提供有关经营的重要信息。规则通过后，公司必须通过公告和新闻稿同时告知大家所有相关事项。这使信息的获取变得更加容易了，但它也使得这些信息不那么有用了，因为其他人都拥有它。交易员要想在市场上获得优势，就必须找到其他方式。

格理等公司站了出来，提供了这种服务，即提供了解公司经营细节的渠道。对冲基金交易员把这种专家网络公司当作填补信息缺口的一种方式。"我们认为，对冲基金有时很可笑，[20] 在肯定要为所得信息支付费用时，竟然还要通过求人帮忙，才获得这些信息的——'请问你能给我 15 分钟的时间吗'，"格理公司的创始人之一马克·格尔森，在创办公司后不久表示，"我们只是觉得应该有个办法让这两个群体正常地联系起来。"

当然，格理公司告诉这些公司的雇员，已经签署的相关的顾问协议不允许他们与华尔街的客户分享非公开的重要信息。但这些雇员往往对相关的底线很模糊。另外，对冲基金投资者确切知道他们想要什么，并会尽其所能去设法得到它。赛克资本的交易员喜欢这项服务，每年的订阅费就高达 120 万美元。[21] 这项服务使他们能与医疗保健、电信、能源和无数其他行业的公司的各级员工进行沟通对话，而这些人又是他们自己根本找不到的，或找到了，却无法说服他们来与自己交谈。赛克资本是格理公司最好的客户之一。

2006 年 8 月 30 日，马特莫向格理公司发了一份他想见面谈谈的 22 名医学专家名单（他们都参与了 bapineuzumab 的临床试验）。"你的数据库中是否有这些医生？"[22] 他写道，"我想就阿尔茨海默病和 AAB-001 的相关情况，咨询这些医生。对于那些还不在你名单之列的医生，我们可以招募吗？"

格理公司网络中的一名医生回应了马特莫。

"我是这次临床试验的安全监察委员会主席，"[23] 这位医生针对马特莫的要求写道，"我知道的相关情况仅是公开的那些，因为我签了一个保密协议，所以，我只会分享那些公开的信息。"

这位医生 70 来岁，是一位德高望重的神经科医师、阿尔茨海默病研究领域的领先专家、密歇根大学医学院的讲席教授，他叫西德尼·吉尔曼。

第 2 部分

就像瑞克赌场的博弈

联邦广场 26 号大厦是位于曼哈顿下城安全路障所环绕的一座生硬的矩形塔楼，靠近法院和市政厅。当迈克尔·鲍威穿过旋转门，把包放在安全传送带时，深吸了一口气；他告诉警卫他是来拜访联邦调查局纽约办事处的。随后，他穿过朝向电梯的全身安全探测仪。

作为一位商业诉讼律师事务所（卡索维茨－本森－托雷斯－弗里德曼）的合伙人，迈克尔·鲍威以处理金融诈骗案的专长而闻名于业界。他是一个宽肩的爱尔兰人，拥有红润的皮肤、明亮的蓝眼；他的模样像一个曾参与过酒吧打群架的年轻人，但此后他又逐渐滋生出对休闲鞋和羊毛衫的喜好。这是 2006 年 11 月，迈克尔·鲍威正忙于两个棘手的诉讼案，代表几家公司起诉赛克资本和其他几家对冲基金涉嫌操纵其股价事宜。事情已经变得如此丑陋，每一方都翻出了对方的烂事，进行指控。[1]迈克尔·鲍威已经花了两年时间，调查赛克资本及其创始人。

迈克尔·鲍威正在代理的一个案子是由加拿大药物制造商拜维

尔（Biovail）公司[2]发起的。由于市场上有传言称，该公司有某种会计欺诈行为；随之，其股价就一直在不断地下跌。该公司的首席执行官认为，一组对冲基金的卖空者沆瀣一气，勾结股票研究分析师，发表有关某些公司（包括拜维尔公司）的负面报道，以压低它们的股价。

通常，卖空者在市场上名声不佳，就像那些为别人的不幸而欣喜的巨魔。他们的生计取决于相关股票的下跌，这使其成为大多数投资者的天敌。实际上，做空是一种非常危险的行为：如果股票持续上涨，卖空者就可能会遭受无限的亏损，所以，通常只有最老练的投资者，如对冲基金，才会参与其中。当然，大多数企业高管都认为，就他们想要讲述的美妙故事而言，这些做空者就是他们天敌（这些公司高管往往都是自吹自擂者）。因此，卖空者在市场上实际扮演着至关重要的角色；他们是唯一一群有动机寻找上市公司所藏污垢（比如会计造假，这是一种可以掩盖多年的问题）的人。别忘了，卖空者可是最先指出安然问题的人。

但这种做法也有被滥用的可能。

当迈克尔·鲍威在两年前第一次与拜维尔公司的首席执行官[3]尤金·梅尔尼克进行访谈时，他对于梅尔尼克的争辩表示怀疑；后者认为其公司被一批打压其股价的卖空者盯上了。但由于他是按小时计费的，所以，他得耐心听完梅尔尼克所言。梅尔尼克认为赛克资本正在市场上传播关于拜维尔公司的消极信息，他希望迈克尔·鲍威能够调查该基金的运作情况。此时，这位律师并不知道赛克资本为何方神圣。但他很清楚对冲基金行业正在蓬勃发展，只是他对赛克资本的声誉或操作方式的了解接近于零。尤其是私人投资基金可以恐吓一位亿万富翁级的CEO，他感到十分惊讶！

只需做一点初步调研，就可以找到 2003 年《商业周刊》发表的一篇名为"华尔街最强悍的交易员"的文章，[4] 这也是曾见诸报刊的有关赛克资本和史蒂文·科恩的唯一一篇有分量的文章。这篇文章将科恩描述为一个激进的日盘交易商，经营着一个 40 亿美元的基金；他每年支付超过 1.5 亿美元与交易相关的佣金，目的就是在别人之前获得信息。赛克资本似乎卷入了华尔街几乎所有极富争议的事件；作为证据，文章报道说，在英克隆系统公司（ImClone Systems）申请的癌症药被拒的第二天，也就是在消息公布之前的 24 小时内，这家生物技术公司董事长山姆·沃克赛尔就接到了赛克资本交易员的电话，称已经注意到该股的动向，但这还没有被他人盯上。就在赛克资本电话进来之前几分钟，[5] 玛莎·斯图尔特试图找到沃克赛尔，这导致了她那声名狼藉的内幕交易和伪证案，但没有人给赛克资本回过电话。文章接着说，就交易佣金而言，科恩可是华尔街的十大客户之一，援引他人的说法，他"几乎就像霍华德·休斯一般神秘"。

　　"这个叫科恩的家伙到底是谁？"

　　迈克尔·鲍威很好奇；被激起兴趣的他及其律师事务所的调查员，开始研究梅尔尼克的阴谋论。当迈克尔·鲍威向华尔街的人询问谁是对冲基金业最重要的玩家时，赛克资本的名字频频出现。它们的商业模式被描述为：花钱购买一手情报。

　　迈克尔·鲍威开始监视科恩：派人在他上班的路上跟踪，看他与谁一起吃午餐……他的调查人员注意到科恩似乎总是在保镖的严密保护之下。

　　2006 年 2 月 23 日，拜维尔公司向赛克资本提起诉讼，[6] 点了科恩及其几个雇员的名，指责他们操纵拜维尔公司的股票。被告名单同时也包括了格理集团。该诉讼指控赛克资本的交易员上下其手，极力打压拜维尔公司的股价，使其从接近 50 加元跌至 18 加元。[7]这些指控都基于这样一个看法：科恩如此强悍，赛克资本在市场上有如此力量，他们甚至能够要求每天与赛克资本做交易的大银行，提前给予他们相关的信息（而这些信息应该是同时向大家发布的）。"为了最大程度地利用赛克资本的巨大市场影响力，"投诉书写道，"在史蒂文·科恩的指导下，赛克资本对其交易员、经理、员工和代理，施加了极大的压力，[8]要他们不惜一切代价达成目标！"

赛克资本和其他被告都极力否认相关指责，认为拜维尔公司股价的下跌，实际上就是其企业存在的相关问题所致，这是不容置疑的。不过，这次的相关努力还是有不小的收获，美国联邦证券交易管理委员会启动了自己的调查！[9]此时，从卡索沃茨·本森的角度来看，随之而来的媒体曝光的作用要比迈克尔·鲍威所能做的更有价值：在拜维尔公司的诉讼提交之后的一个月，《60分钟》节目播出了一个与这次诉讼相关的节目，[10]名为"堕落的赌注"；它深入分析了拜维尔公司的案例，也对赛克资本的做法持深度怀疑的态度。

当时，股市每天都在创新高，房地产膨胀得更快。随着前几代人退休金逐步耗尽，正在工作的美国人正在将自己的毕生储蓄投入股市，希望能够最终为他们退休提供更多的保障。此时，看道琼斯工业平均指数上涨，成为整个国家心醉神迷的乐事！

《60分钟》节目清楚地表明，尽管许多投资者普遍存在着一种富裕感，但还是感觉到什么地方存在着威胁似的。不过，它不是房地产市场正在发酵的危险泡沫，而来自对冲基金的卖空者。该节目把科恩刻画成一名强悍的矗立于大多数美国人尚不知晓的庞大金融网络之巅的基金经理。与此同时，科恩又是如此隐秘低调，哥伦比亚广播公司甚至找不到他的可用照片；无奈，他们只得播放一段模糊的视频——卡索维茨－本森律师事务所的调查员偷偷拍摄的，是科恩在拉斯维加斯参加混合武术搏斗之后，走向自己轿车的情形。这个节目包括对尤金·梅尔尼克所做的一个泛泛的访谈。"当你看到一个浪潮来袭时，[11] 负面宣传扑面而来，混乱的信息弥漫，而且，坊间疯传：大猩猩正向我们袭来，很多人都逃亡避难，"他说，"我们很幸运，幸存了下来。"

在《60分钟》那档节目播出的那晚，距离 CBS 电视台几英里远处，一名女子呆若木鸡地坐在电视机前，一边看着，一边一根一根地吸着香烟。当她看到史蒂文·科恩及其对冲基金的曝光内容时，帕特里夏·科恩的呼吸急促了起来；她不敢相信她前任丈夫被描述的模样。

自从和科恩在 1990 年最终离婚以来，她一直对这个离婚协议耿耿于怀，她得到的是 100 万美元的现金、他们曼哈顿的公寓和孩子的抚养费（她认为这不够她们过日子）。这绝对不公平，因为她认为其丈夫当时每年要赚数百万美元的收入。当离婚协议签署后，房地产市场几乎立即崩溃，帕特里夏无法按计划出售房屋，结果自然不太好。在钱用完后，她接着向科恩要，而且希望每周 10 万美元。这无疑是一场战争，但对某些人来说，交战的理由似乎有些荒谬，帕特里夏的律师向法庭提交的呈文写道：她和他们当时 10 岁和 6 岁的孩子"正面临流浪街头的危险，因为（科恩的）妻子……实际上已经身无分文了"。科恩勉强将孩子抚养费增加到每月 5200

美元，然后再增加到 10 400 美元，但当他们最小的孩子罗伯特去布朗读大学时，又降了下来。科恩抱怨说，他的前妻"一直在设法毒害我与孩子的关系"，[12] 并指责她把他和他的第二任妻子视作"仇敌"。当帕特里夏又说没钱时，科恩叫她去找份工作。

在《60 分钟》节目结束之后，帕特里夏开始怀疑：她的前夫可能真是一个不诚实的人；离婚时，他隐匿了钱或是骗了她。他们处在结婚状态时，她很少注意他生意上的细节。如果他要她签有关保单或支票账户的相关文件，她毫不犹豫地就签了，她那一代做妻子的都是如此。现在，15 年后，她对他的财富情况还是不清楚，也不知道他是如何得到这些的。

她去打开她的电脑，将科恩的名字输入搜索引擎。此时，她从未看到的一篇文章跳了出来，2003 年《财富》杂志的一篇长文，标题是"华尔街的卑劣"；这写的是他们结婚时，有关科恩曾工作过的经纪公司格兰特尔的事情。这篇文章把该公司描述成一个藏污纳垢之地。[13] 该文列举了格兰特尔经纪公司的某些劣迹：20 世纪八九十年代，该公司被指控从事内幕交易和证券欺诈行为；它还支付了 75 万美元解决性骚扰诉讼；公司的一组雇员被指控在 10 年的时间里，挪用了死亡客户休眠账户的 1400 万美元。实际上，这还仅仅只是该公司劣迹清单的一部分。但这给予帕特里夏一个很强的环境感，即她前夫在步入构建对冲基金帝国的道路时，所处的工作环境是如此之糟。她还记得美国证券交易管理委员会调查的情形：1986 年，该机构质问他是否根据内幕信息交易了美国无线电公司的股票，史蒂文忐忑不安，每晚上都在她肩上哭泣。

第二天，帕特里夏拿起电话，拨了卡索维茨－本森律师事务所的号码。

当手机响起时，迈克尔·鲍威正悠闲地坐着、双脚搁在桌子上。他的办公室看起来就像一场大风刚刚光顾过一样：棒球衫挂在椅子上，儿子的象棋奖杯堆满房间角落，杯子、纸张和文件夹散落得到处都是。桌子上根本找不到任何空当。

"我叫帕特里夏，是史蒂文·科恩的前妻，"一个女人的声音说，"我有一些你可能会感兴趣的信息。"

迈克尔·鲍威立马从桌子上放下脚，坐直了。

"我怎么能帮到你？"他说。

她告诉迈克尔·鲍威，她需要咨询建议。她觉得她的离婚协议不公平，但她不知道该怎么办。她的钱用完了，住在中央公园西的一套三卧室的公寓，房屋产权却在科恩名下，所以，她随时可能被赶到街上。现在，科恩的妻子亚历克斯每月开支票交物业费。她还认为她有迈克尔·鲍威应该知道的关于科恩的信息——她多年来一直保密的信息。她从来没有痛快地把它讲出来，因为之前与她交谈的每一个人都害怕科恩。但迈克尔·鲍威似乎并不怕他。

她在办公室里见到了迈克尔·鲍威，告诉他自己与前夫的关系，以及他在格兰特尔经纪公司的事情。在她与科恩的私下谈话中，他承认自己事先得到过通用电气20世纪80年代收购美国无线电公司的信息。当证券交易管理委员会对他进行调查时，他感到恐慌，担心自己会被关进监狱。她说，调查结束后没有任何指控；此后，科恩对他的交易非常小心，几乎到了偏执程度。他变得喜怒无常、脾气暴躁。随后，他对自己办公室的人员数量进行了压缩，裁掉了不称职的。此外，她认为他们的孩子都怕他。

迈克尔·鲍威不知道该怎么办，婚姻法不是他的专长。显然，帕特里夏相当偏颇。但迈克尔·鲍威还是对他所听到的感到恶心！

这让他想起了科恩在公司交易大厅里的不佳名声：他在那里会想方设法虐待别人，贬低他们。他眼前就是一个受伤害的女性，正遭受情感和财务之困。迈克尔·鲍威不敢相信，当年赚了接近 10 亿美元的科恩，[14] 却不愿意拿出一些钱来解决他与前妻的问题。相反，他却雇用了一个律师团队，就每笔费用与她博弈，而且，他第二任妻子也在定期审查这个女人的每张干洗账单。

迈克尔·鲍威所做的第一件事，就是把卡索维茨－本森律师事务所离婚小组的一个律师介绍给了帕特里夏。当时，帕特里夏还问迈克尔·鲍威，他是否认为她应该去联邦调查局。

"不。"迈克尔·鲍威答道。他知道自己这样做的部分是出于自己的利益，因为他想让她成为自己案件的独享信源。他说："我知道这让人觉得很有力量，但你必须知道与联邦政府的对话会有什么结果。这就像把你的脖子放在一个嗡嗡作响的电锯上！"

几个月过去了，迈克尔·鲍威没有帕特里夏的任何消息。一天下午，她给他打了个电话，这让他大吃一惊。"我刚刚和联邦调查局特工进行了长时间的会晤。"她告诉他。

迈克尔·鲍威试图装作不太有兴趣，但却表现出好奇。"哦，是吗？"他说，"谁？"

"他叫 B. J. 康。"

在《60 分钟》节目播出的几周后，迈克尔·鲍威还收到了另外一个奇怪的电话。它来自加拿大一家保险公司（名为费尔法克斯金融控股）的一名高管。这位高管一直密切关注拜维尔公司案，主要因为拜维尔公司的指控听起来很熟悉。这位费尔法克斯的高管说，他们也是一群对冲基金做空的对象；这些对冲基金四处收集公司的负面材料，甚至骚扰费尔法克斯的高管。不同之处在于，拜维尔公司案主要涉及已经发生的事，但费尔法克斯的事仍在蔓延之中。

此时，互联网聊天室每天都在谈论费尔法克斯将会如何崩溃。一天，迈克尔·鲍威看到费尔法克斯的股票狂跌，因为互联网的留言板正充斥的传闻说，该公司的首席执行官已经逃离了该国，公司办公室遭到了加拿大皇家骑警的突击搜查。

费尔法克斯由普雷姆·瓦特萨创立，这人是常被媒体称为"加拿大沃伦·巴菲特"的亿万富翁。瓦特萨称，位于孟菲斯的一位分析师（属一家被称为摩根基冈的独立研究交易机构），正在与少数对冲基金合作，传播有关费尔法克斯的虚假信息。事实证明，其中一家基金就是赛克资本。通过调查，以及迈克尔·鲍威发现的相关邮件表明，摩根基冈分析师在发布其研究报告之前，就已经向赛克资本和其他基金发送了这份报告的草稿电邮。在此，迈克尔·鲍威希望能够证明，对冲基金所做的是内幕交易，依据的是它们帮助制作了相关公司的研究报告。[15]

此时，人们创建了一些匿名网站，将费尔法克斯与安然进行比较，而且，费尔法克斯的员工在半夜会接到恶意电话。"费尔法克斯是一家欺诈行骗的公司，"一个声音会这么说，"多多保重！"[16]与此同时，做空股票的交易员游说联邦调查局和联邦证券交易管理委员会，希望它们能启动调查该公司可能存在的会计欺诈行为。就此，曼哈顿联邦检察官办公室也展开了调查。的确，费尔法克斯公司有着难以置信的复杂结构，这种设计很容易掩盖会计问题。此时，很多对冲基金交易员都争先恐后地做空这只股票；[17]该股的价格每次下跌时，他们都能赚到钱，该股从150美元一直跌至110美元以下。

2006 年 7 月 26 日，迈克尔·鲍威在新泽西州法院提起诉讼，指控赛克资本和一批其他基金在市场上散布关于费尔法克斯的虚假传言。这起诉讼指控对冲基金违反了《反有组织犯罪及腐败组织法》，即 RICO，一项旨在打击黑手党的刑事法规，核心是让犯罪集团的领导人为其下级雇员的行为负责。费尔法克斯要求赔偿 50 亿美元。赛克资本和其他被告否认了这一指控。⊖

在费尔法克斯提交案件后的几小时内，迈克尔·鲍威接到了美国检察署驻曼哈顿检察官办公室的电话。来电的是一个名叫海伦·坎特维尔的证券科检察官。

"你能来这里一趟吗？"她问道，听起来很恼怒，"我们要和你谈谈。"这段时间，她在与联邦调查局那位叫 B. J. 康的特工合作，正对费尔法克斯公司进行刑事调查。政府正在研究费尔法克斯可能的欺诈行为，而不是对冲基金的问题——基本上与迈克尔·鲍威案件的诉求相反。费尔法克斯的投诉内容基本上都是政府不可接受的说法，在主管机构的眼里，它们完全是错的。美国检察署的坎特维尔和其他人似乎都很恼火。他们要迈克尔·鲍威第二天到他们那儿去。

第二天早上，迈克尔·鲍威信步走进曼哈顿市中心的圣安德鲁广场 1 号会议室。B. J. 康在桌子的一端，另一端坐着一名来自联邦证券交易管理委员会的调查员，坎特维尔在中间。她指着一个椅子，示意迈克尔·鲍威坐下来。大家看起来都不高兴。

"你想知道什么？"他问。

坎特维尔说，美国检察署正在调查费尔法克斯可能的欺诈行

⊖ 该案被驳回，赛克资本和其他对冲基金赢了。法院认定，赛克资本在这个事件中没有经济利益。费尔法克斯于 2013 年上诉。

为。她说，费尔法克斯和迈克尔·鲍威应该等待他们的刑事调查结束后，再提交费尔法克斯的诉讼。刚刚提交的诉讼对他们的案件造成了很大的麻烦。政府是应该在费尔法克斯股票案上继续寻找可能的欺诈指控，还是应该调查对冲基金做空费尔法克斯股票的那些卖空者的犯罪嫌疑？坎特维尔想要迈克尔·鲍威详尽解释费尔法克斯160页的投诉内容。

迈克尔·鲍威在接下来的三个小时里阐述了这些指控及其背后的证据，赛克资本和其他对冲基金针对它的虚假谣言和恶意电话，以及该公司对卖空和内幕交易的指控。他说的时候，B.J.康做了笔记。

此时，气氛很沉闷，但坎特维尔说，他们会调查费尔法克斯对对冲基金的指控。在道别时，她还是感谢了他。

就迈克尔·鲍威来说，他的生长环境决定了他不是一个回避冲突的人。在某种程度上，他还是一个找事的人。他生长于珍珠河畔一个离曼哈顿以北一小时车程的小镇，那里挤满了爱尔兰酒吧和小商店。他在这里了解了人生的大多数的事情。在课间休息时，800名纽约市警察和消防员的孩子，会从镇里的天主教小学喷涌而出，挤进一座沥青地面的校园；在此，孩子们轮流地相互提弄，玩耍着残酷的游戏，而老师则若无其事地看着相反的方向。

放学后，他们成群结队地在街上游荡，打架斗殴，而且，还要设法把对方打得鬼哭狼嚎。在这个环境里，迈克尔·鲍威逐渐获得了一些关键的技能：如何与那些对你有帮助的人相处；在某种情况下，是应该挺身而出做大哥，还是应该认怂做小弟以及如何克服逆境。迈克尔·鲍威的父亲是曼哈顿北部英伍德云梯36的消防员，直到他在火灾中被严重烧伤并随后退休。在被邻居孩子打哭回家后，他娇小的爱尔兰裔美国妈妈会将她的小儿子举到厨房柜台上。"迈克尔，"她会说，"你要学会照顾自己。"他没像曼哈顿美国检察署的大部分联邦检察官那样，拿到一个常春藤联盟大学的学位。迈克尔·鲍威是福特汉姆和纽约法学院的骄傲；他从不怵冲突。

在他们初次见面的 4 个月后，在 B.J.康再次打电话给他，跟进他们对对冲基金的指控之前，迈克尔·鲍威已经成为有关赛克资本的最权威的专家了。

B.J.康说："是否可以请你过来一趟，给我们详细讲讲你所了解的赛克资本以及其他的对冲基金，以及相关的内幕交易情况。"他特别想知道迈克尔·鲍威所说的，也是许多对冲基金采用的"内幕交易商业模式"。迈克尔·鲍威会让联邦调查局特工问他两小时的问题吗？

"行，"迈克尔·鲍威说，"很高兴能帮上忙。"

B.J.康在联邦调查局的证券诈骗处仍然是新人。在那以前，他所经手的一些案件只涉及那些小经纪公司——很多都位于纽约城外的购物中心；在那里，销售人员把毫无价值的便士股卖给那些不知道该怎么做的人——他们不知道不应该通过电话接受陌生人推荐的股票。这些公司的涉案金额都微不足道，每次联邦调查局关闭一个，就会冒出另一个。B.J.康的老板，帕特·卡罗尔，有一种感觉，应该有更大的事情正在发生，他们应该跟踪量级更大的诈骗案。他最近把 B.J.康叫到自己的办公室，把这个想法告诉了他。

"无论是非法传销的案子，还是哄抬股价的案子，都要查，"卡罗尔动员道，"但我们需要着手看看对冲基金了。这个行业不是很透明，我们以前没有真正查过它们。"

B. J. 康点点头，但不太清楚自己是否真的听明白了。

卡罗尔解释说："如果你跟随资金查吧，很多案子都是通向对冲基金的。"他并不是说所有的对冲基金都违法，但他担心的是联邦调查局并不了解，这些基金在做什么，以及如何赚到这么多的钱。每天都有新对冲基金开业，数十亿美元的投资者资金流入。"我们需要开始想大问题。"卡罗尔说。

自他还是一个在马里兰郊区玩警察和强盗游戏的孩子时起，B. J. 康就已经想要做执法的工作。他已经把这种对好人和坏人游戏的痴迷，与其父母渗透到其成长过程的一些做法，融为一体，这促使他比他人更加努力，直至成功。如果旁边办公桌旁的那个家伙是上午 7:00 出现的，B. J. 康就会在 6:00 到位；如果那位同事 6:00 就到位，B. J. 康就会在 5:30 出现。从联邦调查局学院毕业时，他就申请了一个纽约分局的岗位，因为这里是最重要案件的发生地。

在卡罗尔的谈话后，B. J. 康所做的第一件事就是努力让自己了解对冲基金行业。他因此熟悉了那些最著名的基金经理及其所挣的那些难以置信量级的钱。他对帆船集团和拉贾拉特南的基金（该行业业绩表现最好的基金之一）有了一点模糊的感觉。但这远远不够！

在拜访金融界的知情人士和证人期间，B. J. 康总是提出一些同样的问题：谁是最成功的对冲基金交易员？他们怎么赚钱？人们认为他们干净吗？在这个过程中，一家公司名字反复出现：赛克资本。

根据 B. J. 康的华尔街信源，赛克资本是华尔街最能赚钱和最激进的对冲基金。其竞争对手无法理解，赛克资本如何能够年复一年地创造 30%、40%、50% 的收益率，而且，它还似乎没有遭受过一次亏损。这似乎好得让人无法相信了！B.J.康想深入了解。

在这次会面的大部分时间里，B.J.康和迈克尔·鲍威是在那个会议室里度过的，而且，都是迈克尔·鲍威在阐述他如何看待对冲基金业的运作情况。

迈克尔·鲍威看到，华尔街在过去五六年间，经历了巨大的转变，而治理和监管的人却没有充分的感知。资本市场是一个系统，它的存在是为了帮助把资金配置到人们需要投资的业务中；建设更大的工厂，开发更新的产品，雇用更多的员工。这个系统可是经济增长的引擎！在银行放贷的同时，投资银行通过促进股票和债券交易、IPO的实施以及兼并收购，来实现这个引擎的运作。直到2000年前后，主宰这个市场的是少数几家大公司，如高盛、摩根士丹利以及管理退休金账户的共同基金。与此同时，所有这些机构的运作框架，就是一组几乎存在了70年的规则和条例。当然，这些金融机构也有违规行为，甚至犯罪行为，但它们主要是以定义清晰和可预测的方式发生的。在很大程度上，大银行了解什么是合规的，什么是违法的，并有合规部门确保自己不触犯法律法规。同时，美国证券交易管理委员会在监控这些机构时，也知道应该怎么做。

然而，在过去10年中，很多资金已经从严格监管的大型银行转移到对冲基金，因为这些激进的投资载体有可能获得巨额收益。与此同时，对冲基金仅受到轻微监管，多数都在神秘的面纱背后运作。"你看看针对大银行所提的监管行为的性质（我不是说相关行为不坏），"迈克尔·鲍威恩告诉B.J.康，"但是很多情况涉及的东西和对冲基金的所为相距甚远。"

迈克尔·鲍威说，从用人的角度来看，许多在这些基金工作的人都有非常规的背景：他们的主要任职资格可能就是因为他们是基金经理的好友。这类人如果想在高盛这类投行找一份工作的话，那肯定没门儿。这些对冲基金没有受到系统的监管，它们并非都有真正的合规部门，而且，它们的用人哲学就是雇用任何可以赚钱的人，而不管他们怎样做。联邦证券交易管理委员会有关它们的信息很少。如果考虑到这些情况，那么，B. J. 康认为将会发生什么呢？

在办理拜维尔公司和费尔法克斯公司的案子时，迈克尔·鲍威对这个行业进行了调查；在这个的过程中，他逐渐意识到，对冲基金正在孵化一种新的病毒型腐败形式。与此同时，这种极为复杂的金融交易正在发明一系列近乎难以理解的新金融产品和工具，包括各种担保抵押和其他债务，以及它们的证券化；交易员正在寻找新的欺骗手段。当涉及金融犯罪创新时，对冲基金就像硅谷！

在此，政府的干预使事情更糟；这里有一个后果意外的经典例子。2000 年，纽约总检察长艾略特·斯皮策启动了一项针对华尔街投行研究部门的调查；[18] 三年后，最终指控它们操控股票买卖的评级（市场上许多投资者在评估各家公司的健康状况，并使用这种评级作为他们的投资指南）。斯皮策指控这些银行把其分析师的分析报告作为销售工具，为自己创造投行业务。当时，承包首次公开发行和就兼并收购提供咨询意见，是这些投行利润的大部分来源。通常，承诺为一家公司编制积极正面的分析报告，是为获取更多交易咨询费做铺垫的有效途径。这里的经典案例是美林公司星级互联网分析师亨利·布洛杰特；[19] 他在 1998 年说，他认为亚马逊的股票价值为每股 400 美元。在其公司正在寻求像 Pets.com 和 eToys.com 这类公司的业务时，他竟然一面公开吹捧它们，一面却在给同事的私人电邮里表示，他真的认为自己对这些公司是过于夸赞了，并把 Excite @ Home 公司称为"垃圾"，称其他网络公司为"狗屁"。

在 2002 年年底,总检察长办公室揭露了这些利益冲突,并与美林、高盛、雷曼兄弟、J. P. 摩根和其他六家顶级华尔街公司达成和解,不仅罚没了这些大投行数十亿美元,而且,还要它们承诺遵守一套更严格的规范。这些规范要求投行业务和研究部门必须彼此完全分开;分析师的薪酬不能再与他们为公司创造多少银行业务挂钩。几乎一夜之间,作为摩根士丹利或高盛技术分析师的工作,就从金融业中最理想的职位之一,变成了一位荣耀的图书管理员。

随着这种情况的发生发展,对冲基金对大银行的交易量越来越重要。前者支付的佣金成为后者利润的主要来源。对冲基金为自己所要求的服务,[20] 支付了数亿美元的费用;大投行开始尽其所能来保证它们高兴。最激进的对冲基金想在任何他人之前知道,分析师是否会降级或升级某只股票。一位资深交易员(甚至非资深交易员)可以将该信息转化为即时利润。

同时,在回应斯皮策和其他人对股票研究的独立性要求时,小型研究公司开始出现了;它们承诺会对投资者买卖某公司股票提供公正的意见。起初,这看起来似乎是个好主意。但这些小研究机构没有像样的合规部门——在很大程度上,这都只是一种保护声誉的摆设。与此同时,一些小研究机构雇用的分析师几乎是没有资格做这项工作的人。而且,还有什么能够阻止那些财大气粗的对冲基金,购买这类小公司的研究报告,然后,告诉它们自己想读哪些公司的分析报告,甚至还要求这种研究报告说什么?

迈克尔·鲍威认为,对冲基金可以很容易地操纵市场,花钱让他人做出对那些股票已经做空的公司具有负面性质的研究报告,然后,在负面研究报告压低股价的同时,迅速获利!

最后,迈克尔·鲍威告诉 B. J. 康,还有像格理集团这样的专家网络公司，专门帮助投资者与上市公司高管牵线配对。数百名参与药物研究的医生和技术公司的中层管理人员，都在为这些专家网络公司提供兼职服务，拿着钱为对冲基金交易员提供"咨询"。这种顾问服务不应该披露机密信息，但没有什么可以防止这种情况发生。对冲基金向这些顾问支付了数百万美元的费用。他们会为任何人都能得到的信息而这样做吗？迈克尔·鲍威感到这是一种很容易被滥用的做法。

他们谈了四个小时。对于 B.J. 康来说，就像是在学习一种新的语言。他一边在标准便签上潦草地写着，一边打断迈克尔·鲍威以进行提问，说："坚持""加油""你能重复一遍吗"。

B.J. 康对于这个行业的不道德程度而感到震惊！

迈克尔·鲍威说："我们都知道，如果有很多钱可以用来铤而走险、挣大钱，而又没有人监管，那么，你就会发现不轨行为如影随形。"在华尔街，他认为，你可能会发现一系列的不端之为：有一些即将触碰底线了；有些甚至已经越线了；还有一些已经把底线远远抛在后面了。迈克尔·鲍威相信这种糟糕的情形正发生于对冲基金业中。

"你不必相信我，你只需去看看，和相关的人交谈就行，"他说，"这就像瑞克赌场的博弈。[21] 只要你搬起那些石块，看着它们下面的所掩之物，特别是赛克资本，你会发现那些掩藏的污垢。"

优势的专有信息

虽然在华尔街那些最令人羡慕的公司（就像曾经的赛克资本）工作，有许多好处，但它的员工往往觉得他们就是某个实验品的一部分，要顶着长期压力和不确定性的影响。在这些公司里，计算机终端、排座表以及伴随的等级结构，会经历不断的排序争夺和推倒重组，这意味着没人有安全感。出现葬送职业生涯的那种亏损的可能性，始终漂浮在投资组合经理的头顶。定期拜访这些办公室的人们会惊讶地发现，整个交易厅或部门已经荡然无存。但与此同时，所有这些变化也会创造出相应的机会；迈克尔·斯坦伯格就打算利用这种机会，达到自己的目的。

斯坦伯格 1996 年开始在赛克资本工作，担任科恩珍宝级技术股交易员理查德·格罗丁的手下。斯坦伯格不仅高大、膀阔腰圆，还带有大学长曲棍球手的范儿。他通常会躬身坐在交易桌旁，写下格罗丁的交易代码；如果交易出现问题，就得赶紧通过电话与经纪人交涉；一般都会设法做好领导吩咐的任何事情——不管大小。

斯坦伯格在大学主修哲学专业[1]时，他的父母很担心，觉得太不切实际。他决心向他们表明，自己可以在能够带来财务安全的事情上取得成功。渐渐，他在赛克资本得到了晋升；到 2004 年，他和格罗丁肩并肩地做起了投资组合。当格罗丁因与科恩就分享 C. B. 李的研究报告的矛盾辞职后，斯坦伯格就独自负责那个投资组合账户了。[2]

此时，他需要寻找合适的人来合作。作为投资组合经理，斯坦伯格要负责组建自己的分析师和交易员团队，他需要他们协助自己管理他所分配到的资本池。

2006 年 9 月，36 岁的分析师乔恩·霍瓦特加入了他的团队，主要负责研究诸如戴尔、苹果、英特尔、微软和 IBM 这类与计算机相关的股票。这个招聘过程持续了 6 个月，并与 10 个不同的人进行了至少十几次面试。霍瓦特一路韧性十足地走了过来；他知道，如果他能得到这份工作，他就只需工作几年，然后，就可以在滑雪休闲中度过余生。

通常，在一半的时间里，霍瓦特看起来呆若木鸡；实际上，他是一个勤奋的人。他的工作是向斯坦伯格提出交易思路，但肯定不能是随意的交易想法。他很快就清楚，赛克资本的方法就是找到相关的投资机会——像收益公告这种能使股价上涨或下跌的特定事件。这里的诀窍是弄清楚这个事件是什么，以及如何设计一个长期或短期的头寸，以求从中获利。通常，霍瓦特会精心制作自己的电子表格并设计相关的盈利模式。他在硅谷附近的旧金山有一套公寓，经常往返于纽约和西海岸，参加世界各地的投资会议，以及拜访那些相关的技术公司，试图了解与其相关的一切事宜。

2007 年年初，当霍瓦特在赛克资本只待了几个月时，经济就出现了一些麻烦。全国各地的房地产价值开始下降，抵押贷款的拖欠金额也在不断攀升；这令银行和其他投资者陷入危险境地；它们购买了大量的抵押贷款债券，原以为房价只会上涨。不过，大多数投资者此时选择忽略即将到来的灾难的迹象。相反，只有那些并没有因快速积累的财富而变得忘乎所以的人，才意识到它的到来。5月，贝尔斯登旗下的两家对冲基金大量投资了次级抵押贷款证券，现在开始急剧贬值。每个原来价值都超200亿美元，[3] 但就在几个星期内，市场就视它们拥有的抵押证券为弃履。贝尔斯登管理层试图帮这些基金顶住，但这些证券的价值继续下坠。7月18日，贝尔斯登宣布，这些对冲基金实质上已无价值可言，并将其关闭掉，造成数十亿美元的损失！

成千上万的投资者都弄不清楚这些基金的崩盘到底意味着什么。这只是市场的一个小小的挫折，还是即将到来的经济危机的前兆？霍瓦特希望是前者。他继续做自己的工作，好像一切如常，继续把自己做盘的思路呈给斯坦伯格。在8月初，当网络设备公司（霍瓦特一直研究的一家数据存储企业）宣布下季盈利将不及预期时，其股价大跌了5美元。霍瓦特非常喜欢这家公司，认为它最糟糕的时候已经过去，催促斯坦伯格出手购买。斯坦伯格根据霍瓦特的建议，购买了这家公司的股票。随后，该股收复了少许失地，但当该公司在当月晚些时候公布收益时，其股价再次下跌，造成了他们投资组合账户200万美元的损失。斯坦伯格异常愤怒！

几天后，在办公室无他人之时，斯坦伯格把霍瓦特叫到自己的办公桌前。"我可以就这些股票做些日盘，自己就能赚钱，因此，这方面我不需要你的帮助，"斯坦伯格告诉他说，"我需要你做的是走出去，就这些股票找到一些劲爆的专有信息，让我们能挣到钱。"斯坦伯格停顿了一下。"你需要通过你的关系、相关的公司、银行家、顾问以及你的同行网络来获取这些信息。"他紧盯着霍瓦特，似乎要确保他能听懂。

对霍瓦特来说，他很清楚老板想让他做什么[4]：获取内幕信息——那些一定能保证赚钱的东西！

———————

925公园大道坐落在曼哈顿最昂贵的邮政编码区，毗邻中央公园和大都会艺术博物馆两个街区。这是一个战前的石灰石联合体。该建筑的公寓具有皇冠造型、燃木的壁炉和俯视街道的朱丽叶式阳台。2007年6月的一天，美国联邦调查局特工戴维·马科尔[5]穿过这栋大楼那充满艺术装饰的大厅，走进电梯，上到九楼。他走到9A号公寓，敲了敲房门。此时，马科尔希望那个开门的人，能够帮他扳倒一名华尔街巨头。

前一年，马科尔一直在调查一个内部交易圈，与正在进行的拉吉·拉贾拉特南案不相干。此时，对冲基金切尔西资本的一位分析师，涉嫌从一位在瑞银（UBS）投资审查委员会工作的朋友那里得到内幕消息。通常，在瑞银分析师公布其股票和债券评级变动之前，这位朋友就把相关信息透露给了这家基金的这位分析师。马科尔认为，这位分析师利用这种信息做了相关股票的交易；联邦调查局决定逮捕他。此时，该分析师倒戈，并同意给出他在华尔街所认识的同样违法的其他人的名字。其中一个是他来自切尔西资本的同事，还有一个是名叫戴维·斯莱恩的前帆船集团交易员。

当斯莱恩开门后，马科尔拿出了他的特工徽章。"我来这里想聊聊内幕交易的事。"他说。马科尔简述了联邦调查局对他的指控，并发出了长期监禁的威胁。"如果你不合作,你可能就再也看不到你的女儿了。"他厉声告诉斯莱恩。后者已婚并有一个孩子。在马科尔说完之前,斯莱恩就已经恐惧不已。在咨询了几位律师后,他同意合作。[6]

这个合作包括数十次与马科尔的面谈。他花了数小时询问斯莱恩,了解与他共过事的每个人,以及他可能知道的任何犯罪活动。为了避免起诉,斯莱恩不得不向马科尔证明他没有隐瞒任何东西。在斯莱恩这里,没人能幸免,即使最亲近的人也不例外。

斯莱恩似乎被从事内幕信息交易的人包围。他的内幕信息,有些是从公司律师那里获得的,有些是来自其他交易员。就联邦调查局而言,它想要追捕所有的人。斯莱恩同意录下他们的谈话,[7]并按马科尔的指示,逐个给他华尔街的朋友和相关信源打电话。即使他如此这般地努力,但这种证据只具有传闻性质,对刑事案件来说还显不足,还需要扩大调查范围。联邦调查局特工和与其合作的检察官需要确凿的证据,以便在法庭上立于不败之地。那么,他们怎么才能得到它呢?在与自己的主管戴维·查韦斯和对斯莱恩案起领导作用的检察官里德·布罗斯基的会面中,马科尔对这个问题感到困惑。

"我们需要把它提升到一个更高的层面才行。"布罗斯基说。

布罗斯基去找他的老板,雷蒙德·洛伊尔,他曼哈顿联邦检察官办公室证券部门负责人。他抱怨说,他们在推进这些案子方面遭遇了困境。

"你有没有想过起用窃听器?"洛伊尔问。"你需要找个人来'挠'这种电话,要沾上腥味。但你需要有相关的新信息,才能得到这种许可。"

为了说服法官授权窃听，检察官不能只是继续凭预感或有依据的猜测。他们必须有实质性的东西证明，在特定的电话线上正在讨论犯罪活动，即所谓的"肮脏之谋"。

此前，窃听这种手段从未用于内幕交易案，但内幕交易的团伙行为在许多方面都与有组织的犯罪类似。像对待犯罪集团一样，联邦调查局正在调查的许多对冲基金的相关行为都是秘密的，组织上也是有等级分层的：下层工作人员具体从事有问题的行为，而顶层老板则保持着有意的无知，并最终获得了大部分的收益。联邦调查局认为，它需要用与调查组织犯罪相同的工具。马科尔帮助斯莱恩录了他与他最好的朋友（一个名叫慈维·戈夫的帆船集团交易员）的电话谈话；他们讨论了非法信息。以此为证据，政府获得了窃听戈夫电话的许可。随之，联邦调查局的电讯室也很快面世了。

尽管 2007 年的股市表现不佳，但赛克资本当年还是盈利的。即使在网络设备公司的股票上亏损，但迈克尔·斯坦伯格的团队还是获得了超过 2700 万美元的收益。斯坦伯格的提成[8]（他可以留下的收益）是 31%。他有责任根据自己对团队成员贡献大小的判断，从这笔提成中支付分析师和交易员的奖金。钱是一个人在赛克资本的价值表现。斯坦伯格给霍瓦特的奖金是相当温和的 416 084 美元；实际上，这等于发出了一个十分强烈的信号[9]，因为斯坦伯格给另一位分析师的奖金是 150 万美元。霍瓦特能意识到自己有被解雇的危险。他在新年承诺，要做得更好。

他从记忆里找出了他所知道的每个人，试图甄别出谁能帮他获得赛克资本老板想要的那种信息。各种各样的关系可能都是有用的——父母、朋友的父母、邻居、医生、滑雪伴侣，他接触过的任何人都可能接触到有价值的企业信息，即使他们此时自己并不知道。在某些情况下，这种信息可能来自一个显而易见的地方，比如另一个对冲基金的分析师（他自己也正在寻找能赚钱的信息）。霍瓦特的一个朋友，一位名叫杰西·托尔托拉的分析师，似乎正急于要做这种分享。

托尔托拉与霍瓦特相反，他圆滑、自信、人脉广，至少他外在的表现如此。他在对冲基金领域走了一条常规的路径。在获得了工程学位后，他在英特尔工作了三年；后来，他成为保诚证券的技术分析师。从那时起，他就利用以前的英特尔同事，作为半导体行业的信息源；然后，将信息转给一些共同基金和对冲基金的分析师，包括作为保诚客户的帆船集团和赛克资本。当保诚关闭其股票研究部时，托尔托拉就失去了这份分析师的工作。他迁往东海岸，[10]并通过面试，在一家名为响尾蛇资本的对冲基金获得了又一个分析师的职位。无疑，他在科技公司的人脉使他脱颖而出。

托尔托拉本能地感觉到，需要有内幕信息才能在对冲基金里赚钱。不过，好的信息不容易得到：与大公司内部员工建立信任和关系，一般需要数月的时间。托尔托拉已经有了一些这样的关系，但他一直在寻找更多这种关系。他认为，他和他的朋友们可以充分利用他们得到的情报；如果他们彼此分享的话，那就形成了一种内幕信息分享的"搏击俱乐部"。他向霍瓦特提出这个想法，他欣然同意。然后，托尔托拉邀请了一些人加入。[11]在他认识和信任的人中，包括山姆·艾当达奇斯，一位来自"全球一流投资者"对冲基金的分析师（他在保诚证券工作时合作过）；另一位是在保诚证券工作时的客户，赛克资本的分析师罗恩·丹尼斯。丹尼斯虽然同意，但有一个条件：他告诉托尔托拉不要给他发电子邮件，[12]他只想通过电话沟通。

丹尼斯就电子邮件的使用所表达的谨慎态度，应该使托尔托拉有理由冷静下来，质疑他自己习惯的做法，但他没有。相反，他还是我行我素，把所有的东西都写在书面上。"关于电邮名单的重要规则，"[13] 在托尔托拉为霍瓦特·艾当达奇斯和另外三个人做相互介绍时，写道，"就是没有电邮名单（引自《搏击俱乐部》）。"然后，他补充说："偷着乐吧！你们的业绩将会上涨 100%……你们的老板会爱死你们的！"

经济在 2008 年年初正式陷入衰退，全国房地产价格正在崩盘。跌幅最大的是拉斯维加斯和迈阿密这样的地方，因为这里的市场以投机者为主，但全国其他地区也都不同程度地遭受了严重的冲击。自 2000 年以来第一次，美国 10 个主要城市的住宅房价[14] 跌幅比 1987 年以来的任何时候都大。所有拥有这些房屋贷款的银行都陷入了困境。1 月 11 日，美国银行宣布收购全国金融公司，使这家庞大的抵押贷款公司免于破产。这还仅仅是一系列对金融机构拯救和救助大戏的序幕；它们的破产将会威胁整个金融系统的安全。

就在金融危机爆发之际，赛克资本的发展达到了顶峰，拥有近 1200 名员工和近 170 亿美元的资产，[15] 一半资产属于科恩和他的员工。自 1992 年成立以来，该公司经历了几次改造升级：首先是由科恩的大学朋友组成的做日盘交易的小店；其次是一个由有常春藤联盟大学背景的专才构成的更专业运作的机构；最后则是由专门从事不同行业研究的分析师组成的一部研究和情报收集的机器。它的最后扩张最为雄心勃勃，科恩把公司推向了市场的每个角落：在亚洲和欧洲开设了办事处；成立了私募股权部门，收购非上市公司的股份；创办了一个债券交易小组——这个领域他知之甚少，但现在占据了他基金规模的1/4。赛克资本在过去18年中的平均收益率为30%；[16]这是一个不可思议的高水平，比市场平均收益率高出数倍！科恩也因此成为世界上最富有的人之一，身价近100亿美元。但科恩和他的交易员都没怎么想去掩饰自己不菲的财富。

要想找到该公司成功的证据，只需看看斯坦福德赛克资本的停车场就够了。一名投资组合经理的座驾是一辆具有鸥翼门的梅赛德斯，另一位则是一辆玛莎拉蒂，还有一名不久前以实习生起步的家伙，则开了一辆棕色宾利的大陆款。该公司总裁汤姆·康内尼，则驾驶着杜卡迪摩托车上班，有时还会把他的烟艇放在停车场显摆。此外，众所周知的是，赛克资本的交易员周末都是乘直升机去玩高尔夫。

一天，在公司拜访后试图离开的一位顾问，在停车场意外地弄错了档位，车尾撞上了一辆价值15万美元的奔驰、一辆7系宝马，以及一位赛克资本交易员的法拉利。这位顾问惊呆了，立马开始道歉，他感觉麻烦大了，意识到自己很可能会被解雇或是有更糟的结果。虽然那位宝马的女性主人厉声斥责他，但那昂贵玩具受损的男人们却保持冷静。那辆受损法拉利的交易员只是耸耸肩，说："我只能开另一辆法拉利了。"由此可见，即使是按华尔街的财迷标准，赛克资本的奢侈程度也令人咋舌！

2006～2008年，赛克资本的规模翻了一番，[17]而且，该公司的顶级交易员和分析师也被宠坏了。公司有三位专职按摩师在松弛他们紧张的肌肉。"水晶"是他们的最爱，她是一名泰式按摩师，会在交易员的背上行走，还能用脚后跟按摩。科恩个人收藏的那些艺术杰作，当时的价值就是10亿美元，装饰着公司办公室的墙壁。

在其办公室里，科恩展示了一个名为《自我》的古怪作品，它由概念艺术家马克·奎因所作。这是一个时常会在其办公室周围引来阵阵窃笑的怪作。那是一尊艺术家自己头颅的塑像，用他自己的 8 品脱⊖血液制成，即把这些血液倒入模具冷冻而成。科恩为此安装了一套定制的制冷系统，以保持塑像所必需的温度。他在 2005 年从查尔斯·萨奇那里花了 280 万美元购买了这个作品。[18] 几个月后，他又花了 800 万美元购买了萨奇收藏的另一个华而不实的作品：悬浮于甲醛中的赫斯特鲨鱼，[19] 号称《活人心目中物理死亡的不可能性》。人们取笑这条鲨鱼，把它视为一首献给科恩这个最终猎食者的、具有讽刺意味的颂歌。

的确，在一天的 24 小时里，科恩几乎没有时间不是被用于赚钱的目的的；他把赛克资本的成功大多归功于这种职业道德。通常，科恩早上起床很早；他会先在家里研究市场情况，然后，在上午 8:00，由一名保镖开着灰色迈巴赫赶到办公室。在他到达时，已经有一碗包裹在玻璃纸里的热燕麦片粥，在他的桌上静候。他在交易大厅中央的办公区就像一个飞行器驾驶舱，有 12 个监视器摆在他的正前方。因为科恩的时间是如此宝贵，大部分的活动（从理发到会议）都必须安排好了，以免让他在上午 9:30 到下午 4:00 之间从屏幕上分心。"所有事情都在他办公桌上进行，"一位在他附近坐了多年的交易员说，"所有的事情。"

为了确保自己能够接触到所有可用信息，科恩聘请了专职研究交易员，负责过滤他要看的信息，确保他读到的都是重要信息。每次他去拉斯维加斯看望父母，或是去布朗大学（科恩是校董会成

⊖ 1 品脱 = 0.473 升。

员），或是每年暑期与亚历克斯一起去度假，一个先遣队都会在他动身之前，把相关事宜安排好。他会在自己将要待的任何地方，租用一个额外的房间，作为一个临时区域；其工作人员会非常精心地重建他的交易区，以致他几乎分辨不出自己是否离开了办公室。

此外，每个星期天的中午前后，科恩都会坐在家中办公室的办公桌旁，手持黄色的记事本。他的投资组合经理会被一个接一个地叫进来，阐述他们下周的最佳交易思路。这被称为"周日创意会"，也是赛克资本员工持续的焦虑之源。每次谈话通常持续 5 分钟，科恩的研究型交易员也加入其中，还得做笔记。每位投资组合经理坐下来时，就应该已经有了一个赚钱的思路，外加一个相应的"信念评级"——一种表达他们对这种投资思路的回报有多大自信的方式。

直接为科恩工作的交易员以他的户头具体执行这些交易，因此，被称为"执行交易员"。他们非常像实际操刀的刽子手，按命令行事，不会向科恩提出任何问题。他们在华尔街被看作科恩的"狗腿子"，代表他们的老板，干着吃力讨人嫌的事：每天在市场上让他人痛苦无比；同时，他们又不得不努力与那些痛苦之人保持良好的关系，以便每天能够获得相关的交易信息。这真是一份尴尬的工作！

就一个"狗腿子"而言，他上午的工作，通常是在下述环境中，按下述方式重复的：在科恩吃完了麦片粥且于市场开盘后，他会关闭"Steve-cam"（播放其指令和与交易厅他人对话的音视频反馈系统），接个电话。几分钟后，他会挂断电话。此时，他处在"私人"模式，他的工作人员只能猜测他在说什么。然后，他可能给其中一个执行交易员，下一个指令，"做空 50 万股斯泰尔股票"。

这名交易员会向负责股票借贷的人求助，后者的部门负责从另一家公司借入股票，如此这般，赛克资本才能卖空这些股票，"给我借 50 万股斯泰尔股"。

然后，这位交易员会打电话给贝尔斯登经纪公司（举例），表示要做空该股票："我卖空 50 万股斯泰尔股。"

贝尔斯登的经纪人知道这个命令来自科恩。出于自我保护的原因，他会尽可能多地了解它背后的动机，然后再做出回应。"怎么啦？"贝尔斯登的人可能会问。

"你知道它来自哪里。"科恩的交易者可能会回应。这句话翻译过来就是："史蒂文正在做空，这就是你需要知道的一切。"

随后，这位贝尔斯登经纪人要做一个决策：要么，从科恩手中拿走这 50 万股股票，并尽快处理掉，他很清楚华尔街最伟大的交易员史蒂文·科恩做空是有原因的，要么拒绝这结局肯定糟糕的交易，并与科恩相向而行，做反盘，但可能会得罪公司最有价值之一的客户。

此时，贝尔斯登很可能会买入股票；然后，科恩的交易员会向他的老板报告："卖出了 50 万股斯泰尔股。"

"你拿到的是最好的价格吗？"科恩会问。"是的。"这位交易员会说，他拿到了最好的价格。"太好了！"科恩会说，"现在还要卖空 50 万股。"

此时，科恩的交易员面临一个进退两难的困境。"你再打电话给贝尔斯登？"一个熟悉这种做法的对手基金的交易员说，"不行，因为他们会问你到底是在做什么。所以，你最好的选择是打电话给摩根士丹利。"

所以，科恩的交易员会打电话给摩根士丹利，说："我要卖 50

万股斯泰尔股票，一定要近点儿的。"意思就是要尽可能好的价格。

摩根士丹利给出的买入价可能是 21.75 美元，但这位交易员会说，不行，我要 22 美元。在像贝尔斯登一样做完精算后，摩根士丹利交易员接受这些股票，然后转身，试图在公开市场上卖出；如此这般，就会把这个股票的价格压得更低。

此时，刚从赛克资本购买了 50 万股，并只卖出了 20 万股的贝尔斯登，想知道这是怎么回事！这位赛克资本的交易员也很茫然，他真的不知道是怎么回事，他只是个按令行事的交易员，做自己的日常工作：执行。然后，这位赛克资本的交易员不得不去找其他经纪商，继续销售斯泰尔的股票，做更多的卖空，直到科恩停下为止。

市场收盘后，斯泰尔公司可能会预告其负面业绩，警告华尔街它下季度的利润可能令人失望。该股票会应声跳水 3 美元。科恩会赚 300 万美元，而那位贝尔斯登交易员则亏损 90 万美元，摩根士丹利则亏损 150 万美元。这位科恩的交易员则会承诺将以未来的佣金回报他们。

就这样，每天几乎都是"我今天让你亏钱，但以后会给你补上"。年复一年，日复一日，科恩的员工都会惊讶地目睹这种同样的事情，在不同的股票和不同的场景下，反复上演。与史蒂文·科恩做交易，没人能占到便宜！

随着金融危机内力的聚集，世上有些最富有的人开始担心自己财富的安全。通常，不会有恐慌感的科恩也开始警告他的交易员和投资组合经理，不要在市场上有太多的风险敞口。多年来，华尔街从蓬勃发展的房地产市场，以及由此产生的一系列令人费解的抵押品和衍生品中，赚了数十亿美元。数以百万计的美国人确信他们的住宅价值只会上涨，肆意借钱购买房屋，而其中的每一步都得到金融界的帮助和怂恿。仅 2000～2007 年，[20] 华尔街就从次级抵押贷款中衍生制造了超过 1.8 万亿美元的证券。此时，这一切看起来好像都有问题。

及至 2009 年，三大力量开始在赛克资本身上聚合！首先，这时出现了一个更大的经济症候，而且，看起来越来越难以预测，使交易员愈加渴望找到一种确定的赚钱方式。其次，科恩自己的野心，一如既往的强烈，但在性质上逐渐变形。他作为一个野路子投资人的日子结束了；他希望有更多实质性的投资理念，但这里的研究深度和所需人脉，可不是那些不成熟的小竞争对手所能模仿的。最后一种力量就是政府：华尔街的监管者开始明白，如果它们想给金融业带来秩序，必须予以像赛克资本这样的基金更严格的审查监管。

此时，在赛克资本"累计收益率本质"部门，新的医疗保健投资组合经理马修·马特莫，正跌跌撞撞地进入了这个动荡的环境。马特莫想要证明自己。2008 年 6 月 25 日，他指示他的交易员蒂莫西·扬多维茨开始积累制药公司宜兰和惠氏的股份。虽然此时正是大萧条以来股票市场最糟糕的六月天，[21] 大多数交易员都不敢持有股票，但马特莫却是信心满满！

"我想在一天内购买 75 万～100 万股的宜兰股。"[22] 在市场开盘前一个小时，马特莫告诉扬多维茨。可怕的是，这时的市场才刚刚开始下跌！

利益冲突

在美国，大约有 500 万人患有阿尔茨海默病。它会对人的大脑进行渐进性侵袭，造成记忆丧失和行为变异。家庭成员会痛苦地看到自己的亲人变得越来越糊涂，无法开支票，无法开车，甚至无法刷牙，而且，他们的心智状况甚至会恶化到不能认出自己的孩子。这些年来，这种疾病已被证明是横亘在科学家面前的一个特别顽固的对手。迄今为止，还没有什么药物可以阻止这个顽疾的肆虐，但科学家们希望新药 bapineuzumab 能改变这种现状。总部位于爱尔兰但在纽约证券交易所上市交易的宜兰公司，和费城的中型药物公司惠氏合作开发了一种称为 AAB-001 的 bapi。它们合作的部分原因是分摊把一种新药治疗法推向市场的巨额成本。如果这两家公司能够度过药物试验和监管许可的流程，并拿出安全有效的药物，那么，它们就能赚取数十亿美元！

在这件事情上，减轻痛苦的初衷早已超出马修·马特莫这类华尔街投资者的追求，后者紧盯的是 bapi 通过监管批准程序的长途之旅。每周，科恩的投资组合经理都要给他写各自关注的市场投资想法及其更新内容，并为交易提供建议。为了便于这项工作的管理，赛克资本的合规部为这种工作文本专设了一个特殊的电子邮件地址，"steveideas@sac.com"。马特莫用它来极力推动 bapi 项目。

这篇关于做盘想法的文章的行文有规定的格式：股票名称在顶部，其次是"目标价"（投资组合经理认为股票可能会到的价位），以及就相关交易所建议的时机。这份备忘录最重要的部分是"信心"级别，其数字是 1～10 的范围，传达了投资组合经理对其建议的确定性程度。

在 2008 年 6 月 29 日，马特莫向科恩发送的这种交易备忘录，建议宜兰的目标价为 40～50 美元，交易价在 26 美元的范围内。那么，根据迄今为止他所做的研究，他预测的增幅是非常之大了！就"催化剂"（预计将会推高股价的事件）而言，马特莫写道，在 7 月底的 ICAD（该行业大会）上，会有第二阶段阿尔茨海默病药的临床试验介绍会。对于"信心"等级，他给了"9"；对惠氏的做盘想法，他也发了一个类似的备忘录，[1] 给出的"信心"级别也是"9"。

就这个 10 级的"信心"指数而言，那可是意味着"绝对的确定性"，一个传统研究方法似乎不可能实现的高度。一个人如何能把将来的某个事件，以 100% 的把握予以确定呢，更不用说是股票行情这种事了？这种评级是交易员如何将他们信息的价值传递给科恩，而又不让他了解他们知道的细节的一种方法。科恩依靠它来决定是否为自己的账户购买相关股票。这种评级体系是合规部门一直寻求的保护科恩的一种方式，这使他不会明确收到重要的非公开信息；这就像是围绕公司最宝贵的资产所构建的护城河。

作为赛克资本的主要医疗保健股的交易员，蒂姆·扬多维茨负责购买马特莫推荐的宜兰和惠氏的股票。扬多维茨非常适合这份工作，他的大脑可以在几秒内完成复杂运算。在多数早上，扬多维茨会在 7:00 前到达公司，开始每天的例行工作；从数十份华尔街公司的研究纪要中筛选精华，确保转发与马特莫相关的研究纪要。通常，他和马特莫会在上午市场开市前的 9:15 前后，聚在一起讨论当日的交易策略。通过密切监控市场并适时入市购买，他帮助马特莫在两家药品公司（宜兰和惠氏）上，建立了越来越大的头寸；与此同时，马特莫也推着科恩做同样的事情。"我跟史蒂文谈过这事。"[2] 马特莫在给扬多维茨另一份购买指令后说。他想说清楚的是，这事他们的老板批准了。

扬多维茨想知道，若一位投资组合经理要为某只股票贴上 10 级的标签（表明对他们推荐的股票有 100% 的信心），那么，需要用什么做底。对此，他几乎不记得以前是否见过 9 级的"信心"指数了。他总觉得这不太正常，但，这不是他所要担心的事。

马特莫已经花了两年多的时间，了解了有关 bapi 的一切。他曾与数百名医生和医学研究人员进行过交谈，他对 bapi 的成功感到乐观。而且，他希望自己能借此赚到大钱。

马特莫在 bapi 上的巨大信心部分来自他开发的特殊信源。如果您想要了解与阿尔茨海默病药相关的专业知识，西德尼·吉尔曼博士是最佳人选。他隶属于密歇根大学医学院，与妻子住在密歇根州的安阿伯市。吉尔曼被认为是阿尔茨海默病及其治疗领域的领先专家。帮助找到有效治疗这种疾病的方法是他的毕生使命。

他的众多成就掩盖了他坎坷的经历。吉尔曼在东洛杉矶的贫困环境里长大，是一个苦苦挣扎的俄罗斯移民的儿子。他的父亲为生计只能做些零工，并在吉尔曼 10 岁时离开了家庭，让他母亲独自养育了 3 个男孩。尽管如此，吉尔曼却是加州大学洛杉矶分校医学院的杰出学生；随后，他在哈佛大学和哥伦比亚大学的医学院教书。1977 年，他和第一任妻子琳达[3]带着他们的两个儿子搬到安阿伯，负责密歇根大学神经病学系的工作。当他们的大儿子杰夫透露自己是同性恋时，吉尔曼难以接受；随即，两人变得疏远了。杰夫从小就与抑郁症相搏，在搬出家门和辍学后，于 1983 年自杀。这好像是吉尔曼母亲遭遇的轮回：这位老太太在 67 岁时，也以自杀的形式结束了自己的生命。[4]

失去儿子后，吉尔曼和琳达的婚姻恶化，最终以离婚结束。1984 年，吉尔曼再婚，对方是一位名叫卡罗尔·巴伯的心理分析师。他和巴伯没有自己的孩子，吉尔曼和他活着的儿子托德的关系也不好。托德向父亲透露，他和兄长一样，也是同性恋。从此，他和父亲不再说话了。[5]此后，吉尔曼几乎将他所有的时间都花在他的研究上，没有任何个人生活的时间。"这个男人忙到了发狂的程度。"[6]他在密歇根的弟子之一，麻省总医院神经病学研究所的最终负责人，安妮·杨如是说。的确，吉尔曼每周七天都埋头于他的实验室里。

在教学和研究之外，吉尔曼的许多工作都是名誉性的，没有报酬。他曾在国家咨询小组工作，并撰写了数百篇学术文章，都是有关痴呆和影响大脑及中枢神经系统疾病的。他领导了由 300 万美元赠款所资助的研究项目，[7]撰写或编辑了 9 本书——所有这些都使他在自己的领域声誉卓著。

他原来几乎不知道对冲基金是什么，[8]但当格理集团的一名经理在 2001 年与吉尔曼接洽，想他成为一名顾问时，他很感兴趣。他想，他能挤出时间，而且，报酬也不错。[9]他很快就发现自己每年都会有数百次相关的对话，对象都是那些他平时不愿接触的人，如那些对医疗保健各个方面感兴趣的狡猾的交易员和分析师，话题则是从帕金森病到多发性系统萎缩，再到阿尔茨海默病。他们彬彬有礼，见多识广；他们所问的问题都是对吉尔曼自尊的恭维，都是对他那专业知识深度的赞赏。他们恳求他详细阐述蛋白质反应，或变动剂量的晦涩细节——都是些大多数宴会宾客唯恐避之不及的问题。

格理集团自称"知识经纪人"，这个描述具有一定的讽刺意味。实际上，它是向愿意为之付出代价的资深投资者提供优质信息的公司。不过，吉尔曼并没有发现他在这个小市场上扮演的不公正角色，有何不快之感。恰恰相反，"这是一个与我每天所面对的学生具有完全不同视野的人谈话的机会，"吉尔曼如此评述这项工作，"收入不错，还是一种消遣，是一种愉悦之为。"实际上，他不需要这个钱；大学一年给他 31 万美元，这在节俭的中西部可过上一个奢华的生活。但看到自己的银行账户余额每月都在增长，这不是什么坏事。通常，与一位对冲基金交易员进行 30 分钟的电话交谈，[10] 格理集团就会向他支付 1000 美元，这是顶级公司律师收费的 2 倍，而面对面的交谈，每次收费为 2000 美元。

借此，吉尔曼每年很快就能赚取数十万美元的咨询费，[11] 而且，只是谈论他所钟爱的工作！但他的生活方式并没有太大的改变，就像一位前学生所言："他不是那种沉迷于昂贵玩具的浮华之人。"[12] 他只是开始允许自己享用一些奢侈品，[13] 比如头等舱和电话叫车服务。

他在这种对冲基金的工作上花费了越来越多的时间，而且，这一切都是在科学界同人的视界之外进行的。吉尔曼越来越多地过着一种秘密的生活。

因为担心潜在的利益冲突，所以，他决定不投资药剂股。但他很快就发现自己将这种咨询工作优先于他以前所做的其他事情，比如在咨询小组的工作，撰写报酬很少甚至没有报酬的文章。当然，他不是唯一这样做的人，他的许多朋友和同事也是如此。事实上，医疗行业正在被华尔街渗透，[14] 因为越来越多的医生被吸引到这种复杂的金融网络中，成为资金管理人员的付费信源。2005 年，《美国医学协会杂志》发表了一项研究报告，发现美国近 10% 的医生与华尔街投资者有这种付费关系，自 1996 年以来增长了 750%。非官方数字可能会高得多。根据这篇文章的说法，医学界的这种迅速被人笼络，"在专业－专业关系史上，可是前所未有的"。

开发新药的过程漫长而昂贵，制药公司越来越多地回避它，更钟爱对已经入市药物的营销或再利用。当他们真的选择启动这个昂贵的旅程时，它的顶峰就是人体测试阶段，这是一种新药在获得 FDA 批准并销售给消费者前的最后一哆嗦。测试从第一阶段开始，这是第一次在一小部分人体试验药物。如果这种药物证明对较少的第一组志愿者来说是安全有效的，那么，它就会转入第二阶段，在 200 名左右患者的较大组中进行测试。如果药物被再次证明是安全有效的，则进入第三阶段。在那里，将进行两项独立研究，以确认以前观察到的结果，即它的安全性、它的有效性。2004 年，吉尔曼被宜兰聘请担任 bapi 安全性监测委员会主席；[15] 该委员会由一组独立的临床医师组成，负责跟踪研究的进展，以确保没有任何患者遭受严重的不良影响。

参与 bapi 试验的每个人都被要求签署一份包含项目各相关事宜的保密协议。[16] "直到最终的分析和试验结果公布给公众之前，你和你的员工应该避免就临床试验或 AAB-001，对第三方发表任何评论。"该公司发给参与者的一项指令如是说。"分析师、对冲基金员工、[17] 投资者、新闻记者，甚至其他制药公司的代表，都可能与你联系，寻求与试验相关的信息，或你对临床试验结果的看法，"该文的另一处警告道，"根据州和联邦交易法，在拥有非公开的重要信息的情况下，交易宜兰或惠氏股票，[18] 将会使你个人负有民事或刑事责任。"

起初，吉尔曼尽力遵守规则。他知道自己的声誉系于这种规范。

————

就在试验开始后，bapi 安全性监测委员会开始收到令人担忧的副作用报告。它被称为血管原性水肿；这是大脑后部的一种肿胀，是通过正常的脑部扫描发现的。吉尔曼感到担心。他在以前的阿尔茨海默病的药物 AN-1792 的试验中，也曾经观察到脑部肿胀。在这种情况下，由于患者中严重的脑炎病例（表明药物有毒），药物公司不得不在 2002 年停止了这种试验。这一次似乎可能会有所不同。[19] 研究人员认为，阿尔茨海默病是由"黏性蛋白质"或称为"β 淀粉样蛋白"的斑块形成的，这种物质会干扰神经细胞间的交流。研制 bapi 的目的就是攻击这种斑块。所以，吉尔曼希望患者大脑的肿胀是一个信号，表明 bapi 实际上是在起作用，即通过渗入患者的血管清除斑块。在接下来的几个月里，吉尔曼和马特莫经常在电话里谈到 bapi，有时候是几个小时。他们还会在医疗会议期间一起喝咖啡；此时，罗斯玛丽和孩子们通常会和马特莫一起旅行。罗斯玛丽继续深度涉入他工作的各个方面。"马修不仅仅是自己在做这份工作，"她后来说，"对我们来说，这是一份一周七天一天24小时全身心投入的工作。"他们会详细讨论他的分析研究和投资思路，并争辩他应该投资多少资金。她把自己家庭和孩子的事情全部包了下来，让他毫不分心地完成自己的工作。在这段时间里，bapi 的相关话题也成为这个家庭的新鲜戏语。她和马特莫还创造了一个新的惊叹语："Bapsolutely"，[20] 来为他们的对话增添情趣！

尽管吉尔曼还与其他数十家对冲基金交易员进行过交谈，但马特莫是他的顶级咨询客户。在他们的谈话中，马特莫吐露了他的心声，分享他和妻子关系的细节，以及与孩子们保持如此亲近关系的不易。尽管吉尔曼最初抵制了马特莫想成为朋友的努力，因为这看起来就不合适，但他对马特莫的幸福生活感到真心的或许是难以言表的羡慕。吉尔曼真心地希望他能够成功，的确，他为这个成功投入了很大的心血。

事实上，马特莫使他想起了自己的大儿子杰夫；[21] 反过来，马特莫则把吉尔曼视为一个父亲的化身。渐渐，他们的关系变得如此亲密，吉尔曼几乎没有意识到，马特莫开始将他推向被明确禁止的话题区。马特莫逐渐开始询问更直接的问题。他似乎特别关注吉尔曼在服用 bapi 的患者中观察到的副作用，这是否表明药物有问题。"可能会有什么副作用吗？"马特莫不断地追问。因为通过他详尽的研究，马特莫了解到，血管性水肿或脑肿胀是一种可能的副作用，因此，他极力逼着吉尔曼就此能给出更多的信息。他清楚，这种副作用极有可能导致该药核准的夭折！

有一天，在马特莫的咄咄逼问下，吉尔曼变得不安起来。他尝试着用理论术语作答，保持他回应的含糊，远离实际发生的事情。"例如，"吉尔曼告诉他，"在有大量抗体的疾病中，如狼疮、类风湿关节炎，你会感到疼痛，如头疼、后背痛、关节痛……"

"有意思，"马特莫说，他沉默了一会儿，试图将话题拉回到bapi临床试验，"您到底看到了什么？"

吉尔曼知道马特莫正在询问他被禁止分享的细节。"我不能告诉你。"他说。

马特莫继续纠缠，想知道在bapi临床上他们到底观察到了什么。

吉尔曼说："使用多种抗体，人们通常会看到一些非特异性的影响，主要是在关节上，所以，这样可能会导致腰痛、头痛，或关节痛，或其他类型的风湿病后果。"

"它们发生了吗？"马特莫问。

"是的，发生了！"吉尔曼博士终于说出来！他的心感到一阵不安。安全性监测委员会根据现场监测结果，对患者血管性水肿情况写过多次报告。虽然这是一个秘密，但在某种程度上，马特莫似乎已经意识到这一点，并一直设法予以确认，而吉尔曼刚刚给出了这个确认！

做临床试验的医生仍在辩论，这个副作用到底是潜在毒性的征兆，还是bapi有效性的标志，或是两者兼有的表征。此时，吉尔曼知道自己已经越线，把禁言透露给了马特莫。但他实在是感到自己无力拒绝。

随后，他定期与马特莫分享bapi研究的秘密细节。他告诉马特莫：脑肿胀可能是药物正在起作用的迹象；不同剂量如何影响患者；阿尔茨海默病的特定基因携带者的反应如何。马特莫得到了一切，但他还想要更多。他对显示副作用的患者数量特别感兴趣，越具体越好。吉尔曼试图不去想马特莫将会用他给的信息做什么。

在赛克资本的交易大厅，大声辩论的情形并不罕见。科恩喜欢把不同观点的分析师和投资组合经理放在一起，观察他们试图捍卫各自观点的情景。在这种环境下，宜兰和惠氏的交易也免不了会有争议。尽管马特莫的资历尚浅，但他还是说服了科恩在这两只股票上建立巨大的头寸。公司多数交易员都对这种做法的依据，感到困惑不解，人们开始质疑。

另一组由贾森、卡普领导的医疗保健股交易员，也在研究 bapi 的临床试验，而且，他们得出了不同的结论：这个药物的临床试验将会以失败收场。卡普在公司的部分工作是教授其他分析师如何建立模型，评估不同股票的价值。他在他的同事中很受欢迎，尽管他只有 30 岁出头，但他认为自己是一位导师。他喜欢向他人提供咨询建议。不仅如此，他还知道如何驾驭办公室政治。

卡普和他的两名分析师戴维·蒙诺和本杰明·斯莱特，连续三年收获了丰厚的收益，被认为是公司最好的医疗股投资团队。他们三人没人喜欢马特莫。三人都非常吃惊地看到，惠氏股票竟然出现在赛克资本的投资账户上，他们开始四处打听缘由。

"为什么公司在惠氏上下注 10 亿美元？"卡普问科恩。

"这是韦恩的头寸。"科恩告诉他。这应该就是卡普能得到的所有答复。

仅这个名字就足以让赛克资本交易大厅的人感到敬畏。韦恩·霍尔曼是前赛克资本投资组合经理，毕业于耶鲁大学和纽约大学医学院，在来赛克资本工作前，曾在美林证券担任制药分析师。科恩曾多次试图雇用他，最终还是用丰厚的薪酬把他争取了过来。韦恩一进入赛克资本，赚的钱很快就比几乎其他任何人都多。马特莫把霍尔曼称为"医疗股之神"！[22]

2006 年，当霍尔曼离开赛克资本开始自己的对冲基金"脊背资本管理公司"时，科恩也提供了 8 亿美元的入伙资金，[23] 条件也比他通常给予前交易员创建的新企业更灵活。在没有霍尔曼介入的情况下，科恩对公司投资医疗保健股的前景很担忧，他请霍尔曼继续给他提供咨询建议。霍尔曼签署了一份咨询协议，[24] 其中规定，尽管他不再为赛克资本工作，但他愿意与科恩谈论惠氏的事宜。作为交换，赛克资本同意向霍尔曼支付"顾问费"，金额占相关投资回报的 20% ～ 30%。科恩通常是不会做这种交易的，但对于霍尔曼却物有所值。

霍尔曼认为，更合理押注 bapi 的方式，应该是投资惠氏，因为和宜兰相比惠氏不仅规模更大且产品更多，这意味着如果 bapi 没有奏效，它遭受损失的可能性会小一些；另外，宜兰将其未来与阿尔茨海默病的药效临床结果绑在了一起。此外，宜兰处在研发中的有希望的药，只有一个，即 Tysabri，其设计功效是治疗多发性硬化症。但是，Tysabri 已被证明也有问题，它导致一些患者的脑部感染。霍尔曼预测，如果 bapi 最终没能奏效，宜兰股将会崩盘！考虑到这些，科恩的做法是一个赤裸裸的风险投资！即使霍尔曼是所谓的医疗股之神，但科恩在宜兰股的问题上，似乎也不在乎他的看法，并告诉大家，马特莫是可信之人。在科恩账户的这个头寸上，标注的名称是马特莫；这意味着马特莫要对宜兰股的投资负责，并将分享其可能产生的利润。马特莫的名字也被标示在科恩的惠氏股头寸上。[25]

蒙诺和斯莱特无法理解科恩为什么要在这两家不稳定的制药公司上冒这么大的风险！赛克资本的投资风格一直都比较激进，但科恩对自己的风险管理技能感到自信。仔细评估交易账户所赚的钱是否能抵消潜在的损失，对对冲基金的生存至关重要。就单一药品的临床结果下如此大的赌注，以致它可能会抹掉这家基金全年的利润，显然是不明智的。蒙诺和斯莱特几次找到马特莫，问他是否愿意公开讨论他对这两只股票和 bapi 临床结果的看法。

"让我们分享一下研究笔记吧。"蒙诺说。

"没关系。"马特莫回复十分不满的蒙诺，后者觉得赛克资本根本不应该投资宜兰。

为了解惑，蒙诺和斯莱特试图找出马特莫信心的可能出处，试图回溯其研究过程的那些可能步骤。他们确信，出于自己在该领域的专业知识（蒙诺拥有神经学博士学位），他们可以复制马特莫所做的导致他结论的任何工作。但随着时间的推移，他们更加确信马特莫肯定错了。唯一可能的解释是：这背后有什么黑幕在起作用。他们把自己的担心告诉了卡普。

"你能弄清楚这个家伙到底在做什么吗？"他们问。

卡普真的开始担心了。在他看来，蒙诺和斯莱特是该公司最聪明的医疗股分析师。如果他们认为这个头寸内含一个灾难性的风险，那么，他就要挺身而出、保护公司。否则，他的奖金也会泡汤。但当他找科恩谈论马特莫时，没有任何效果！

"随他去吧，"科恩说，"别跟他谈，他毕竟不是你的员工，不要穷追不舍了。"

"你觉得他们是知道什么，还是有某种很强烈的感觉？"蒙诺问道，这里"他们"指的是马特莫和霍尔曼。

"很难说，"科恩说，"我认为马特莫最接近它。"[26]

几天后，斯莱特再次问科恩同样的问题。"好像马特莫在这方面有很多不错的关系。"科恩模糊地说，并示意他赶紧走开。他指责蒙诺和斯莱特在用他们的负能量，在胡搅蛮缠。他开始有些恼火了！

如果我们考虑到市场上所有的超级激进的对冲基金交易员，那么，要想在股票投资上获得成功，其难度要远远胜于扑克牌的玩法了。在此，你不仅必须知道其他玩家手里有什么牌，而且，你还得知道他们对这些牌的看法。有时，公司宣布了正面消息，但股票却下跌了，因为交易员已经消化了这个预期。此时，猜测他人的预期与了解公司的产品一样重要。鉴于此，蒙诺开始试图绘制一个路线图，看看 bapi 临床结果需要好到什么程度，所有投注该药试验的投资者才会有正收益。

与此同时，蒙诺、斯莱特和卡普还是反复地纠缠着科恩问：马特莫想过会是什么结果吗，或者他知道吗？科恩拒绝回答。

赛克资本是世界上最强大的对冲基金之一，但它最有才华员工的行为已经沦落到像那些少年一样，互相争吵，相间密谋。

虽然马特莫表面上很强硬，但他内心却越来越脆弱。他开始感到蒙诺正试图毁掉他的职业生涯；他在背地里活动，在科恩那里强行播洒怀疑他的种子。因此，他努力对来自吉尔曼的那些信息进行核对：通过另一名专家网络公司"华尔街通路"，找到另一位从事相同临床试验的医生进行了确认。继而在 4 月，马特莫请求吉尔曼（他珍贵的线人），与蒙诺和斯莱特面晤，以使他们稍稍冷静一点。

辩论还在赛克资本的办公室内继续进行，但科恩并没有改变他的立场。最后他告诉蒙诺和斯莱特，不要再提这件事了；他不想再听到他们关于宜兰的任何话题。

作为初级交易员顾问角色的一部分，贾森·卡普研发了一种系统，把他教授给所有分析师的信息进行分类，以了解什么是安全的，什么可能会是非法的。

这里有"白色优势"类信息。显而易见，这是任何人都可以在研究报告或公开文件中找到的信息。坦白地说，这类信息不太值钱，但不会给你带来麻烦。

然后，就是"灰色优势"类，这是比较棘手的一类信息。倾心投入的那些分析师随时都会遇到这种信息。例如，一家公司的投资者关系部的人员可能会说："是的，事情的发展趋势比我们想象的要差一些……"这种资料是非公开信息吗？唯一可以确认的方式就是与赛克资本的法律顾问彼得·努斯鲍姆沟通；他自2000年以来一直为科恩工作。努斯鲍姆不是一个强势人物，但在他的办公室外墙，却挂着一幅一只鲨鱼斜刺跃出水面的画作；有员工把其解读为他的一种艺术指向，旨在使自己看起来很唬人。

如果努斯鲍姆认为一些特定信息可能会使赛克资本惹麻烦，那么，这只股票就会被列入限制性的列表，而且不能交易。正是由于这个原因，只有在实在无奈之时，交易员才会去找他。在赛克资本，努斯鲍姆行使着相当于公司内务部的职能。

卡普的第三类信息是"黑色优势"，显然是非法的那类。如果交易员拥有这种信息，相关股票应该立即受到限制——至少理论上如此。在工作的过程中，分析师不可避免地会遇到这种类型的信息，如一家公司正式公布前的具体利润数据，或知道该公司即将获得大量投资的情报。但绝大多数交易员利用的都是"灰色优势"类的信息。卡普发现这种以颜色为代码的委婉术语，对于为他工作的那些家伙有帮助；它使他们能更公开地谈论他们在做什么。"一失足，就会掉到监狱里去，你的一生就毁了！"卡普告诫他们，"没有任何交易值得我们这样做。"

实际上，他们都是在玩游戏，都在试图获得最有价值的信息，都不希望陷入麻烦之中。这种优势是水，他们游在其中；科恩以聘用最坚定的泳者为傲。

卡普认为，马特莫在评估其信息的质量和合法性上，无视了最简单的规则。与此同时，卡普的脑子闪过这种可能：马特莫大概是在虚张声势。他以前曾遇到过这种情形：有的投资组合经理虚构信心指数等级，促使科恩建巨仓。这基本上是一场赌博，但如果幸运之神青睐的话，他们将获得巨额奖金。或者，也许幕后有一些非法勾当。

当蒙诺给自己的同事写另一封电邮时，也怀有类似的疑虑。他抱怨科恩只听马特莫的，无视他们的意见。"从开始涉入这件事时起，我们就是白痴，"他写道，"上上下下都愚蠢至极。"当马特莫告诉他们，他有"黑色优势"信息时，蒙诺立马就说，他们输定了！

营造传奇之事

政府的内幕交易调查终于开始蓄势，原因有二：赛克资本的交易员想方设法使自己在整个春季不赔钱；金融危机的加深。2008 年年初，在政府主导的紧急抢救谈判中，贝尔斯登被出售给了摩根大通。从那时起，投资者发现自己身处一个前所未有的恶劣环境中；他们所做的一切似乎都不奏效。即使交易员能收集到有价值的信息，但随后的事实证明，这对交易毫无裨益。公司会公布比预期更好的收益，但它们的股票也会下跌。市场似乎认准了一个方向：向下。

就在市场恶化之际，一个窃听拉贾拉特南手机的申请被秘密提交给了联邦法院，[1] 并附上了 B. J. 康签署的一份宣誓函。允许政府在私人电话上窃听，不是法庭可以轻易给予的特权。该申请首先由华盛顿特区司法部门审查，然后提交给发生犯罪嫌疑地区有管辖权的法院。对于被授予的请求，联邦调查局必须出示相关的证据证明，在其感兴趣的特定电话线上正在进行犯罪活动，而且，其他调查方法（如审查文件和寻找合作伙伴）已经用尽或无法奏效。联邦调查局必须表明，被称为"标题Ⅲ"的窃听，[2]是政府制止犯罪活动的唯一途径。

2008年3月7日，经过12个月的挖掘，美国证券交易委员会、联邦调查局和纽约南区检察官，说服法官杰拉德·林奇授权对拉贾拉特南进行31天的监听。对于联邦调查局来说，这几乎是第一次窃听华尔街专业人士的活动。

与此同时，科恩对经济增长越来越悲观，并向其员工发出了自己的看法，称他看到了市场崩盘之危正在袭来。"除非油价大幅下跌，[3]否则，我看不出市场能如何保持这些价位水平，"他在一封公司范围的电子邮件中写道，"我会逢高卖出。"

奇怪的是，这种悲观情绪并没有蔓延至赛克资本在宜兰和惠氏的巨额未对冲头寸；这个头寸规模甚至大到违反了公司的风险管理协议的要求。2008年6月4日，当马特莫在科恩格林威治的豪宅，为他和一位贵客安排了一场私人晚宴，[4]希望能巩固科恩对自己在bapi上的看法；宴请的宾客是宜兰的时任首席执行官、美林前投资银行家凯利·马丁。大多数投资者永远不会有机会与一家价值数十亿美元公司的首席执行官交谈，更不要说晚餐了，但科恩与其他投资者不同。如果他愿意的话，他甚至能够买下这家公司，所以，只要他提出要求，大多数公司的首席执行官都可能会同意给他一些私人时间。

马特莫希望这次与马丁的聚会能就他们的投资给老板额外的信心，尤其是在戴维·蒙诺和本·斯莱特持续游说科恩抛售该股的压力下。宜兰历史上有令人担忧的会计问题，科恩认为，鉴于他拥有这么多的宜兰股票，面对面的互动沟通，会有助于缓解他的压力。就对人的判断直觉而言，科恩总是感觉很自信，何况，他想对马丁有更多的了解，以便获得一些亲身的感觉。

为了尽可能多地诱出有关药物试验的相关暗示，马特莫和科恩都提前做了相关的策略设计。马特莫精心设计了他想要了解的问题列表。除了马丁的口中所言之外，该计划打算密切关注他的肢体语言，就正在发生的事情，寻找非言语类的暗示。"最近，在您的各种沟通谈话中，对 AAB-001 的强调不断增强，"这是马特莫计划提出的第一个话题点，"要想在这一领域建立领先地位和明显优势，AAB 阶段 II 临床试验的成功到底有多重要？"

席间，科恩观察着马丁的言谈。马丁给他的最深刻印象是压抑，几乎是沮丧，没有那种十分专注和充沛的底气，而这是一个能够解决世界最大医学难题之一的公司领导应该具备的。科恩的直觉告诉他，bapi 没戏！

马丁离开后，科恩转向马特莫。"他看起来并不像是一个刚刚解决了老年痴呆症问题的人。"他说。

两周后，好消息传来：2008 年 6 月 17 日，宜兰和惠氏公司公布[5]"来自第二阶段临床试验令人鼓舞的顶级成果"。虽然这只是表明事情进展的初步迹象，但充满希望。两家公司都公开重申他们决定启动第三阶段研究。马特莫兴高采烈。在市场开盘前，他给科恩发了一封电子邮件。

"呀呼，"科恩回复道，"做得不错！"

蒙诺是办公室里最直言不讳的反对者，他感到很沮丧。他仍然相信宜兰股内含的风险远比它的价值大。当他就此向科恩表达自己的观点时，科恩却乐不可支。

"第二轮又来了，"科恩说，"这一轮是马特莫之功。"

当市场开盘时，两家公司的股票价格都上涨了几美元。就这两只股票来说，科恩和马特莫各买入了数十万股。到那个月底，"累计收益率本质"部门拥有价值 2.33 亿美元的宜兰股和 8000 万美元的惠氏股。科恩在自己的投资组合中也有很大的头寸，[6] 而且，他还在这两只股票上追投了 4 亿美元——总计超过 7 亿美元。

蒙诺和斯莱特在与马特莫的较劲中花费了很多时间，他俩的老板贾森·卡普感到有些恼火，因此责备了他们。"现在，他看起来很明智，你们看起来很蠢，"他说，"现在，我看起来也很蠢，让你们花了很多时间试图证明他是错的。别管它了！"

与此同时，马特莫追加购买了这两只股票。当这两个头寸规模激增时，科恩的私人助理（几乎倾听了她老板每天通过"Steve-cam"的所有谈话），向赛克资本的高级管理层申请开设个人交易账户。她想买的只有两只股票：宜兰和惠氏。

2008 年 7 月 28 日，这两家制药公司将在芝加哥举行的年度阿尔茨海默病国际会议上宣布 bapi 试验的最终结果。这是近年来最热门的医学研究报告之一。以科学界的标准来看，这次会议是一场炫目的盛会，将在凯悦酒店举办 5 天。数百名华尔街分析师将与来自世界各地的科学家和研究人员一起参加会议。

在会议前三周，宜兰通知吉尔曼，大家推选他来介绍 bapi 研究的最终数据。这是一个巨大的荣誉，吉尔曼通常会极力抓住这种机会，但他目前的健康状况却是每况愈下。他刚刚被诊断出患有淋巴瘤，正在接受化疗。"我的头发几乎都要掉光了，"[7] 他绝望地向宜兰公司的医学总监写道，"以我现在的样子，我可以在印第安纳·琼斯的电影中扮演一个邪恶的科学家角色。为此，我正在为我的衬衫找一枚钻石扣，这样我看起来就像沃巴克老爹了。"

不过，这两家制药公司的高管请他放心，他就是他们想要的数据报告人，秃不秃头无所谓。只是他的身体状况能够承受这种活动吗？吉尔曼说，可以。按常理来说，他的这种角色应该是秘密，但他转身就告诉了马特莫！作为会议的主旨演讲人，吉尔曼将是首批有机会获得全面无盲点的 bapi 测试结果的人。在这段时间里，宜兰公司和惠氏公司通力合作，以确保不会发生任何提前泄露的情况。

当吉尔曼准备向世界展示该药物临床试验结果时，股市仍在继续崩盘。7 月 15 日，美国证券交易委员会发布了一项紧急禁令，禁止卖空金融类股票，意在安抚市场；实际上，这是一种孤注一掷的措施，只会让投资者更加恐慌！

看着赛克资本的投资组合每天都在赔钱，这对科恩是一种不寻常的经历，很难受。对政府干预或其他方式来控制局势的做法，他已经完全失去了信心。他给公司发了一封电子邮件，警告说还会有进一步的金融灾难。"我确信，任何反弹都将是一个 1～2 个月的事件，接着就是新的疲软，"他写道，"让我重申一下，股指未来几周可能会出现新低。"

7 月 15 日，吉尔曼乘包机飞往宜兰位于旧金山的医疗设施，[8]在那里他和负责第二阶段试验的团队会合。还有一组协助医生解读数据的统计学家加入到他们的行列。这是寻求治疗阿尔茨海默病方法的关键时刻。这是此次试验数据"没有盲点"的时候，即所有被保密的部分将首次全部披露出来。在他们开始工作之前，在宜兰领导 bapi 研究的艾莉森·休姆博士，再次提醒吉尔曼，他必须对他将要看到的一切予以保密。[9]

粗略看完整个数据后，吉尔曼感到一阵兴奋。乍一看，似乎这种药物确实对那些没有基因缺陷的患者带来了明显的好处。即使是在有基因缺陷的群体中，它也显示出了积极的趋势。他不由自主地感受到潜在结果的鼓舞。但当他仔细地审阅数据时，一个问题跳了出来：它缺乏剂量反应；这意味着该疾病的症状没有对该药物剂量的增加做出相关的反应。吉尔曼喜欢用一个头痛的人，在用药时的例子来解释这个现象。他通常会说："如果你感觉头痛，你吃一片阿司匹林，就会得到一点缓解。"如果你吃两片阿司匹林，你就会得到更大的缓解；吃三片阿司匹林，你就会得到进一步的缓解。然而，在 bapi 的临床试验结果中，他没有看到任何类似的证据。如果药物的效果没有随着剂量的增加而增强，就谈不上有效的治疗。

他试图把重点放在更积极的方面；这些表明已经开始的第三阶段试验值得继续。bapi 似乎对患者来说还是安全的，这很重要。有一些轻微的副作用和一个主要的副作用：血管性水肿、脑肿胀。这可能是很严重的问题，但这项研究似乎表明，医生可以通过降低药物剂量直到症状消失；一旦症状消退，他们就能再次提高剂量。

若要将大量的数据编辑到 12 分钟的 PPT 幻灯片中，就得很好地捕捉到相关的研究成果；这是一件需要吉尔曼和宜兰团队成员认真对待才能完成的任务。第二天，吉尔曼飞回东部。第二天，宜兰的休姆博士给他发了一份待修改润色的草稿。"ICAD 演示稿 – 机密。[10] 不要外传。"邮件的主题行写道。这个演示稿是作为有密码保护的附件发送的。"我将通过单独的电子邮件发送密码。"休姆写道。

一个小时后，他又发了一封电子邮件。

"亲爱的希德，"[11] 他写道，"密码是'nuggets'。"

那天晚上回家后，[12]吉尔曼通看了一遍介绍文稿，试图从表格和图表得出相关的结论。这就是他生命所求的科学探究时刻，充满了新的发现和规律揭示的兴奋感。他迫不及待地要与他人分享这些信息。

此时，他的电话响了，是马特莫。他问的第一个问题就是这个试验的结果。

"我对这些结果感到非常兴奋，"吉尔曼告诉他，"但我确实有些担心该药对照组症状下降的情况，以及它缺乏剂量效应的问题。"他解释道：与那些携带该病基因的患者相比，bapi 对那些没有携带该基因的阿尔茨海默病患者有更强的作用。尽管如此，研究结果表明，这种药物的作用方式（用一种蛋白质攻击大脑中斑块积聚）是有效的。

他们花了一个半小时的时间仔细地把这些幻灯片过了一遍。在询问几十个问题后，马特莫几乎没有什么情绪表现。吉尔曼还在东扯西拉："这肯定还有第三阶段的临床试验……我非常，非常乐观！"

此时，马特莫喉咙里发出了一种不愉快的声音，意在改变一下话题。

"希德，"马特莫说，"我叔叔几个月前去世了，当时我太忙，不能去参加葬礼。我一直有愧疚之感。"他停顿了一下。然后，马特莫接着说，他叔叔住在安阿伯，他打算去看望他的家人。"我计划星期六去。你会在吗？我想顺便来拜访你。"

吉尔曼想了片刻。"是的，当然，你可以顺便来看我。"他说。就像他记忆里的几乎每个星期六一样，他将会在他的办公室埋头于自己的工作。

两天后，吉尔曼开车到校园，把车停在北英格尔大楼附近的停车场。就在上午 10:00 之后，[13] 他刷了自己的门禁卡，穿过车库，进入了废弃的建筑群，去到他的办公室；在那里，他很快就埋头于自己的工作。下午 2:00 前后，他的电话铃响了。马特莫已经在外面了。

　　吉尔曼领着马特莫走过大堂，去到了他的办公室。"你吃过午饭了吗?"他问道，"我们可以出去买点东西。"

　　"不用，谢谢。"马特莫说。

　　"那我们就坐下来聊吧。"吉尔曼说道。

　　然后，(根据吉尔曼后来回忆)马特莫开门见山地说："我想看看 ICAD 的幻灯片。"

　　吉尔曼犹豫了一下。然后，他走到自己的计算机旁，调出了最新版本的介绍文稿，并后撤一步，好让马特莫滚动翻看文稿。当马特莫眯着眼浏览图表和图像时，吉尔曼给他做相关的阐释。在显示剂量对药物疗效反应的幻灯片上，吉尔曼的阐述暂停了下来。

　　"你对结果的看法是什么?"马特莫问道。

　　吉尔曼仍然对这些数据抱有希望的心态，也许还带有些许的防御性；他重申了自己对缺乏剂量反应和对照组症状缓解的担忧。但他并不认为这两种情况都否定了 bapi 的明显效果。"这些都是相对的问题，而不是什么大问题。这至少是在第二阶段研究中，第一次表明治疗是有效的，或似乎是有效的成果，"他说着说着，就变得活跃起来，这是他在谈论神经科学时的常态，"我认为这些肯定是值得进行第三阶段(一个更大的临床试验)的成果，我很兴奋。"

　　尽管吉尔曼热情很高，但当马特莫在翻阅幻灯片时，他心里很清楚，从投资者的角度看，这个结果非常令人失望。bapi 已经证明只是对一小部分亚患者有效；但根据试验所用的方法来说，这也是不确定的，有必要进行更多的临床试验。

此时，市场对 bapi 的期望已经到了非常夸张的程度。虽然这一结果将在未来 9 天后公布，但马特莫已经可以清楚地意识到市场将会如何解读这些结果；一旦这个消息传播出去，宜兰和惠氏的股价就会崩盘！

当他们看完幻灯片后，马特莫要求用一下吉尔曼的手机。他给那个早上在底特律机场接他的出租车司机打了个电话；此时，他就在附近等着。吉尔曼送他出去，相互握手告别。马特莫爬上等待的出租车，返回机场，登上下午 4:00 的达美航空班机，[14] 飞回肯尼迪机场。

吉尔曼则回到他的办公室，继续工作到傍晚。那天晚上，他与妻子以及朋友玛克辛和罗尼，一起出去吃的晚饭；这位博士尽最大的努力去忘掉下午发生的事情。

"今天早上有时间见面吗？"马特莫在邮件的主题栏中就直接键入，"这很重要。"

周末的早晨，大多数人通常都把时间打发在咖啡和报纸上，但在 2008 年 7 月 20 日那个周日的早上，也就是他从密歇根回来后的第二天早上，马特莫还是像往常一样的清醒警觉。他需要马上和史蒂文·科恩谈谈。

科恩用电子邮件回复了他家的电话号码。

在早上 9:45，马特莫打电话给科恩。他们谈了 20 分钟。[15] 挂了电话，[16] 马特莫又给科恩发了一封电子邮件，列出了他们在宜兰和惠氏股票上所持的头寸状况；目前，它们的价值总额已经超过 10

亿美元。科恩转身就向他的首席交易员菲利普·维尔豪尔发出了一个信息。他想尽快开始出售他们的宜兰股票，而且，他想要悄无声息地做。

科恩随后给他的医疗股大神韦恩·霍尔曼写了一封电子邮件。他写道："我今天早些时候开车回来了。"他解释说，由于恶劣的天气将会使他不能像往常那样乘坐直升机，所以，他比预期提前返回。"我们需要谈谈'eln 和 wye'。"他写道。他这里用的是宜兰和惠氏的速记词。

第二天一早，维尔豪尔就提前来到办公室，准备执行科恩的指令。科恩指示他找一些公司其他部门无法看到的账户行事，避免有人看到宜兰和惠氏股票的销售情况。就出售头寸来说，这种做法可不寻常；在维尔豪尔 12 年赛克资本的工作生涯中，这也是闻所未闻的。不过，科恩想要在没人注意和不影响股价的情况下大肆出售宜兰股，并非易事。

像科恩的其他交易员一样，过往的经历告诉维尔豪尔，不要打探与自己不直接相关的事情。这一天，这些股票的销售行为很有可能引起关注。在公司的头寸里，宜兰和惠氏所占比例是最大之列，所以，赛克资本投资组合经理和外部公司的经纪人都会注意到它们的变动。赛克资本有超过 400 个经纪账户，其中任何一个都有可能引发问题。

他向相关操作人员进行了查询，后者告诉他，有两个备用账户，可用于"低能见度"销售，他应该在那里执行这次交易。然后，维尔豪尔告诉助理执行交易员道格·希夫，他会有其他事情，由希夫来实施这项交易。他提醒希夫与科恩保持密切的沟通。

宜兰的股票有三个账户：科恩的、马特莫的，还有一个"累计收益率本质"部门的总账户。在当天的交易过程中，维尔豪尔与希夫一直保持着联系。

市场收盘后，维尔豪尔向马特莫发送了一个更新备忘：他们卖出了大约 150 万股，[17] 平均价格是 35 美元。

"很明显，除了我、你和史蒂文，没有人知道。"维尔豪尔写道。

第二天早上，科恩要求他再卖出 150 万股。

"400k、价位 34.97，都是暗池。"[18] 这是上午 8:50，维尔豪尔通过即时短信向科恩发送的信息；这里的"暗池"指的是以匿名方式做交易的非公开证券交易场所。此时，正规的股市还没开盘。

然后，在上午 9:11，维尔豪尔给出的信息是，"550k，价位 34.93"，表示他又卖出了 15 万股。

然后是，"660k，价位 34.91"。

"继续卖。"科恩用文字回复说。

在接下来的 9 天里，科恩的交易员一共卖出了 1050 万股的宜兰股票。另一位交易员对赛克资本的惠氏股头寸也做了同样的处理。市场上没人注意到赛克资本的抛售行为。

在做完这些头寸的清盘之后，科恩也没歇着。抛售工作刚刚做完，科恩就做空了 450 万股宜兰股票，[19] 价值 9.6 亿美元。也就是说，仅仅在一周多的时间里，他就完全改变了对这只股票的赌注方向！

就在维尔豪尔开始出售公司宜兰股的同一天，一个叫哈维·皮特的人来到了位于斯坦福德的赛克资本办公室。[20] 这是一个傍晚时分，股市刚刚收盘。在 2003 年辞去证券交易委员会主席一职后，皮特创立了一家名为 Kalorama Partners 的咨询公司，以合规和监管问题专家的身份，向私人部门出售相关的服务。赛克资本聘请他向员工做有关内幕交易的报告；这是皮特很熟悉的主题。在他的私人执业生涯中，他曾在"弗里德－弗兰克－哈里斯－施理福＆雅各布森律师行"做过律师；他在迈克尔·米尔肯案中扮演了核心角色：担任伊凡·博斯基的私人辩护律师，并为这位声名狼藉的套利者谈下了认罪协议。

　　皮特对科恩和他的公司并不十分熟悉。他所知道的是，赛克资本是一个非常成功的大型对冲基金。如果历史真有任何指导性作用的话，那么，在这家公司做内幕交易培训，可能已经姗姗来迟了！

　　皮特注意到，尤其是华尔街的年轻交易员，没有经历 20 世纪八九十年代股市的相关丑闻，所以，需要不断地提醒他们什么是合法的，什么违法的；否则，过往的教训注定会重演。在此，他计划做一个已经做过多次的演讲，温习现行证券法和重要的非公开信息的定义，并教授一些常识性策略，以避免麻烦出现。赛克资本的高管明确表示，公司的每个人都必须出席，无一例外。赛克资本的一名合规官员，[21] 甚至亲自去交易员的办公桌催他们，几乎是把他们拽到自助餐厅的。

　　皮特被带进了挤满人的餐厅；这里还安装了摄像机，以便向赛克资本的分支机构播放即将开始的演讲。皮特的说话声低沉有力，带着天然的权威性。在他开始演讲时，他环顾了一下这个大厅，立刻注意到科恩不在其中。皮特首先提醒在场的交易员和投资组合经理，内幕交易在美国的每个州都是非法的，在其有业务的其他国家，也是如此。他表示："内幕交易是监管机构监察的重点事项。"

他阐释道，仅在去年一年，对冲基金卷入的内幕交易案就超过了100起！

他指出，新闻界也热衷于发表涉嫌违法的交易员的故事，没有哪个恶棍能够遁迹。他警告说："如果你不想被媒体曝光或者被监管机构知道，那么，就请勿写或勿发送任何电子邮件或其他电子通信文字，或留下任何语音信箱的信息。"科恩的缺席让他感到有些奇怪。在通常情况下，皮特演讲时，公司的主要负责人都要确保自己坐在听众的前排。"我已经在很多金融机构做过这种演讲，通常公司的每个人都会参加，"皮特后来回忆说，"特别是CEO，因为他们都想做个表率。"

但皮特没有让科恩的缺席影响他的演讲。"在交易之前停下来想想，"[22] 他对听众说，"如果某项交易结果看起来好得不可思议，那就有可能不是合规的交易，就得小心谨慎啦！"

当前证交会主席开始论述使用外部专家网络顾问的危险性（因为他们可能会无意中泄露机密信息）时，在赛克资本办公楼的其他地方正上演一出戏剧。在下午5:00之前，一则公司公告出现的电传新闻上：一家位于硅谷的数据网络公司"织锦通信系统"声称，它正在收购一家名为"铸造网络"的公司——一家为互联网服务供应商生产交换机和路由器的企业。赛克资本的"累计收益率本质"部门拥有12万股的铸造网络股票；一项由分析师丹尼斯推荐的投资（丹尼斯是乔恩·霍瓦特和杰西·托尔托拉"搏击俱乐部"信息共享的成员）。丹尼斯在三天前从一个加州对冲基金的朋友那里获悉了铸造网络的收购事宜；[23] 后者是从铸造网络公司的首席信息官那里得知此事的。

"什么时候信息处在'非公开状态'？"在皮特正向赛克资本员

工展示的幻灯片中，有一张如是说道，"没有得到广泛传播，或不是按预期收到的信息，都属保密之列。"根据皮特或任何其他人的定义，尚未公布的合并消息显然都是内幕信息。丹尼斯得到那个小道消息后，就告诉了他赛克资本的投资组合经理，而且，他购买的这只股票的数量还不少。当这项收购公布后，铸造网络的股票上涨了32%，[24] 赛克资本因此赚了55万美元。⊖

皮特的演讲结束之后，他被告知，华尔街最厉害的交易员想要见见前任证券交易委员会主席。他被领到科恩的办公室，两人握了握手。

"谢谢您的到来。"科恩客气地说道。然后，他就转身回到他的交易区；随即，皮特就被公司的工作人员领了出去。

位于芝加哥市中心的凯悦酒店是一个可以俯瞰密歇根湖（一个很受欢迎的大型工业聚集地）的庞大而平淡的塔楼。7月28日下午，乔尔·罗斯正漫步于该酒店广场大堂；此时，该酒店挤满了来自世界各地的科学家。这是阿尔茨海默病国际会议的第一天，吉尔曼对bapi成果的介绍定于次日下午进行。罗斯是一位老年病专家，在新泽西州行医，业务做得很火；他已经治疗了25名参加这项研究的患者。就此时罗斯的个人形象而言，他颇具舞台范儿：浓密的胡子配着抢眼的领带。

当晚，参加bapi研究的所有医生，都被邀请到酒店的一间小型会议室，参加私人晚餐；在那里，他们将提前听到第二阶段试验

⊖ 2014年，丹尼斯与美国证券交易委员会和解了民事内幕交易指控，并被禁止从事证券行业的相关工作，且在不承认或否认指控的情况下，支付了20万美元的罚款。

结果的介绍。和众人一样，当罗斯坐下时，也签署了一份保密提示函。来自宜兰的艾莉森·休姆站上讲台，阐释了 bapi 的工作原理以及这项研究希望达到的目的。她重申了试验的设计以及参与患者的人员结构和特征。之后，就是罗斯一直期待的幻灯片之一："后期功效分析"。

在此，他盯着屏幕上的相关数字，意识到它没有剂量反应，顿生沮丧之感。罗斯倾身凑近另一位医生（一位来自哈佛医学院的著名阿尔茨海默病研究员）。"对不起，"他说，"我没有统计学的意识，这组数字到底说明了什么？是否意味着此药失败了，它不起作用？"

这位医生沉痛地点了点头。"这个药物没有作用！"她说，"它失败了！"

随即，罗斯疾步走向酒店大堂。他提前安排了与马修·马特莫的面晤；后者也出席了这次会议。马特莫在该药的临床试验期间与罗斯有过联系（两人都是通过与罗斯合作的专家网络公司构建的咨询关系）。

此时，马特莫正在俯瞰酒店中庭的玻璃墙前等他。"怎么了？"他问。

"结果是负面的，"罗斯说，"这种药没有表现出有效性。"罗斯此时有种遗憾的感觉：已经有数十亿美元用于 bapi 研究，数十名抱希望的患者及其家属参加了试验，但这一切都归零了！他个人有很强的沮丧气馁之感！但他确信，他的一些患者已经从这个药物中获益，他希望他们能够继续服用。他告诉马特莫，尽管有这些负面的结果，但他仍然希望 bapi 能够表现出预期的疗效，因为他已经观察到自己那些服用此药的患者有所改善。

"我不知道为什么你说的和统计学证据的指向相悖。"马特莫说。他引用了一些精确的 p 值（表明结果是否具有统计学意义的数字），还包括了一些调查员介绍的其他具体数据。但这些结果还未公开发布啊！

罗斯顿时被惊得目瞪口呆！马特莫是如何知道这些细节的啊？这就如同马特莫已经看到他刚刚看到的演示文稿一样。他觉得这不可能！

"剂量效应如何？"马特莫说，"当你看看剂量效应时，你怎么能感觉这么好呢？"

"我不在乎剂量效应，"罗斯说，听起来他有些恼火，"我只在乎我的患者。"此时，他突然觉得很奇怪，自己怎么可能和一个对阿尔茨海默病患者漠不关心的人混在一起。难道马特莫不关心那些在医院病房里不幸死亡的老人吗？他们需要 bapi 的功效！不满的罗斯说了声再见，[25] 转身回到他酒店的房间。

第二天下午，酒店的大厅挤满了准备听正式报告的人。所有的 1700 个座位都被坐满，还有不少人在通道和后墙前的过道上站着。这个场地将会成为（或不会成为）医学史上其中一个巨大突破的发布圣地。

吉尔曼感觉不太舒服。他本周进行了一系列化疗，[26] 已经精疲力竭。他强行走上舞台，调整了一下眼镜，双手抓住讲台。会场安静了下来。吉尔曼开始阐述他那 22 张幻灯片中[27] 的第一张："令人鼓舞的阿尔茨海默病被动免疫治疗的临床数据"，这是他的演讲题目。他阐释了第二阶段研究的目标及其设计；然后，进入了药物安全特征部分。

第六张幻灯片讲的是药物功效分析，用的是一系列蓝色和绿色条形图，表明患者认知能力改善与剂量强度之间并没有太大关系。当吉尔曼开始论述该张幻灯片时，会场开始像有人在来回搬动开关，噼噼啪啪作响。尽管此时股市已经收盘，但华尔街的分析师们还是在拼命地敲打着黑莓手机，向他们的基金发送信息，让他们尽快出售宜兰股和惠氏股。

"我还记得众人的喘气声。"[28]听众中的一位分析师说。与此同时，他也发出了自己的红色代码！

演讲结束后，为马特莫工作的赛克资本分析师凯蒂·林登立马离开座位，赶回酒店房间。她一整天都没看到马特莫了。通常，当他们都参加这样的行业活动时，都会有各自的日程安排，以最大限度地增加他们可以观看到的演示文稿数量；稍后，相互交换笔记。此时，为了急于看到他们的投资组合发生了什么变化。她迅速登录了赛克资本的内部软件系统"Panorama"，看看它头寸的变化踪迹。她确信，第二天市场开盘时，宜兰股和惠氏股将会被众投资人围堵猎杀。唯一的问题是它们将会被杀到什么价位！

当她盯着"Panorama"时，她惊吓得连大气也喘不过来。资金已经在不同投资组合账户里进进出出了，比她先前想象的速度都要快。她不知道究竟发生了什么事。

午夜后不久，马特莫给她发了一封电子邮件。"你对数据的印象如何？"他写道，"晚饭期间有什么新闻吗？"

"我认为这些数据还行，但不如我希望的那么好，不过，也不至于使市场空方去尽情狂欢。"她回答道。她急切地想知道他们头寸的现状如何。"我看到了你昨天在惠氏股上的动作，"[29]她继续说，"我很想听到你对这些数据的看法。"

当天晚上，在赛克资本的办公室，蒂姆·扬多维茨坐在他的办公桌前，看到宣布 bapi 结果的新闻爬过他的彭博监视器。

"这看起来很不妙。"他一边双击着这个标题，一边思忖着。

市场收盘了，但这两只股票在股市后的交易中，还是出现了大幅下滑。扬多维茨也盯着"Panorama"，希望有人能降低赛克资本的相关头寸，至少能做一些对冲。但他没有看到任何宜兰股或惠氏股的销售记录。他确信，他们至少损失了 1 亿美元。这是一场灾难！

与此同时，随着相关消息从 ICAD 会场逐渐渗透出来，本·斯莱特和戴维·蒙诺开始愤怒地给贾森·卡普发邮件。"那个药失败了。"他们写道。

此时，卡普感到了万箭穿心之痛！

斯莱特和蒙诺不会幸灾乐祸。毕竟，就他们所知，赛克资本应该刚刚失去了一笔足以毁灭他们公司的资金，让人怀疑公司是否还有未来。当然，蒙诺真的感到自己无辜；马特莫一直都是错的！

尽管他养成了每周在纽约办公室工作几天的习惯，但扬多维茨还是在第二天早上去赛克资本在斯坦福德的主办公室报到。他肯定马特莫会被开除；他也可能被解雇。他不记得自己曾经目睹过这种灾难性的损失；它数倍于他曾卷入过的任何亏损。有一刹那，他想知道自己的职业生涯还能做什么，是否还有一家公司会聘用一位与如此规模的亏损相关联的人。

当他走到桌旁，再次查看"Panorama"时，已经没有宜兰和惠氏头寸的踪影了，但市场尚未开盘。他想肯定出了什么问题。不久，他终于通过手机找到了马特莫。"我们的宜兰股怎么啦？"扬多维茨问。

"我们手里已经没有这只股了。"马特莫坦言道。

扬多维茨那颗奔突的心终于静了下来。也许，他还能拥有这份工作。

就在股市开盘交易之前，扬多维茨收到了一位自 5 岁时就认识的朋友（摩根大通的推销员）的即时信息。

他的朋友写道："告诉我，马特莫如何逃离了宜兰！"

"我们需要细聊，"扬多维茨回信说，"对我们来说，周三和整个本周真的是太精彩了！"

"羡慕……羡慕……我太羡慕啦……这事太精彩啦，哥们儿，这事太精彩啦！"他的朋友回应道。

"这是营造传奇之事。"扬多维茨回答。他想象的是：出售公司所有的宜兰股票，然后，在灾难性的试验结果公告之前，又卖空它的这种决策，终有一天会列入华尔街历史上最著名的交易之列。"我们找个时间，喝喝啤酒，叙叙旧，[30] 我会给你详说此事。"

其实，扬多维茨对他们如何能够避免宜兰 - 惠氏灾难，仍然感到困惑。他想起马特莫一直是力推这两只股票的，并给了这个交易想法 9 分的信心评级。一定是发生了什么事情，导致马特莫和科恩突然改变主意，而且，这一定是秘密发生的！

在 ICAD 的那个演讲之前，宜兰股只是以略低于 33 美元的价格收盘的。看过 bapi 结果的科学家对这些数据的含义是有分歧的。有些人认为该药仍然具有潜力，而其他人则将数据解释为完全负面的。阿尔茨海默病研究人员也认为这些试验结果令人困惑。不过，华尔街的态度十分清楚：那天早上宜兰股的开盘价为 21.74 美元，两天内就跌至 10 美元以下。惠氏股的表现稍好一点。但两家股票所带来的巨大损失，已经成为华尔街投资者的话题；交易员想知道谁可能会因此而破产，谁因做反盘而赚得盆满钵满。任何在最近几周购买了这两只股票，而且，一直持有却无法知道秘密试验结果的人，都亏大发了！

就在股市对 bapi 的消息做出反应的那天，马特莫到芝加哥半岛酒店的上海阳台，与吉尔曼共进了午餐。这里被认为是该市品尝北京烤鸭的最佳之处，而且，这里的女服务员都身着旗袍。"你听说过宜兰股票后来的遭遇吗？"他们刚一坐下，马特莫就问吉尔曼。

吉尔曼对这个问题很反感。"不，"他说，"那不是我导致的。"

"哎，它的价格就像岩石跌落一样。"马特莫告诉他。实际上，当时该股跌幅超过 30%。

吉尔曼很惊讶！他认为 bapi 仍然有希望，而且，它的商业潜力可能会出现在 Ⅲ 期临床试验中。"我在演讲中做错了什么吗？"

"市场不喜欢只能帮助少数人的药物。"马特莫说。

几天后，当马特莫回到斯坦福德时，他把扬多维茨叫到自己的办公室。此时，扬多维茨仍然感到愤怒，自己竟然没能参与有关宜兰交易的决策。

马特莫为已发生的事情做了道歉。"史蒂文告诉我不要告诉你我们出售该股的决定。"马特莫说。

"为什么？"扬多维茨说。他被激怒了。毕竟，他是医疗保健股的交易员，而且，过去几个月，这个头寸都是他逐渐建立起来的。为什么他突然被排除在外了？

马特莫说："史蒂文告诉我把这件事保持在我和维尔豪尔之间。"接着，他补充说：在几个月的自信之后，他改变了自己对该药物临床试验的看法！"我审阅了我过去几个星期的笔记，只是感到自己对该股不再有信心了。"

在那个夏季，吉尔曼慢慢从淋巴瘤治疗中恢复过来。虽然他仍然很弱，但他的头发开始长回来了。

他等了几个星期，想听到马特莫的电话，但什么也没等到。他很是惊讶！因为他得的是癌症，再加上过去他的付出，所以，他不敢相信，他的朋友怎么会不过来看看他——在过去，马特莫总是表现出他对吉尔曼及其健康状况的格外关注。最后，9月，吉尔曼打破了沉默，发出了一封电子邮件。"嗨，有段时间没听到你的声音了，希望你的一切都好，"他写道，试图听起来很开心，"我希望巨大的市场动荡，尤其是宜兰股令人失望的惨跌，没有给你们造成太大的损失。"看到股市日复一日的下滑，看到每天银行亟待拯救和金融恐慌的头条，吉尔曼一直担心他的朋友和他的年轻家庭。"不过，"他补充说，"没必要给我打电话，[31] 我一切如故。我只是想知道你的近况如何，诚挚的问候，西德尼。"

通过格理集团，马特莫预约几个月后与吉尔曼在西雅图的一个医疗会议期间会面，但马特莫最终还是取消了这次会面。此后，他们再也没有见过对方。

看来，那个夏天注定要上演的戏剧还有很多。在宜兰股票价格由于药物临床试验结果而继续下降之时，赛克资本技术股分析师乔恩·霍瓦特，得到了一个肯定会让他及其上司迈克尔·斯坦伯格赚大钱的信息。杰西·托尔托拉是霍瓦特的朋友，同时，还是那个股票信息分享圈的领头人。他了解到戴尔即将公布的盈利状况将会令人失望。托尔托拉的一个关系，一位名叫桑迪普·戈雅尔的前同事，有一位在戴尔工作的朋友。此时，托尔托拉供职的对冲基金

（响尾蛇资本），正在向戈雅尔支付报酬（每年向戈雅尔的妻子汇款 75 000 美元），以获取戴尔的内幕信息，[32] 因为戈雅尔供职的公司不让他做外部咨询。就戴尔股票当时强劲的市场表现来说，它的毛利率看起来要低于人们的预期水平。[⊖]

通常，托尔托拉将这种信息首先发送给他在响尾蛇资本的老板托德·纽曼；他就像一只猫，首要的工作就是将死老鼠先送给为自己支付奖金的人。然后，托尔托拉再转发给霍瓦特、山姆·艾当达奇斯（在水平国际的朋友），以及电子邮件组中的其他人。"戴尔受挫，"[33] 在戴尔公开宣布其盈利状况前三个星期的 8 月 5 日，托尔托拉在邮件里写道，"总经理给出的是 17.5%，而华尔街的预期是 18.3%。这听起来不太妙，但仍然是非常初步的数据，可能会变。"要想在股市上投注正确，弄清市场上其他人的预期是关键。霍瓦特认为，17.5% 的毛利率数字（它说明与成本相比的公司销售额的力度），可能会使该股价下调。斯坦伯格预计该公司会在本月底公布其盈利公告，所以，他开始做空戴尔股票。

一直以来，霍瓦特极力向斯坦伯格和科恩证明自己的价值。除挖掘内幕信息外，他还对自己负责的那些计算机公司进行合规的研究，制作相关的电子表格，培养与投资者关系负责人的感情，并向他们索要信息。同时，他还向斯坦伯格提供他从托尔托拉获得的最新信息。通常情况下，在每个季度的最后一个月，戴尔宣布盈利前，托尔托拉会向霍瓦特发送一些有关这家公司即将发布信息的细节。但他从来没有具体说明他是从哪里得到这些信息的，很明显，这个信源应该是这家公司内部相当资深的人。

⊖　戈雅尔的妻子从未因犯罪而被指控。

2008 年 8 月 18 日，霍瓦特踏上了他的卡波桑 – 卢卡斯之旅，这是他很久以前就计划好的。他在那里的海滩附近租了一套公寓。在此，他还是就戴尔头寸与相关的人保持着联系。托尔托拉此时给他打电话，告诉他的最新信息证实了过去几个月的担忧：该公司的盈利不仅会令人失望，而且相当可怕。"对这些数字一定要格外小心！"托尔托拉叮嘱他。

霍瓦特立即给斯坦伯格打电话，转达了托尔托拉向他传递的消息。他挂电话后，担心自己还没有向斯坦伯格清楚地说明不要到处张扬这件事，所以，他跟着发了一封电子邮件。"请一定要把戴尔的信息限制在最小的范围，"他写道，"因为 JT 特别要求我对这个信息要特别小心，所以，顺便再提醒一下。"

截至 8 月 25 日，在盈利公布日的前三天，斯坦伯格在戴尔上的空头仓位超过 300 万美元。那天，霍瓦特收到科恩"史蒂文想法"邮箱的电子邮件。"科恩板块头寸预警，"该邮件的主题栏写道，"请就科恩的下述账户头寸回复你的意见或相关的最新信息。"随附的图表显示，在其赛克资本的交易账户上，科恩的戴尔仓位是多头。看到这些，霍瓦特的心一阵阵发紧。他和斯坦伯格正在押注戴尔股价会下降，科恩正在押注它会上涨！

"史蒂文不喜欢亏钱，"霍瓦特稍后表示（当然，这是一种轻描淡写的说法），"如果你真的让他亏了钱，你就等着秋后算账吧！"

霍瓦特将那封电子邮件转发给了斯坦伯格，附注为"史蒂文多头戴尔……"

在汉普顿周末的别墅里，34 斯坦伯格还是感到不安。如果霍瓦特错了怎么办？此时，他们已经有戴尔近 1000 万美元的空头仓位，这对他来说是一个很大的头寸。通常情况下，空头仓位特别危险。

如果事情没有按照预期的方向发展，那押注者的损失就会很惨重。"这里的问题是 [35]……我还没有向科恩提及这件事，"斯坦伯格答道，"我想向他阐述我们的看法，但是我们需要适当地权衡一下这样做的 r.r.（风险 / 回报）。在这件事上，你的信心指数是多少，从 1 ~ 10，10 是最高的指数值？"

他们花了随后的 24 小时，讨论如何告诉科恩，告诉他什么。他们还与另一名赛克资本投资组合经理加布里埃尔·普洛特金（在戴尔股票上有 6000 万美元的多头）来回发送电子邮件，试图弄清楚这个信息的可信度。

在赛克资本的明星谱系中，普洛特金正处在上升的通道之中。他开发了一个学习信用卡数据和购物中心流量的公式，声称这能帮助他赢得消费类股票的交易。不管怎么说，他的努力似乎正显成效：他赚了很多钱。像科恩一样，他可以有数百万美元的风险敞口，但仍能回家酣然大睡。而且，科恩也越来越听他的话了。普洛特金是首先说服科恩买戴尔的人。

第二天，8 月 26 日，斯坦伯格给普洛特金和霍瓦特发了电子邮件，请他们分享各自对戴尔的想法，因为他们的观点似乎是对立的。"加布里埃尔，"斯坦伯格在 12:37 写道，"我们认为它这个季度的毛利率不佳。"接着，他又补充道，按股票市场的行话说，他认为戴尔投资者期望的那些数字比实际上的要好。"对这个或相关的问题，你有什么看法吗？"

"我的确认为这里有很大的风险。"普洛特金答道。不过，他比霍瓦特显然更加乐观。他列举了他认为会影响该公司毛利率数字的一些因素。"你在哪里为戴尔的毛利率建模？你有什么高见？"

普洛特金随后给科恩打了电话。他们交流了几分钟。

霍瓦特一直不太愿意就戴尔的利润数字，给出他的信心指数。但在13:09，他又从墨西哥的度假地写了另一封电子邮件。他只是进一步强调，他觉得自己的信息是多么的可靠。

霍瓦特写道："我有来自这家公司的'二手信息'，而且，这是我第三个季度从他们那里得到这种信息了，过去两个季度的结果都很好。"他补充说，他的消息来源预测这次的毛利润和盈利将低于大多数戴尔股票分析师所做的预估值。写完，他按了发送按钮。

普洛特金花了几分钟时间消化吸收霍瓦特所说内容。"嗯，如果你的提示是正确的，那么，这次肯定是一个负面的结果，"普洛特金答道，"不过，我要说的是，似乎最近（更多的是消费品领域）每次有人告知我负面消息时，最终都走样了……所以，我们还得看看。"

斯坦伯格叫普洛特金不要外传霍瓦特刚刚分享的信息。

"好的。"普洛斯金答道。

普洛特金用怀疑的眼光看待霍瓦特的提示。不过，他转发了这份"二手"电子邮件给安东尼·卡瓦里诺，赛克资本负责让科恩了解戴尔最新情况的交易员。然后，普洛特金从他的投资组合中出售了30万股戴尔股票，还是留下了210万股多头，仍然有一个很大的敞口。

卡瓦里诺的正式工作岗位是"研究交易员"，负责监督所有交易零售和消费类股票的投资组合经理的所作所为，并确保科恩知道相关情况。科恩私下里把卡瓦里诺视作他的"耳目"。科恩知道他的投资组合经理有时会误导他，会大谈他们是如何看好某只股票，然后，却在自己的投资组合中出售它。他们这样做的目的可能是想不让科恩提前抛售他那通常大得多的交易量，干扰他们的交易。他有五名研究交易员，他要求他们像鹰一样监视赛克资本内的交易活动。哪怕有人做了一股与他所持头寸相悖的交易，科恩都想立即知道。"要看他们做什么，而不是听他们说什么。"科恩不止一次地告诉卡瓦里诺。

卡瓦里诺立即将那份"二手"电子邮件转发给在东汉普顿别墅中工作的科恩。然后，他还给科恩的手机打了一个电话。几分钟后，科恩开始出售戴尔股票。在接下来的两个小时内，他抛售了他全部50万股戴尔的多头仓位。

就在48小时后，他们几个月来一直在争辩和焦急等待的时刻终于到来：戴尔在市场关闭之后的下午4:00，公告了它的收益情况。数字几乎与托尔托拉预测得一样糟，毛利率下降了17%。第二天，戴尔股价从25.21美元下跌至21.73美元，[36] 跌幅13.8%，出现了8年来该股最大的抛售潮。科恩通过及时出售他的股票，避免了150万美元的亏损。

"及时的提示和完美的工作。"在有机会更仔细地审视了这些相关数字之后，斯坦伯格给霍瓦特如是写道。

霍瓦特也让自己享受了几分钟的成功喜悦。的确，他这次做了一件具有逆转意义的事情。他给托尔托拉发了一个短信："好哥儿们！！！你说得真准！！！"

霍瓦特当时并不知道，在戴尔公告第二季度盈利时，他就不是赛克资本唯一的精灵了。托尔托拉和罗恩·丹尼斯（赛克资本的另一位分析师，也是托尔托拉信息分享小组的成员）也在8月28日下午通过话；托尔托拉也与他分享了有关戴尔利润和毛利率的相同信息。在谈完话的一小时内，丹尼斯所在的"累计收益率本质"部门的投资组合经理也开始卖空戴尔。戴尔的利润状况发布后，托尔托拉给丹尼斯发了一则即时短信，"你好哇。"他写道。

"你这个大男人！"丹尼斯随即回道，"万分感谢！"他的老板平了他的空头，[37] 就此赚了 80 万美元的利润。

通常情况下，在有效信息带来了丰厚回报之后，成功的快感几乎立即就被如何再现辉煌的焦虑所压抑。每次内幕信息奏效之后，它就提高了对下一季度的预期，以及再下一季度和再下下季度的预期。找到更多优势信息的压力会大很多。这就像对毒品的需求。

那天深夜，科恩向斯坦伯格发了一封电子邮件。"戴尔的事做得不错！"他写道。

"谢谢！"斯坦伯格回复道，"开心的狗狗依然在四处捕食！"

第 3 部分

线　　人

2009 年 1 月，一个寒冷夜晚，一个 30 岁出头、胡子拉碴的宽肩男人，为抵御严寒而蜷缩着肩膀，刚在位于纽约翠贝卡的"春分"健身房健完身，走在回家的路上。此时，大约是晚上 8:30，乔纳森·霍兰德刚刚完成一共 90 分钟的锻炼——主要是举重和循环训练。浑身汗潮和饥饿的他，想点个外卖，赶紧回家，再处理点工作上的事。就在他走在默里大街时，身后传来一个声音："霍兰德先生！"

听起来，这声音所带的语气并不友好。他转过身去，看到一个身穿深色外套的男人，其外套并未系扣，有意无意地露出了腰带上的手枪。还有一个体型稍大的男人，穿着同样的衣服，站在这个男人身后。

"你要去哪里啊？"后面的那个男人问道，"我们需要和你聊聊。"

前面那个男人拿出自己的徽章，举到霍兰德的眼前。他举得很近，确保霍兰德可以看到上面的内容。"我是美国联邦调查局的戴维·马科尔，"他说，"我们需要和你聊聊内幕交易的事，你看，去哪里比较方便？"

霍兰德不知所措。他血糖低，正饥饿难当。此时，随着心跳的加速，他看到的世界有点恍惚，有梦境之感。他告诉联邦特工他现在需要吃点东西。他们在怪异的沉默中走过了两个街区，进入了街角的一家灯光明亮的全食超市。马科尔和他的搭档站在一旁，看着霍兰德在沙拉柜前装满了一硬纸盒沙拉。"需要我给你们买点什么吗？"霍兰德问这两位特工。他俩谢绝了他的好意。

随后，霍兰德走到收银台前，排在一个身着时髦瑜伽健身衣女人的背后。

交完钱后，他们上楼到了休息区，坐在了角落的那张桌子旁。就在霍兰德一边吃，大脑一边飞速运转的时候，马科尔特工开始了他的说辞。

"我们知道你在赛克资本公司任职期间做过内幕交易，"马科尔说着，"我们知道你是有罪的，但你可以自救！"

此时，霍兰德极力保持冷静。他知道在类似的情况下应该怎么做。在赛克资本时，他参与过一项叫作"战术性行为评估"的培训，[1] 这是一种技能性培训，教人如何解读透过肢体语言所传达出来的撒谎信号。为此，科恩请来了一组中央情报局前特工，给他的交易员和分析师训练相关的技能，他认为，这能够帮助他们分辨出哪些公司高管所说的预期利润和会计方法属实。这里关键的是要表现得很淡定。霍兰德记得，蠕动身体，拽衣服线头，或者摆弄眼镜的行为，都可能表明你的不安和撒谎。他也试着不去说一些像"真诚的""坦白来说"这样的词，因为它们都是不诚实的通用信号。

在赛克资本时，霍兰德曾经是该公司精英研究部门"累计收益率本质"的初级分析师。霍兰德与公司的顶层领导几乎没什么联系。在做交易的时候，霍兰德得通过他的上司贾森·卡普。虽然霍兰德的判断力有时会出错，但，办公室的人都很喜欢他。霍兰德是一个特立独行的人。在工作之余，他自愿担任哈林区贫困儿童的棒球教练。他在曼哈顿中心一家时髦的墨西哥餐厅拥有股权。吊诡的是，这哥儿们还经常在运动锻炼时弄伤自己，不是韧带撕裂，就是肩膀错位。据说，有一次在酒吧，霍兰德的女友被人欺负；他就和那人打了起来，但当他击打对方的脸部时，却把自己的手给弄折了！赛克资本的高管对此感到很不爽，所以，卡普和他的其他同事告诉所有人说，霍兰德是在打垒球时受的伤。

马科尔似乎很清楚，霍兰德几周前就离开了"累计收益率本质"部门。2008 年，在赛克资本的净值下降了 28% 之后，有数十人遭到了解雇。这是该基金开业 16 年来，基金净值首次出现负增长的一年。在取消了昂贵的送花服务、全职按摩师服务和免费的高端果汁饮料之后，科恩又开始了基金成立以来最猛烈的裁员。"累计收益率本质"部门被直接关掉了。霍兰德也因此丢掉了工作。但这也使霍兰德成为一个潜在的理想合作对象。

事实上，对霍兰德在赛克资本的所作所为，马科尔似乎知道很多。马科尔说，联邦调查局了解到，霍兰德买卖过艾伯森超市的股票（一个涉及该公司收购案件的一位朋友提前就这个信息泄露给了霍兰德）。"我们已经抓了拉米什。"马科尔继续说道，指的是霍兰德的那位在黑石集团伦敦分公司工作的朋友；[2] 此时，他刚刚在纽约肯尼迪机场被联邦调查局拦截。"你的另外两个朋友就要进监狱了。如果你自己不帮助自己的话，你就只有进监狱的份了。"

不要做没有意义的挣扎了，马科尔说。再有钱的华尔街巨头在纽约陪审团面前也不会有任何机会的！

此时，霍兰德有点生气了。对他而言，这些特工好像根本就不知道，他们自己到底在说些什么。是的，他承认，自己的确买卖过艾伯森的股票，但那是因为这家公司一直是传闻的收购目标，他买进该股到卖出该股，中间有 6 个月的时间啊。在赛克资本做这项投资决定之前，他就已经做了一揽子的财务分析；结果显示，就该公司的股票价格来说，这家公司所持的不动产价值的确是被低估了。零售业是霍兰德很熟悉的领域。2003 年，他在斯坦福大学拿下 MBA 后，就和他爸爸一起在马里兰州找到了"三重净租赁"的机会。他们买下了一些连锁商店或餐厅的不动产，像澳美客牛排店或沃尔格林药店，然后，再把这些不动产回租给这些连锁店的所有者。作为支付物业税和物业费的补偿，租客付的租金要比普通租金低；与此同时，还给享有廉价融资的房东留下了一个不错的利润空间。通常，在投资人非常了解相关物业的邻里及其市场情况时，这个做法的效果就会最佳。

霍兰德极力解释说，这个经历就是赛克资本聘用他的原因。赛克资本只是想要利用他在不动产金融领域的专长。艾伯森公司股票的买卖就是他运用这种专长的教科书式的案例。在霍兰德的眼里，这个投资案例根本没有任何违法的地方。

看起来，这些特工根本就没有被说服。马科尔又提到了一些霍兰德在不同公司任职的朋友的名字；这些人恐怕最后都要进监狱。然后，他从自己的口袋拿出一张纸，很快地把它铺展开来。这是一张脸谱关系图，一种类似霍兰德曾在警匪片里看到的那种脸谱关系图：那些图片通常是被钉在墙上，然后，用五颜六色的线连接起来，构成一幅犯罪关系图。帆船集团的联合创始人，拉吉·拉贾拉特南就在这张脸谱图上，还有至少其他 20 个组合投资经理和交易员，有些曾经和霍兰德一起工作过，有些则没有。

他认得出中间的那张脸，那是史蒂文·科恩。

"你其实根本不了解史蒂文。"马科尔指着科恩的脸说。他涉嫌霍兰德可能根本意识不到的各种阴暗的事情，即各种欺骗性的证券业务。马科尔说起科恩的语气，就像在说一个流氓。[3] "你需要防范他的报复，但别担心，我们会照顾好你的。"

此时，霍兰德完全不知道他说的这些究竟是真是假，或者是夸张了多少，但他很焦虑！

"我们已经和三名赛克资本内部员工牵上线了，他们目前在为我们工作。"马科尔说。"你现在还在这儿呢。"他继续说道，指着这张纸上一个偏僻的角落，好像是他脸谱图的西伯利亚。"你现在还根本不在这上面，我们也不想你最后也跑到这上面来。但你必须通过帮助我们来帮助你自己。"他们想要霍兰德成为他们的线人。

霍兰德说，他需要想一想。

这两个特工最终还是让他离开了。霍兰德仍然穿着健身短裤和T恤，拖着沉重的步子走回公寓。他的室友前不久刚搬走，所以，他现在一个人住。在房间里，他拿出了所有关于艾伯森公司的文档，开始翻阅相关的内容。在联邦调查局所说之事发生的前一年，即2005年的时候，他给"累计收益率本质"部门的同事做过一个演讲，一共25页的PPT文稿。这个演讲通过详细的财务分析及其模型，显示出该公司可以通过卖出不同资产所能赚到的钱。为了得到关于艾伯森的运作思路，他那时付出了巨大的努力。

他给一个曾经和他出去过几次的女人打了个电话，她是"舒尔特－罗斯－扎贝尔"律师事务所的律师。霍兰德问她是否能找个律师来帮助他。

不到半小时，在晚上 10:30 前后，他家的电话响了。来电的是赛克资本的法律顾问彼得·努斯鲍姆。

　　"我们听说联邦调查局找你了。"努斯鲍姆说。

　　霍兰德大吃一惊！努斯鲍姆是怎么知道的？

　　"这不是什么大事，"努斯鲍姆说，"我们不信你做错了什么事情。别担心，我们会为你辩护，替你支付律师费，给你所需的所有帮助。一切都会好起来的。"

　　特工 B. J. 康大步走过下百老汇街一座联邦大厦的大堂，左转进入杜安街，顶着迎面而来的疾风，走向佛利广场。这是早春三月一个寒冷的早上，他的西装外套在阵风中被吹打着一开一合；他喜欢穿棱角方正的西服，便于隐藏他总是别在腰间的手枪。此时，B. J. 康手里拿着一包光盘，正赶去见他在联邦检察署的同事。

　　一年多来，B. J. 康一直被耗在拉吉·拉贾拉特南的调查案里。当然，这项调查已经远超拉吉一人，卷入了华尔街的十几个交易员和对冲基金经理。就在上几个月，这个调查工作终于进入了一个让人满意的节奏。联邦调查局策反了一个合作者，利用他来收集另一交易员的新证据，然后，申请对那个新交易员进行监听。每多增加一个监听对象，联邦调查局就能积累更多的记录，再然后，B. J. 康和其他的特工就可以策反更多的证人。这个名字列表变得越来越长。这段时间，B. J. 康心无旁骛，脑子里总是在组合着相关的拼图，计划下一步他应该做什么。

　　及至此时，联邦调查局的调查人员和这起案件的检察官都很清楚，拉贾拉特南将被定罪。但问题是，他们能把多少人和拉贾拉特南一起绳之以法。鉴于这些监听工作已经做了一年多了，他们得决定下一步该怎么办。他们拥有着惊人数量的证据来指证拉贾拉特南和他的朋友，这些证据的数量可能比他们需要的还要多。与此同时，每天都会产生很多新的记录和新的人名，卷入内幕交易的其他基金的其他交易员，又滋生出大量新的调查。每一个案子都需要消耗很多资源和时间。到底需要多长时间，才能确定自己捕获了足够多的鱼，可以收网上船呢？如果还不抓人，联邦调查局特工就会面临一个风险：拉贾拉特南他们很有可能会意识到自己会被抓捕，然后，他们会毁灭证据或者出逃境外。联邦调查局特工、曼哈顿联邦检察署办公室的检察官，及其证券交易委员会的同行，讨论了下述决策的合理性：继续调查，不做任何抓捕，看看还能卷进多少人。他们知道，一旦抓了拉贾拉特南，整个华尔街都会知道联邦调查局在监听他们的电话。

更重要的是，政府主管部门知道，如果抓了拉贾拉特南，它们的最终目标史蒂文·科恩和他数百个基金经理与交易员，就会得到一个警示：他们可能是下一个拉贾拉特南。

实际上，他们此时最大的挑战是：这个案子的两名联邦调查局的优秀特工，B.J.康和戴维·马科尔已经陷入一场苦涩的地盘争夺战。像B.J.康一样，马科尔也是一位出色进取的特工。每当通过监听或合作者获得有希望的新线索，他们就比赛着抢先进行调查。因为这种内幕交易的关系网非常复杂，涉及十几家有联系的对冲基金、律师事务所和企业高管，他们的调查工作经常彼此交织；通常一个特工跟踪的证人，会突然出现在另一特工的案子里。马科尔会花数周时间，每天工作16个小时去收集证据，可最终发现B.J.康早就着手调查了。

尽管他们之间是竞争关系，但两个特工在各自的领域做得都很好。和他俩一起合作的曼哈顿联邦检察署办公室的检察官打趣地说，如果他们可以融为一体，就会变成一个无人能敌的超级特工，证券罪犯将会被从地球上连根拔起！

当 B. J. 康到达圣安德鲁广场一号，乘电梯去见证券股负责人时，他试图把这种竞争所带来的不快从脑海中撵走。B. J. 康来这里与马科尔和两名做这个案子的检察官（里德·布罗斯基和安德鲁·迈克尔森），进行头脑风暴，讨论他们应该如何继续推进调查。尽管两名联邦调查局特工有很大分歧，但他们在一件事情上却是一致的：他们所拥有的证据已经超越了起诉拉贾拉特南和他最亲近圈子的范围，甚至可以对对冲基金行业发起更大范围的攻击。他们十分渴望继续推进手头的案件。迈克尔森和布罗斯基互相看了看。这的确是一个诱人的想法。支持的理由显而易见：终结一个主要在黑暗中运营的强大行业的腐败行为；一系列令人兴奋的指控将成为各家媒体的头条新闻；给坚称司法总是设法避开华尔街的批评人士以有力的反击。但他们的上司雷·洛耶问道："继续激进前行的风险是什么？"

联邦调查局特工说，他们追踪的人越多，可能策反的证人就越多，某人开始开口说话的可能性就越大。现在整个调查都是秘密进行的，只有少数几个人知道这个事情，主要都是这个房间里的特工和检察官。如果他们想要追捕最大的目标，他们就需要更多的合作者，这自然会增加泄密的风险。洛耶和检察官同意，作为第一步，联邦调查局应该采用一些他们监听到的新证据，接近一些新的交易员——阿里·法尔，一位加州对冲基金经理，曾经为拉贾拉特南工作过；他的搭档，C. B. 李，之前曾在赛克资本做过；卡尔·莫迪，现在经营着自己的投资研究公司，也在加州；还有一位在波士顿的基金经理史蒂夫·福尔图娜。要试着策反他们，看看结果如何。同时，所有人都一致认为，这是危险的一步。如果任何一个潜在的证人拒绝他们，然后，转身就去警告他的朋友说，联邦调查局正在监听他们的手机，那么，整个调查工作可能就会瞬间分崩离析。

两组联邦调查局特工选择了 4 月 1 日来启动这项任务。B. J. 康特工先去接近法尔；马科尔特工将约谈莫迪；另一个特工会尝试策反福尔图娜。他们都制订了应急计划，以防事情没按照他们想象的方向发展。他们希望在第二季盈利财报公布之前，新的线人和监听器都能准备到位。因为届时内幕交易量肯定会激增。B. J. 康随即就开始计划他的行程，提前预订机票和旅馆房间。

之前的调查也有过这样的时刻，似乎有些新的事件可能会改变接下来发生的事情，但不知怎的，这次好像这种感觉更加明显特别。随着 4 月 1 日的到来，布罗斯基、迈克尔森和检察官办公室的其他人在这种等待中的焦急感越发浓烈。他们想听听这些新的接触进展如何；一年的紧张艰辛的努力，会不会在一天内就前功尽弃？他们急于知道他们的案子是不是做得很扎实。

两周后的 2009 年 4 月 16 日，B. J. 康的新合作证人抵达曼哈顿中心的联邦检察官办公室。虽然阿里·法尔和 C. B. 李是最要好的朋友，还一直一起经营着一家对冲基金，但此时，他们竟然都不知道对方也在这座大楼里。B. J. 康在加利福尼亚分别接触了他们。他们都同意成为线人（至少从理论上应该可这么说）。就联邦调查局所知，自从 B. J. 康第一次分别出现在他们的家门口，和他们谈过之后，他们两人之间就没有再互相交流过了。

一名特工在大厅接到了阿里·法尔，并把他带到六层的会议室。在确保电梯没人之后，安德鲁·迈克尔森接到了阿里的搭档，C. B. 李，并将他带到了五层。迈克尔森和另一名检察官，约什·克莱恩，在这两个房间来回串，同时，又要尽量不被他们俩看出来。目的就是让他们彼此揭发、泄密，然后，迫使他们死心塌地地完全合作，同时，还要确保不让他们产生反感。自然，这种情形非常微妙。

"向联邦特工撒谎是另一种罪行。"克莱恩提醒 C. B. 李。如果他在调查中说了一些不真实的事情，他们可以控告他作伪证。

起初，C. B. 李和阿里·法尔都不愿意承认他们做了什么违法的事情，这是合作必须迈出的第一步。鉴于此，检察官又说了一遍这两人之前从 B. J. 康那里听过的那个诱惑：和我们合作是避免被起诉的唯一途径。争取他们策略的第一步是给他们听一小段被监听的录音电话，让他们相信政府已经掌握了足够的证据，同时，不能向他们透露联邦调查局是怎么得到这些证据的。与此同时，C. B. 李和阿里·法尔的律师叫他们不要说太多或承认任何事情，直到他们确认了政府不是在无凭无据地吓唬他们。

"我什么也没做，"C. B. 李说，"我去亚洲去见了一些公司的人，但我并没有拿到任何有关收入的数据。"

"真的吗？"B. J. 康问，"没有得到任何有关收入的数据？"

B. J. 康打开他的笔记本电脑，播放了一个音频文件，这是 C. B. 李在获取英伟达公司（一家半导体制造商）收益数据的通话。政府有证据表明 C. B. 李曾每季度向几位亚洲的咨询师汇去 2000 美元，[4] 后者会收集那些半导体公司的内幕信息，然后，把它交给 C. B. 李。

"好了，"B. J. 康说，"别废话了！"

此时，C. B. 李和阿里·法尔都在为该怎么做而苦恼。可能被指控严重罪责的人通常都会处于一种极度烦躁的情绪之中。他们有时睡不好觉，会诉诸毒品，经受各种危机，遭遇金钱问题，迁怒于众人，患有焦虑性疾病等。相比较而言，C. B. 李好像有较强的定力。他似乎比他的合作伙伴阿里更善于分析，情绪也不会那么激动。而在另一方，似乎阿里的精神状态会随时崩溃。当然，他们都不只是想保护他们自己，他们还想保住他们的公司。

有一次，C. B. 李的律师把迈克尔森拉到一边。"我想帮助我的委托人，我也想帮助你，但你得让我看明白这件事，"他说，"你掌握了我客户的什么证据？和我分享一点，这样我才会知道合作是不是有意义。"随后，B. J. 康又给他播放了更多的录音。

"这是你的一个机会，"[5]克莱恩对 C. B. 李说，"如果你不合作的话，我们会起诉你，给你定罪，送你进监狱。"

虽然整个过程有点慢，但 C. B. 李和阿里·法尔都开始放弃抵抗。

他们俩要做的第一件事就是关闭他们的基金，以防引起华尔街朋友的过分怀疑。一旦成为联邦调查局的线人，他们将无法继续为其投资者做交易了。他俩的基金表现相对较好，[6]仅去年就上涨了10%，所以，不给个解释就突然关闭，一定会引起质疑。他们需要编一个故事。

在联邦调查局相关人员的帮助下，他们同意对公众说，因为在如何分配利润的问题上，他们俩产生了严重的分歧，无法调和，所以，决定清盘歇业。当 C. B. 李成为自由人的消息传到纽约时，其他众多对冲基金给他发出的工作邀请函，就扑面而来。

现在，作为 B. J. 康正式的个人助手，C. B. 李和阿里被要求在任何时间，完成任何任务，从回答问题到给以前的同事打电话并录音，而且，还要在与他们会晤时，带上监听器。如果需要的话，他们甚至还要出卖自己最好的朋友。

虽然拉贾拉特南经营的是一家大型对冲基金，但对政府主管机构来说，赛克资本这样的公司倒像是个太阳，大家都在绕着这个太阳转。联邦调查局特工从众多消息来源得知，科恩是让拉贾拉特南觉得最有竞争威胁的一个基金经理。如果拉吉雇用了那些曾在赛克资本工作过的交易员，甚至是科恩开除的人，拉吉都会感到特别骄傲。史蒂文·科恩是个传奇人物，华尔街的人都在说，他是业界最佳的交易员。尽管如此，对联邦调查局特工来说，科恩的公司此时仍处在云山雾罩之中。他们决心要找出更多的线索。1999～2004年，C. B. 李一直是赛克资本的半导体分析师。联邦调查局特工感兴趣的是，他能够告诉他们科恩的基金是如何运作的。

C. B. 李向 B. J. 康介绍了赛克资本的运行模式。在那以前，他曾在其他投资公司工作过，但他一旦到了科恩的基金，他的雇主就迫使他变得更加激进。C. B. 李觉得，当时让科恩满意的唯一途径，[7]就是搞到内幕消息。当大部分科技公司的生产从美国移到亚洲的时候，C. B. 李正在赛克资本工作。他能说一口流利的中文，认识一些中国人。大多数的亚洲公司，不在意美国的监管法规，不介意与李分享内幕信息是否会违反这些规则。C. B. 李非常聪明，一旦得到了这类信息，他就知道该如何处理它们。渐渐，C. B. 李就对半导体制造业产生了一种直觉，他可以利用它来促成利润丰厚的交易。

C. B. 李还描述了赛克资本的内部情形，以及它不同寻常的组织结构。这种组织架构就像一个自行车的车轮，辐条由约 100 位投资组合经理及其分析师团队和交易员构成。科恩是枢纽，坐镇一切的中心位置。在此，信息驱动一切。每个团队都专攻一个行业，包括了30多种的股票（如科技型的、医疗保健型的和消费型的企业，像塔吉特和通用电气等）。每个团队都在与其他团队较量，看看哪个团队能琢磨出最赚钱的交易想法。

这些团队很少相互分享想法，只和科恩分享——他把大家最好的想法拿过来，然后，用于自己的交易。这种模式和其他大部分对冲基金都不同（在其他对冲基金里，大家都倾向于做同一种投资组合，而不是彼此竞争）。科恩可以知道周围每一个团队在做什么，而这些团队都不知道彼此在做什么。

如果科恩发现有人先斩后奏，在给他汇报想法之前就做了交易，那么，他就会非常愤怒。如果为他工作的员工因为一个愚蠢的原因，而做亏了交易，就算仅仅只是发生了一次，他也会愤怒得难以形容！C. B. 李说，如果一个交易员在赛克资本做得很好，他的薪水就会像一个专业运动员那么高。但，如果他做得不好，他就会像一笔糟糕的投资一样，被迅速抛弃。赛克资本并不是一个令人快乐的工作场所。

正如C. B. 李所理解的那样，他工作的部分职责就是为科恩所做交易提供内幕信息。"我的工作就是给相关的公司打电话，设法拿到相关的经营数据。"他告诉B. J. 康。C. B. 李还说，他认为赛克资本是一个"肮脏"之地。

那就是B. J. 康想要听到的。

C. B. 李还解释了赛克资本的组织形式是如何让科恩能避免受到低层级交易员和分析师行为的影响的。所有关于交易的想法都得通过基金组合经理的层层筛选；在这些想法到达老板之前，得用指定代码或数字来表示这些交易想法有多么优秀——一个"高信心值"

的想法可能会交给科恩，而不解释为什么分析师对它会这么肯定。科恩想要的是那些一定能赚钱的想法。在设计整个信息传递系统时，有一个重要的目的：让科恩无须知道其交易员通过什么方式，就能获得这些想法的背后依据。

因为C. B. 李早在5年前就离开了赛克资本，所以，他所提供的具体交易信息过了法律追溯时效，无法起诉。但他提供了了解科恩世界的窗口。

起初，B. J. 康并不确定如何利用C. B. 李告诉他的这些信息。这是一家利润丰厚的对冲基金，似乎它所做的每笔投资都是正确的，好像它可以预测未来。该基金年复一年地赚取巨额利润，显然，没有其他基金都经历过的跌宕起伏的那种业绩轨迹。这里的分析师和交易员承受着巨大的创收压力；若能创收就能得到丰厚的报酬。

"好吧，那又怎样呢？"B. J. 康想。压榨自己的员工并不违法。如果不那样的话，一半的华尔街公司都得关门大吉。

但是之后，B. J. 康开始把C. B. 李告诉他的与他从华尔街其他渠道听到的进行了对比。

他询问过的一个其他基金公司的交易员，那人反复不停地对他说："你觉得我们基金公司很脏吗？你应该查查赛克资本在做什么！"B. J. 康听说，赛克资本有个潜规则：交易员应该竭尽全力去获取内幕信息，甚至试图通过散布虚假信息来操纵股价。

"这肯定只是冰山一角。"B. J. 康说。

对于那些相关的人来说，内幕交易调查已经产生了巨大的影响。决定下一步怎么做，必须面对困难的问题和可能的取舍。所有的这些努力，几个月的监听，发展线人，加班加点，以及所有的证据，就仅仅是为了控告拉贾拉特南和他的几个朋友吗？还是把这个案子做大，起诉浸淫了整个华尔街的贪婪和腐败，以及不择手段的赚钱文化？

他们有两个显而易见的新途径可以进一步扩大调查，但这两个路径都要求他们要有更加勃勃的雄心。

其中一个路径是切入专家网络公司那个迷宫般的世界——投资者向这些公司付费，使自己能够和上市公司的员工取得联系，咨询相关的事宜。对冲基金领域广泛地使用这些专家网络公司。实际上，只要有少数基金开始使用，很快每家都必须这样做，以防被竞争对手甩下。对调查人员来说，这类专家网络公司显然为内幕信息的交换提供了一个掩体。交易员用这些信息赚钱，代价是牺牲其他投资者的利益。

第二个路径就是设法收集足够的证据来抓捕科恩。关闭赛克资本公司可以对这个行业的其他公司，起到一个杀鸡儆猴的威慑作用。

要想走专家网络的路径，下一个步骤非常的简单直接：他们要做更多的监听。美国联邦调查局认为，根据 B. J. 康和其他特工在录音带上听到的几个电话内容，"首选环球调研公司"（Primary Global Research），或者说 PGR，就是最恶劣的罪犯之一。[8] C. B. 李通过冒充对冲基金投资者，与 PGR 的顾问进行的联系，揭示了专家网络电话的内容具体是什么。

对于 B. J. 康来说，专家网络公司商业模式的整个概念听起来都很腐败。他了解到有些专家顾问被雇用了一次又一次，就是因为在对冲基金行业里，有消息说他们是多么的"好"；在 B. J. 康看来，他们提供的信息很可能是非法的。如果这些信息在其他地方是公开的，为什么对冲基金那些人精需要支付数千美元从这些顾问那里获得信息。一些在这些专家网络公司购买过信息的基金团队，怀疑"首选环球调研公司"把最优质的信息都留给了交费最高的客户。它们都是谁呢？2009年，"首选环球调研公司"最大的客户之一就是赛克资本，[9]后者给了前者52万美元。

两名联邦调查局特工，戴维·马科尔和詹姆斯·欣克尔，开始收集证据来申请监听"首选环球调研公司"的电话线路。[10]他们确信那里暗藏着很多内幕交易。

就在这个时点上，B. J. 康特工和马科尔特工之间常年聚集的紧张关系突然爆发了！在调查内幕交易的过程中，两个特工各自领导一个联邦调查局小队：B. J. 康领导 C-1 小队，马科尔领导 C-35 小队；他们在过去的一年里，一直像狼一样徘徊在彼此的领地周边。每当他们其中一个想要发展一个新的合作者时，另一个就必须带其小队人员再检查一次，以确保它不会打乱他们正在做的事情。每个小队都不情愿透露它的行动，迫使调查进展放缓；当出现了进展时，双方则奋力争功。

当马科尔在专家网络的案子里获得先机时，B. J. 康感到很沮丧，他争辩说，在监听 C. B. 李和阿里的电话时，他是第一个发现"首选环球调研公司"的人。证券股的负责人洛耶，有一种特殊的外交天赋，花了不少时间让双方和平相处。但最终，他那无限的耐心也到了极限。B. J. 康和马科尔的冲突已经成为办公室的笑谈。在经过"首选环球调研公司"的厮斗后，洛耶非常愤怒，他命令 B. J. 康和马科尔两个人去他的办公室。

洛耶说："你们两个需要谈谈了。"然后，他斩钉截铁地告诉 B.

J.康和马科尔，在他们和好之前，他们不要出这个房间；然后，他就走出房间，让他们俩独处。这两名特工勉强答应，尝试平心静气地相处。

不久，本着合作精神，从事内幕交易调查的检察官和联邦工再次聚集在一起，集思广益，以期拿下他们的目标：史蒂文·科恩。为了坐实一个能起诉他的案例，他们只有两种选择：发展一个他身边的线人，戴上无线监听器，收集他根据非法信息做交易的证据，或者申请获得监听科恩电话的许可。

如果他们打算监听，为了申请许可之需，他们得使用一个现有的线人，给科恩打一个引诱的电话。如果他们想发展一个与科恩关系密切的新线人，他们得有证据来强迫那人合作。线人的选择非常困难！他必须是一个和科恩关系很亲密的人，才有可能拿出他依违法信息进行交易的犯罪证据，但又不能太亲密，以致会告诉科恩联邦调查局正在调查他。

毫不意外，在决定是要监听，还是发展一个新线人的问题上，马科尔和B.J.康又是意见相左。B.J.康表示，C.B.李就是一个很好的合作者，他曾经为科恩工作，可以很容易地让他接电话，相关的录音就可以当作证据，申请对科恩的监听。

与此同时，马科尔已经确定了一个潜在的合作伙伴，一个在赛克资本工作的投资组合经理，正为该基金管理着一个5亿美元的投资组合，而且，似乎是科恩所信任的人。马科尔很有信心，认为这个基金经理是可以被策反的。他只是需要更多的时间来为此做准备。

但检方不确定他们是否能等那么久。让马科尔难受的是，洛耶和组里的其他人都倾向于使用在科恩的电话上进行监听的方案，而不是去设法策反那位投资组合经理。B.J.康开始训练C.B.李，准备给科恩打电话，试着得到他们所需的证据。B.J.康提出了一项计谋，让C.B.李给科恩打电话，问他是否能重新为他工作。他可以谈谈他握有的"优势信息"，并通过列举他具有的那些有价值的关系网来吸引他的老上司。如果科恩上钩，他们就能把监听和间谍都打入赛克资本的内部。

联邦调查局了解到科恩在每个周日都有一个想法交流会；在这个会上，他的投资组合经理都会给他打电话，谈论他们一周之内的交易理念。特工们决定先监听这些电话。不过，他们面临的问题是，不知道科恩通常是在哪里接这些电话。他们必须为申请监听而选择一条线路，这里的可选线路一共有四条：他在斯坦福德的办公室、在格林威治的家、在东汉普顿的房子或他的手机。最后，他们决定监听他在格林威治家里的那条线。为此，B.J.康和迈克尔森准备递交三级监听申请，要求允许监听科恩的家庭电话30天，7月1号开始。这段时间正好是第三季度收益季报公告的前后时间。

然而，这里有一个重要且相当明显的问题是联邦调查局和联邦检察官办公室没有考虑到的：夏季的几个月，纽约的湿度经常会达到热带雨林的级别；在金融行业，此时所有重要的人物都会逃到汉普顿（美国的度假胜地）。一般到了这个时候，华尔街高管的妻子们会带着孩子和家佣搬到那里，而男人们则往返于两地之间。在7月和8月，载着亿万富翁的水上飞机和直升机，就像无人机一样在长岛的天空嗡嗡作响。科恩经常是其中的一员。在政府对科恩监听的第一个月里，他几乎就没有在格林威治那里待过。尽管如此，还是有几次对话在他的电话线路上被监听到了；于是，检察官又利用这些被监听到的信息，申请到了延长监听科恩电话 30 天的许可。

B. J. 康每天打电话给迈克尔森，沟通监听到的新内容。但是科恩是一个比拉吉·拉贾拉特南更加谨慎的人。通常，科恩的基金经理会给他打电话，在分享一些数据和数字之前，会说一些模糊的词语，像"我和我的人聊过了"。能在法庭上对他形成强有力指控的证据，至今还没有出现。聊天里说的"我的人"，可以说的是任何人：公司内部的人或公司外部顾问，甚至是另一位基金经理。有时，赛克资本的投资组合经理还会通过代码传送信息。

其中一个电话让调查人员兴奋不已：科恩从一名分析师那里得到了一些听起来可疑的数据，分析师说这个是"渠道核实"报告的数字。通常，这种报告主要是看一家公司供应链中不同的节点，它能说明该公司有多少业务。尽管如此，这个电话内容还是不够具体。

在监听了科恩的电话之后，检察官对科恩所形成的印象是：他会频繁与人交谈，并且他们在交流内幕信息时，是以一种特别的方式进行的，以致要想证明他们之间正在发生某种不恰当的或不规范的事情，非常困难！他们推测，他与他人的交流似乎是基于预先了解的正在讨论的内容是什么和信息来源是哪里的这些要素。相反，拉吉的行为则是傲慢且随意，一有机会就会和别人说他有多少人脉，而科恩却小心翼翼，精于防范。看来，除了这些电话外，他们需要更多的证据起诉科恩。

监听科恩电话的第二个周期结束了；这一次，那位法官就不愿意再延长了。

在 2009 年 8 月 16 日下午晚些时候，证券交易委员会在纽约办事处的一部手机电话铃响了。一个叫桑杰·瓦德瓦的执法律师，转身离开他办公桌上那山一般的文件，望着窗外对面高盛公司的健身房：那些投资银行家穿着紧身短裤或是在练举重，或是在跑步机上跑步。华尔街上最赚钱的投资银行刚刚在隔壁建立了自己的环球总部——距世贸中心北面有两个街区之遥。瓦德瓦还可以直接看到对面那家银行的屋顶花园；在10层的屋顶上，那一系列草坪风景所需的相关费用，可能比大多数政府律师一年薪俸的5倍还要多！

瓦德瓦试着不去想太多。

通常，有两个要素支配着一个典型证券交易委员会雇员的想法：他能在大型律师事务所赚多少钱？他因为放弃在大型律师事务所工作的机会，而选择打击华尔街违规犯法行为的工作，所能获得的名誉又是多少？这时正是进入80年来最严重金融危机不到一年的时间。就在2008年秋天，雷曼兄弟宣布破产倒闭了，不少银行正在破产倒闭的过程之中，数以百万计的美国人，眼看着他们的退休金价值，随着股票市场的暴跌而急剧下降！房价的暴跌，则揭露了投资银行内部的腐败机制，使得那些低质的次级抵押贷款改头换面，卖给了全世界的投资者。伯纳德·麦道夫200亿美元的庞氏骗局也露出了真相。与这些相伴的还有一个不争的事实：多年来，证券交易委员会忽略了一些明显的警告信号。此时的市场情绪从未如此低落！

在1934年成立之后的几十年间，证券交易委员会一直是华尔街上一个令人敬畏和尊敬的机构，旗下的律师们为自己独特的决断权和政治独立性，感到欣慰自豪。不过，在过去的几年里，证券交易委员会的文化发生了很大的变化：无能已经植根于这个机构的机体之中。证券交易委员会的执法人员被公开劝阻不要去追逐那些雄心勃勃的案子，而且，要想获准发出传票需要四个不同管理层的批准，[11] 通常要数周时间。这部分是时任领导之故。那时该机构的主席是克里斯托弗·考克斯，一位来自加州的共和党国会议员，由小布什总统在 2005 年任命。考克斯不太情愿当一个监管者，他从不掩饰自己坚定的自由市场和亲商的观点。他觉得监管机构本来就不应该去试图告诉华尔街的大银行和主要投资者应该如何做，金融行业自身就可以监控自己的不良行为。

瓦德瓦对美国证券交易委员会的氛围感到沮丧，但他却没有就此认输。尽管环境如此，但他还是热爱自己的工作。他之前已经悄悄地花了两年的时间，帮助逐渐坐实了拉吉·拉贾拉特南的案子；到目前为止，这是他职业生涯里的重大突破。在 2006 年的证券交易委员会，这个案件只是一桩常规的投诉，但现在已经发展成该机构有史以来最重要的项目之一。调查这个案子是他一生中最令人兴奋的经历之一！

瓦德瓦出生在印度，19 岁时移民到了美国，但他仍然深受他祖国左倾政治的影响。他父亲曾是加尔各答一家公司的高级主管，那是一家为英国消费品集团生产纸质包装产品的企业，母亲是一名教师。在一个极度贫困的国家里，他们算是相对富裕的家庭。20 世纪 80 年代，瓦德瓦的父母决定与他们的三个孩子一起移民到佛罗里达。在印度，当时受政治和经济形势恶化的影响，可选择的机会变得越来越少。此外，由于这个国家的法律限制移民携带资产出境，搬家时，他们失去了一切。瓦德瓦的父亲在来爱德公司找到了一份工作，瓦德瓦也与父亲为伍，帮助供养家庭。从大多数人从未听说过的得州法学院毕业后，他去了纽约大学攻读硕士学位；随后，他在一家与华尔街业务紧密的大律师事务所，度过了几年不愉快的日子。2003 年，瓦德瓦申请到了证券交易委员会的工作。从加入伊始，他就开始关注内幕交易案。

在整个 2009 年夏天，他都在与联邦调查局密切合作，调查拉贾拉特南案以及从该案件衍生出来的其他对冲基金的案子；在这段时间里，他和参与调查内幕交易案的联邦调查局特工，有时一天会通几次电话。

话说此时，瓦德瓦的手机电话铃响了，但来电显示屏并未显示来电号码，这意味着有要事。瓦德瓦赶紧拿起电话。

这是 B. J. 康打来的电话。他说："我现在还不知道相关的细节，但我有理由相信去年夏天在赛克资本发生了重大的事情，出现了巨额的交易、巨额的利润。这件事在公司内部引起了各种各样说法。"

当然，瓦德瓦也听说过赛克资本，以及它那神秘的创始人。在拉吉的案子里，科恩的名字就已经多次出现。他知道赛克资本在华尔街有着强大的诱惑力。科恩以一种应该无法长期持续的方式（在市场上就股票的涨跌，大量押注），积累了大量的个人财富。他不是那种具有下述特征的投资者：买下企业的大量股份，并持有多年；沉浸于企业的运作，懂得经济的杠杆作用。总之，科恩是反沃伦·巴菲特的那类投资者。

在与瓦德瓦的电话中，B. J. 康没有详细说明什么是"重大的事情"。尽管他们已经在一起工作了几个月，但按照法律要求，在 B. J. 康获得的信息中，有些是无法与民事执法部门的人分享的，这也包括证券交易委员会的人，特别是与监听有关的相关事情。

"你知道是哪个板块的吗？"瓦德瓦问道。

"制药。"

瓦德瓦的办公室堆满了各种文件。那里有整箱整箱的银行家备案文件、成堆成堆的投诉文档、证词证据和传票，有的就像污渍在那张粗笨沙发上蠕动（在理论上，这应该是他的可以打盹之地，但他从未享用过）。窗台上都是泛黄的《华尔街日报》复印件。要知道，这还不是证券交易委员会最乱的办公室，但却与瓦德瓦本人形成了鲜明对比，他干净整洁，穿西装打领带。

此时，这个国家报告和追踪股票市场可疑活动的机制是极其可悲的滞后过时的。这个时期的金融监管者就像可怜落伍的老图书馆员工，还在使用传统的纸质卡片目录进行审查监管，而世界其他地方都已经进入了数字化的监管时代。不过，这些图书馆员工还是要负责确保资本市场的稳定，而这个市场每天都有数万亿美元的交易额。按要求，当银行雇员或投资者发现异常活动时（如在收购决定正式宣告的前一天，某公司的期权交易量陡增），他应该向金融行业监管局报告。金融监管局（FINRA）随后会发出一封举报转发函，指出已经有一笔可疑的交易发生，但它并不提供太多细节或有关事件的来龙去脉。然后，这些举报转发函会被发送给证券交易委员会——这是应该对这类事件进行调查的监管机构。

问题是，这里几乎没人去设法把所有的证据拼接在一起。通常，金融监管局的举报转发函，应该是处理这些证券欺诈案的重要种子，它们被转发给了证券交易委员会在华盛顿特区的办公室。然后，这些信息被输入到一个独立数据库。从此，它们就静静地躺在那里了。

在和B.J.康特工通了电话之后，瓦德瓦给市场监管部的头打了个电话。

"去年夏天，我们是不是收到了来自金融监管局的一封举报转发函，涉及一家名为赛克资本的对冲基金所做的大交易？"瓦德瓦说，"这肯定是基于某种特别事件公告的交易。"他知道，那些产生巨额利润的交易，都发生于推动股票大涨或大跌的消息公布之前。

"你提起的这件事还真有趣，"该部门负责人笑着说，"是的，我这里有一封举报转发函。前几天我还翻了翻，它是刚被退回来的。"他的意思是，由于没有证券交易委员会的律师愿意调查此事，所以，这封举报转发函就被退还给了他。

"真的吗?"瓦德瓦问道，"那到底是什么内容?"

"哦，就像你知道的，只是一封举报转发函，"该部门的负责人说，但没谈细节，"总金额很大。"

瓦德瓦问这封信函已经在这里待了多久了。

"快一年了。"头儿说。

这个回答让瓦德瓦感到有点畏缩。负责人进一步解释说，他一直在执行部门"四处兜售它"，试图找到一个人来调查看看具体情况。他曾在华盛顿特区的办公室里向不同的主管们介绍过，但没有人对此表示过兴趣。

为了坐实一个内幕交易的案子，证券交易委员会必须证明其背后存在一个非法的内幕消息，而且，相关交易员能够与一个可从公司内部获取信息的人进行沟通。然而，在证交会工作的他，在能够通过传票获得令人麻木的大量数据之前，必须先获得全体委员的正式许可，然后，才能发出传票和索要文件。至少，那些共和党的委员们肯定会问很多问题。

听起来，这种举报转发函并没有起到那种在制度上应该鼓励快速"启动"案件的作用。

"你为什么不把它发给我呢?"瓦德瓦说。

第二天，瓦德瓦收到了一封来自市场监督办公室的电子邮件，并附上了那封举报转发函。"哦，天哪，"他边看边想，"这一定是

B. J. 康所说的那件事。"

"在 2008 年 7 月 29 日下午 5:00，来自宜兰和惠氏的科学家在芝加哥的阿尔茨海默病国际会议上，发表了关于他们正在开发的阿尔茨海默病药物的第二阶段试验数据，"这封信写道，时间是 2008年 9 月 5 日，"很多媒体、研究分析师和机构投资者参加了这次活动。"这封举报转发函接着说，在这个消息公布的前两天，对冲基金赛克资本在 15 个账户上进行了明显的套利交易。它估算了这些交易的利润额，以及它们所避免的损失额：1.82 亿美元。"这些交易的巨大规模和潜在净利益，"这封信函写道，"促使我们提交这份转发函。"显然，一家名为 RBC 资本市场的经纪公司的交易员注意到了这些交易，并提出了投诉。

看到这些后，瓦德瓦忍不住想知道，赛克资本还做了些什么。此外，他还想知道谁能接下这样一个新案子。他认为，这个案子要比拉吉的案子要大得多！

纽约办事处有一个新来的分部负责人，阿米莉娅·科特雷尔；她的团队里有一个新来不久的律师，查尔斯·黎里，他手上还没有满负荷的案子。

瓦德瓦给黎里发了一封电子邮件。"你好，查尔斯，你能过来一会儿吗？"

当黎里收到瓦德瓦的邮件时，他刚刚度完暑假回来。作为一个渴望成功和几乎不受拘束的年轻人，黎里来证券交易委员会已经一年了，但还没有提交过一个案子。他很沮丧。

他急促地穿过他办公室与瓦德瓦办公室之间的走廊，来到了会议桌旁，与瓦德瓦和科特雷尔坐到了一起。"我想请你们看一份资料。"瓦德瓦说。他把有关宜兰股的举报转发函放在他们面前的桌子上；他俩立刻好奇地看了起来。

就证券交易委员会最近所关注的案子的情况来说，这封举报转发函所涉及的资金数额是相当惊人的！近三年里，瓦德瓦用了几乎睡眠之外的所有时间思考拉吉的案子，但它也只是在可以证明的 11 个不同的交易中，发现了 5500 万美元的非法利润，可这已是有史以来最大的内幕交易案之一。和赛克资本那"幸运"的药品股票交易相比，这都不值一提。在现实中，任何经验丰富的基金经理，若想在这类不确定的事情上做如此大的赌注，相关的胜率都是微乎其微的。

瓦德瓦说，赛克资本的名字在他的记忆中曾经出现过。此时，美国证券交易委员会律师想到的第一个问题是：这份举报转发函中的信息是否正确？从他们的经验来看，一只基金在一两只股票上下如此大的押注，实为罕见！合理地管理风险是交易员成功的一个极其重要的因素。投资业务上的风险管理一旦失败，就可能毁掉整个公司，所以，若一家公司的风险管理很随意，它根本不可能坚持很长时间。也许，会是哪里出错了，或者这项交易涉及好几个人。

此时，证券交易委员会知道的相关信息太少，没有太多可说的；若要深入下去，证券交易委员会就得深入了解赛克资本——这家华尔街名声最差的基金之一。黎里感到内心的兴奋感逐渐高涨起来。也许，这就是他等待已久的机会！

⁓

在 2009 年的夏秋，当他在把有关赛克资本和科恩的碎片信息设法拼在一起的时候，B. J. 康还在用一种叫作笔式记录器的特殊电子录音工具监控拉贾拉特南的电话，谨防出现他打算离开这个国家的任何迹象。每次拉吉拨出一个电话或接到一个电话，B.J.康都会核查相关的电话号码。现在，他已经很了解拉吉的通信模式以及可能与之交谈的人。

10月15日的凌晨，B.J.康智能手机上的一条短信的声音惊醒了他。拉吉的电话线有动静。一开始，他真不想费劲爬起来去查看，那可是半夜时分，但他最终还是决定看看。B.J.康看到拉吉正在给女儿打电话。现在可是凌晨3:00。[12]此时给任何人打电话，都不正常！几乎是下意识，B.J.康开始穿衣服了；他确信这一天即将发生戏剧性的转变。他联系了海关和边防局（监控边境人员来往交通）。B.J.康被告知拉吉刚刚购买了一张机票，将于10月16日飞往伦敦。这触发了五级警报。B.J.康立即打电话给他的主管，通知他这个紧急情况。与此同时，他们一起设法唤醒了整个联邦调查局在纽约办公室的其他人。

B.J.康从他的房子里冲出来，赶往办公室。他几乎是飞一般地掠过新泽西高速公路，下车后飞跑到办公室。聚集的同事们一致认为，不能让拉吉坐上那架飞往伦敦的飞机。联邦调查局决定立即逮捕他及其几个同伙，不能冒让他们离开这个国家的风险——那将意味着他们得经历持续多年的引渡程序。联邦调查局急忙组织团队，执行逮捕行动。

早上6:00，[13]联邦调查局对东53街的部分区域进行了封锁警戒，一队特工直扑拉吉位于萨顿广场的那套复式公寓。几分钟后，B.J.康押着双手被铐的拉吉走了出来。

国王之死

圣安德鲁广场一号位于曼哈顿下城的联邦法院的后面,是一座厚重的混凝土低层建筑,在街道上看不到它,但这也许是好事。在这座大厦里,保安看起来很冷漠,地毯也太薄,几乎呈半透明状,而且,最好不要细看它的卫生间地板。但办公室的这种物理环境与在那里工作的人所拥有的权力形成的明显反差,可能是这种现状的部分原因所在。美国南部地区的检察官太重要了,也因此太傲慢了,以致他们不在意这些琐事。他们从事的是高层级的工作,拿到的工资却只有在律师事务所工作的一个零头。这种破旧的办公场所好像成了他们的骄傲之源!

在巴拉拉 8 月宣誓就职典礼后的八周,拉吉·拉贾拉特南就被捕了。这天下午,普利特·巴拉拉坐在他的办公桌前,眺望着窗外的东河,欣慰地感到自己终于实现了儿时的梦想:成为美国南部地区的新检察官。南部地区检察署办公室可以说是司法部最具声望和最有影响力的分支机构,负责起诉下述区域的联邦案件:曼哈顿、布朗克斯区和纽约州的其他地方,包括威斯切斯特县。由于地理位置之故，它平时办理的都是全国最大的案子，包括恐怖活动案、贩卖毒品案、有组织犯罪案以及最重大的金融犯罪案。当巴拉拉被突然卷入舆论的关注中心时，他还在努力让自己熟悉由该办公室200多名助理检察官起诉的几十个案件，如一名劫持一艘美国货船的索马里海盗的起诉案，还有一个曾被关押在关塔纳摩湾监狱的被拘者的案子。但此时，金融案件才是公众最关注的焦点。拉吉案已经引起了媒体的轰动！

此时，全国人民都在为应付金融危机的后遗症而苦苦挣扎，公众对华尔街的抵触情绪变得异常强烈。当被政府救助的美国国际集团和其他公司的交易员再次将8位数的奖金收入囊中之时，许多美国家庭正被赶出他们的家门。尽管内幕交易与金融危机没有直接联系，但这类案件还是居于巴拉拉所有优先事项之首。在拉吉被捕之前，内幕交易调查一直在悄悄向前推进，主要是由几名不知道姓名的政府雇员在推动。随着巴拉拉的任命，这些调查终于有了一个公开的面孔，一个不仅有政治野心，还是媒体宠儿的人，想把华尔街犯罪作为自己职业生涯打击的重点。他有资源来实现这一目标。人们有时把普利特·巴拉拉与鲁迪·朱利安尼相比。鲁迪·朱利安尼是前曼哈顿联邦检察官。他在20世纪80年代末指控迈克尔·米尔肯和伊凡·博斯基的案件中，为自己赢得了全国性的声誉。当然，这一历史事件并没有被新的美国检察官忘记。

在还是一个蹒跚学步孩子的时候，普利特·巴拉拉的父母就把他从印度带到了美国，在新泽西州的蒙茅县定居。就像之前的其他许多移民（如证券交易委员会的瓦德瓦）一样，他父母的此举也是为了摆脱印度国内的贫困和政治上的不确定性。巴拉拉看着自己的父亲通过努力，在美国获得行医资格，并在阿斯伯里公园开设了一家儿科诊所。他父母把所有的资源都投入到孩子的未来中去了。巴拉拉和他的兄弟，维尼特，被一所精英预科学校录取。巴拉拉的父母希望他们能在很小的时候就成为模范生。"如果你得了98分，"[1]巴拉拉谈起他的父亲说，"他想知道为什么你没有得到100分。"他父亲的计划是让兄弟俩成为医生，维尼特称他们的父亲是一个严厉的律己主义者。"学校、学习、成绩，"[2]他说，"这意味着异常激烈的竞争！"

高中毕业时，普利特被推荐为毕业典礼的演讲者，这是最优生的待遇。之后他去了哈佛大学（1986级），专修政府和政治理论。一些同学对他最深刻的印象是：他只在学习上花了那么一点时间，但学习成绩却是那么的好！他大部分的周末都在做两件事：和女朋友在一起（他女友是卫斯理学院的学生）；和他的朋友们一起进行由酒精刺激的政治辩论。从哈佛毕业后，他去了哥伦比亚大学法学院。在那里他修过审判实践课，该课是由地区法院法官迈克尔·穆凯西[3]亲授的——迈克尔后来成为乔治·布什总统的总检察长；就是这门课进一步激励巴拉拉成为一名检察官。[4] 2000年，他担任美国南方区的助理检察官，直到2005年转任参议员查尔斯·舒默的首席法律顾问。在此，他协助领导了针对布什总统解雇全国各地8名美国检察官事件的调查；巴拉拉参与揭露了这场政治清洗行动，最终导致2007年布什的总检察长阿尔伯特·冈萨雷斯的辞职。当奥巴马总统任命他领导南部地区时，巴拉拉正在担任舒默的首席法律顾问。巴拉拉宣誓就职的那天，《纽约时报》的头条是："舒默的助手被任命为美国联邦检察官。"[5]他不打算长期担任任何个人的"助手"。

当巴拉拉接手时，美国检察署办公室内外的律师们都感受到了氛围的变化。他有一种经常能释放出讽刺意味的酸性幽默，能引起媒体的持续关注。在巴拉拉的那些最近前任的领导下，过时的媒体运作方式几乎无法引起人们对检察署办公室的任何关注——这也是多年来那些前任们想要的。他们所做的工作和他们起诉的案件就足以说明。

巴拉拉采用了不同的方式。他聘请了一个专业媒体公关团队，负责宣传他的成就。而且，他时常召开新闻发布会，发表演讲。突然之间，媒体将会怎么评说某些具体案件，以及如何处理这些问题，开始慢慢进入办公室内部的讨论之中。在他所做的每一件事上，巴拉拉都很明确，他正在朝着更大的目标前进。

在拉吉被逮捕几小时后，巴拉拉举行了一个新闻发布会。电视台的摄影师在圣安德鲁广场一号一层门厅的后墙排满了一行，成排的折叠椅上坐满了在记事本上做记录的记者。很少看到这么多摄像机的巴拉拉，站在一个印有司法部印章的讲台上，宣布了一项"前所未有的"内幕交易案，涉及管理数十亿美元的对冲基金和一些向其泄密的公司内部人士。

"今天，我们对华尔街的欺诈行为采取了果断的行动。"巴拉拉说道，绿色的眼睛闪烁着内心的自信。他概述了对拉吉和其他五人提出的相关指控。"这些被告狼狈为奸，相互利用，"他停顿了一秒后说，"贪婪有时害人害己！"[6]

此时，迈克尔·斯坦伯格正坐在位于纽约曼哈顿办公室的交易室里，他简直不敢相信自己正在屏幕上阅读的内容。拉吉经营着一家价值数十亿美元的对冲基金，作为投资者和慈善家，他得到了广泛的尊重。2003年，拉吉的兄弟仁根甚至还在赛克资本工作过，[7]

但后来被科恩解雇。很难相信，联邦调查局会毫无预兆地出现在拉吉的家门口，愣是把他给铐走了！

此时，看到霍瓦特正走过他的办公室，斯坦伯格示意他进来。

"有什么事吗？"霍瓦特问，明显，他对这震惊整个城市股票交易界的新闻一无所知。

"今天早上拉吉被捕了。"斯坦伯格说。

霍瓦特试图保持面部的冷静，但内心却开始翻江倒海。

当他找到了退出的机会时，霍瓦特立即跑回了自己的办公桌，开始快速浏览有关逮捕的新闻报道。他必须马上和杰西·托尔托拉聊聊。如果有一个庞大的拉网正在搜猎的话，那么，他们"搏击俱乐部"的电子邮件肯定引起了一些监管机构的注意。此刻，赛克资本的办公室里频繁传播很多说法，议论着为何联邦调查局突然对内幕交易变得咄咄逼人。显然，证券交易委员会肯定也在做同样的事情。到目前为止，还没有这种调查范围的细节披露，人们只能猜测[8]谁在与政府合作。在那次被捕发生的几天后，霍瓦特、托尔托拉和山姆·艾当达奇斯在曼哈顿中城举行了一次紧急午餐会。他们决定停止使用电子邮件进行交流，改用电话会议方式。

此时，斯坦伯格似乎对霍瓦特变得越来越多疑了。"不要和那些你不真正相信的投资者交谈，"他对霍瓦特说，"有些电话通话已经被录音了，不少人正戴着窃听器到处跑。"

和往常一样，这时办公室外面的街道仍然充满了中心区来往车辆的嘈杂声，迈克尔·鲍威在摸出手机，回复一个来电。

"是谁？"他有点儿担心地回应道。

对于这位43岁的卡索维茨－本森律师事务所的律师来说，这几个月的日子很难过。拜维尔公司对赛克资本的诉讼已被驳回,[9]这是令人羞辱的事情。两年里,这一案件已经耗费了鲍威的大部分时间和精力。但更令人难堪的是,拜维尔公司自身就因会计问题而受到了严格的审计。

证券交易委员会指控该公司去年有欺诈行为,[10]指责该公司向投资者隐瞒了亏损。拜维尔公司同意支付 1000 万美元来了结此案。就此,鲍威因为接了这个案子,遭受了很多的谴责。现在看来,对冲基金对该公司的一些说法是正确的:它存在着欺诈行为。鲍威担心,在自己余下的职业生涯里,这个案子的阴影将挥之不去!

此时,鲍威正在接的电话来自帕特里夏·科恩(史蒂文·科恩的前妻)。鲍威已经几个月没有和她通过话了。他很疑惑她会有什么事找他。

她的声音听起来很兴奋。"有大事啦!"她对他说,"将会有一个指控史蒂文的组织诈骗案。"

自从三年前他们第一次通话以来,帕特里夏一直忙于对她前夫的活动进行调查,这与联邦调查局的做法出奇地一致。显然,她的目的是让科恩付出代价。

帕特里夏的那些孩子都已经长大,这个项目给她注入了一种新的使命感。2006 年,她向美国证交会提交了一份依据《信息自由法》的申请,要求得到 20 世纪 80 年代中期与通用电气公司收购无线电公司案相关的内幕交易调查档案。她拿到了一份科恩的证词文档。在此,史蒂文采取了美国宪法第五项修正案的主张,拒绝回答证券交易委员会的任何问题。她不知道该委员会的调查已经到了什么程度。她还打电话给科恩在格兰特尔的几位前同事,设法更清楚地了解他在他们婚姻存续期赚了多少钱,以及他拿这些钱做了些什么。

在阅读美国证券交易委员会关于科恩的档案时，[11] 她偶然发现文中提及法庭从数据库中检索出的一个 1987 年的旧案文件。这可能是另一个线索。

帕特里夏不知道的是，科恩曾在 20 世纪 80 年代和人合伙做过一笔房地产交易，就此，他起诉过他以前的朋友兼房地产律师布列特·卢里。在他们离婚时，科恩声称与卢里一起做的房地产投资已经不具有任何价值了，从而大大减少了他给帕特里夏的钱。很明显，在结案之前，科恩和卢里之间经历过一场漫长而激烈的诉讼。最后，卢里破产，成了一文不名的人。[12]

帕特里夏对她所读的东西感到惊讶。在她看来，史蒂文显然是背着她隐藏了资产。与此同时，她对他对待卢里的方式感到震惊，因为卢里可是他以前的朋友。此外，帕特里夏还发现了一系列她原来不知道的其他账户和抵押贷款的清单。

在她打电话给鲍威的几周后，帕特里夏起诉了科恩、赛克资本和科恩的兄弟唐纳德，指控他们违反了《反欺诈及受贿组织法》的相关规定，在许多年里合伙同谋欺骗了她。她把她发现的所有东西都放到了她的诉状里，包括她对科恩以前格兰特尔同事的访谈记录、卢里的那笔糟糕的房地产交易，还有她从美国证券交易委员会获得的相关文件副本。她声称，她前夫曾经承认，他关于美国无线电公司的那笔交易是基于内幕信息做的，消息来自他在沃顿商学院时的好友布鲁斯·纽伯格，后者曾在德崇证券为迈克尔·米尔肯做交易员，直到他被指控证券欺诈为止。她声称，纽伯格是从另一位叫丹尼斯·莱文的德崇证券高管那里得到的这个信息；这名高管后来也被判有罪。《反欺诈及受贿组织法》是一项 1970 年通过的联邦法案，专门针对有组织的犯罪。帕特里夏用它来指控婚姻欺诈。在她的诉讼中，她要求被告赔偿 3 亿美元。[13] 这可是一颗重磅炸弹！科恩极力否认这些指控。

鲍威一边读着这份诉状，一边摇头。他仍然不敢相信，科恩宁可选择和前妻缠斗，也不愿意给她一些钱了事。

通过这样或那样的方式参与了 bapi 药物试验的人，总共有几十人，包括制药公司的高管、董事会成员、律师、银行家、做投资者关系的公关人员和医生。这些人就是所谓的内部人士，他们是宜兰公司和其他公司的员工，可以接触到严格保密的非公开信息，如有关这个产品研发进展的各种细节。

查尔斯·黎里打算追查他们。他不在乎这会花多长时间。为此，他需要先弄清楚都有谁可能向赛克资本的谁泄露了试验结果。

2009 年年底，黎里开始申请传票，查阅每一位内部人士的电话记录。然后，他仔细地审阅这些记录，试图找出谁与投资界的人有联系。在尼尔·亨德曼（一位专门分析电话数据的证券交易委员会调查人员）的帮助下，他制作了一份相关的 Excel 清单，相关内容很快就膨胀到了几十页。

黎里的童年生活经历，为他现在的工作打下了坚实的基础。他是一名护士和一名战斗机飞行员的儿子 [14]（他爸爸曾在越南开 C-130 运输机），而且，他在北达科的成长经历，就像一部电影。在黎里六岁的时候，他父亲在一次飞行训练中丧生；他母亲独自抚养四个孩子，引导他们信奉天主教，教育他们要努力工作和自我约束。黎里在去密西根法学院之前，曾在耶鲁大学练过田径，并在艾金－阿甘律师事务所担任过律师助理。他哥哥上的是约翰－霍普金斯大学医学院；他弟弟追寻父亲的足迹，做了一名飞行员；黎里觉得他有很多的目标要去实现。自 2008 年加入证券交易委员会以来，他就以努力工作和坚持原则而闻名。他所做的每一件事情，哪怕是非常小的任务，黎里都严格按照要求做。

此刻，当黎里眯着眼看他计算机屏幕的名单时，有两个名字吸引了他的注意力，而且，他们两人都是医生。其中一个是西德尼·吉尔曼——2008 年 7 月那次医疗会议，宜兰股和惠氏股暴跌信息的介绍人。另一个是乔尔·罗斯，参与那次临床试验的临床调研员之一。从罗斯的电话记录来看，黎里和亨德曼发现，他与一个拥有赛克资本电话号码的人，进行了大量的通话。不过，这些记录并没有表明电话另一端讲话的是赛克资本的哪一位投资组合经理或交易员。黎里开始把这个来自赛克资本的神秘号码与证券交易委员会数据库里赛克资本其他雇员的电话号进行交叉核对。他还通过谷歌不停地搜索，然后，再把搜到的相关电话号码通过这个电话列表进行比较核对。这可是好多个小时单调乏味的工作。

这个交易员到底是谁呢？这个问题一直困扰着黎里。但肯定有一种方法能找出答案。

当证券交易委员会正在收集更多关于宜兰股和惠氏股交易的细节时，马修·马特莫正在赛克资本努力重复他那惊人的业绩。他对阿尔茨海默病药品押注的运作，绝对是那种一生一遇的大作。随后，自然就是如影随形的严重业绩焦虑症。虽然马特莫那年获得了938 万美元的巨额奖金，[15] 但要想再次找到这种规模的成功机会，并非易事。

科恩急切地想知道他的 bapi 交易能否复制。马特莫有可能成为该公司最具价值的投资组合经理之一，可升至每年能为科恩提供交易想法的那些人的行列。感受到同事热切期望的马特莫，提出了一个能与 bapi 同样具有丰厚利润的投资想法。

2010 年，他找到了加州一家生物技术创业公司英特缪恩（Inter-Mune），但它当时在市场上一个产品也没有。该公司此时的确有一种正在研发的药物，叫作 Esbriet。它是用来治疗肺部纤维化的，这种疾病在美国正折磨着大约 10 万人。

对英特缪恩的投资几乎完全是押注 Esbriet，看它是否能获得食品及药品管理局（FDA）的上市批准。[16] 虽然当时该药还处在临床试验阶段，但相关的市场炒作已是铺天盖地了。分析人士纷纷预测，如果药物有效，该药的年销售额将达到 10 亿美元。

此时，马特莫积极地向科恩推荐英特缪恩公司的股票。截至 4 月底，赛克资本和科恩已经积累了近 450 万股 [17] 英特缪恩的股份。在 5 月 4 日，药品管理局宣布 Esbriet 没有通过核准，它的影响不仅是立竿见影的，而且，是毁灭性的！

在前一天晚上，该股的价格还是以 45 美元收盘，但由于对冲基金的恐慌抛售，该股价格在消息公布后的第二天早上暴跌至每股 9 美元。此刻，科恩拥有该公司 8% 以上的股份。这可是一场能终结任何一个交易员职业生涯的灾难！

在把所有损失累加之后，科恩与他的高级副手会面，讨论如何处理马特莫。马特莫这次触及了"止损线"，即他管理的投资组合能够承受的最大损失（一旦触碰，系统就会自动终止该交易员的交易资格）。

马特莫有良好的商誉储备，因为他在 2008 年给公司带来了难以置信的利润。那年若不是他的贡献，那会是赛克资本的大灾之年。

赛克资本的首席风险官戴维·阿特拉斯认为他们应该立即解雇

他；汤姆·康尼内和所罗门·库明（他招募的马特莫）认为他们应该让他留下来，再给他一次机会。他们最终说服了阿特拉斯。科恩同意再给马特莫一次机会。但他说得很清楚，下不为例。

马特莫听到这个消息欣喜若狂，随即写了一封热情洋溢的邮件给科恩。"我想再次感谢您上周的决定，"信的开头写道，"我意识到，对我的处理结果本应不是这样的。显然，要恢复您对我的方法、业绩和风险管理的信心，我还有很长的路要走。我将尽我所能迅速恢复您对我的信心。"

他接着解释说，就那个敏感的问题，他事后"盘问过"英特缪恩公司的首席执行官，后者解释说，美国食品药品监管局的决定是在最后一刻才向"负面的方向"倾斜的，这是一名高级官员进行的某种不寻常干预的结果。

"赛克资本对我来说是一个特别的地方，"马特莫继续写道，"在过去的30多年里，我曾在哈佛大学、斯坦福大学和杜克大学读过研究生和本科生课程；建立和出售了我自己的医疗保健公司；有过各种各样的经历，做过联邦政府资助的最大的科学研究项目的主任。换言之，在进入赛克资本之前，我就有很多各种的经历。所有这些使我明白，赛克资本就是一个适合我的地方……我希望公司以外的人也能够意识到这个地方是多么的鼓舞人心。"他接着说："本周发生的事件让我非常失望，但我相信，这只是我在前进路上的一个挫折。我还能为公司做出许多贡献，我很感激您给了我一个证明自己的机会。此致敬礼，马特莫。"

他那些小心的奉承之举并没有什么作用。他很快了解到，赛克资本的制度设计是怎样惩罚那些为公司带来损失的投资组合经理的：公司减少了他可以投资的资本，这使得他更难以弥补自己所造成的损失了；这就好像形成了一个恶性的漩涡，几乎不可能挣脱出来。很快，马特莫再次触及了他可以损失的极限金额！

最终，在2010年5月，阿特拉斯再次建议解雇马特莫。这一次，康尼内总裁同意了。康尼内辩解道，马特莫是一个"一次性消耗品"。赛克资本也有很多其他的投资组合经理，他们也在做马特莫所做的事情，只是他们发挥得更稳定，没有带来任何大的损失。

康尼内还指出，除了bapi交易，马特莫几乎在他的四年里，没有提出过任何其他有盈利的想法。在一封写给科恩的电子邮件中，康尼内形容道："宜兰之后，他真是黔驴技穷了！"

2010年11月19日周五，晚上10:00过后，《华尔街日报》在其网站上发表了一篇文章（第二天早上就会出现在报纸上），标题写道"美国政府正在侦查庞大的内幕交易"。这读起来好像内容会充满警匪惊悚片的剧情。

"知情人士称，美国联邦当局已经悄悄进行了一项为期3年的调查，[18] 正在全国范围设法诱捕相关顾问、投资银行家、对冲基金和共同基金的交易员和分析师，目前正准备进行有关内幕交易的指控，"文章的开头写道，"联邦当局表示，如果这些调查见效，就有可能揭露美国金融市场普遍存在的内幕交易文化，包括特定行业或公司的相关专家，将非公开信息泄露到交易员手里的内幕交易案件。"

在这篇文章中，有一些令人震惊的关于联邦调查局和美国证券交易委员会所做事情的细节（直到文章发布的前一刻，这些信息还都是完全保密的）。它将专家网络公司第一环球研究公司（PGR）确定为调查的主要目标之一。它还提到了一些政府正在关注的药品公司。文章报道称，理查德·格罗丁，C. B. 李在赛克资本的前上司，已经收到了传票。

对政府主管部门来说，这不啻是一场毁灭性的泄密事件，将改变整个调查的进程。华尔街现在已经惊愕地注意到，司法部正在开展一场比任何人的预想都要大得多的战役。拉吉·拉贾拉特南的那个案子仅仅是开始。

一位名叫唐纳德·朗奎伊尔的前赛克资本投资组合经理，对这个事件做出了特别警觉的反应。今年4月，他因表现不佳而被赛克资本解雇，目前，正在设法寻找另一份高薪的对冲基金工作。而且，此时离他的婚礼只有三周的时间。但无论如何，现在他必须处理这件事了。

朗奎伊尔有一种非常强烈的竞争意识，他把这种心态带入他的工作中。他身材瘦高，剃着光头，大部分自由时间都花在自行车比赛里。他还是个冬季运动爱好者，在美国东北大学毕业后，他还曾试图加入2002年的美国奥运短道速滑队。2008年，他加入赛克资本，成为一名技术类股票的投资组合经理。在那期间，他与波士顿的另一个赛克资本投资组合经理诺阿·弗里曼成朋友。[19]后者是哈佛大学毕业生，他们相识于一场海湾州际速滑俱乐部的比赛。两人都刚30出头，都痴迷于赢得各种相关赛事。弗里曼想赢的愿望格外强烈，[20]甚至置运动员的职业道德于不顾，曾被一个叫作"团队精神"的铁人三项小组踢了出去。

与未婚妻在曼哈顿的家中，他又读了一遍这篇文章。就好像这篇文章讲述的就是关于他和他对冲基金朋友的那些事情。此时，他看着他的未婚妻，怀疑自己的生活是否即将崩溃。而且，时至今日，他还是不敢相信这么优秀的女孩即将嫁给他。

除了金发碧眼和几乎完美的面容之外，她还有普林斯顿大学的生物学学位、沃顿商学院的MBA学位（还曾是那里的一个有竞争力的赛艇运动员）。现在，她在波士顿咨询公司有了一份很好的工作。此外，弗里曼将会是朗奎伊尔的新婚伴郎。

在华尔街的 8 年里，朗奎伊尔建立了一个广泛的信息源网络，包括苹果公司和德州仪器公司的信源。他引诱他们的手段是吃昂贵的晚餐和玩高尔夫，以及偶尔的脱衣舞俱乐部之夜。接着，这些信源就会向他提供他在赛克资本交易所需的各种内幕信息。

因拥有如此之多的信源，他被迫成为一个勤奋地记笔记的人。他会记下每一次谈话的细节，以便随时间的推移有效地判断信息的质量。他和弗里曼共同分享这些信息并据此做交易，同时，还有另一个分享者——他们共同的朋友萨米尔·巴瑞，一个小型对冲基金的经理。

不过，尽管有了这些额外的帮助，但朗奎伊尔在赛克资本的境况还是很艰难。他曾经抱怨说，即使有了那些欺骗行为相助，但你仍然不能赚到那么多钱，市场竞争太激烈了。结果，他还是被科恩解雇了。

此时，朗奎伊尔瞪着他卧室桌子上的 USB 硬盘。他和弗里曼给它的昵称是"航海日志"。[21] 硬盘内含的都是他的那些信源记录。此时，它似乎是在嘲弄他，说："你完蛋了！"

朗奎伊尔拿起了 USB 硬盘和其他两个外接硬盘（用来储存他与弗里曼和巴瑞交流信息的笔记）。一直以来，他都小心翼翼，从来没在他赛克资本的计算机上保存任何非法信息，也从来没有在他的工作邮件中写任何可能入罪的事情。

他所有问题交易的往来信息都是通过他笔记本电脑上的一个Gmail 代号账户[22] 进行的，所有的笔记都保存在了外接硬盘上。他的大部分即时聊天都是通过 Skype 来完成的，[23] 他确信这是一种无法被窃听的通信工具。

他在自己的公寓四处翻找，最后找到一把老虎钳。他用这把钳子把 USB 硬盘和外设硬盘拆开，并把它们分解成小块。然后，他把这些小块分别装进四个拉链袋。随后，他把这些袋子塞进他的北面牌夹克的口袋里，并走向他的未婚妻。

"我们出去走走吧。"他说。

在 11 月 20 日周六凌晨 1:52，视频监控录像捕捉到了他们匆忙穿过公寓大楼的大厅，通过门卫，走过一条两侧排列着竹子的优雅的石板人行道。随即，他们拐过隔壁的华人餐馆，然后，又游走了一个街区。此时，实际上，朗奎伊尔是在寻找绕街行驶的垃圾车。当他看到一个垃圾车的时候，就把其中一个袋子扔进垃圾车的后备厢。在 30 分钟的时间里，他就把这些袋子分别扔到四辆不同的垃圾车上。每当他扔一个硬盘碎片袋时，他就想知道如果联邦调查局发现了它们，将会有什么样的结果。也许把它们扔到东河会更好？但有一点他很确定：它们被损坏了，即使出现了某种神奇的情况，联邦调查局拿到了它们，也无法读取其中的数据。⊖

他们直到凌晨 2:30 才回到家中。[24] 一切有关他犯罪的东西都消失了，他感觉轻松了很多！

就在当晚，萨米尔·巴瑞，朗奎伊尔的朋友和巴瑞资本的创始人，也读了《华尔街日报》的同一篇文章，也产生了类似的恐慌。在 39 岁的时候，巴瑞在华尔街凭借其纯粹的努力取得了成功。他有严重的听力障碍，在他年轻时，没人认为他将来会有多大出息。无论是在纽约大学，还是在哈佛商学院，他都是坐在前排，靠读教授的唇语，拿下了学位。

在他的小型对冲基金中，他一直在大量地从事基于内幕信息的

⊖ 朗奎伊尔的未婚妻没有受到任何不当行为的指控。

交易；任何为他工作的人都会很快会发现这一点，因为他要求他们也能得到内幕消息。巴瑞和朗奎伊尔已经发展出了一段亲密且有点下流的友谊，[25] 他们会在弗里曼的背后说他的俏皮话；每当想到他和各种提供内幕信息的女性性爱的场景，就大笑不止，甚至开玩笑地说他是"犹太人"。（与此同时，巴瑞的绰号是"印度教徒"，而朗奎伊尔则是"天主教徒"。）

的确，政府对第一环球研究公司调查的消息是在他处境最糟糕的时候出现的。此时的巴瑞已经被他正在进行的、越来越丑恶的离婚案[26] 弄得心烦意乱，同时，他还是一个第一环球研究公司的忠实用户，也是该公司首席财务官的亲密朋友。通常，巴瑞从各种各样的奇怪人物那里获取信息。一位名为"道格·芒罗"的顾问（绰号"10k"）经营着一家名为"全球市场研究"的公司。芒罗有一个雅虎的电子邮件账户，名称是 JUICYLUCY_XXX@yahoo.com，在这个邮箱里，芒罗把他撰写的包含思科和其他公司内幕信息的电子邮件，放在"草稿"文件夹中。按理说，这样就不会留下邮件来往的痕迹。巴瑞每月付给他大约 8000 美元，而弗里曼也给他钱；作为回报，这两者都有那个电子邮件账户的密码。每当有新东西出现时，芒罗就给巴瑞他们发一封电子邮件："露西来性情了！"然后，这些男人就会登录并阅读里面的内容。

对大多数信源，巴瑞、弗里曼和朗奎伊尔都会给他们起个宠物名字。"cha-ching"是他们在英特尔的伙伴；"Saigon"是他们获取国家半导体内幕信息的顾问。他们最好的信源是温尼弗雷德·嘉钰，她的绰号是"Winnie the Pooh"和"Poohster"。这是一个有点疯疯癫癫的女人。

嘉钰有斯坦福大学统计学学位，曾在台积电工作，在整个硅谷都有朋友，但她的"朋友"定义很宽泛。通过专家网络公司第一环球研究公司的特殊安排，可以获得与Poohster沟通的机会，该公司向她支付每月1万美元的固定费用，她负责通过一个私密网络与一群精选的客户交流。

嘉钰一直缠着第一环球研究公司谈她的报酬问题，表现出决绝和偏执，仿佛她永远不会得到下一张支票一样。她把公司内部的内线称为"厨师"，经常威胁巴瑞和弗里曼说，他们要罢工了。"没有甜头的话，厨师们就不会理我了！"她有时会歇斯底里地尖叫道。在一次特别有价值的会议之后，她又向一家奶酪蛋糕工厂索要了500美元的礼券——巴瑞和弗里曼每月都会给她现金。另一次，在嘉钰的要求下，弗里曼叫他的秘书把12只活龙虾快递给这个喜怒无常的信源。但这些龙虾却最终死在了位于加州的联邦快递办公室，因为她懒得费力去取。

嘉钰能这么大牌的原因是，她是一个很好的信源。她的信息是他们所有信源里最有价值的。巴瑞、弗里曼和朗奎伊尔都喜欢交易美满科技和英伟达的股票，因为这两家半导体公司股票的交易价格波动性很大。她能够提供它们的收入、毛利率、利润等数字，而且，能精确到小数点。总之，她给他们提供了他们生存所需之物。

由于巴瑞的听力问题，他让他的研究分析师，38岁的贾森·普弗劳姆，秘密地分听并记录他所有的通话。普弗劳姆对嘉钰是谁，知之甚少。[27] 但是他会即时分听她的电话，并向他的老板发送即时信息，转述她说的是什么，以便巴瑞可以跟上与她的谈话。普弗劳姆还做了大量的笔记，这样巴瑞随后可以回头查看这些信息，因为他此前会错过很多细节。

"你的信源是谁？"有一次，巴瑞难以置信地向嘉钰提出了这样的问题。

"你不应该问这个问题！"[28]嘉钰坚定地回复说。

读着《华尔街日报》的文章，巴瑞的脑子里充满了各种假设场景和关于他应该如何将自己从刑事被告的危机中解脱出来的问题。

他给普弗劳姆发了一条即时消息："你看到《华尔街日报》关于第一环球研究公司的文章了吗？"巴瑞引用了该报道的一段话："调查的关键部分是在最后阶段……联邦陪审团已经聆听了相关证据。"他说："这篇文章他已经读了10次。"

"嗨，这是另一篇路透社的文章，"几分钟后，他在看了一篇后续贴出的新闻报道之后，又写道，"据说，这个领域都在聚焦于所谓的专家网络公司的使用……多年来，市场担心的是一些专家可能会把未公开的信息泄露给交易员。至此，第一环球研究公司是唯一被点名的专家网络公司！"

然后，过了一分钟，又写道："真糟糟糟糕！"[29]

他的下一个行动是命令普弗劳姆删除他黑莓手机上的所有信息。

第二天早上，普弗劳姆给巴瑞发了一条信息。"是的。已经都删了。昨晚没睡好。你认为我们还需要做些什么？"

"我不知道，"巴瑞写道，"我想我们应该没啥大问题了。我想你就径直去办公室，尽可能地把所有相关的纸质文档都给粉碎掉。将所有的电子数据文件转到一个加密的硬盘里。"他告诉普弗劳姆，要把他所有与第一环球研究公司高管来往的电子邮件都删除掉。实际上，巴瑞并没有等着普弗劳姆去销毁那些证据，而是自己立即冲到第三大道第46街的办公室，把他能拿到的一切相关文件都粉碎了。然后，他才驱车回家。

当巴瑞在恐慌中四处奔走之时，他开始想到一种在这场灾难中存活下来的方式。也许他们找不到控告他的任何证据，是的，他曾与他人交谈过，但，这并不违法。他会聘请律师，出最高的价钱，他无论如何也不会屈服。政府官员必须证明他利用内幕信息进行了交易——这并非易事！他告诉自己，他用的投资依据是"马赛克理论"。这是一种分析股票的方法，需要收集公司运营的各种不同的公开信息，并将它们整合在一起，构建一个有关公司的"马赛克"。实际上，这是一个由来已久的抗辩论点，交易员常常用它来驳斥检方认定的内幕交易。巴瑞告诉自己，每个人都这么做。这没什么错。

为了安全起见，他指示普弗劳姆在周日晚上把他的笔记本电脑放在他的门卫那里，这样巴瑞就可以把它拿过来，做一个"防御性删除"——一种无法恢复的硬盘删除。在拿到了那台电脑之后，巴瑞把它带到其未婚妻的公寓。在那里，他把所有的笔记都复制到他刚刚购买的 U 盘里，然后，他打算把那台计算机的内容清零。他花了整个晚上从网上下载应该能帮他永久性抹去一切文件的软件，但他始终无法使这款软件运行起来！

周六早上，当人们从上东区大厦的门垫上捡起这份报纸的印刷版时，普弗劳姆在他公寓附近的街道上见到了 B. J. 康。普弗劳姆已经与联邦调查局合作一个月了。他向 B. J. 康展示了其黑莓手机前一天晚上与巴瑞来往的信息。这位联邦特工拍下了所有来往信息的照片，[30] 包括要他销毁文件和删除电子邮件的指令。

当这位特工读到巴瑞前晚的那条"真糟糟糟糕！"信息时，他也有同样的急火攻心之感。华尔街的那些人很可能都在摧毁他们的硬盘。联邦调查局得赶紧做点什么！

奥卡姆剃刀

2010 年 11 月 22 日，星期一的清晨，《华尔街日报》引爆了周末那个疯狂的证据销毁浪潮的两天后，在康涅狄格州斯坦福德市中心的 1 号地标广场（一栋办公楼）外，停下来一串没有任何标记的汽车。这些车里坐着十几名联邦特工。

此时，特工戴维·马科尔在一个街区之外。他拿出手机，拨了一个号码。

在办公楼里，一个电话铃响了。

"你好！"一个男人回应道。

马科尔介绍自己是联邦调查局的特工。"我们知道你已经参与了内幕交易，"他说，"以后还有很多事情会被抖搂出来，这会影响你和你的家人。你的生活将会从此变得异样。"

马科尔继续说，他们的调查集中于专家网络，他们希望这个男士能够与其合作。当这个人想得到更多信息时，马科尔说他不能更具体了。"我们就在麦当劳的隔壁，"他说，"如果你想下来跟我们聊聊，那就太好了！"

那个男士不知道该怎么办，吓得说不出话来。他告诉马科尔他需要考虑一下。

马科尔说他们没有太多时间等待。

该名男士叫托德·纽曼，45岁，对冲基金"响尾蛇资本"的投资组合经理。他挂断电话，跑过一个楼层，到了"响尾蛇"的法律总顾问室。他将整个对话过程向公司的法律顾问及首席运营官约翰·哈格蒂做了转述。

"你有没有做过什么？"哈格蒂盯着纽曼的眼睛，问道。哈格蒂只在这个岗位上工作了三个月。有那么一刹那，哈格蒂怀疑纽曼是否携有窃听器之类的东西，因为这种情况真的是太突然、太奇怪了！此时的纽曼一脸的惊恐！

不，纽曼说，他什么也没做。"我会过去和他们谈谈。我没有什么要隐藏的。"

"我不知道你是否真想这样做。"哈格蒂说。

"我想我需要一个律师。"纽曼说。公司的法律顾问立刻给出了他知道的几个律师名字；纽曼决定去处在街头那位的办公室。令人难以置信的是，在这个街区布满了联邦调查局特工的情况下，他竟然在没人注意的情况下，走出了建筑物的前门！

当纽曼沿着街道疾走时，其办公楼的电梯门在14层，"响尾蛇基金"接待处外面打开了，一群联邦调查局穿着防弹背心的特工分散冲了出来。

这个时刻好像是在电影拍摄场地，应该有一个拿着扩音器的男人跳出来，大喊一声"停"，然后，一切就会恢复到正常状态。换言之，这些特工似乎应该冲入一个恐怖分子的藏身之处，而不是一个充满敲打键盘的沃顿商学院毕业生的办公室。

"联邦调查局的!"他们喊道,亮了一下他们的徽章。

吓呆了的接待员和交易员都坐在各自的椅子上,不知如何是好!特工们站在一排排办公桌之间,命令人们离开他们各自的计算机。哈格蒂目瞪口呆地看着特工们从那些计算机中取出了文档和硬盘。哈格蒂的父亲曾经在纽约市做了27年的警察,他的兄弟也是联邦调查局的一名特工,曾经协助逮捕了约翰·戈蒂。他在金融界工作了15年以上,但他从来没有想过自己会受雇于一家会受联邦特工突袭搜查的公司。他要求这些特工出示搜查令的副本。

实际上,政府追查赛克资本的谣言一直在对冲基金界流传;哈格蒂知道响尾蛇资本和赛克资本联系密切。

响尾蛇资本的创始人拉里·萨班斯基和理查德·席默尔,在2005年出来创建自己的基金之前,曾是史蒂文·科恩的两位最成功的交易员。当他们告诉科恩,他们将离开赛克资本创建自己的基金时,科恩威胁要摧毁他们的基金。在科恩眼里,他们当初为自己工作时,一文不值,现在竟敢做他的生意对手?更糟糕的是,席默尔已经娶了科恩的妹妹温迪,这就使得这个婚姻显得相当的尴尬。此外,还有一些"响尾蛇"的其他关键员工也来自赛克资本。所以,如果你想要一个科恩公司的化身,"响尾蛇资本"就是最佳之选。

在调查的这个阶段,突袭搜查对冲基金并非联邦调查局的本意。这都是极端的措施,但马科尔没有其他更好的选择。

在"响尾蛇资本"的硬盘正被联邦特工拿出大门之时,戴维·甘内克正开车进入卡内基音乐厅街对面的"水平国际"的办公室(这是他离开赛克资本后创立的对冲基金)。[1]当他快到时,发现他的五名员工在街上徘徊。他们有的吸烟,还有的不吸烟,但看起来都很紧张!

"发生了什么事?"甘内克问。

"我们遭到了突袭搜查,"有人说,"联邦调查局的人在楼上。"

"什么?"甘内克机械地回应道。此时,他脑海里闪过一部他最近看过的关于美国驻德黑兰大使馆遭困的电影:当伊朗暴徒在极力砸开大门之际,使馆工作人员则在疯狂地粉碎各种文档。当他想到这个"突袭"一词时,闪现于大脑的就是这种情形。

他打电话给他的总法律顾问,后者劝他不要进去。律师说,办公室里挤满了联邦特工,他们持有一份在周末获得的由法官签署的搜查令。[2]

甘内克周末阅读了《华尔街日报》的那篇文章。他是在曼哈顿社交场合定期露脸的人,住在公园大道一套价值 1900 万美元的顶层公寓,而且,还是古根海姆博物馆的受托人。那个星期六晚上,[3]他参加了一位华尔街著名人物孩子的成人礼;到场的每个人都在谈论这个调查事件。就在 36 小时后,他的办公室就进了十几名联邦特工,收缴手机、笔记本式计算机和记事本,并复制了公司服务器的内容,[4]用于后续分析。

这就像一场噩梦。就在几个月前的 3 月底,他还达成了一项交易,[5]向高盛出售其 40 亿美元基金的 15% 股权。"水平国际"是他毕生之作啊!

看着他的员工在人行道上徘徊等候,甘内克深深地叹了一口气。随后,他只得调头离去。

12 月初,在"响尾蛇"和"水平国际"被搜查后的几周内,唐纳德·朗奎伊尔仍然感到不安全。在弄碎硬盘之后,他希望自己已经销毁了任何可能证明他违法交易的证据。不过，他告诉他的朋友诺阿·弗里曼，他们应该从现在开始只通过 Skype 进行沟通。

自从去年 1 月被赛克资本除名以来，弗里曼试图彻底改变自己的生活。[6] 他有妻子和一个小女儿，正试图成为一个亲力亲为、随叫随到的父亲。他在波士顿的温莎（私立女子）学院开始教授经济学。他会怀念过往那些日子所能挣到的钱，但现在的感觉更好！

一天下午，当他正在穿越绿树成荫的校园时，弗里曼注意到一名男子正在自己的车旁等他。"我想和你谈谈。"B. J. 康说。后者邀请弗里曼进入他的车里，进行私密交谈。当弗里曼爬进车时，B. J. 康已经准备好投出他的手榴弹。弗里曼尴尬地坐在那里，他的脊柱就像木板一样僵硬；B. J. 康播放了一个电话录音片段，听起来像是弗里曼通过电话与他的专家网络顾问维尼·嘉钰交谈。B. J. 康让这个电话录音来做开场白。随后，他建议弗里曼与联邦调查局合作，这样能帮到他自己。当弗里曼在赛克资本管理 3 亿美元的资金时，他是 PGR 专家的高频用户。此时，他知道自己陷入了麻烦。

B. J. 康告诉他："最好是成为第一个合作者。"

几天后的 12 月 16 日，弗里曼与两名律师抵达圣安德鲁广场 1 号。他们和 B. J. 康及两个检察官阿维·威茨曼与戴维·雷博维茨坐了下来。弗里曼同意与他们谈话，但这俩检察官还不知道将会得到什么。B. J. 康首先询问了弗里曼的个人背景情况，记下了弗里曼的妻子和他在几个不同工作中所共事的不同分析师的名字。然后，弗里曼开始披露他在一些公司的信源（如在思科系统公司、飞兆半导体公司和博通公司等），从每家公司所得到的信息和他如何小心翼翼地将其安全地保存起来。在他牵扯到他最好的朋友朗奎伊尔之前，他几乎没有任何犹豫。

弗里曼讲述了他和朗奎伊尔（弗里曼昵称为"Long Dong"的人）在赛克资本时，如何联手获得非公开信息，并彼此分享的事。弗里曼说，朗奎伊尔曾经利用内部信息为自己的个人账户和工作账户进行交易。弗里曼与联邦调查局的合作协议，要求他报告他所知道的有关自己或任何其他人犯下的任何罪行的信息，即使它们与证券欺诈无关。弗里曼对 B. J. 康说，他偶尔也抽大麻，并给出了向他销售大麻者的名字。弗里曼还透露自己在铁人三项赛中作弊，往自己的血管里注射了红细胞生成素（EPO）。[7]

威茨曼有三年起诉有组织犯罪案件的工作经验。最为戏剧性的是一起阿尔巴尼亚族暴徒的谋杀案：在错误地断定自己最好的朋友正在行线人之事后，两名兄弟杀害了他，然后，将枪扔在维拉泽诺桥下的海湾中。尽管参与这类案件的人常常犯有骇人听闻的罪行（如谋杀、敲诈和对弱势群体进行盗窃等），但威茨曼观察到，他们的基本行为规范是不能背叛自己的朋友和家人。这种忠诚的纽带极其坚韧。

相比之下，在华尔街的案子里，人们在几乎没有压力之时，就相互背叛。根本就没有任何规矩可言，只有共享赚钱的欲望。无疑，弗里曼就是这种类型的人。尽管是朗奎伊尔婚礼的伴郎，但弗里曼在出卖朗奎伊尔时，几乎没有任何犹豫！

B. J. 康开始向弗里曼询问赛克资本的工作环境。弗里曼说，在赛克资本，有四种方式与科恩进行沟通：面晤、电话、电子邮件和每周五的有关投资组合内容的书面汇报。弗里曼还回忆了，与其他赛克资本投资组合经理分享内幕信息的情况。他还想起了有一次，科恩（他从自己的办公桌可以看到科恩的办公桌）在接一个电话时变得兴奋起来。在挂断这个电话后，他宣布要做金融股的多头，也就是购买银行股。鉴于当时正处于金融危机的中段，弗里曼认为这似乎是一个无知无畏，甚至可能是自杀的举动。接下来的星期六，房利美和房地美都被国有化了！此时，弗里曼不得不认为，科恩应该是事先知道了将要发生的事情。与许多其他 B. J. 康听到的故事一样，这个也非常吸引人，但还不足以坐实一个案子。

B. J. 康在桌子上俯过身去，盯着他。

"史蒂文想要你做什么？"他问。

"我们应该做的是向史蒂文提供最好的交易想法，"弗里曼毫不犹豫地说，"我明白，这涉及给他内幕信息。"[8] 弗里曼确信，这并非他一个人的理解。

弗里曼离开后，检察官跑到老板的办公室，汇报最新情况。他们说，赛克资本内部肯定有内幕交易，现在终于有证人作证了！有了弗里曼的见证，他们认为自己有足够确凿的证据来直接向赛克资本提起诉讼。曼哈顿美国检察署的证券负责人在其文件夹上写下"调查对象：赛克资本"。

赛克资本自身终于正式成为调查对象了！

威茨曼要 B. J. 康把所有提到科恩或赛克资本的访谈笔记发送给他。这些笔记是联邦调查局特工撰写的与证人谈话的记录，但这些特工的文字能力是无法恭维的。几个小时之后，两个 4 英寸○厚装满相关笔记的文件夹，就放在了威茨曼的办公桌上。他急不可耐地读了起来。

他立即惊讶于有这么多采访对象说，他们看到科恩正在做内幕交易，或者赛克资本的工作人员在科恩知情之下也在做内幕交

○　1 英寸 = 0.0254 米。

易。但与此同时，几乎又没有什么确凿的证据能够支持他们的这种指控。这家公司的内幕交易显然是一种文化，而且，对正在发生的这种事情，该公司还有强大的保护机制罩住了科恩。下属向科恩的投资组合提供内幕消息的方式，是通过使用数字化的"信心评级"，来表达他们对所提供内幕消息的价值的肯定程度。这意味着科恩是绝缘的！

几天之后，当 B. J. 康给弗里曼身上安了一个隐匿的录音器时，诺阿·弗里曼极力设法不要紧张颤抖。即便弗里曼此前没有背叛他的朋友，他现在也得这样做了。他去到朗奎伊尔所在的东 59 街的公寓；走进电梯之前，在门卫那儿做了一下相关的确认核实，随即，坐电梯上到 10 楼。除了面对面的沟通外，这时的朗奎伊尔对任何其他沟通方式都心存疑虑；此时，他已经备好了一些他想谈论的东西。

虽然弗里曼脊梁冒汗且肚子难受，但他还是试图把自己的朋友诓进来；这听起来像个小学六年级的男生，想要邀请一个女生跳舞的感觉：胆怯、刺激。他提到了上个月《华尔街日报》的那篇文章，及其造成的所有戏剧性的反应。"你觉得最坏的情况会怎样，他们会使我们陷入麻烦吗？"他问朗奎伊尔。随后，谈话瞬间就转到了他们所做的最麻烦的事情：从 PGR 顾问维尼·嘉钰那儿获取的"美满电子"的内部信息。

"我是从维尼得到的信息。我把信息与你做了分享，所以，我们两个……我想情况就是这样，"弗里曼说，他的声音逐渐变小，"你是否基于维尼透露的利润信息做过交易？我们都做过，不是吗？"

"是的。"朗奎伊尔回答。

"维尼给的信息，详细，的确是很详细，"弗里曼继续说，"我把那个信息分享给你了。"

"那是 2008 年，"朗奎伊尔说，已经被带到了沟里了，"那是 2008 年上半年。"

"所以，我基于这个信息做了交易，"弗里曼说，"你，你说过你也基于那个信息做了交易。山姆肯定也是如此。"

在随后的谈话中，弗里曼问他的朋友，他是否担心嘉钰会与政府合作。

"我猜可能，"朗奎伊尔说，"但他们有证据表明她把信息给我们了吗？我的意思是，我可以告诉你，无论你是否想听。我可以撒谎，随便说什么。当时，是的，我们和维尼谈过。但这是'无人知晓的耳语'。"

"所以，如果是她说的，我会给他们 EPS 号码，然后，我们说……"

"证据在哪里？"朗奎伊尔回应道，"我记得的并非如此。"

弗里曼问他关于"日志"的事。它在哪里？如果联邦调查局掌握了它，那可就是毁灭性的！

是的，朗奎伊尔承认，这个"日志"是致命的。它内含一个列表，上面有他们在不同公司所有信源的名单。但朗奎伊尔在这个问题上一直都很小心。"在《华尔街日报》那篇文章出笼的那个晚上，我就按了删除键，所有的东西都随风而去了。"他说道。

"那个日志没了？"弗里曼问道。

"毁了。"朗奎伊尔说，"一切都过去了。"[9]

"你是怎么做到的？"他问道。

"我把它毁了，"朗奎伊尔说，"一切都成了碎末。"

"我不明白你到底是如何把这讨厌的东西给处理掉的。"

"哦，这很简单，"朗奎伊尔说，"你只需要两把钳子，把它给掰折了。"他说，他还有两个外置的硬盘，上面有晶片编码，他把它们给拆了，放入不同的袋子了。"凌晨2:00，我出了公寓，绕着这个城市走了大概20个街区，把这个垃圾扔到过往的垃圾车的后筐了。"

"我想联邦机构会想方设法找到它们的。"弗里曼说。

"嗯，他们可以找到它，但它们都被分尸了，"朗奎伊尔答道，"一切都已经消失了。"

晚上，坐火车返回泽西城，帮助妻子把四个孩子哄上床后，联邦证券交易委员会律师查尔斯·黎里熬夜梳理数据，寻找其间的关联。及至2011年年初，他的这个新案子启动一年多以后，他仍然不知道赛克资本的宜兰股交易员是谁。这使他有些抓狂！

直到2011年5月，拉吉·拉贾拉特南被判14项阴谋和证券欺诈罪的那个月，黎里终于取得了突破。在几个月前，他已经为查看西德尼·吉尔曼的电话记录发了一个传票，但等了很长的时间才有回应。当他终于得到这个电话记录时，他识别出了其中的一个电话号码：它属于一个名叫马修·马特莫的赛克资本的投资组合经理。联邦证券交易委员会的数据库中有他的名字。豁然之间，一切无厘头都有序地衔接在了一起。这位医生和这位交易员通过几十次电话。黎里终于找到了他梦寐以求的交易员！

他去告诉他的老板桑杰·瓦德瓦，他们终于找到了嫌犯。随后，瓦德瓦给美国检察署的证券处处长拨了个电话。

坦白地说，瓦德瓦还是感到相当沮丧。联邦证券交易委员会的宜兰案调查已经持续了一年多了。其间，他们大多数情况下只能通过他们所能获得的有限的电话记录进行分析，找出能够大致拼凑出一个大型金融欺诈案的几个基本元素。现在，多亏了黎里的工作，他们有了两名嫌疑人——马特莫和吉尔曼。而且，这个案子也似乎把科恩裹入其中，这是一条他们在过去几年一直追逐的大鲸。尽管如此，美国检察官办公室仍然没有为这一案件指派检察官，因为此时联邦证券交易委员会的明确意见，仍然认为这不是一个要案。瓦德瓦已经两度敦促他们就宜兰案指派一名检察官，但没有任何效果！

　　通常，参与联邦证券调查的三个相互关联的部分（联邦证券交易委员会的律师、联邦调查局特工和联邦检察官）形成一种不稳定但相互依赖的三位一体结构。虽然他们经常密切合作，而且联邦调查局在组织上是司法部的附属机构，但它们彼此都相互反感；每个小组的成员都认为他们在这个案子投入的力量最大，却没有获得足够的认可。联邦调查局很自豪，认为他们是一群从事危险工作的硬汉——策反证人和窃听嫌犯。当人们说逮捕某人都是联邦证券交易委员会所为时，联邦调查局的特工们会恨得咬牙切齿，他们会以疯狂的频率来纠正这种误解。联邦证券交易委员会认为（不是没有理由），它是大多数证券案件幕后起作用的大脑，即它是唯一真正理解复杂证券法的那些人。许多联邦证券交易委员会的律师感觉自己受到了轻视，有时甚至没有受到应有的尊重。检察官们（主要是来自那些常春藤联盟一流法学院的研究生）往往认为，在他们涉案并做好审判准备之前，所有的案件都不重要。在新闻发布会上，普利特·巴拉拉对新指控所做的宣布方式，等于是给这种怨恨火上浇油：他通常会向联邦调查局和联邦证券交易委员会的"伙伴们"表示感谢；明眼人立刻明白，他们才是把华尔街罪犯绳之以法的人。

"你们在哪儿？"当瓦德瓦与巴拉拉办公室的证券处处长及其副手接通电话时，他通常会这样问他们，"这里有一个要案，我们需要你们的介入。"

实际上，瓦德瓦以及整个联邦证券交易委员会，此时承受的可不是一般的压力。

此时，来自艾奥瓦州极具影响力的共和党参议员查尔斯·格拉斯利，就已经开始公开地大声抱怨说，联邦证券交易委员会没有对股市做好它的监管工作。上个月，有人提醒格拉斯利办公室，参议院司法委员会应该调查一个名为赛克资本的流氓对冲基金。

一直以来，格拉斯利都在直言不讳地批评奥巴马政府对金融危机的反应；他在受访时或在和新闻发布会上都一再声称，总统金融改革的力度不够。赛克资本的案子似乎是他的一次天赐良机，他再次批评监管机构没能逮住第二个麦道夫。有讽刺意味的是，格拉斯利在 2008 年于赛克资本办公室参加了一次筹款活动，但他现在仍然不知道该基金的所作所为。2011 年 4 月，当拉吉·拉贾特南审判进入一个月的时候，格拉斯利的一名工作人员要求金融业监管局（它监察股票市场活动）将赛克资本涉及可疑交易的每一份揭发材料转发过来。在格拉斯利的眼里，科恩和他的公司看起来就像是用来抽打联邦证券交易委员会的那根完美的大头棒。通常，如果得到了什么重大线索，但监管机构却没有就此取得任何成果，那么格拉斯利就有理由进行大声公开的声讨活动，抽打这些监管机构！

几天后，一个内含涉及 20 个不同可疑股票交易的一堆揭发材料的文件夹，到达了格拉斯利国会办公室。那个打开它的年轻助手虽然不是对冲基金的专家，但看过这些材料后肯定有一种很糟的感觉。

有一份 2007 年 5 月 9 日的揭发材料，说的是赛克资本的"累计收益率本质"部门在名为康内蒂克斯公司（Connetics Corporation）股票上的可疑交易；另外一份是 2007 年 10 月 26 日的揭发材料，质疑赛克资本在富达银行（Fidelity Bank）股上所做的交易。2007 年 12 月 14 日的另一份揭发材料则说："相关调查及时甄别出，位于康涅狄格州格林威治的两家对冲基金购买了英格尔（INGR）的股份，而且这两家基金在 2006 年 6 月 26 日至 2006 年 8 月 31 日期间，都与英格尔公司发生过联系。这两家基金是赛克资本的组成部分，而且都是在英格尔的杠杆收购公布之前，出现了这些购买活动。这个列表还在绵延伸展，发生问题交易的股票还有联合疗法（United Therapeutics）、赛特里斯制药（Sirtris Pharmaceuticals）、第三波技术（Third Wave Technologies）、美洲狮生物技术（Cougar Biotechnology）、圣元国际（Synutra International）。最近期的这类交易就发生在 2010 年。在这个系列里还包括 2008 年 9 月 5 日揭发的关于宜兰股和惠氏股的问题，以及赛克资本在这个药物试验公告前一周大量销售这两家股票的情况。

格拉斯利要求知道联邦证券交易委员会是否对这些揭发材料做了任何相关的事情。他向媒体发出了一封公开信，概述了他对联邦证券交易委员会执法能力的担忧。他说，看看赛克资本可疑活动的迹象是多么狰狞，联邦证券交易委员会竟然没有采取任何行动；这就是另一个无用的政府机构！

看到这位参议员的这些行为，科恩越来越感到忐忑不安。每当有人在赛克资本提出一些不当建议时，他倒有了几分防守意识。他命令高管对华盛顿的抨击做些事情。就在参议员信函公布的几天后的2011年5月10日，赛克资本从康涅狄格州派出了一批高管到格拉斯利办公室，试图平息局面。

科恩的顾问似乎相信他们可以"魅惑"参议员的工作人员，使其放下对赛克资本的担忧和不满。赛克资本总裁汤姆·康内尼、总法律顾问彼得·努斯鲍姆和赛克资本华盛顿的执行官迈克尔·沙利文，来到格拉斯利的办公室。沙利文曾是另一位强大的共和党参议员的前顾问，[10] 一个全力在华盛顿运作关系的人；科恩聘请他专门处理这种问题。沙利文向参议员的调查人员辩称，[11] 公司一直在严肃对待自身的合规事宜，他们不应该紧追不放。

"史蒂文是非常有公德心的人，"沙利文告诉格拉斯利的工作人员，"他正在考虑入股纽约大都会队。"

这些工作人员盯着他，不明白他们听到的到底是什么意思。"噢，我是大都会队的球迷，因此，他就一定是个好人。"格拉斯利的一名工作人员在内心自我嘲讽道。

会面尴尬地结束，从科恩的角度来看，这次努力毫无效果。5月24日，格拉斯利再次向媒体发出一封公开信，[12] 指责联邦证券交易委员会未能调查赛克资本，并要求与联邦证券交易委员会主席会面。格拉斯利写道："我对联邦证券交易委员会是否在正确地维护和监管我们的证券市场有着由来已久的兴趣。"他解释说，他最近从金融业监管局获得了有关赛克资本的20起可疑交易的揭发材料，要求联邦证券交易委员会给出如何解决每项问题交易的书面解释。

当瓦德瓦接到联邦证券交易委员会的首席执法官打来电话之前，格拉斯利的活动声势正威胁要升格到引发一场全面丑闻的地步。"我们必须跑到他的前面去，"瓦德瓦的老板告诉他，"你能仔细调查调查吗?"

—

　　在听取了联邦证券交易委员会关于吉尔曼－马特莫与宜兰案的关系汇报后,美国检察署证券处处长认为,现在是时候再看看联邦证券交易委员会已经找到的那些线索了。随后,两位刑事检察官,阿维·威茨曼(正在处理诺阿·弗里曼和唐纳德·朗奎伊尔案)、阿罗·德夫林－布朗(正在处理引人注目的涉嫌非法互联网赌博网站的案件),走进了联邦证券交易委员会的办公室。B. J. 康也来了。

　　查尔斯·黎里仍然不十分清楚宜兰股所发生的事情,但他有自己的大概看法。他试图尽可能清楚地描述这个犯罪阴谋。他说:"我们认为,吉尔曼或其他医生最有可能给马特莫提供了小道消息。虽然仅凭间接证据来坐实内部交易案很困难,但是每一个新发现都支持正在形成的犯罪链。黎里骨子里觉得这将是一个大案!

　　对于房间里的每个人来说,这里的关联似乎是显而易见的:有一个会导致股票暴跌的重大药品公告;这个公告是由提前好多天获取该信息的医生做出的;那位医生已经获得了一笔可观的报酬(通过为赛克资本的一名交易员提供咨询),而这名交易员也得到了科恩支付的一笔可观的报酬;科恩在相关新闻发布前的一周内,因交易这只股票,赚了数百万美元。这就像奥卡姆剃刀或简约定律:在竞争假设中,最简单的那个通常是正确的。任何其他解释都违背常识。

　　"伙计们,"瓦德瓦对检察官说,"这是一个非常重要的案子。如果你不动手的话,我们就得自己做了。"他补充说,就个体而言,他不会忽略马特莫，但这里要抓的大鱼是科恩。

"你说得对，"证券处处长说，"我们要推进这个案子。"

B.J.康不得不提早离开会议；就宜兰案来说，他所听到的就足以说明问题了。说得好听一点，他对华尔街发生的这些事情都持怀疑的眼光。无论是从合作者那儿听到的，还是从消息来源那儿得到的，他的总体感觉就是：华尔街就是一个作弊猖獗之地！当激励的量级如此巨大，而且有如此多的基金相互死拼（都有同样的沃顿商学院毕业的训练有素的专业人才、同样先进的技术系统、同样的专家网络的顾问、同样的贪婪和毅力），你怎么就能凌驾他人之上，年复一年地打败市场？在帆船集团案中，他们已经对拉吉·拉贾拉特南和其他几个人进行了 11 项交易的指控，涉及的非法盈利据称是6400 万美元。就宜兰和惠氏的案子来说，涉案利润则是它的 4 倍！

此时，联邦调查局终于有了一个活的线索，吉尔曼——他们准备质问之人。

当 B.J.康回到办公室时，他将马特莫的社会保障号码输入到联邦调查局的数据库。结果显示，马修·马特莫具有"联邦调查局已知人士"的特殊地位。这里的信息说明，在 2000 年，作为一桩独立欺诈调查的潜在证人，联邦调查局特工询问过他。

此外，数据库相关信息还披露出了一些其他的事情：马特莫不是他的真名。在其生涯的早期，他的名字是阿扎·托马斯；这是出现在联邦调查局以前案子笔录上的名字。对于这些，B.J.康有些猝不及防！但在马特莫的质询笔录中，还有一个更有趣的参考资料：马特莫曾突然中断学业，离开了哈佛法学院。B.J.康马立即与检察官德夫林和威茨曼分享了这个信息。他们俩也都是哈佛法学院的毕业生，而且还与马特莫是同期的校友。检察官做了相关的笔记，打算做进一步调查。

B. J. 康的首选对象是吉尔曼博士；他似乎是一位通过与政府合作能获得不少好处的人。B. J. 康选择了劳动节前一周去找他。看起来，吉尔曼像一个容易拿下的目标：一个声名显赫的老绅士，从未想过要失去自己的工作，更没想过要将自己生命的余光洒在监狱里。

2011 年 8 月 31 日下午 5:00 前后，B. J. 康和搭档开车到吉尔曼的住宅，其位于距密歇根大学不远的安阿伯住宅小区。他们把车停在街边，向前敲门。前来开门的是吉尔曼的妻子。在特工亮明身份后，她解释说，她的丈夫在医院做他的研究工作。"晚上应该回来。"她说。她看起来很紧张。这俩特工等了大约一个小时，然后离去。

第二天早上，联邦特工回到吉尔曼家的附近，一直等到他离开自己的住宅。他们跟在他的车后去了医院，把车停在了吉尔曼车的旁边。B. J. 康快速下车，敲打吉尔曼的车窗。

"吉尔曼博士，我们可以跟你谈谈吗？"他说。

"可以，当然可以。"吉尔曼回答。B. J. 康建议他们进楼里去，找一个安静的地方说话。

"我们来这里是想跟你谈内幕交易的事情，"他们刚一坐下，B. J. 康就开门见山地说，"你向马修·马特莫披露了机密信息吗？"

面对有备而来的联邦特工，吉尔曼并非第一个陷入恐慌，且开始行为失序的人。虽然他上次与马特莫联系已经是三年前的事了，很多细节已经忘了，但吉尔曼心里明白，自己已经触犯了法律。实际上，自上次与马特莫接触以来，他花了相当一段时间，极力忘掉整个宜兰事件。他也知道向特工撒谎可能会使事情变得更糟。不过，这也是联邦调查局想要发生的：一旦有人说谎，联邦调查局就有了一个指控他们作伪证的楔子。

此时，吉尔曼把理智抛在脑后，不顾一切，开始撒谎。

"我不知道你在说什么。"他对 B.J.康说。

"我们有你给马特莫内幕信息的录音带。"B.J.康说，两眼紧盯着吉尔曼。他有几秒钟一言不发，直到沉默变得让人难堪。B.J.康也说了一些不实的话，说他们没有窃听。但 B.J.康的理念是"为达目的，不计一切"。

吉尔曼不停地摇头。

"我们知道你告诉了马特莫，关于 bapineuzumab 试验的结果，"B.J.康说，"我们录音带上有一切相关的证据。"他持续说道："抵赖是没有任何意义的。那样，你失去的就会太多了——你的声誉、你的教授职位、你的研究资助。"

吉尔曼一直否认，否认，直到最后他说："如果你真的相信我泄露了机密信息，并且录制了我的电话，那么，可能我是这样做了，但我不是有意的。"他停了一会儿："我不记得我到底告诉了他什么。那是三年前的事了。"

B.J.康继续用他那老套的方法进行说服；他告诉吉尔曼，拒绝帮助他们就是拒绝帮助他自己，进而置自己的事业于不顾，那是一件很可惜的事。特别是在这整个阴谋里，他只是一个微不足道的小棋子。

然后，B.J.康双眼盯着他。"吉尔曼博士，你只是一粒沙子，"[13]他说，"马特莫也是如此。我们真正想要的人是史蒂文·科恩。"

飞塘是位于缅因州奥古斯塔北部的一个绿树环绕的湖泊；查尔斯·黎里在 8 月的最后一周正在那里度假。此时，这位联邦证券交易委员会的律师正弯腰系他的鞋带，准备出去穿树林长跑。他这时又开始想象（已是当天的第 20 次了），自己听到了手机微弱的震颤声。不过，在自己职业生涯的最大案子即将进入新的关键期时，黎里却仍然不敢向妻子建议终止这次旅行。尽管如此，他还是心不在焉。为了核查其语音信箱是否有吉尔曼的最新信息，他花了该周大部分时间设法找到有手机信号的地方。此时，他非常渴望知道吉尔曼是否已被策反。最终，黎里还是接到了那个电话。

"很顺利。"B.J.康告诉他，试图把最积极的一面展现出来。基于以往的经验，他们都知道，人们很少会在第一次见面时，就道出他们所知道的一切，所以吉尔曼这次拒绝回答问题不一定是真正的拒绝。还有希望。吉尔曼说过"可能"犯法了，B.J.康重复道。实际上，策反一个人就像长跑训练。你必须一步一步地来。

既然现在已经开始质问吉尔曼了，相关调查已经不再是秘密了，所以联邦证券交易委员会可以为获得下述与他个人和专业相关的信息发出传票：他相关的日程安排、他的密西根大学的档案、他笔记本电脑上的一切。这些信息能够帮助他们更详尽地梳理有关宜兰股案件的相关细节，甚至包括吉尔曼在 bapi 试验中所扮角色的任何内容。他们可以从电话记录中看到，在那段时间里，马特莫和吉尔曼通常每次都要谈一个多小时。

"在我的一生中，我没想过我会与他人有过这么长时间的谈话，"有一次，B.J.康对黎里说，"你能想象坐着煲一个小时 20 分钟电话粥的情形吗？"

在与 B.J.康接触之后，吉尔曼至少原则上同意合作，但还不清楚他是否真心愿意继续合作。说什么事情都不记得了，肯定不是在尽自己最大的可能给政府提供帮助。

在拖拉讨论了几个月，并考虑了客户忙碌的会议时间表后，吉尔曼的律师终于同意与联邦证券交易委员会和检察官交谈，看看他能如何帮到他们。即便如此，律师也明确表示，他不会让政府轻易得手。大家都清楚，他客户握有这个重大案件的关键点。他有足够的筹码来做一桩好的交易。

吉尔曼聘请了马克·穆凯西来代理他的相关事情。这个穆凯西曾是联邦检察署南部地区证券股的前检察官，在那之前，做过联邦证券交易委员会的律师，现在是布雷塞韦尔 – 朱利安尼律师行的合伙人。他也是前联邦法官和乔治·布什总统的总检察长迈克尔·穆凯西的儿子；每当机会出现时，迈克尔·穆凯西儿子这个关系都在提醒人们"虎父无犬子"。在此，穆凯西很快就显示出自己是个难对付的角儿。他采用了全面防御手段，偶尔还会大喊大叫。他还用吉尔曼的年龄为借口。"我的客户想做好事，但他是一个患病且非常忙碌的老人，"每当检察官打算安排会面时，穆凯西会说，"我要和他商量，才能给你回话。"

当联邦证券交易委员会仍在试图与吉尔曼确定会面时间时，黎里在查看一批电话记录中，有了惊人的发现：马特莫竟然在2008年7月20日的星期日上午9:45，打过科恩的家庭电话，与后者进行了20分钟的交谈。就工作谈话而言，这是一个奇怪的时间点。第二天早上（周一），赛克资本的交易记录显示，它开始清盘出售其持有的宜兰股和惠氏股，近10亿美元的投资。因为马特莫此时不得不告诉科恩，他们为什么应该卖掉他们所持的这两只股票，进而做空，做反盘。

"天啊！"黎里思忖着这个新发现时，不禁感叹。现在看来，他们也可能有了一个指控史蒂文·科恩的案子了。

在被大家视为是一个"只有一技之长的小马驹"，并被赛克资本解雇后，马修·马特莫与妻子和孩子一起搬到了佛罗里达州。表面上，这是为了更接近他们的父母。但佛罗里达州也有慷慨的税收庇护法，允许居民的主要住宅和其他资产免于破产和其他判决所带来的灾难。

在波卡拉顿的皇家棕榈游艇和乡村俱乐部，马特莫购买了一座有五卧室，价格 190 万美元的住宅。[14] 这是一座华丽的西班牙风格的豪宅，内设电梯，大理石的外立面和数英里长的厚重帷幔。屋后还有一个三叶草形状的游泳池。马特莫及其妻子都没有出去工作，他们都在做那种有竞争性的家教工作：管理着年幼的约书亚、阿瓦和戴维的高尔夫球课程，教他们拼写单词，辅导普通话；私立学校的那些教育也是他们的全职工作。他们还钟情慈善工作，建立了一个 100 万美元的马修－罗斯玛丽－马特莫基金，[15] 这为他们带来了大量的税收抵扣好处。

2011 年 11 月 8 日晚，马特莫和他的妻子回家时，看到 B.J.康及其搭档马修·卡拉汉已经在家门前等候了。

B.J.康说："我是联邦调查局特工 B.J.康。"他向他们介绍了卡拉汉。然后，他说："你以前的业务伙伴史蒂芬·陈即将出狱。"[16] 马特莫的脸上闪过一丝认可之状。"我想和你谈谈一些相关的事情。"

B.J.康仔细考虑过自己要说的第一句话。他希望马特莫借此知道他做了有关他的背景调研，因此，他知道关于马特莫及其一切相关的事情，甚至他妻子不知道的事情。就这种沟通而言，开场白相当重要，毕竟他们不只是去那里看看能找到什么，然后就打道回府。

此时，罗斯玛丽的眼睛睁得像月亮一样。她想到他们的孩子还在家里，可能会对这发生的一切感到不解。她说她会马上回来，然后就进屋打理孩子的事去了。

她刚一走，B. J. 康就转向马特莫。

"听着，"他说，"我们来这里，不是想谈有关陈的事。我们来这里是要谈谈你在赛克资本时的内幕交易问题。"他停下来，看着马特莫的脸色逐渐苍白起来："我们想谈谈宜兰股和 2008 年 7 月的事。"

就在自家的车道上，马特莫顿感头晕目眩。[17]

永不言败

像许多从遥远的地方移民到美国的人一样，马修·马特莫的父母希冀他们的孩子最终可以在那里实现自己的梦想。他们对自己的长子有特别高的期望，他们给他起的名字叫阿扎·马修·玛哈米尼丹尼·托马斯。

在 1974 年马特莫出生时，母亲利兹·托马斯是密歇根州一位 26 岁的医务人员。她和马特莫的父亲鲍比·马特莫是位于印度热带南部的喀拉拉邦的基督徒。鲍比在 1964 年 19 岁时移民，在美国学习机械工程；在霍华德大学毕业后，他曾在密歇根州的福特汽车公司担任工程师。当马特莫还是小孩时，家人就搬到了佛罗里达。

鲍比幻想着他的一个孩子有一天可以上哈佛。在珊瑚泉，一家人经常参加教堂活动，鲍比每天都会为这个哈佛梦祈祷。他儿子在学校的成绩一直是他们极为关注的话题。马特莫就读于基督教小学的天才班；在佛罗里达罗克莱奇的梅里特岛高中，他荣幸地成为班里毕业典礼的两名致辞者之一。不过，马修的表现还不足以让他进哈佛，父亲对此极为不满。他极度的情绪驱使他做了一件极为残酷的行为。在马修18岁生日的几个星期后，他赠给儿子一块匾，[1]上面写着："儿子打碎了父亲的梦想！"

马特莫最后去了杜克大学，在那里主修生物学，并把空闲时间花在了丰富简历的课外活动上。为此，他自愿与阿尔茨海默病患者一起，住在社区服务型宿舍里。此时他用的名字是阿扎·马修·托马斯，人们都称他为"马特"。

他的学业生涯的每一步，都证明马特莫是一个培养良师益友的高手，特别是针对那些作为父亲化身的男性导师。在杜克大学，布鲁斯·佩恩教授（教道德与政策制定课程）回忆说，马特莫是一个充满热情和不懈努力的人；他之所以与众不同，是因为他的穿着比其他学生更正式，就好像他随时都可能被召去参加工作面试一样。"马特莫的有趣之处在于，他比大多数学生对伦理学更感兴趣，"佩恩回忆道，"马特莫很快就能掌握这门课的要点，理解我正寻找和希望使用的分析方法。"在学期初，马特莫竞选了该课的主任助教，佩恩同意了。

马特莫在马里兰州贝塞斯达的国立卫生研究院毕业后，[2]在国家基因组计划项目工作了一年。"他雄心勃勃，[3]想要在自己的一生中有所成就，"在此辅导了他一年的达特茅斯大学教授罗纳德·格林说，"在某种程度上，我觉得马修是我的一个养子。"

当他在国立卫生研究院时，马特莫申请了法学院。当拆开一封来自哈佛法学院的厚厚信封看到他被录取的消息时，马特莫的父亲欣喜若狂。1997年秋天，鲍比开着U型牵引车，带着马修从佛罗里达来到马萨诸塞，搬进了哈佛法学院。在许多方面，马特莫是一个典型的哈佛法学院学生，也就是说，他几乎没有空闲时间，他把时间都花在那些能丰富其履历的活动上。他充分利用自己的时间，与同学共同创办了一个名为"法律与伦理学会"的校园组织，并担任了一份校园法律杂志的编辑。

然而，在第二年的时候，马特莫开始拼命地钻研功课了。部分原因是父亲警告他课外活动过多，他的成绩开始下降。在深秋时节，他的同学开始申请著名的夏季见习工作，这是最具雄心的那些学生的共同仪式，但马特莫的成绩并不如愿。他知道，那些成绩都是 A 的学生将会占据所有令人垂涎的空缺。

无论如何，他决心得到一个见习职位；这导致他做出了一个攸关命运的决定。马特莫的学业表现不够好，所以，他要把它做得足够好！在那个 12 月，他花了一个下午，把成绩单上的民事诉讼、合同和刑法课的成绩，做了修改，将它们从实际得到的 B，B+ 和 B，都改为 A。然后，他向 23 名法官发出了申请。

在随后的 1 月，他被邀请到华盛顿特区巡回上诉法院，接受三名法官面试。在地位上，巡回上诉法院仅次于最高法院，在制定联邦政府范围内的立法和裁决方面起着至关重要的作用。这些法官收到他的成绩单，印象深刻。当然，他们还被马特莫帅气的外表、他的谦恭，以及他那令人眼花缭乱的活动记录所打动。三人中有两人将他评为"优秀"候选人。1999 年 2 月 2 日晚，其中一位叫马特莫的法官为他提供了见习一职。当时，天色已晚，声音游离的马特莫接起了电话。他似乎心不在焉，法官建议马特莫第二天给他回电话。当马特莫没回电话后，法官的文员试图联系他，并留下一条信息，要求马特莫给法官回电话。2 月 4 日，文员又试了一次，[4] 留下了另一条信息。

这位法官不知道，这几天，支撑马特莫世界的基础已经开始崩溃。

为其中一名法官工作的文员注意到马特莫成绩单有可疑之处，并给学校打了电话。2月2日下午，马特莫被叫去见学生注册管理员史蒂芬·凯恩。

当他走到校园边缘的凯恩办公室时，马特莫还不知道为什么他被召来见凯恩，但他有一种可怕的预感。

前一年，凯恩已经驱逐了一位哈佛法学院的学生：[5] 为了得到一份工作，那位学生提供了一份伪造的成绩单。今天，他也准备对马特莫做同样的事情。凯恩没有废话，直接问马特莫，他是否篡改了他的成绩单。

马特莫立刻感到五雷轰顶！他的未来、父亲的骄傲、多年的牺牲和辛勤的努力，他觉得这一切都随风而去。他竭尽全力解释，坚持认为他的申请只是一个玩笑，他并不打算真心去做见习工作。

"我已经向法官递交了撤销函。"他竟不可思议地给出了这种解说。凯恩给他的神色好像在说，你一定是在逗我玩吧！

马特莫离开凯恩时，决心要挽回这个重大失误；应该有解决办法。的确，他想出了一个方法，但显然不是一个好注意。

那天晚上，马特莫坐在计算机旁，试图做出一个电子文档的痕迹，以支持他向凯恩提出的辩解，即他申请见习文书的做法不是他的真意所在，而且申请函已经被撤回了。

"请不要为我发送任何推荐函，因为我不再寻找见习文员的工作。"他写信给一位为其写推荐函的教授的秘书。马特莫向他申请的所有法官发信，试图撤销其见习文员申请。这些信件使用的寄出日期都是在1月31日，[6] 但它们的实际邮戳都是2月3日，即凯恩就他的成绩单问题与他对质的第二天。

凯恩和教导主任都肯定马特莫在撒谎，但在哈佛，驱逐学生是一个严重的事件——类似于核选项。所以，他们暂且信其所言，花时间去做调查。

在三个月的时间里，凯恩对发生的事情进行了彻底的解剖。他打了不少电话，核查了相关文件。法学院的行政委员会发起了正式调查，收集了相关电子邮件的记录。4月和5月，委员会举行了四天的听证会，其间，马特莫、他的父母和他的弟弟都出面作证。

马特莫总在讲述同一个荒诞的故事：做这个假成绩单的明确目的就是给父母看，后者希望他能拿到近乎完美的成绩。不过，他告诉委员会，几天后，他意识到他的行为是错误的；随后，他给了父母他没有修改过的真实成绩单。在这个忙乱的过程中，他把给父母的成绩单放在父母家中的桌子上，然后，跑到加利福尼亚去参加"即兴"的工作面试了。当他离开时，他请他的兄弟帮他完成他的见习文员申请工作。他宣称，在自己不知情的情况下，其兄弟把这份篡改过的成绩单，放进了申请资料中，装进马特莫已经准备好的信封里。然后，他母亲在没有细看的情况下，邮了出去。

大多数委员会成员很难相信这个故事。他们感到整个过程编造得极其荒唐。其中，每个细节都充满了难以置信的底色：修改成绩给他父母留下好印象；自发地决定清理这种不当之为；把这个篡改过的成绩单随意放置，同时委托弟弟把申请资料放入信封。这完全是一个"狗嚼碎了我家庭作业"的小儿科伎俩！

马特莫还就他撤回见习文员申请的电子邮件和信件的时间，进行了坚定不移的辩解。他始终坚持，在凯恩和他对质的前一天，即2月1日，他就写好了给教授秘书的电子邮件，撤回他的申请，但邮件莫名其妙地直到第二天晚上（凯恩和他对质之后）才被发出去！即使收件人的电子邮件表明他们是在第二天才收到的，但他向委员们提供的却是较早日期的电子邮件。一位原计划代表马特莫露面的计算机取证专家未能如约而至，他表示："他并不觉得自己能够验证马修这些事件版本的真实性。"

在整个过程中，委员会成员发现马特莫要么是回避事实，要么就是爱答不理。他们认为，他的行为表明他是内疚的。

有些董事会成员很矛盾，作为一名学生，马特莫已经表现出了很好的发展潜质。他的学业成绩不错，并参与了法学院社区的很多活动。但行政委员会的最终结论是：马特莫编造了一系列的谎言企图掩盖他原来的欺骗行为。在 1999 年 5 月 12 日，他们投票驱逐了他。委员会在其最终报告中 [7]（使用了马特莫的原名）指出："托马斯先生显然处于父母的极度压力之下，想在学业上获得出类拔萃的成绩。"

驱逐并没有终结马特莫的哈佛经历。他离开了校园，但开始策划自己的回归之路。通过分析，他把这一切都归结于那些电子邮件的时间点。如果他可以说服法学院行政委员会，他被抓住之前就已经撤销了他的见习申请，那么，他将能重新入学并让他的生活回到正轨。此时，他脑海中蹦出了一个点子：创建一家公司来证实电子邮件中有争议的日期。

这个计划似乎很酷。这既可以开脱他在哈佛的罪名，还能播下一颗新创公司的种子，最终还会使他变得富有。换言之，他将在两条战线上都获得收益。

他把自己的计划告诉了父母，他们同意帮他。父亲把他们的住宅拿出做了第二笔抵押贷款，[8] 借给他 100 万美元成立公司。马特莫自己不是计算机专家，他得找一个有专业技术的人来帮他。他很快就找到了完美的候选人，一个叫作史蒂芬·陈的极具天赋的年轻程序员。[9]

史蒂芬·陈有一个很酷的简历。他比马特莫年长两岁，1993年毕业于麻省理工学院，随后去IBM工作。他和马特莫一拍即合。两人在学校都很出色；他们的移民双亲对他们都有很高的期望。但两者都有践踏规则的倾向——一种使他们陷入严重困境的习惯做法。

1999年6月30日，马特莫和史蒂芬·陈的新公司（名为"计算机数据取证"），发布了一份四页技术腔的报告，说它验证了马特莫向哈佛行政委员会提交的关于见习邮件有争议的日期。该报告说，"我们的结论是：计算机数据取证的证据证实了托马斯先生的说法，即他在1999年1月31日创建了撤回信函，并在1999年2月1日（星期一）晚上10:20，发送了这个主题的电子邮件……"

这个报告由三名"案例分析师"签名，[10]公证和盖章，并邮寄到地处剑桥的哈佛法学院行政委员会。当然，它没有提及是马特莫自己的公司进行了这个验证分析的事实。马特莫也做了测谎仪测试，[11]据称他通过了这个测试。他也把这个结果发给了哈佛，并等待回信。

他热切地期待着他能平反昭雪，但始终不见踪影。很明显，法学院拒绝恢复他的学业。

马特莫很快重新定位了他的雄心，决心要使他和陈的新公司取得成功。他搬进了史蒂芬·陈所住的公寓大楼。他们一起工作，一周还进行5～6天的武术训练，并在当地的亚瑟·默里舞蹈工作室上舞蹈课——意在吸引女性。9月份，马特莫要求史蒂芬·陈与该公司签订正式的合作伙伴关系协议，并承诺向他支付25 000美元。此外，他还在纽约聘请了四名全职员工：一名项目经理、一名工程师、一名质量控制专员和一名行政管理人员。这些员工都相信马特莫是一位名叫"杰伊·黑尔"（Jay Hale）的律师。

这些工作人员开始为即将在拉斯维加斯举行的贸易展准备摊位，但随着 10 月的来去，史蒂芬·陈开始怀疑他搭档的背景。马特莫一直在隐瞒自己过往的细节，并有躲避问题的习惯。史蒂芬·陈开始怀疑，他想知道马特莫是否隐藏着某些东西。他自己到处打探，最后与马特莫对质他离开哈佛的缘由，以及他在各种公司申请和租赁事宜上使用假名的不轨做法。马特莫崩溃了，向他道歉，答应永远不再欺骗史蒂芬·陈。他承认他篡改过他的哈佛成绩单，[12] 并试图用谎言掩盖这个事实。

在史蒂芬·陈和马特莫争吵之际，他们的员工在办公室的里里外外闲着：[13] 上网冲浪，出去吃午饭。"我们就像在玩租朋友游戏。"[14] 公司的"案例分析师和项目经理"查克·克拉克后来说，他和其他员工认为"黑尔"和陈是富家的孩子，没有什么更好的事情可做。在几个月的时间里，该公司挥霍了马特莫父亲提供的百万美元的大部分。着急的鲍比飞来纽约与史蒂芬·陈和马特莫会面，详谈了公司业务问题。他们向他要更多的钱，请他继续经营下去，但马特莫的父亲已经看出来，公司根本就没有上路。他怒火攻心，告诉儿子说，他是一个"只会花钱的主"！

12 月中旬，应该是他在法学院第二年的一半时，马特莫登上飞机，飞回佛罗里达州的父母家。他的雇员被锁在了办公室外，他们的薪水遭到了拒付。愤愤不平的员工联手致信马特莫的父母。[15] "他的失踪是很不专业和离奇的行为，"他们写道，"他家庭藏匿他的做法也是不可理喻和可耻的。公司欠我们的费用、公司欠我们的股票、公司欠我们的奖金、公司欠我们的佣金。"他们威胁，如果他们没有得到满意的答复，就会诉诸法律。"你们使我们遭遇了一个令人沮丧的圣诞，"他们最后说道，"如果这是你们的待人方式，我们打算予以百倍的回报！"

在他们的员工反叛之时，马特莫与史蒂芬·陈的关系继续恶化，而且在 2000 年 1 月 3 日，马特莫对史蒂芬·陈申请了限制令。[16]他说，他们激烈的争论已经演变成了暴力！据说，史蒂芬·陈称马特莫是一个"娘炮"，而"不是一个男人"。马特莫把自己描绘成一个受虐待的配偶，并表示其父母在察看了他身体上的瘀伤之后，[17]介入"解除了被告与原告的关系"。史蒂芬·陈驳斥了这些指控，但限制令还是得到了批准。

有趣的是，比起与马特莫的分手来说，史蒂芬·陈还有更严重的问题。在他们相遇的几个月前，史蒂芬·陈和六名合伙人被指控犯有欺诈罪；[18]据称，他们设立了一家假冒的数据存储公司，从几家银行窃走数百万美元。在史蒂芬·陈承认犯有一项阴谋和一起诈骗罪之前，[19]马特莫开始涉足新的生活了。他有了一个将自己塑造为金融家的计划。

2000 年，斯坦福大学的 MBA 课程在与哈佛大学竞争该国顶尖商学院的排名（这两所学校都是华尔街银行、咨询公司和硅谷新兴技术巨头最喜欢的招聘场所）。马特莫决定进入金融业，而获得工商管理硕士则是至关重要的第一步。由于显而易见的缘故，哈佛对马特莫肯定是没戏了，所以他把目光投向了斯坦福大学。该校这个课程的录取率仅为 7%！

马特莫开始与过往的导师和大学教授联系，请求他们写推荐信。他写信给他杜克大学的伦理学教授布鲁斯·佩恩，问他是否还愿意给他写推荐信。佩恩一直很喜欢马特莫，感到他是自己过往学生中最聪明的学生之一。他很乐意提供帮助。

佩恩已经为马特莫写过两次推荐信了。第一次是 1995 年，即马特莫从杜克大学毕业，申请国家卫生研究院的遗传学研究员职位时。在那封信中，佩恩称赞了马特莫的学识以及对伦理学的热情，并表示："就任何与其天赋和兴趣适配的课程来说，马修都是一个可造之才。"几个月后的 9 月份，马特莫又开口要了另一封推荐信，这次是为了申请哈佛法学院。佩恩找出第一封信，只是改了几处细节。他一直以为马特莫会成为一个优秀的法律生，而且，他也是这么说的。从那以后，佩恩就没有什么马特莫的消息了。他认为他应该已经完成了法学院的学业，并在某个著名的律师事务所工作。因此，当 2000 年秋天他提出要申请商学院的推荐信时，佩恩感到相当的困惑。他请马特莫告诉他自五年前申请法学院以来一直在做什么，以便他可以刷新这封信的内容。与此同时，有那么一瞬，佩恩奇怪为什么马特莫会请他帮忙，而不是他在哈佛法学院的那些教授，但他还是没问这个问题。

马特莫自然而然地编造了一个故事。他说，自己离开国立卫生研究院后，在纽约创建了自己的企业，为生物技术公司提供企业网络基础设施和 3D 计算机建模软件。

在互联网繁荣之时，每天都有学生辍学，开办创业公司，所以，这听起来并不是那么离奇的说法。马特莫告诉佩恩，他的情况一直不错，但他不得不把自己的企业暂时搁置起来，回到佛罗里达州，帮助他的一个亲戚处理病危事宜。他没有提哈佛法学院。

佩恩相信了他的所言，更新了这封信，写下了关于马特莫如何无私地将自己的职业目标放在一边，回家支持他的家庭，以及他一直是一个如何严肃认真的学生。

第二年秋天，马特莫抵达旧金山以南的斯坦福大学校区，准备开始商学院的学习。就在几天前，他还合法地将他的名字从阿扎·马修·玛哈米尼丹尼·托马斯改成了马修·马特莫。[20] 他完成了改头换面。哈佛、史蒂芬·陈，这一切都成为过去！在他五年后抵达史蒂文·科恩办公室之前，他就已经明白了，只要他有决心，永不言败，就没有克服不了的问题。

2011 年 11 月，在马特莫博卡拉顿的住宅外，此时的 B.J.康正弯下腰来，看看倒下的马特莫是否安然无恙。他想起了过去有那么几次，当他质问嫌疑人的时候，也发生过这种晕倒的情况。此时，他内心告诉他：在听到内幕交易后，一个无辜的人是不会晕过去的。

就在那时，罗斯玛丽从房子里了冲出来，黑发在其头后飞扬。当看到丈夫躺在地上时，她尖叫起来！

"你要我们叫救护车吗？"B.J.康问。

"不！"罗斯玛丽啜泣道，"我是医生。"她蹲下来。

几分钟后，还不太清醒的马特莫勉强地从地上站了起来。B.J.康继续说他必须说的话，"我们知道 2008 年的那桩交易。"他说。

马特莫和罗斯玛丽相互看着对方。他们马上明白了 B.J.康指的是什么：宜兰股——改变了他们生活的那只股票。

B.J.康继续说道："你的整个生活将会被彻底颠覆。"他说，他知道马特莫参与了内幕交易，但他最好通过合作，在他生命中最黑暗的时刻做正确的事情。此外，B.J.康表示，他们真正要法办的还不是马特莫。他们知道他只是一个微不足道的小人物。

"我们的目标是史蒂文·科恩，"[21]B. J. 康说，"你的处境很糟糕，但我会尽全力帮助你挣脱出来。我们要一起合作。我们是一个团队的。"

B. J. 康质问嫌犯的次数比他记得的要多，而且大多数都是成功的。他理解这种情形下的心理学：它将会如何影响一个人生活的方方面面——他的家人、他的孩子；如何把他有的每一点安全感都置于疑虑之中。康把每一位合作者都视为合作伙伴；在他们帮助联邦调查局时，他以自己的方式支持这些人：调理他们的心理健康，应对严峻的挑战。

此时，罗斯玛丽在发抖。马特莫则说，他希望他能帮到忙，但他需要咨询律师。B. J. 康离开时，信心满满，认为他们会合作。

大约是晚上 10:00，B. J. 康的搭档马修·卡拉汉给查尔斯·黎里打电话，后者正在家里焦急地等待消息。

"你不会相信的，"卡拉汉说，"那家伙竟然晕倒了！"

截至 2011 年年底，经过 5 年的发放传票、策反合作者和对交易员的窃听，司法部对对冲基金行业进行的调查，终于有了一些切实的胜果。[22]拉吉·拉贾拉特南被判了 11 年的联邦监禁。数十名其他的交易员和高管已被定罪或认罪。尽管如此，联邦调查局特工和联邦检察官仍感到沮丧，因为他们还没能接近科恩。

对于乔纳森·霍兰德（"累计收益率本质"部门分析师）的案件，戴维·马科尔于 2009 年 1 月试图在曼哈顿全食超市里进行策反，但没能奏效，马科尔很郁闷。

霍兰德做事很聪明。他没有接受赛克资本帮他付费请律师的恩惠，因为这蕴含着很麻烦的利益冲突。相反，他聘请了扎克曼·斯伯德律师行的艾坦·格尔曼，他是业内最好的白领辩护律师之一。当应对联邦调查局时，霍兰德想要的是一个十分清楚自己是为谁工作的人。

当时，霍兰德肯定有一种印象，即各种不当之事正在赛克资本内进行。对他来说，科恩使用内幕信息是显而易见的，但他没有直接参与其中，不知道具体情况。他见了马科尔和检察官里德·布罗斯基，告诉他们他所知道的几个似乎有疑问的交易。当然，宜兰股是一个。赛克资本内的传言是科恩"接到一个电话"，然后，该公司的宜兰股头寸就从大量的多头转为大量的空头，赚了数亿美元！随后，交易区的每个人都在谈论这件事。除此之外，没有人知道到底发生了什么。

霍兰德在赛克资本的职业生涯结束得并非光彩夺目。在2008年夏天结束时，贾森·卡普在长岛东部一个冲浪小镇蒙托克，带着整个团队度过了一个周末。他们一起住在汽车旅馆，并玩了深海捕鱼。卡普分享了他在赛克资本下一阶段的职业生涯计划。一年前，卡普就告诉他们，科恩已经答应把卡普小组分拆出来，给相应的资金和独立的办公室。作为赛克资本高压环境下的一分子，卡普已经完成了历练，预计在新的安排下，将有近乎全面的自主权。他的热情鼓舞人心，霍兰德也对这个想法感到兴奋。不过，不到三个月，受金融危机之压，科恩背弃了他所做出的一切承诺。霍兰德和卡普也被赶了出来。

尽管霍兰德对其所遭所遇感到愤怒，而且对科恩或卡普或赛克资本的其他任何人都没有忠诚感，但面对马科尔，他就像他做股票交易时一样，斟酌了相关的风险和回报，他认为政府部门好像没有足够的证据强迫他做他不想做的事情。那么，为何要与联邦调查局

合作呢？ [23]

在霍兰德的案子失败之时，导向科恩的其他调查似乎也在失去势头。曾经摧毁了计算机硬盘，并把它们撒在纽约市垃圾车后备厢上的前赛克资本交易员唐纳德·朗奎伊尔 [24] 与他的朋友萨米尔·巴莱一起承认了证券欺诈行为（后者是下令分析师摧毁公司所有档案的基金经理）。在推进联邦调查局的调查方面，他们都没有太多有用的信息。对在联邦调查局 2010 年突袭搜查的对冲基金的两名交易员，[25] 联邦检察署和联邦证券交易委员会准备进行内幕交易的指控：一位是安东尼·基亚桑，水平国际的投资组合经理；一位是响尾蛇资本的托德·纽曼。即便这两家基金充满了前赛克资本的员工，但还是没有什么确凿的证据能把科恩卷进来，而且基亚桑和纽曼也没有表现出合作的意象。恰恰相反，他们聘请了一些国内顶级的辩护律师，正在积极地进行反抗。

不过，在调查基亚桑和纽曼的过程中，联邦证券交易委员会还是有了惊人的发现！

在翻阅过 200 万页的电子邮件内容后，调查人员注意到，在"响尾蛇"为托德·纽曼工作的分析师杰西·托尔托拉，把几家公司的利润情况，电邮给了赛克资本一位名为乔恩·霍瓦特的人。联邦证券交易委员会调查员约瑟夫·桑索内、丹尼尔·马克斯和马修·沃特金斯发出了要求查阅霍瓦特电子邮件的传票。从他们得到的数百封电子邮件中，有一封脱颖而出。这是一封关于戴尔股票的邮件。

"我从该公司的某人那里得到了一份二手资料，[26] 我从中看到第三季度的相关数据；过去两个季度的结果一直很好。他们表示，由于糟糕的组合和业务支出增加之故，戴尔（毛利率）下滑了

50～80 个基点，而略增的收入减去较大的费用增幅，使得每股利润也未达预期。"这份邮件继续说："因为这些信息尚未公开，请莫外传。"

2008 年 8 月 26 日下午 1:00 前后，霍瓦特把这份电子邮件发给他在赛克资本的上司迈克尔·斯坦伯格和另一名赛克资本的投资组合经理加布里埃尔·普洛特金。内容文字是华尔街分析师用来描述公司财务业绩的术语。对一般人来说，可能是无法理解的。但联邦证券交易委员会的人知道这是什么意思。它传递的是关于戴尔公司处在保密中的详细利润信息。

联邦证券交易委员会的律师很感兴趣。他们开始怀疑赛克资本的其他交易员可能也收到了这些信息。

在戴尔公布其三季度盈利状况的前两天，霍瓦特发出了这个消息，似乎斯坦伯格随后逆转了自己的做法，在收益公布之前，做空了 150 000 股戴尔股票，赚了 100 万美元。[27] 因此，政府部门需要策反霍瓦特，此外，他们还会对斯坦伯格提出指控。而针对斯坦伯格的指控将使他们进一步逼近科恩。

经过三年的努力之后，这大概可以把他们引入科恩公司的内圈。此前，他们几乎没有注意到的，在赛克资本内部，还有一个名叫乔恩·霍瓦特的、头发蓬乱的低职员工，将会使他们奄奄一息的案件重拾希望！

"鲸　鱼"

在曼哈顿下城的世界金融中心大厅，西德尼·吉尔曼在安检桌旁俯下身来，[1] 将口袋里的物品掏出，放入一个塑料盘，通过一台 X 光机进行安检。随后，他的律师带他通过转门，进入电梯，直到联邦证券交易委员会纽约地区总部的四楼会议室。经过几个月的推迟后，吉尔曼终于满足了政府律师的要求，第一次出现在质询会上。[2]

在整个秋天，查尔斯·黎里耐心地构建了一份赛克资本在宜兰股和惠氏股交易前后所有相关事件的详细时间序列表。每次获得一个新信息时，他就会把它放入这个时间序列表，然后，再通过电子邮件，发送给参与调查的所有人。这些累积的信息本身就讲述了一个逻辑清晰的故事。不过，即使黎里和他的同事日益确信，他们清楚了导致赛克资本出售宜兰股和惠氏股的那些事因，这些政府律师还是渴望能亲耳听到吉尔曼自己的讲述。除了马特莫和科恩外，这是他们第一次讯问唯一知道 2008 年 7 月到底发生了什么的人。

几个月前，吉尔曼的律师曾说，他的客户几近 80 岁，身体不好，无法作证。因此，证交会的律师以为，从门口蹒跚而入的，将是一个骨瘦如柴的病态身影。但让人大跌眼镜的是，眼前的吉尔曼看起来很精神，西装革履，脸颊粉红，明眸皓齿。他轻松自如地坐在背着窗户的座位，背部挺直。

首先，黎里讯问了吉尔曼有关那个药品的工作以及他是如何认识马特莫的。然后，黎里开始将相关的文档（一份份邮件、日历记载事项和与药品公司的协议副本）逐个通过桌面推送给吉尔曼，并向吉尔曼讯问每份文件的相关事宜。如果吉尔曼声称记不起来了，黎里会从他的文件夹抽出来一份文件，让他过目，看看是否能唤醒他的记忆。

几乎从一开始，吉尔曼就在极力躲闪回避。

"这个日历记载的事项是什么？"黎里问，指着吉尔曼电子日历中 2008 年 7 月 13 日的预约项，它的所言是，"马特莫会打电话给我，谈论'SAE in bap'"。[3]黎里从电话记录中得知，吉尔曼和马特莫那晚谈了近两个小时。

"什么是'SAE in bap'？"黎里问。

吉尔曼就此进入他的慈祥教授模式，详细解释了阿尔茨海默病及寻求有效治疗的挑战与前景。当他描述到他对 bapi 有可能摧毁大脑中 β 淀粉样蛋白（他认为这是认知变性的主要原因）的乐观态度时，他立刻喜形于色。最后，他终于抽出时间来回答了律师的问题。SAE 是"Serious Adverse Events"的首字母缩写，即"严重不良事件"，是指在 bapi 试验期间观察到的副作用的技术短语。

"你为什么要和马特莫说这个话题？"黎里问，"关于'严重不良事件'的细节难道不是非公开信息吗？"

"我不知道这是怎么回事。"吉尔曼喃喃自语，脸色突然变暗。

"看，"他的律师插话说，"他根本就不知道是怎么回事！"

当要吉尔曼解释一个科学概念或他的医学研究目的时，他会很活跃。他的记忆非常好甚至能够根据要求宣讲不同药物化学的复杂细节。但如果有人提到马特莫的名字或询问吉尔曼与他的关系，他就突然变身为一个困惑的老人，好像都不知如何才能系好自己的鞋带了。

一位在座的检察官艾维·威茨曼不敢相信他所看到的情形。吉尔曼的表现很矛盾，他不记得他曾经对马修·马特莫说过的任何事情，即使在他面前有文件证明他已经与他分享了关于bapi的内幕信息。吉尔曼怎么会记得那么多他研究的内容，却不记得他与马特莫所做的任何事情？

此时，房间里的温度似乎在上升。他们在同样的几个文件上来回拉扯，联邦证券交易委员会的律师和检察官重复着同样的问题，吉尔曼总是说他不知道或不记得。这种情形持续了两个小时。为了能够讯问吉尔曼，政府部门已经等待了5个月之久，并且还有这么多需要他帮忙解读的盲点。结果是事与愿违，在他们看来，吉尔曼正在浪费时间。黎里都要气炸了！

他再次质问吉尔曼2008年7月13日与马特莫的谈话内容，黎里确信他们讨论了bapi。"那次会面谈了什么？"他问。

"哦，我们在说帕金森病的事。"吉尔曼说。

黎里叹了口气。他要求暂时休会，将他的同事召集到走廊。"看看，"他跟他们说，"竟然扯到帕金森病上去了，我知道不是这么回事。"

"你怎么知道的？"威茨曼问。

黎里立刻翻找他的文件，拉出了吉尔曼的一个日历记载事项，即他们讯问的那次具体的咨询事件。它写着，"马特莫将打电话给我谈有关 bapi 的严重不良事件"，然后，黎里拿出了马特莫和格理集团（安排这次咨询服务的那个专家网络公司）之间的一封电子邮件。在这份邮件里，马特莫说，他和吉尔曼会谈的主题将是帕金森病。格理集团规定禁止吉尔曼向这家公司客户谈论 bapi 试验的情况，因为它可能违反相关的保密规则。由此可见，就他们计划谈论的事情，吉尔曼和马特莫显然误导了格理集团。

对黎里的严谨缜密，威茨曼心中生出一股感激之情。他在联邦证券交易委员会的这位有点僵硬的对手，刚刚拿出了他们可用来证明吉尔曼在说谎的武器。他们会和他对质，他必败无疑。威茨曼抓住日历记载事项和电子邮件文档，重新进入房间。

"看，吉尔曼博士，"威茨曼倚在桌边说道，"我们知道你没有说实话。如果你仍然坚持讲这个故事，你将有牢狱之灾。"

当吉尔曼还在不断摇头之时，威茨曼把那两份文档推过桌面，其中一份是吉尔曼的记事日程表，另一份则是马特莫与格理集团的沟通邮件。

吉尔曼的律师马克·穆凯西很快就认识到将会发生什么，立刻插话。"我们可以休息一会儿吗?"他问。

这几位政府律师只得再次离开了房间，让穆凯西可以私下与客户沟通。威茨曼确信这一下击到要害了：吉尔曼即将承认一切。

几分钟后，穆凯西来到走廊，加入了他们的行列。他脸上露出轻微的缴械的表情。"对不起，"他说，"欢迎你继续讯问刚才那个问题。我明白你们为什么觉得事情很麻烦。但这里的问题只是他的记忆和这些文件所述内容有出入。"

"马克，这无法让人相信。"威茨曼说。

"你可以继续讯问。我保证继续做他的工作，"穆凯西说，"但他坚持说，他所记得的与邮件所述相异。"

讯问又持续了两个小时。其间，吉尔曼没有丝毫的松动，反复说，他不记得发生了什么事，坚持认为政府机构弄错了。这是威茨曼曾经参与过的最令人沮丧的讯问之一。当他回到美国检察署后，威茨曼确信，宜兰股案已经走进了死胡同。

查尔斯·黎里和他证券交易委员会的同事，却没有多少时间去经历吉尔曼的糟糕结果所带来的不良感觉，因为第二天早上马特莫就要过来提供证词。他们不得不把对吉尔曼的感觉先放在一边，去做相关的准备工作。

就像吉尔曼的律师，马特莫的辩护律师查尔斯·斯蒂尔曼也处于困境之地。他正在试图揣测刑事检察机关和证券交易委员会的意图，并设法使自己与这两家机构的谈判地位最优化。斯蒂尔曼的重点是，避免马特莫遭受刑事指控，并导致牢狱之灾的可能。斯蒂尔曼特别想知道政府是否有窃听。若他们这样做了，那就麻烦大了！若马特莫担心的只是联邦证券交易委员会，那么，罚款就是最坏的结果，他们的支付能力还能帮上一点忙。就斯蒂尔曼而言，他是一个知名的刑事辩护律师，在业界的历练已经很久了。他对自己应对这种情况的能力还是很自信的。

此时，斯蒂尔曼试图从检察官那里找出一些蛛丝马迹，以便知道案情的严重程度。不过，艾维·威茨曼告诉他，如果马特莫不尽快同意合作，那么，要想获得一份较好的认罪协议的机会就会更小。实际上，这是马特莫与吉尔曼之间的比赛：谁先到达，谁将为自己争取到最好的结果。到目前为止，斯蒂尔曼没有表明马特莫愿意坦白认罪。

与此同时，检察官们并不真的认为，为了保护科恩，马特莫会甘愿悄无声息地去监狱。这种刑事罪有可能被判 10 年徒刑。现实中，没人会为替别人担责而去承担这种徒刑的煎熬，特别是对那个对待自己不好的人。当判罚能够降得更低时，联邦调查局的特工看到过无数的家伙供出了他们最好的朋友。当然，如果马特莫坚持拒绝招供的时间越来越长，那么，参与调查的人就会开始怀疑，科恩是否正在以某种方式诱导他一直保持沉默。

事实上，是赛克资本在背后支付马特莫的法律费用，而且，在赛克资本，这种费用的支出无须请示批准。公司的政策是：员工在公司雇用期间所做的任何事情一旦受到相关调查，相关的法律费用一律由公司支付。尽管如此，检察官感到奇怪和不公的是：向马特莫提供咨询，是否应与政府合作调查科恩的人的费用，也是由科恩支付的。而且，赛克资本也明确地说，不在乎辩护律师费用得多。通常，有些公司不会在没有分项收据的情况下支付法律费用，但斯蒂尔曼的事务所每月只是给赛克资本发送一个费用数字。而且，他们的费用从来没有被这么快支付过。

在 2012 年 2 月 3 日上午 10:00 之前，黎里就前往联邦证券交易委员会的四楼大厅，去接马特莫并将他带到会议室。此时，马特莫正在接待台等待，随行的是纳撒尼尔·马默，查尔斯·斯蒂尔曼的搭档。黎里立即注意到，马特莫并没有像大多数与联邦证券交易委员会见面的人那样，西装革履。他穿着卡其色裤子和一件宽松的外套，没有领带，就像他要前往一个鸡尾酒会。

讯问开始之后，在第一个问题还没问完之时，马特莫就宣读了他律师为他准备的一个声明："根据律师的意见，我将根据美国宪法不做自证有罪见证人权利的规定，恭敬地拒绝回答相关的问题。"他在主张宪法修正案第五条的沉默权！

联邦证券交易委员会的律师对采取这种策略的人见得多了，但被告的相关反应却有所不同。通常，华尔街的嫌犯在主张修正案第五条的沉默权时，他们的表现都充满了敌意和愤怒，好像他们被传唤过去本身受到了冒犯。但马特莫不同。他平静得奇怪，脸上没有任何情感的流露。

随后，每当回应讯问时，他都会重复这个主张，反复了数十次之多。其间，黎里和他的同事借机近距离地研究了他。他们发现他是滴水不漏。但他们认为，如果马特莫是无辜的，那他就会借此机会做自我澄清。显然，他心里有鬼！

虽然他们最有希望的所有线索都陷入了泥潭，但还有一个人手握政府想要的答案。看来，联邦证券交易委员会必须坚持传唤史蒂文·科恩，设法使他来回答相关的问题。

这是一个重大的决定。传唤讯问亿万富豪可不是联邦证券交易委员会的常举。事实上，不久前，美国证券交易委员会的律师还被公开劝阻，[4] 不要纠缠华尔街的重要人物。联邦证券交易委员会的领导层曾经常暗示工作人员，不要打扰金融界最富有、最成功的那些人物。这是前任联邦证券交易委员会主席的"网开一面"监管方法的一部分。

但在2012年，伯纳德·麦道夫事件之后，该机构正处于转型之中。这一次，再也没人质疑宜兰股团队将传唤科恩取证的要求。

事实上，新的执法总监正在试图让联邦证券交易委员会的律师能够更顺利地实施自己的计划。

3月12日，黎里发出了一个传票，要求科恩过来作证。他们都知道，科恩不太可能会对他们有所帮助，这可能会是他们曾经遭遇过的最精心排练和最受律师操控的讯问之一。但他们别无选择，不得不试试运气。

对科恩来说，日益强化的调查也不是没有任何压力。多年来，他一直有兴趣购买一支职业体育球队，试图成为一支大联盟棒球队的主人。这是他儿时的梦想。他刚刚花了2000万美元购买了纽约大都会球队4%的股份，[5]这是迈向全面所有权收购的第一步。但，他必须向这支棒球队的治理团队证明，他有足够的责任感和信誉。

过去的几个月里，他从赛克资本的经营中腾出手来，为购买洛杉矶道奇队准备标书，[6]争取一支被名叫弗兰克·麦考特的停车场大亨弄得破产的球队的专营权。但是，随着科恩的名字与内幕交易调查连在一起，并以惊人的频率出现在报纸上，科恩不得不想方设法增强棒球大联盟的信心，以改善它的竞价机会。为了向这个城市推销自己，他还加入了洛杉矶当代艺术博物馆的理事会，与当地一位企业家合作，共同准备这个报价。他认为在他身边有一个洛杉矶的商人，会有助于这个项目的运作。但科恩并不想成为一个傻瓜，像之前其他华尔街大佬一样，只是花费高昂的价格来购买运动队。他决心把道奇队的经营当作生意来做。为此，他提交了一个16亿美元的报价。

2012年3月27日，在泄露给媒体的信息中，他已经进入了最终的入围名单。不过，他是这组竞标人中，唯一不需要借钱购买的人，这加强了他的地位。科恩觉得自己势在必得。

第二天，棒球大联盟宣布了它的决定。它已经接受了来自古根海姆合伙基金20亿美元的标书。[7]古根海姆是一家数十亿美元的投资公司，它与前湖人队的魔术师约翰逊（洛杉矶一位受人爱戴的人物）携手提交了标书。古根海姆最重要的投资者之一是迈克尔·米尔肯。[8]通常，科恩对他的投资都不会有感情化的色彩，但这次，他感到非常失望！[9]

在证交会证词室，查尔斯·黎里坐在一张椅子上，盯着史蒂文·科恩即将走过的那扇门。他的文件夹和文件都有条不紊地放在他旁边的椅子上。他再三检查过，一切都准确无误。他深知科恩的圆滑老道。一年前，他在费尔法克斯案中所做的取证记录表明，科恩能很自然地回应问题，而非真正回答问题。黎里清楚，最好的情况是，他能够抓住科恩的一些小问题或发掘出一些相关的细节，用来给马特莫施加更大的压力。这是黎里职业生涯中最重要的时刻。他深吸了一口气。

"就这样了，"黎里想，"我准备好了。"

科恩在决定是否作证或是采取沉默主张回应联邦证券交易委员会时，犹豫不决。但科恩法律团队的盘算很简单：刑事检察机关的传票威胁太大，所以科恩应该告诉他们一些"炊沙作饭"之事，拒绝回答他们的问题，但联邦证券交易委员会追究的不是刑责，所以与之合作是更明智的选择。科恩可以在市中心花费一天的时间，作施以援手之状，以示坦荡之心。他必须极力避免撒谎，如果他这样做，他会伤害到自己，会被用来指控他。如此这般，至少他可以告诉他的投资者，他正在和证券监管机构合作，在日益增加的新闻压力之下，使投资者感到放心。

对冲基金的投资者（科恩有天赋能使其资金翻倍的那些人），是一个行为可预测且自私自利的团体。其中许多资金，包括大学捐赠基金和管理公立学校教师和警务人员退休账户的养老基金，这些资金持有者巴不得就对冲基金的可疑之为，采取视而不见的态度，只要能赚钱就行。在某些情况下，特别是养老基金经理对退休人员有庞大的支付义务，但赚取所需回报的途径很少。科恩多年来为这些投资者赚了这么多钱，以致要迫使他们离开都很困难。如果伯纳德·麦道夫案说明了一个问题的话，那就是：即使成熟的投资者也易于落入高回报的陷阱。

当政府对赛克资本的调查达到某种炽热的阶段时，情况才开始出现变化。科恩开始接到焦急的投资者的电话，要求他解释为什么每隔几天他的名字就会出现在报纸上。难道这还不闹心吗？他想做些什么来解决这个问题？最终，他总算有了某种积极的东西，可以告诉他们：他正在和联邦证券交易委员会合作解决问题。

几分钟后，当科恩推门进来时，[10] 黎里才从冥想中回过神来。科恩的律师马丁·克洛茨与他一起，此外，还有科恩扩大的法律团队成员丹尼尔·克拉默，他来自全美一家顶尖的律师事务所"保罗－维斯"。与马丁·克洛茨打过交道的大多数律师都喜欢他。作为威尔基－法尔－加拉赫律师事务所的高级法律顾问，克洛茨为科恩和赛克资本提供外部法律顾问服务已经有10多年了。克洛茨具有耶鲁大学的哲学博士学位，在20世纪80年代后期，曾担任过检察官。他的优雅风度和低调性格为他在辩护法庭赢得了不错的声誉。他威尔基的同事把他视为他们中的翩翩君子；若你想要一个人给你推荐大都会最好的歌剧，他就是最佳人选。

另外，有些人认为克洛茨就像《教父》里的那位军师，是一位不值得信赖的人。正如许多律师几乎完全依赖一个收入来源一样，对利润丰厚的客户，克洛茨会谨小慎微。害怕自己做出任何可能伤害他的事情。

此时，科恩勉强挤出他的微笑，在法庭记录员旁边坐下。他的律师自行坐在他身边。通常，黎里的老板桑杰·瓦德瓦不会出现在这种取证现场，但这次取证是该项调查的重要时刻，他决定一定要到场。

起诉白领犯罪的挑战之一是双方资源的不匹配性，而且这会在会议桌上全面展示出来。在科恩方面，坐着两名满头银发的专业人士，他们每个人都拥有业界30多年的历练，还有炫目的见习经历和常春藤联盟院校的学位。他们更有经验，更讯诮老练；重要的是，为几乎没有资金底线的客户做事，能赚更多的钱。在另一方，查尔斯·黎里和阿米莉娅·科特雷尔更年轻、聪明、勤奋，也都出自一流学院。如果他们现在没有为联邦证券交易委员会工作，他们可能也是克洛茨和克拉默公司的合伙人。

黎里决心不能怯场。他会像对待任何其他证人那样对待科恩。

在他还未启动讯问之前，科恩就问他们什么时候可以做完。"我今晚要去看尼克斯队的比赛。"他说，他不想迟到。

随即，他举起右手。

"你能发誓说实话，完完全全的实话，而且，绝不掺假吗？"黎里问。

"是的。"科恩说。他靠在椅子上，一双黑眼睛在克洛茨和联邦证券交易委员会律师之间来回游动。

"科恩先生，"黎里说，"你明白你是在宣誓吗？"

"我知道。"他应道。

随后，黎里开始提问，从赛克资本和科恩在公司的角色开始。

科恩确认他是赛克资本的所有者，他也在公司管理着一个投资组合账户。他回答了赛克资本有多少雇员以及如何支付薪水等问题。他解释说，投资组合经理通常会在其投资组合中留一定比例的交易利润。他还介绍了汤姆·康尼内、彼得·努斯鲍姆、所罗门·库明、史蒂夫·凯斯勒和管理团队的其他几个成员。

不过，一旦讯问转到关于马特莫的问题时，科恩就不记得任何细节了。他表示，他在招聘马特莫时没起任何作用，也不记得他何时在赛克资本上班的。

"我想谈谈宜兰股和惠氏股与 bapineuzumab 的情况。"黎里说。

"我们可以称之为'bap'吗?"科恩问。

"当然。"黎里说。

在接下来的三个小时，他们来回说的事都是有关 bap 的，韦恩·霍尔曼、马特莫、科恩为何在 2008 年投资宜兰和惠氏，相关的头寸有多大，以及他最看重谁的意见。科恩承认，这些交易主要是基于马特莫的研究。但当谈到具体情况时，他那一代人中最伟大的交易员，能同时跟踪 80 种不同证券价格走势的人，竟然声称不记得了。他说了 65 次"我不记得了"。

黎里原本预期的就是这种玩法，但他仍然觉得很沮丧。科恩的表现好像他不明白这些问题的含义，而黎里很确定，科恩的这种"困惑"是假的。不过，科恩再次证实，他做宜兰股的投资决策，依据的是马特莫的建议，但他不能或不会谈论那个建议是什么，或者为什么这个建议能给他足够的信心，以致他不顾赛克资本内其他与马特莫建议相悖的专家的立场。

在联邦证券交易委员会的律师中，没人相信科恩会就交易宜兰股票只听马特莫的话，更别说头寸如此之大，风险如此之高的交易。他之所以不理会他的那些更资深的医疗股分析师，一定是有其很好的理由。但当黎里开始探讨此处时，科恩变得敏感起来。此外，还有一系列问题是与科恩的其他医疗股分析师戴维·蒙诺和本·斯莱特相关的，他们曾恳求科恩不要在宜兰股和惠氏股上投资太多。对于这些相关的争议，科恩声称自己没有任何相关的记忆。

在下午 1:00 前后，他们暂停讯问，开始吃午饭。

此时，联邦证券交易委员会的律师都回到瓦德瓦的办公室，一边吃着三明治，一边分享他们的相关印象。他们一致认为科恩正在极力回避；他不得不说谎。但认为他什么也记不起来，则是荒唐可笑的。

"我们必须继续给他施加压力。"瓦德瓦说，但他可以感觉到他们不会得到他们想要的东西。失望之感已经开始显露。

一小时后，取证流程再次启动。经过再次反复谈论蒙诺和斯莱特后，黎里讯问了一个关键的日子：2008 年 7 月 20 日星期日。这是在科恩下令卖出所有的宜兰股和惠氏股之前，马特莫和科恩通电话的那一天。联邦证券交易委员会的所有在场人员都十分渴望知道这个谈话内容。在他决定出售赛克资本的这些头寸之前，马特莫到底告诉了科恩什么？

科恩开始看起来显得很累。克洛茨请一位同事给他倒了一杯咖啡。

然后，黎里把马特莫那个周日上午发给科恩的电子邮件副本放在桌面上："怎么这么赶巧是那天上午？它一定很重要。"

"你还记得从马特莫那里收到的这份邮件吗？"黎里问。

随之是一段很长的寂静。"我想是的。"科恩回答说，随即就转过身去。

"你和他说什么了吗？"

"是的，那天早上他给我打了电话，"科恩说，"我记得他说，他觉得宜兰股头寸有些怪怪的。"

联邦证券交易委员会的一名律师问为什么。

科恩说："我一定是问过他怎么会这样，因为他总是在反复对我说，'我觉得宜兰股头寸有些怪怪的'。"[11]

"他有什么理由吗？"黎里问。

"他可能有，"科恩回答，"我只是不记得了。"

他们反复拉锯，科恩坚持认为，他不知道自己为什么面对内部巨大的反对声，还要顽固捍卫那 10 亿美元投资，但突然之间，又被一个交易员说服，立刻决定放弃这些头寸。黎里的上司之一，阿米莉娅·科特雷尔，看着这个讯问的流程，不信任感也油然而生。

"当马特莫先生说他觉得这些头寸有些怪怪的时候，你不记得你是否向他问了'为什么？'"她插话道。

科恩说，他相信他的确是问过他。

"你不记得他是否给过你任何实质性的回应？"

"我只是不记得了。"科恩说。

黎里试图提醒自己，这都是他们预料之中的。史蒂文·科恩绝不会走进联邦证券交易委员会的证词室，承认他收到了马修·马特莫的内幕信息。让他进入这个房间就是一场胜利！可以说，他们尝试过。不过，他们还是没有从他身上得到任何东西。

取证在下午 6:00 结束。在两队争球之前，科恩就已经坐在尼克斯队的赛场边了。

因果报应

辩护律师的金戒指，说的是一个被称为非起诉协议的东西。它保证你的委托人不会被指控重罪，甚至包括轻罪，但与之交换的必须是履行某些义务，包括为政府作证。这几乎是被告可以得到的最好的交易，但这种交易也不是可以随意从普利特·巴拉拉办公室申请到的。马克·穆凯西打算为西德尼·吉尔曼申请一个这种金戒指。他相信他能做到，因为在指控马特莫的案子里，吉尔曼非常重要。

有了这一目标后，穆凯西通过电话告诉联邦证券交易委员会，吉尔曼有重要的话要说。这是 2012 年 8 月，他建议会面的日子是星期五下午 6:00。黎里和他的同事不禁笑了起来。他们怀疑这又是一个拖延策略；穆凯西则以为他们不想在夏季周末前的周五晚上见面。

"太好啦！"黎里回应道。

吉尔曼刚一进门，联邦证券交易委员会的专职律师马上就意识到：此君态度已变。他坐在会议桌旁，声称此行就是为了披露实情。然后，他承认他向马特莫泄露了有关 bapi 的内幕信息。不仅如此，他还是反复向马特莫提供了内幕信息。他知道他犯了大错！

房间里的证交会调查员和检察官有一个紧急的问题，有关于那份幻灯片，即吉尔曼在 ICAD 会议前两周从宜兰公司得到的那份幻灯片。这是整个案件至关重要的核心物证，是一个确凿的证据。这份文件包含了马特莫的交易所依据的所有机密信息。找到并展示能说明马特莫如何获取它的电子证据，对说服陪审团至关重要。其中一位检察官阿罗·德夫林·布朗问吉尔曼：他是否向马特莫发送过这个幻灯片？如果是，怎么做的？

"是的。"吉尔曼说，他确信他发过。麻烦的是，他无法完整地记起那次对话了。他有一个模糊的记忆，即他还通过电话与马特莫一起过了一遍这个幻灯片的内容。

德夫林－布朗重新表述了自己的那个问题，希望吉尔曼能记起一些相关的细节。最后，吉尔曼说，他认为自己记得，在马特莫提出要一份这个文档之后，他就把它通过电子邮件发送给了他。就此，政府终于有了锁定马特莫案件所需的要件。此时，他们还没有找到那个显示吉尔曼已将那份幻灯片发送给马特莫的电子邮件，但它一定是存在于某个服务器上。黎里已经在考虑如何追踪到这份电子文档了。

面对这样无可辩驳的证据，马特莫的唯一出路可能就是供出科恩。联邦调查局已经开始计划逮捕马特莫。

三个月后，联邦调查局特工又在博卡拉顿马特莫的住宅外停下车。这一次，他们不是去那里谈话沟通的。特工马修·卡拉汉走到门前，使劲敲打着房门。

马特莫开门后，露出了一脸的惊恐！

"你想到过还会见我了吗？"卡拉汉问。

"老实说，没有。"马特莫说。

此时，卡拉汉心中有一个计划。如果马特莫这时表示可以考虑合作，那么正式指控他的想法将被暂时搁置。可是，当卡拉汉问他是否愿意合作时，马特莫立马摇头拒绝。卡拉汉二话不说，随即用手铐铐上了马特莫。

此时，正赶上感恩节那一周，罗斯玛丽的父母正和他们一起度假。他们愤怒地看着马特莫被特工带走，被推进那辆黑色轿车的后座。而且，马特莫的三个孩子也在一旁看着，满脸的惊恐和困惑。

到了中午，各家重要的新闻机构都报道了马特莫被逮捕的消息。[1]第二天早上，《纽约时报》则在首页上讲了一个故事：[2]"在过去的6年中，联邦当局结案了数十起对冲基金交易员的内幕交易指控。与此同时，他们一直在不屈不挠地试图坐实一个针对华尔街最有影响力之一的某个玩家的指控。"它写道："他就是股票玩家亿万富翁史蒂文·科恩。"马特莫的前同事都陆续看到了这个消息，开始把相关的往事碎片拼在一起：宜兰股和惠氏股巨大的危险头寸；围绕它们的争论和回避；科恩几乎完全依马特莫意见行事的怪异行为；一位同事关于马特莫如何具有"黑色优势"信息的解读。马特莫在赛克资本的前交易员蒂姆·扬多维茨离开了华尔街，现住芝加哥。他如今在芝加哥开了一家很酷的三明治店，[3]一家以他开发的一种特殊华夫面包为主打食品的店。他希望它将成为下一个流行的"Chipotle"。

当他看到关于马特莫被捕的头条新闻时，扬多维茨惊呆了！在通读了这篇新闻报道，详细了解了马特莫向一名药品研究员支付费用，获取了内幕消息的指控后，所有围绕着 2008 年宜兰股和惠氏股交易的怪异和神秘，都真相大白了！

他给一个朋友发了一封包含如下内容的电子邮件："因果报应，世事轮回！"[4]

现在，吉尔曼开始与联邦证券交易委员会一起高效地合作了，所以，政府当局对马特莫的指控颇有信心。

就诉讼的方式而言，检察官做出了不寻常的举动：不是通过一份刑事起诉书对马特莫进行指控的，即不是通过联邦大陪审团听取了有关被告的证据之后，所进行的正式刑事指控，而是巴拉拉办公室只用一纸诉状就对马特莫进行指控。当然，一纸诉状是起诉的第一步。通常，刑事起诉书意味着大陪审团已经看到了美国检察官办公室将要起诉的可能缘由。检察机关也可能直接颁布起诉书，但它希望推迟这一步骤，以便将其作为一个有效的施压策略。这就像给马特莫一个警告，让他知道可能出现的结果是什么：你确定你想要这样的结果吗？这里还有其他的路径哦。

不过，他们没有直接要求他与自己合作指控科恩。他们不想让人觉得自己急不可耐。

"如果马特莫自己没有这样做，我们倒想听听相关的缘由，"阿罗·德夫林－布朗告诉马特莫的律师查尔斯·斯蒂尔曼，"他不会觉得他需要有 100% 具体的东西……"

在一个大型的新闻发布会上，普利特·巴拉拉宣布已经逮捕了马特莫。他是一个天生的仪式主持大师，通常在圣安德鲁广场的一楼举行这些胜利而严肃的发布会。为了给这种活动做预热准备，他通常把自己办公室的空调调到北极的温度，并把音响播放的布鲁斯·斯普林斯汀的歌声开到震耳欲聋的音效。

当巴拉拉穿着黑色西装和红领带，站在演讲台上，述说着指控内容时，他保持着一种忧郁的神情，但有时会突变为一种会心的假笑。"今天披露的指控内容……阐述了随之而来的蒙骗……并持续不断，"他说，"具体来说，这项内幕交易首先是多头，然后，转为空头，相关的规模可真是史无前例的。"他把马特莫的宜兰－惠氏股交易说成历史上最赚钱的内幕交易。"据说，给那家对冲基金带来的非法利润高达 2.5 亿美元，"他停顿了一下，接着说，"那可是数亿美元的量级啊！"

其他几个人也在新闻发布会上发表了讲话。奇怪的是，没人提及赛克资本这个名字，只是把它称为马特莫工作的"那家对冲基金"。史蒂文·科恩在背景之中，每个人都很清楚，但也是没有人提及。

实际上，巴拉拉将科恩涉入该案的披露工作交给了参加发布会的那几十位记者。发布完毕后，这些记者立即冲了出去，赶紧去做相关信息的媒体发布。对马特莫的指控、他在赛克资本的所为，以及案件与科恩本人的关联消息，被众多媒体做了广泛的报道。

就在几个月前，巴拉拉还出现在《时代》杂志的封面上：[5]一个他脸部的特写，附加的说明文字是，"这个男人正在设法撬开华尔街"。现在似乎预言将会成真了。

2013 年的冬天非常寒冷，曼哈顿被包围在早春的冰层之中。3 月 8 日上午，桑杰·瓦德瓦刚把儿子送到托儿所，感觉好像又要迟到了。在紧赶慢赶的上班路上，他一不小心就滑倒在人行道上，头部撞到了路面。没有出现任何血迹，他呻吟着站了起来，步履蹒跚地走到办公室。这时有人给他送来了一个冰袋。那天，他计划要和科恩的律师打个重要的电话。他们将最终敲定联邦证券交易委员会与赛克资本的和解协议，这应该是历史上最大的金钱和解协议之一。

"你确定还要做这件事吗？"他的同事问道。

"我没事，"瓦德瓦说，"我们来把它结束了吧！"

马丁·克洛茨已经在几周前联系了瓦德瓦，说科恩想"解决"涉及马修·马特莫和迈克尔·斯坦伯格的交易案。他想就此了结这件事，不用担心将来会出现对他的指控。从科恩的观点来看，在事情变得更糟糕（比如，马特莫被策反）之前，解决这个案子是明智的。当然，还没有任何迹象表明这种策反会发生。

克洛茨已经制定的交易只会解决证券交易委员会对赛克资本公司的指控，解决的是非法交易的企业责任。科恩本人和其他相关个人仍然可能就此事受到指控。尽管如此，科恩还是想继续推进目前这份和解协议的实现。

瓦德瓦一手拿着冰袋敷头，一手拿起手机。联邦证券交易委员会已经就宜兰－惠氏股交易案确定了 6.017 亿美元的罚款；戴尔案的罚款则为 1390 万美元。这些罚款部分取决于证券交易委员会所确定的各案的非法利润金额，其中宜兰－惠氏案为 2.75 亿美元，戴尔案为 640 万美元。总的来说，这将是联邦证券交易委员会通过和解协议罚没的最大金额之一，[6] 几乎是拉吉·拉贾拉特南支付罚金的 4 倍。作为赛克资本的唯一所有者，实际上是科恩自己来支付这些罚款。

在瓦德瓦概述了他们提出的处罚之后，克洛茨说，他的委托人没有异议。在审阅过所有相关的法律条文后，他知道，其他处罚方式的结果可能会更惨。瓦德瓦挂断电话，开始准备相关的法律文件。

两年来，科恩一直生活在媒体泄密和新闻报道的敲打声中，暗示他是政府内幕交易案法办的真正目标。这个问题的核心推测是：他本人是否会受到刑事指控。现在，他想通过开立一张支票来免除他的法律问题。他相信他终于可以把这个噩梦甩到身后。正当他开始制订如何恢复赛克资本的声誉，使之变得比以往任何时候都更强大的计划时，针对他的另一起案件的势头开始显现。

另一组联邦证券交易委员会律师团队正在疾速寻找，乔恩·霍瓦特给予迈克尔·斯坦伯格的，关于戴尔利润信息的"二手转发"的电子邮件的相关事宜。戴尔交易案有可能仍然会导致对交易该股的个人进行指控。根据他们收集的证据，证券交易委员会的律师越来越肯定，他们将能够以内幕交易罪指控斯坦伯格。这是一个很大的进展，也是另一个渗透到距离科恩最近的那层人的机会。

在去年12月，联邦调查局突击搜查的那家对冲基金的两名交易员安东尼·基亚桑和托德·纽曼被判定有内幕交易罪。[7]乔恩·霍瓦特已被策反，并正在帮助政府立案指控斯坦伯格。虽然此时他还没被指控，但这只是时间问题。

戴尔案的证券交易委员会律师从交易记录中看到，2008年8月，在戴尔的盈利公告前，科恩与斯坦伯格同时交易了该公司的股票。看起来斯坦伯格的交易动机就是霍瓦特告诉他的信息（联邦证券交易委员会认为是内幕信息）。问题是，科恩为什么交易了戴尔？

2013年3月13日，星期三，在科恩和证券交易委员会将签署有关宜兰案6亿美元和解协议的前两天，瓦德瓦正坐在办公桌前，考虑即将发生的事情。这天他一直忙到凌晨1:00，十分疲惫。即将完成的赛克资本的这桩交易将创造历史，预计会引起广泛的关注。重要的是，终于有了一次，美国检察署与此毫无关系！没人会偷走他们的荣耀。此时，他的手机响了。

来电的是马丁·克洛茨。"你好，桑杰！"克洛茨说，"我们一直在继续挖掘您所要的最新文件，如果我们发现了想要的东西，会尽快通知您……"克洛茨指的是联邦证券交易委员会最新一批传票所涉内容。他的声音渐渐停了下来。随后，是一个漫长而痛苦的沉默。"我们发现那份有关戴尔的电子邮件，实际上已经转给了史蒂文。"

此时，瓦德瓦非常清醒。几个星期来，他们一直在与克洛茨交涉，以期获得赛克资本的旧电子邮件。美国证券交易委员会一直在询要 2008 年 8 月 26 日的"二手转发"的电子邮件，试图确定公司内部到底是谁收到了这份邮件。根据赛克资本的交易记录，在霍瓦特发出了警告斯坦伯格和其他人的那份消息（戴尔的盈利情况将会令人失望）之后，看起来有多个交易员都进出了戴尔的股票。

赛克资本给出了各种借口，以解释为什么它找不到那些电子邮件。作为一项公司的政策，该基金直到 2008 年 9 月才开始在其服务器上保留电子邮件的副本。联邦证券交易委员会的律师一直觉得很奇怪：像赛克资本的规模和每天有如此庞大交易量的公司，却不保存所有的相关记录，以防万一之需。在这段时间，克洛茨不断发现不同批次电子邮件的备份磁带。每次似乎都有一个不同的理由，解释为什么它要花这么长的时间。就 2008 年的交易指控来说，政府主管部门定的时间底线日益临近。克洛茨很清楚，他们的时间已经不多了。

克洛茨竭尽全力地辩解，为什么那份戴尔内幕信息的电子邮件转给了科恩并不重要。这几乎就像他知道了瓦德瓦的脑子正在想什么一样！

"我认为史蒂文可能没有看到这份邮件，原因有很多，"克洛茨说，"当时，正是仲夏之时，他正在汉普顿……"

瓦德瓦气得都要大声喊出来了！他想，赛克资本一定是把他们当作白痴了，竟然采用这种伎俩来蒙他们，而且在距签署巨额和解协议只有两个晚上的时候，才透露出这样一个重要信息。这太令人愤怒了！他告诉克洛茨，他需要和同事讨论这个问题，随即挂断电话。

如何以及何时披露这种重要信息很棘手。如果他从未提及，而科恩签署了 6.1 亿美元的联邦证券交易委员会和解协议，那么证交会的工作人员很有可能会在后来自行找到这份电子邮件；在这种情况下，他们自然会很生气，也不可能再相信他了。这可能会导致更大的问题，而且为了达成这份和解协议，已经做了这么多工作，就等合适的时机，以某种方式披露了。如果此时把这个问题告诉他们，克洛茨能够获得一些信任感，但同时，又让他们几乎没有时间做出反应，迫使他们可能只会选择继续实施已有的解决方案。毫无疑问，克洛茨的目标仍然是使科恩获得最好的结果。

那天晚上，联邦证券交易委员会的专职律师都在争论，是否应该在知晓新信息的情况下，还继续前述已有的和解协议。看起来，克洛茨似乎在试图摆脱某些东西。

当然也有可能，直到公司将要签署华尔街历史上最大的证券欺诈之一的和解协议的前一天，赛克资本的确刚刚在其备份的服务器上，发现了给科恩的那封有关戴尔业绩数据的内幕信息，而且此前一直没人看过。果真如此，那将是个难以置信的巧合，但这是可能的。

尽管如此，这份和解协议并没有排除对赛克资本个人进行指控的可能性，联邦证券交易委员会在整个谈判中从未就此动摇过。这份和解协议解决的将是赛克资本对宜兰 – 惠氏股和戴尔交易案的公司责任。该协议并没有点涉案的具体人名，只是指出了相关公司的名称。这是一个奇怪的遗漏，因为科恩直接拥有这家基金公司，并做出了所有的重大决定。实际上，就联邦证券交易委员会而言，这只是第一步。他们决定要继续追查，以便能够最终结案。

星期四，联邦证券交易委员会的执法律师，戴尔小组的主要成员，马修·沃特金斯花了大部分时间，检查这所有的 10 份协议，并做了最后的修改。第二天早上，2013 年 3 月 15 日，联邦证券交易委员会发布了一条爆炸性的新闻稿："赛克资本的'累计收益率本质'部门同意支付超过 6 亿美元罚款——史无前例的最大内幕交易和解案！"

瓦德瓦和他的同事花了一天时间，回答来自其他同事和对冲基金业朋友的祝贺电邮和电话，感谢他们终于制裁了长期以来业界许多人怀疑违规作弊的那家公司。但参与办案的每个人都知道，现在还不是歇息的时候，仍然需要争分夺秒。他们现在有一封将科恩与内幕信息直接联系起来的电子邮件。虽然他们从他身上罚没了巨款，但他们的目标却是要能够直接指控科恩本人，并使他永远从这个行业消失。最初，他们计划在这条爆炸性的新闻发布后，立刻出去举办一个庆祝午餐。但联邦证券交易委员会的小组成员只是坐电梯下到克拉克在底层的办公楼，快速地喝了一些啤酒，以示庆祝，然后，赶回了各自的办公桌。他们还有工作要做。

那晚 7:33，发给科恩的那份"二手转发"的电子邮件进入了华盛顿证交会中央处理部。证券交易委员会律师想知道的第一件事是：科恩收到的电子邮件与其戴尔股份的销售，在时间上是否吻合。显然，若他在收到电子邮件之前就卖掉了它们，那整个事情就没有问题了。

根据电子邮件的元数据，赛克资本分析师乔恩·霍瓦特于 2008

年 8 月 26 日下午 1:09，把这份邮件发送给了迈克尔·斯坦伯格和加布里埃尔·普洛特金。

贾斯汀·史密斯，联邦证券交易委员会的专职律师，注意到这份电子邮件链上的一个新名字：安东尼·卡瓦里诺。显然，普洛特金在下午 1:13 之后，将电子邮件转发给卡瓦里诺，即在霍瓦特发送后 4 分钟。史密斯兴奋地向同事发了一个消息，提醒他们注意这个新的情况。

联邦证券交易委员会对安东尼·卡瓦里诺不熟悉。他们熟悉普洛特金的名字——一个明星级投资组合经理，科恩寻求交易想法的人，特别是有关大型消费类公司的股票交易。卡瓦里诺在赛克资本员工名单上被定义为"研究交易员"。他直接为科恩工作。在下午 1:29，卡瓦里诺将有关戴尔的电子邮件转发给了科恩的个人电子邮箱和办公室的电子邮件。

联邦证券交易委员会很快拿到了卡瓦里诺的电话记录。果然，在下午 1:37，有一个卡瓦里诺打给科恩手机的电话。它持续不到 1 分钟。2 分钟后，科恩出售了 20 万股戴尔股票。在随后的这天下午，他还不断地继续出售；在这个交易日结束之前，就已经出清他的全部 50 万股戴尔股票。两天后，戴尔公布了令人失望的利润数据（就像霍瓦特预测的那样）。

此时，证券交易委员会只是根据电话账单得出了结论，所以，当卡瓦里诺在下午 1:37 来电时，科恩是否真的接了电话仍不确定。按推测，卡瓦里诺会告诉科恩戴尔那份电子邮件的内容，确保他知道了此事。该账单显示这个电话发生过，但 48 秒是一个很短的时间。科恩可以很容易地说他接起了电话，但没听。经过几天向美国电话电报公司的恳求后，联邦证券交易委员会收到了一封信函，确认该公司仅针对已被回复的电话客户计费的政策。该公司还发送了一个 Excel 电子表格，列示了所有相关的电话，最短的只有一秒钟。

此外，联邦证券交易委员会还有更多的问题。其他人有可能下令销售戴尔股份吗？科恩有可能在下午 1:29 之前下单吗？下指令和执行指令之间是否有延迟？就此，联邦证券交易委员会假设一个可能的场景：[8]霍瓦特发现了来自杰西·托尔托拉的有关戴尔收益的重要信息。然后，霍瓦特通过电子邮件，把这个消息发送到斯坦伯格和普洛特金。然后，普洛特金告诉卡瓦里诺，后者则依次告诉了科恩。然后，科恩在坏消息公开前，卖掉了他所有的戴尔股票。任何其他的解释都会涉及更复杂的假设。这再次适用奥卡姆剃刀原理。

他们对科恩的所有了解都表明，他对股票有一股痴迷和狂热。他已经将赛克资本建成了金融业最先进和最强大的信息收集机构。他不仅记忆超群，而且，还对可能推动其交易的新情报怀有极度的贪欲。如果其投资组合经理有相关的动作而没有先告诉他，他会记恨。事实上，人们知道他会斥责交易大厅里任何这样做的人。因此，他们的推理是：他清楚其投资组合经理，如斯坦伯格等，所做的任何事情，包括他们戴尔头寸的处理情况以及为什么要这样做的理由。

不过，克洛茨却认为，科恩并不一定看到了"二手转发"的那份电子邮件。显然，克洛茨还在竭尽全力从事那些能够拖延和分散他们精力的事情，借以浪费他们的时间。

此时，史蒂文·科恩并没有隐藏起来。他急于要表现自己的自信，向投资者保证赛克资本还有未来。在 2013 年最初的几个月，他使自己频繁地出现在公众的视线中。1 月，他在达沃斯参加了世界经济论坛，[9]而且，罕见地出现在棕榈滩对冲基金的会议上，目的都是向世界表明，他科恩并没有因为刚刚同意向联邦证券交易委员会支付巨额罚款，而感到畏缩气馁！

3月底，他收到了艺术品经纪人威廉·阿奎维拉的电话。赌场老板和艺术品收藏大亨史蒂芬·永利，准备再次出售毕加索的作品《雷神之梦》。

由于永利那昂贵且愚笨的肘击，科恩与永利不得不取消当初的那次交易。时光荏苒，时间已经过去了7年。在这段时间里，永利花了大量资源来恢复这幅绘画。但科恩仍然有兴趣购买吗？就在第二天早上，科恩和他的艺术顾问赶到阿奎维拉的画廊。

科恩的艺术品收藏是世界闻名的。2005年，他做了几次重要的艺术品收购，[10] 包括一幅梵高的画、一幅高更的画（据称购买价是1.1亿美元）。2006年，他收购了一幅价格1.375亿美元的德库宁的作品。2012年，他为亨利·马蒂斯的四件青铜雕塑付了1.2亿美元。此外，他还拥有数十件其他杰作，包括波洛克、莫奈和马奈的油画。画廊老板都喜欢他，因为只要是最好的艺术品，他从不还价。在其生活的其他领域，科恩通常也是随心所欲地购买任何他想要的东西。但是，及至此时，毕加索的《雷神之梦》还没有到手。

那次事故发生后，永利将《雷神之梦》送到了泰伦斯·马宏的手里。这是一位被视为美国仅有的两名能够修复这幅画，而不会削弱其价值的艺术品修复大师之一。在公园大道南的工作室，马宏设法重新调整了画布上的线程，使用针灸针的接口将它们缝合在一起。然后，他还能把颜料轻轻地涂抹在新缝合的线程上。

"幸运的是，一旦把撕裂部分重新弥合后，就没有什么损伤了，"马宏说，"油料只受到轻微的损害。它不像画布上出现了一个洞或空隙所带来的损害。实际上，我不得不填加油料的空间只有铅笔尖的宽度。"[11]

做这种工作需要一双珠宝商的眼睛和血管外科医生的稳健之手。马宏于2006年12月11日完成了任务，总费用为90 493.12美元。然后，这幅画开始了其著名的自证重生之旅，在威廉·阿奎维拉的东79街的画廊展出。时至今日，阿奎维拉才给科恩打电话。

"3分钟后，我们就达成协议，"科恩的艺术顾问说，"这是一幅让史蒂文魂牵梦萦了近10年的油画。"[12]

"当你站在它面前时，你有心醉神迷之感。"[13]科恩如此评说这幅作品。

当1.55亿美元的购买天价传出时，[14]这笔交易立即引起了检察机关，联邦调查局特工和联邦证券交易委员会律师的关注（他们通过多年调查仍在试图组织对科恩的指控材料）。在进行刑事调查的当口，什么辩护律师会允许他的客户做如此排场和规模的购买举动？这好像科恩在试图对抗政府一样。

在购买毕加索的作品之后，理查德·扎贝尔（普利特·巴拉拉的副手）开始就科恩办公室的艺术收藏品开玩笑。"我想要他的那条腌鲨鱼，"他说，指科恩花800万美元买的达米恩·赫斯特的那套装饰作品，"我想把他的那条鲨鱼放在办公室里。"

虽然科恩的表现就像一个胜利者在庆祝狂欢，但政府部门的相关调查却远没有结束。科恩似乎在向世人说，他支付给联邦证券交易委员会的那6.16亿美元只是小菜一碟，他可以在他迈巴赫车的坐垫里随意找到这个数目的钱！

救生筏

清晨，当太阳照耀到曼哈顿之前，从宽敞的石灰石建筑的大厅中溢出的灯光，洒向上东区的人行道。就在 2013 年 3 月 29 日上午 6:00 之前，在东 78 街和公园大道的拐角处，一群联邦调查局执法人员正聚集在一个大厦的入口附近。

在该大厦八层的一套股东公寓里，迈克尔·斯坦伯格正双手搁于膝，坐在沙发上。通常，联邦调查局要逮捕拘留某人时，特工们喜欢让对象感到措手不及，但斯坦伯格的律师巴里·伯克提前知道其客户当天将会被捕。斯坦伯格把家人留在了度假的佛罗里达（此前，他们趁春假去那里拜访妻子的亲戚），他自己飞往纽约，应对此事。

在清晨 5:00，除伯克外，克莱默 – 莱文 – 纳夫特拉斯 – 弗兰克尔律师事务所诉讼部门负责人，也来到斯坦伯格的公寓，和他在一起。他们想尽可能使逮捕不节外生枝，顺利进行。斯坦伯格穿着卡其色裤子和一件海军 V 领毛衣，没系皮带或鞋带（潜在的自杀手段），伯克告诉他这些在联邦拘留期间是不允许有的。此时，斯坦伯格打开了前门的门锁，静候他们的到来。

在清晨6:30，传来了联邦调查局特工的敲门声。

斯坦伯格站在门边，看着一群特工进入他的公寓，开始搜索每个房间。在迅速确定家里没有他人后，特工给斯坦伯格戴上手铐，把他带出了大厦，进入灰色福特车的后座。此时，外面仍被笼罩在黑暗之中。就斯坦伯格而言，那天早上唯一的意外是，有一个《华尔街日报》记者站在街边，用她的手机记录了整个过程。看来，提前得到消息的不仅是斯坦伯格一人。

几周以来，斯坦伯格的律师一直在为他的主动就范谈条件。他们推测他被捕的概率很大，所以，他们主动说服他自愿接受这个结果，但联邦调查局坚持认为斯坦伯格的处理方式必须像任何其他被告一样。当然，斯坦伯格想避免在妻子和孩子面前发生逮捕的场景，使他们的心灵遭受羞辱和创伤。伯克曾打电话给戴尔案的首席检察官安东尼奥·艾普斯，告诉她，他的委托人打算在每天清晨的5:00入住一家酒店，等在那里直到上午7:00（这通常是联邦调查局逮人的时间窗口），他们可以来这里带人。"如果从明天开始，你或你的同事想要找迈克·斯坦伯格，我会给你酒店名称和房间号码。"伯克告诉她说。

"谢谢，"艾普斯说，"但我本周不需要这个信息。"她犹豫了一下，然后说："下周打电话给我。"

这样持续了六周，伯克持续打电话问是否"他们需要麦克的酒店信息"，也就是说，他是否会在这周被捕。然后，在3月底，艾普斯打电话给他。"他需要在星期五到这里。"她说完，就快速挂断电话。此时，斯坦伯格和伯克都在度假，但他们放下一切，快速返回纽约。

从纯经济角度看，斯坦伯格的案子微不足道。在正常情况下，政府可能甚至不会去费时费力指控他。据称，他的非法交易只赚了140万美元，相比于非法盈利2.76亿美元的马特莫案，这是小菜一碟。但这个逮捕事件却发出了一个重要信息。因为这是和科恩亲近的人第一次从家里被铐走，而且与此前被指控的其他人不同，斯坦伯格就像是科恩的儿子。

"我们抓了你的伙计，"普利特·巴拉拉似乎要对科恩说，"接下来我们要来逮捕你！"

斯坦伯格被从市中心带到联邦广场26号大厦走程序，留下了他的指纹，接受了预审部的讯问。此时，起诉书已经开封，指控他进行串谋和证券诈骗。他放弃了他的护照，获得保释——保释金是300万美元（他通过将其公寓作为抵押物获得）。几乎立即，合作的压力开始显现了。相关指控刚一提出，艾普斯就给伯克打来电话。

"我们认为，斯坦伯格应该跟我们谈谈了，"她说，"我们感兴趣的是他得谈谈他赛克资本上司的事。"

对于伯克来说，很明显，她指的是科恩。每个人都知道美国检察署极其渴望能够对他进行指控。但从伯克的角度来看，这种合作不是他们的选项。斯坦伯格也坚持认为自己是无辜的，而这种合作是需要认罪的。

实际上，伯克是在这样的情形下长大的。[1] 他是家中第一个上大学的，首先是杜克，后来是哈佛法学院。伯克成长于费城的一个中产阶级家庭。那时，经过一系列当时他还不懂的税务审查后，伯克眼看着父亲失去了他的小亚麻供应公司，觉得很不公平。这个家庭也因此几乎失去了一切；这个经历使他对政府持有深深的厌恶感。从此，在与政府的拼争中，伯克总能找到相当的自豪感。

"他不能做这种交易，"伯克告诉艾普斯，"他没有做错什么！"

在斯坦伯格被捕之日，联邦证券交易委员会的戴尔团队回到圣安德鲁广场 1 号，与联邦检察署的同行会面。涉及戴尔案件的所有人，检察官和证券交易委员会的调查员，被召集在一起，开一个紧急会议。联邦证券交易委员会执法处的代理负责人乔治·卡内洛斯，在纽约只有半天的停留时间。显然，在一定程度上，这个会议的安排是为了适应他的日程。

会议目的是讨论政府如何根据对科恩收到的关于戴尔的"二手转发"电子邮件的新信息进行调查。证券欺诈行为有 5 年的法律时效制约。宜兰交易案发生于 2008 年 7 月，戴尔交易案发生于同年 8 月。因此，要想以这些案子的罪行指控科恩或任何其他相关人，他们分别只有 3 ~ 4 个月的时间。他们没有时间可以浪费！

在此，卡内洛斯扮演白领辩护律师的角色，指出了他们案子的软肋。他喜欢这样做，扮演逆向的角色。作为执法者，卡内洛斯在联邦证券交易委员会以外赢得了不错的声誉，都是因为他有点过于同情被告，有时不愿意提出过激的指控。不过，他的同事发现他的辩论风格还是颇有帮助的。因为最糟糕的情况是当你开始了和解的过程或进入法庭流程时，却发现对手使出了你没有想到的抗辩招数。在此，人们总是可以指望乔治能够随时向他的同行同事，指出对手辩护律师可能聚焦的方向。卡内洛斯指出，只是因为有人给科恩发了那封电子邮件，并不意味着他一定读了它，更不用说他就一定会据此行事了。那么，"二手转发"到底是什么意思呢？这里阅读的可能性很大，的确，收到霍瓦特电子邮件的任何人，都明白它指的是什么。但这里涉及的都是关于语境的问题。孤立地来看，这句话可能会有多种解读，而且，可以肯定的是科恩的律师会最大限度地利用这一点。

随后，他们列出了他们想要约谈的每个人：赛克资本每个与戴尔电子邮件有联系的人，以及赛克资本高管层和合规部人员。他们所剩时间很少，需要确定想要了解的优先事项。他们需要更多地了解公司的工作运转情况，如谁有权为交易开绿灯，谁确保科恩知晓重要的股票消息。他们讨论了向各位高管发送传票的好处，而不是请他们屈尊面谈。此外，他们还检查了证实一个在审案件所需的所有证据。

对于刑事检察官来说，这种辩论是一种内含挫败感的演习。尽管有大量证据把赛克资本与内幕交易关联起来，但他们担心，如果没有更具体的证据（理想情况下，是可以证明科恩所做之事的证人），就不可能成功地指控科恩。普利特·巴拉拉以及全国各地的其他高层检察官，对大案败诉的可能性越来越敏感，特别是吸引了大量新闻媒体的那种大案。来自常春藤联盟法学院的那些雄心勃勃的年轻检察官，都不想与名扬天下的挫败联系在一起，特别是当他们试图建立自己的事业和声誉时。巴拉拉曾经眼瞅着东部地区的检察官，在几年前（2009 年）败于一桩媒体密切关注的、针对两名贝尔斯登对冲基金交易员的欺诈案。同样，那可是一个当时看起来似乎是必赢无疑的案子。它是金融危机爆发后浮现的两个重大刑事案之一，但那两名基金经理人在六个小时后就被无罪释放了。就此，政府主管部门在两个方面遭到严厉批评，首先是在这个案子的选择上，其次在案子的处理方式上。这是一场灾难，它向司法部发出了一个信息：在华尔街追究犯罪行为时，将那些要件接近确定的案件提起诉讼是更保险的做法，[2]不要去冒那种大型审判失败的风险。

巴拉拉的检察官认为，要把对科恩的刑事指控做成在法庭上铁定的案子，他们需要一个见证人或窃听的信息。这样才能将他明确地与戴尔案或者宜兰案联系起来，即有清晰且无可辩驳的人证或物证表明，科恩知道他是在基于内幕信息做交易的。简言之，他们需要策反斯坦伯格或马特莫。

他们等待并希望发生这种情况的同时，也在考虑向赛克资本提起企业欺诈指控。就此，检察官手里有该对冲基金的两名高级职员（斯坦伯格和马特莫），以及他们收集的所有其他证据。他们可以借此争辩说，赛克资本的整个文化都烂透了！

不过，联邦证券交易委员会的思辨基础截然不同。该机构证实民事诉讼的标准较低，所以，他们有可行的论据指控科恩。他们想把他撵出这个行业。联邦证券交易委员会的调查人员知道，科恩在出售戴尔股票时，在他的收件箱内有那份"二手转发"的电子邮件。实际上，这个物证就足够了。联邦证券交易委员会明确规定禁止某人在拥有某股票的内部信息时，交易该股票。

一旦把整个故事放在一起，瓦德瓦觉得他们肯定能说服陪审团。"我们一定能惩罚他。"他想。

迄今为止，已有 4 年的时间，史蒂文·科恩的律师成天忙于传票处理、文件索要，以及备忘录和策略会议等。在早春时节，他们启动了一个紧急的新项目——把他们打算提交给联邦检察署的辩护演示稿汇总在一起。他们把大约 130 页长的演示文稿装进一个黑色的活页夹。他们想借此建造一只救生筏。

2013 年 4 月 25 日，星期四上午，穿着黑色套装的男女开始向圣安德鲁广场 1 号 8 楼的大型会议室聚集。众人就该桌靠近核心的位置纷纷落座，反映出参会人员的等级。普利特·巴拉拉的副手理查德·扎贝尔坐在长桌"政府"一边的中心位置。他的两边坐的分别是检察官、证券股股长、资产没收股负责人、检察署刑事部门负责人，还有几名联邦调查局的特工，以及正在处理戴尔－宜兰案的联邦证券交易委员会律师。此外，还来了很多政府相关部门的律师，共 17 位，他们不得不从下面的大厅搬一些椅子来。

就在两星期前，考虑到这次会议的需要，巴拉拉要求他的检察官准备一份详细的备忘录，概述政府指控科恩的所有证据。这份备忘录需要包括有关科恩在戴尔和宜兰案上的所有证据，以及其他可能针对他案件的任何证据。为此，安东尼奥·艾普斯和阿罗·德夫林－布朗在办公室闭门干了一个星期，把相关的材料组织在一起。除了戴尔和宜兰案的证据之外，该备忘录还包括科恩收到的来自其交易员和分析师的内幕信息的种种资料，但还没有做任何事情来确定这些信息真实性。显然，检察官觉得，科恩的员工觉得给他内幕信息是很正常的事情。有些员工告诉联邦调查局特工，他们认为这是他们工作的一部分。而检察官发现，科恩也从来没有将任何一名雇员的可疑交易案提交给联邦证券交易委员会。

当备忘录完成后，它被交给了巴拉拉，他做了仔细审查。然后，他和扎贝尔花了几小时与艾普斯和德夫林－布朗一起，又把它过了一遍。他们梳理了可能的抗辩理由，并询问这些检察官，他们对这些抗辩理由的反驳是什么。每个人都认为，有一大堆证据可以用来对科恩提起诉讼，但想在审判中胜出还不够。他们的获胜机会可能还不到五五开。证据都太间接了。

另外，针对赛克资本的刑事指控是他们很容易赢得的一个案子。他们在开始组织这个案子的同时，等待马特莫的觉悟及其愿意合作的决定。马特莫面临的选择是：年轻家庭的天伦之乐，或未来长期的监禁。随着他审判日期的临近，他们希望他与政府合作的好处变得更加清晰，他会给他们提供指控科恩所需的证据。

下一步是要求与科恩的律师会面。这里重要的是，听听他们的观点，给他们一个机会，说服政府不要再往前走。同时，这也是政府机构预览科恩辩词是什么的机会。这也是马丁·克洛茨和科恩其他每小时 10 000 美元的法律团队，证明他们是多么聪明的时刻。

像往常一样，克洛茨看起来略显不修边幅。他在韦尔奇－法马－盖乐戈律师事务所的搭档迈克尔·沙赫特坐在他的旁边。保罗－韦斯律师事务所的所有合伙人丹尼尔·克拉默、迈克尔·格茨曼和马克·波美坦茨坐在他们的旁边。保罗－韦斯的明星审判律师泰德·威尔斯也出席了会议。虽然他没有说话，但这个信息却是很清楚的：如果这个案子真到了法庭阶段，那么，这个以在自己的结案陈述中慷慨陈词而闻名的威尔斯，就是他们的对手。

克洛茨最先做演讲。他的使命很简单，就是不让史蒂文·科恩进监狱。他对这项任务的认真程度，就如同科恩是自己的家庭成员一样。

1988 年，迈克尔·米尔肯的律师面对同样严峻的法律压力时，[3] 采取了自傲自大的态度，认为米尔肯是一个美国英雄，他的垃圾债券帝国为美国经济提供了燃料。他们将米尔肯描述为"国宝""天才"和"国家资源"，并公开辩称，米尔肯创建垃圾债券市场的工作为全国各地的公司和社区创造了价值。实际上，这个说法有一定的合理性。米尔肯为想要借钱的公司，特别是为规模太小或风险过大而无法获得传统贷款的公司，引入了获取发展资金的新方法；他的创新对美国经济增长的贡献，是当今对冲基金所无法做到的。当时，米尔肯还发起了公关活动，向新闻媒体提供很友善的采访机会。在许多方面，科恩是米尔肯的化身，来自中产阶级底层，并上升为他那个时代华尔街代表的金融家之一（部分是监管机构怀疑的非法手段）。但在米尔肯的案子里，他的抗辩策略被证明是一个巨大的败笔，那傲慢表现只是加强了检察官要拿下他的决心。

科恩的律师非常聪明，不会犯同样的错误。他们并不认为科恩是一个圣人或一个创造就业机会的人，或者他以某种方式改善了美国同胞的处境。相反，他们把重点集中在了政府的软肋：惧怕在另一个大案中再次败北！克洛茨想做的是创造疑问。他和他的同事很精明，知道政府最终算计的是风险评估和虚荣。克洛茨设法让检察官着力去想，在审判中遭受羞辱性失败的感受。果真如此，报纸有关普利特·巴拉拉的头条，将从"这个男人正在设法撬开华尔街"变成不那么讨人喜欢的表述了。

一位威尔基律师事务所的助理将他们准备好的那个黑色活页夹分发给房间里在座的各位。这里面的内容分为三个部分："普洛特金""科恩"和"宜兰"。克洛茨抬起头，看着各位的脸。"谢谢大家今天能给我们时间和你谈谈。"他用他那沙哑的声音说。然后，他就正式开始了自己的演说，持续了差不多四个小时。他对交易记录和电子邮件一页一页地解读。在场的政府官员可从来没有忍受过这样的事情。

克洛茨所做的关于戴尔案的辩护含有三个要件：科恩不太可能看到"二手转发"的戴尔电子邮件；无论他是否阅读过，都无关紧要；最后，即使科恩已经阅读了那份电子邮件并根据其内容进行了交易，这也远不足以说明它就构成了内幕交易，因为科恩几乎不知道这个小道消息的最初来源。

表面看来，克洛茨所做的辩解似乎很简单。他没有提出相应的理由证明，科恩卖出戴尔份额有自己非常明智的依据；相反，科恩自己的律师都说，这位他那代人中最成功的交易员每天都做即兴表演。也许他读了一封关键邮件，也许他没有。谁知道？科恩深陷于信息的沼泽之中，绝对没有办法证明他读了某一封电子邮件，更不用说据此行事了。他做决策依据的是自己的直觉，甚至独立于自己高薪聘请的分析师和专家。他做事基本上没有具体的方法；他的行为都是杂乱无章、无规可循的。

"没有证据表明史蒂文读了那份'二手转发'的电子邮件，或者他向任何人讲了这封电子邮件的内容，"克洛茨继续说，"没有一个能证明自己和史蒂文讨论了这封电子邮件的证人。"他补充说："史蒂文只读了占其电子邮件的一个很小的百分比的内容。"

他翻到科恩的电子邮件收件箱屏幕截图的打印页。科恩有垃圾邮件过滤器，从他巨量的通信邮件中，把垃圾邮件直接移除，即便如此，他每月还至少收到2万封电子邮件，或者每个工作日收到近1000封电子邮件。实际上，他只看了其中的10%。克洛茨补充说，对于将"二手转发"电子邮件转发给科恩的、他的研究交易员安东尼·卡瓦里诺发来的邮件，科恩也只读了约21%。克洛茨还展示了科恩微软邮箱中的电子邮件收件框的一个例子：来自韦恩·霍尔曼的一则消息，介绍了高尔夫球和晚餐的安排，以及各证券经纪公司关于油价和美联储会议记录的研究报告。

在这个列表的中段，来自卡瓦里诺的那则邮件信息清晰可见，"转发：戴尔"，以粗体显示。

当政府律师注意到，那份戴尔电子邮件的正上方的邮件是亚马逊的"折扣多达60%的艺术杂志"的营销信息时，他们都设法不要大声笑出来。显然，科恩用的那种垃圾邮件过滤器并不总是那么奏效。

克洛茨指出，科恩也每天收到类似数量的即时消息。科恩的桌子上有七台显示器。他的微软邮箱的消息出现在最左边的那个；这个屏幕摆在其他多个屏幕之后，进一步增加了他从未看到戴尔邮件的可能性。他不得不"转到他的七个屏幕的最左边的那个，最小化一个或两个计算机程序，向下滚动他的电子邮件，双击打开那份'二手转发'电子邮件；然后，他还要再向下移动三个转发链文字，才能阅读到那份'二手转发'电子邮件的内容；之后，再发出出售戴尔股份的指令"。根据克洛茨所示流程，所有这些都发生在不到半分钟的时间里。

对房间里的大多数调查员来说，科恩以这种随意的风格经营其业务的看法，似乎并不可信。他们已经研究科恩 6 年了，清楚他是一个信息的贪婪消费者。他们认为，赛克资本的组织结构确保科恩能获得其投资组合经理及其激进团队所收集的每一个交易数据。就此，他实施了严格的控制和要求，加之，科恩研究交易员的唯一职责就是提醒他关注那些关键的市场信息，所以，认为他忽视这些人发来的 80% 的信息，显然使在座的政府雇员感到十分的荒唐。

但是，从为科恩辩护理由的潜台词看，它的确是强大的。

克洛茨提醒房间里的所有人，在"二手转发"电子邮件发送到科恩之前，它已经经历十分复杂的旅程。"史蒂文不记得他是否曾经看过这份电子邮件，"克洛茨说，"他可能从来没有看过。"

然后，克洛茨重新审视了这份电子邮件传送的背景情况：[4] 2008 年 8 月 26 日，在戴尔公布盈利状况的前两天，科恩拥有 50 万股该公司的股票。另外，斯坦伯格是做空戴尔股票的。一旦斯坦伯格知道科恩持有戴尔股的多头，他和霍瓦特就开始辩论是否以及如何告诉科恩，他们有着相反的赌注头寸。斯坦伯格与科恩就那只股票的对立观点进行了交谈，时间是离戴尔盈利公告发布还有两天的那天上午。加布里埃尔·普洛特金也持有多头的戴尔股票，斯坦伯格催他通过电子邮件与霍瓦特讨论自己的研究结果。中午 12:54，普洛特金和科恩在电话里谈了 7 分钟。不久之后，霍瓦特就发送了那份"二手转发"电子邮件，随即普洛特金就转发给了卡瓦里诺，然后，后者又将其发送给了科恩。

紧接着，卡瓦里诺打电话给科恩，就是那个持续了一分钟左右的电话。下午 1:39，就在科恩挂断那个电话后，他就开始了出售这只股票的过程。截至当天下午，在市场关闭之前，科恩清售了他持有的所有 50 万股的戴尔股票。

8 月 28 日下午 4:00 后不久，戴尔公布了它的盈利状况。这只股票应声下跌。科恩避免了 150 万美元的损失。

然后，克洛茨开始攻击该案的法律依据。他认为史蒂文收到"二手转发"邮件后所做的交易是否构成内幕交易，还远不明朗。该戴尔信息的传递链是：从戴尔投资者关系部员工传给一位名为桑迪普·戈雅尔的交易员，然后又从杰西·托尔托拉到霍瓦特，再到斯坦伯格，再到普洛特金，再到卡瓦里诺，最后才到科恩。克洛茨及其辩护方的同事相信，科恩离原始信息源太远，也不了解情况，无法对证券欺诈负有任何刑事责任。

克洛茨说："我谈过的很多人，他们都说这不是内幕交易的合法延伸。"

"这些人中有没有联邦法官？"里奇·扎贝尔问道（他是此次会议中司法领域的最高官员），"不要糊弄我了！"

扎贝尔，有着一撮山羊胡子，看起来有点狼的模样，生长于对冲基金行业的背景之下。他是律师事务所舒尔特－罗斯－扎贝尔创始人威廉·扎贝尔的儿子，该律师事务所拥有大量对冲基金的客户。他清楚经营对冲基金的人是有多么富有，也不害怕表达自己对他们行为动机的不屑。但是，当他直率的发问和嘲讽引起哄堂大笑之后，随之而来的只有一片尴尬的沉默。虽然不愿意承认，但政府的检察官们都知道，科恩与戴尔泄密之间的距离，的确是刑事指控的一个严重的软肋。

然后，克洛茨说起了一个关于他女婿的虚构故事：他是电子产品连锁店百思买的雇员。"你可以问他，'平板电视卖得怎么样?'他会告诉你他们的销售情况如何，"克洛茨说，"这就是从'那家公司内部的某个人那里得到的二手转发'，而且，那是完全合法的。那份戴尔电子邮件的内容和我从我女婿交谈中得到的，没有什么不同。"

克洛茨瞥了一眼他周围那些政府律师的面孔。他们似乎没有什么动静。不过，那些检察官心里都很清楚他说到了点子上。仅仅基于那份电子邮件，很难判定科恩有罪！

经过了三小时漫谈之后，克洛茨终于把话题转到了宜兰股——这个活页夹中占比最小的部分；这清楚地反映了科恩的律师在这项交易上感受到的威胁程度，当然，它的前提是马特莫不与政府合作。克洛茨的论点核心在于科恩出售宜兰股票有多重理由，没有一个与马特莫可能获得的任何内幕信息有关。他展示了宜兰股票价格走势图，从3月的19美元上升到7月的30多美元。他说，仅凭这一点，卖掉它就是个明智的做法。就在那个月，一些分析人士曾发表报告指出，该股价格已经到顶，是出手的时候了。赛克资本在这只股票上握有 8000 万美元的账面利润。接着，克洛茨说，科恩接到了来自马特莫的电话，后者说他觉得继续持有该股"不再合适了"。唯一谨慎的做法就是卖掉它。

当克洛茨讲完后，扎贝尔只是摇头。"对不起，没有说服我。"他说，这也反映了这个房间里许多人的想法。

通常，辩护律师会在这样的会面中提出强有力的论据，但对扎贝尔来说，这听起来还是很弱。克洛茨的论点很抽象，不是建立在任何事情的实际确认上的。科恩可能没有阅读那份电子邮件。他可能没有时间对此做出反应。扎贝尔认为，这有点像是说："我可能在银行，我可能戴着面具，我可能有枪，但这并不意味着我抢了银行。"

不过，克洛茨所言（也就是他将会在陪审团面前的所言）对这些检察官来说，的确是一剂现实的苦药。经过多年艰苦的工作，他们感觉自己并没有能使科恩定罪的证据。无论如何，以刑事案来定科恩的罪，已经没有可能性了。近十来年，联邦调查局，联邦证券交易委员会和联邦检察官办公室找出了一众定罪的销子，刚刚都被克洛茨给拔了出来。现在，他们唯一的希望就是斯坦伯格或马特莫的合作了。

克洛茨收拾起他的材料，站了起来。无疑，那晚，他将会睡得很香！

"非常感谢你们给我们的这次机会。"他说。

扎贝尔则赶到巴拉拉的办公室，告诉他刚刚发生的事。

离开会议的两组人对刚刚发生的事情有不同的印象。科恩的律师认为，他们已经做出了强有力的抗辩，反对针对其客户的刑事指控。他们的信心并未错位。在会议结束之前，出席会议的刑事检察官比以往任何时候都更加确信，他们没有指控科恩证券欺诈所需的证据。因此，他们必须将注意力转向他们的计划 B——指控科恩的公司，而不是科恩本人。在法律上，任何在其工作范围内行事的雇员犯罪时，该罪行可归咎于他所工作的公司。[5] 就赛克资本的这种罪行而施加的那些罚款，不是最令人满意的结果，但检察官仅可做到这一点。与此同时，他们仍有策反马特莫的可能，给他们随后指控科恩留有希望。

联邦检察官办公室经常受到批评，说它不对涉嫌诈骗的华尔街公司施加惩罚，而巴拉拉可以拿对赛克资本的指控做出回应。同时，这种结果也向马特莫发出一个强烈的信号，留给他改变立场的时间不多了。几天后，艾普斯和德夫林 - 布朗开始发出大陪审团传票。一张是给科恩的，其他是给赛克资本的高层管理人员的。这些并不是那种悄悄调查的迹象。相反，这一案件已经聚集起了势头，进入了一个更为严肃的新阶段。检察官希望他们最后有两个历史性的案例，一个是针对科恩的，另一个是针对其公司的。

克洛茨给联邦检察署南方区证券股负责人打电话表示，[6] 针对科恩的这张传票，科恩将采用宪法修正案第五条的沉默权。看来，一场法律战不可避免了！由于报纸报道大陪审团传讯的消息，多年无视相关迹象的赛克资本的投资者，终于开始撤资了，资金的洪流冲出了赛克资本的大门。自今年年初以来，该基金管理的大约 60 亿美元资金中，有近 20 亿美元不属于科恩及其员工的资金已被赎回。[7] 赛克资本最大的外部投资者是黑石集团，这是由亿万富翁史蒂芬·施瓦茨曼经营的巨型私募股权基金。黑石有 5.5 亿美元投在了赛克资本。随着政府调查的启动和发展，该公司的高管一直在观察和争论，[8] 设法找到应对事态的最佳方法。施瓦茨曼对政府有强烈的看法。他觉得奥巴马政府正在诋毁华尔街，做得有些出格；[9] 起初，他不想只是因政府正在找科恩的麻烦，就放弃他，[10] 但这次科恩准备与司法部进行厮斗的新迹象，促使黑石集团提交资金赎回通知。现在，他们的钱被卷入诉讼的风险太高了，无法忽视。

这就好像该国最大的投资者、富裕人士、主要养老基金和教育捐赠基金，已经开始恢复了知觉。他们承认，赛克资本那年复一年的巨大回报好得太过分了，不可能是真的！

在证交会内部，执法部门的专职律师及其老板正在辩论自己的案件应该怎么做。该机构著名的执法部门由两个人共同主管，一位是安德鲁·塞雷斯尼（他是德普律师事务所的前合伙人、该岗位的新人），还有一位是长期做执法工作的官员乔治·卡内洛斯。克洛茨和科恩法务团队的其他人，带着他们的那份活页夹来了，为他们两人做在美国检察署做过的同样的演讲，辩称该机构不应该做那些相关的指控。

过去三年调查戴尔案的联邦证券交易委员会律师认为，他们有足够的证据对科恩提出内幕交易指控。证券交易委员会必须做的举证责任要低于刑事检察机关，因为刑事检察机关必须在合理的怀疑之外，证明嫌犯有罪。对于民事诉讼，证券交易委员会只需要以证据优势来证明事实。换言之，它只需说明待证事实存在的可能性大于不可能性。他们面临的任务就是要说服他们的老板卡内洛斯和塞雷斯尼，他们应该向前推进。如果这两位同意的话，那么，工作人员还得去联邦证券交易委员会的五人委员会，说服他们中的多数他们应该继续把这个案子往前推。

塞雷斯尼的直觉是他们应该提起诉讼。卡内洛斯则更加谨慎，认为他们没有证据可以赢得诉讼。此时，塞雷斯尼像一只兴奋的小狗，而卡内洛斯则像一只小心的狐狸，担心指控世界上最著名的对冲基金经理可能会遭遇尴尬的失利，从而损害该机构的名声。如果真的要把案件提交到法庭的话，将要在法庭陈述该案的联邦证券交易委员会的两名审判律师指出了，他们已有证据的问题：很大程度上都是间接证据。他们说科恩的律师肯定会抗辩称，事件的时间顺序（"二手转发"的戴尔电子邮件的转发，科恩和他研究交易员之间的电话），没有给他足够的时间来完成出售那些股票所需的步骤。

在此，克洛茨和他的搭档沙赫特重复了他们向美国检察署提出的相同观点：科恩不一定阅读过这封电子邮件。如果真要上法庭的话，科恩一定会迎战的。美国证券交易委员会不会有任何证人出庭反驳科恩的主张。沙赫特还质疑了联邦证券交易委员会所持的AT&T电话记录的合法性（它表明科恩在出售戴尔股之前与卡瓦里诺通过电话交谈过）；他坚持认为，无法证明科恩已经实际接听了电话。联邦证券交易委员会已经花了数月的时间咨询电话公司的专家，证明他已经接听了那个电话，但是沙赫特仍然设法消耗了宝贵的数小时，诱使他们就这个问题进行争论。

联邦证券交易委员会的工作人员花了阵亡将士纪念日周末的时间，与监督人员就如何推进案件进行了紧张的辩论。桑杰·瓦德瓦与妻子和三岁的儿子一起驾车去了罗得岛州普罗维登斯市。马特·沃特金斯在西弗吉尼亚州拜访他的亲戚。贾斯汀·史密斯在马萨诸塞度过了漫长的周末。但他们都在电话上花了很长的时间，或试图找到上司想要看到的证据。长长的电子邮件来回驰骋，伴随的是漫长的电话沟通。

随后，联邦证券交易委员会的工作人员慢慢地开始察觉到，塞雷斯尼的观点开始转变。他开始动摇了。

　　虽然没有人愿意承认，但科恩的律师在过去几个星期所提出的论据似乎正在起作用。在纪念日周末结束时，塞雷斯尼突然不再觉得他们有强大的指控优势了。联邦证券交易委员会那个自负的执法部门的负责人，已经从对案件有坚定的信心，转向了后撤的状态。

　　就不会对科恩提出任何指控的可能性，联邦证券交易委员会的专职律师感到十分绝望。他们不敢相信，在自己做了这么多工作之后，他们的上司现在竟然准备放弃对科恩的指控。不过，他们并没有放弃努力，他们开始尝试研究是否可以使科恩得到惩罚的其他方式。他们相信科恩的公司是腐败的，他们得设法把他赶出这个市场。除了内幕交易之外，科恩还有其他类型的违规行为，可能是疏忽或鲁莽地管理他的员工而造成的。总之，必须找到某种关闭赛克资本的方法或途径。

　　一辆接一辆的黑色 SUV 轿车在曼哈顿下城的中心街道停了下来，把赛克资本的高级管理人员放在联邦检察署办公室的大门前。其中有 6 位是来接受阿罗·德夫林－布朗和安东尼奥·艾普斯讯问的，回答有关该公司是如何运作的详细问题。检察官送了传票的人都按要求进行了约谈。每个人，除了科恩。

　　即使没有他，这个过程也很有帮助。检察官已经了解到在各种情况下，发生在赛克资本的可疑交易。在一个例子里，一位交易员被推荐到赛克资本工作，就是因为他与一家上市公司财务总监合租了一栋避暑别墅，而且，他擅长预测该公司的季度收益。在另一个例子中，一位投资组合经理了解到一家名为美第奇的制药公司即将发布一份内容消极的研究报告，他就在报告出来之前，做空了该公司的股票。检察机关发现了一个情况：若赛克资本自己的合规部门认定某人进行了内幕交易，它就会实施制裁，不过，内部的制裁处罚就是罚款。[11]

当讯问了赛克资本合规部负责人史蒂文·凯斯勒之后，检察官们对有关赛克资本运营的所有情况，就有了一个完整的感觉。实际上，对冲基金的合规部门至关重要，因为它的职责是强制执行相关的规则。与所罗门·库明、汤姆·康尼内和他们遇到过的其他赛克资本高管不同，凯斯勒似乎不是一个非常复杂的人物。他是最后进来接受讯问的人之一。当他进来之后，他就开始按一个书面稿介绍赛克资本的合规部门，夸耀它的强大有力。他吹嘘赛克资本已经启动了一个试点计划，通过搜索公司电子邮件的某些关键词，捕捉不当的交易行为，但直到政府开始关注那些问题交易的四年后，他们才开始这样做。一旦凯斯勒开始回答问题，他就没有给人留下更深的印象了。

"那么，你有多少次曾经就赛克资本内幕交易的可疑活动向执法机构报告过？"德夫林－布朗问道。

"零。"凯斯勒回答。

总之，这种交互沟通揭示了科恩运营公司所选择的方式。凯斯勒（在一定程度上，还有赛克资本的法律总顾问彼得·努斯鲍姆）也是那种低声下气的、低能量的家伙，他们的声音很容易在这种公司里被淹没掉。

另外，该公司的总裁、首席招聘官和交易主管，都是大块头、目光炯炯、十分自信，是科恩可能希望的那类酷人。对检察官来说，科恩就像小时候常被人捉弄的那种人。当然，现在他非常富有，他可以欺负别人。如检察官所见，他最有可能想要摆布的人就是合规部和法务部的那些人。

此时，联邦证券交易委员会戴尔案和宜兰案的团队坐在了一起，看看他们是否可以将在这两个调查中收集到的证据组合在一起，构成一个对赛克资本的指控。这两个案件之间有一些相似之处，它们都是在科恩的直接监督下进行的。这里有一点很明确：科恩根本不在乎他从其交易员那里得到的信息是否可能有非法嫌疑。

瓦德瓦去找塞雷斯尼和卡内洛斯，和他们分享一个思路：他们为什么不放弃内幕交易的想法，而指控科恩"未尽监督之责"，即他忽视了对其交易员进行适当的监控？这个指控比内幕交易弱，但如果他们的最终目标是把科恩从证券行业中踢出去，这个指控可能就够了。瓦德瓦的工作人员认为，相关证据肯定足以支持这项指控。此外，它没有审判败北的风险。他们可以将案件提交到联邦证券交易委员会的内部法庭，这里的风险会低很多。在这点上，证券交易委员会的领导层倾向于根本不用立案，定性为监管失职比让科恩逍遥法外更好。

当塞雷斯尼和卡内洛斯对此表示赞成时，联邦证券交易委员会的相关工作人员终于松了一口气。

当瓦德瓦打电话给克洛茨，通知他关于他们计划提起的这种诉讼时，克洛茨好像也松了一口气。

"行，好的。"他说。他只要求给科恩一天的时间，提前通知他的员工。科恩不想让他的交易员在彭博的终端上读到这条消息。

联邦证券交易委员会执法部负责人给联邦副检察官里奇·扎贝尔打了电话，通报了他们的最新计划。但是，扎贝尔不仅没有祝贺他们，还感到十分的恼火。他生气的是，联邦证券交易委员会只顾推进自己的案子，而不等待他们；他直言不讳地表达了不满。实际上，一旦联邦证券交易委员会就此立案，科恩的律师就有机会开始获取有关政府的证据信息。巴拉拉仍计划通过内幕交易罪指控赛克资本公司。他的检察官正在努力准备与之相关的文件。虽然科恩还在那里逍遥自在，但还存在着马特莫被策反的可能性。过去，刑事检察机关和证券交易委员会总是设法协调它们立案的时间，以避免可能产生的冲突。他们保持的这种统一战线非常重要。现在，联邦证券交易委员会不仅违反了相互协作的君子协定，还放弃了内幕交易指控，以一个屠弱的监督失职指控冲到前面去了！

"我不明白，"扎贝尔不满地说，"我们以往一直在目标一致地行动。你们这次为何要这样做？"

证交会执法负责人为自己辩护的说法是，他们担心的是宜兰案的法律追溯有效期只有几天了。所以，他们还是独自前行，指控科恩没有履行监督其员工的职责。联邦证券交易委员会通过一个新闻稿，公布了这项指控。这引起了众多媒体的关注。

6天后，7月25日上午，联邦检察署办公室向新闻媒体发出号外，"下午1:00，将举行有关证券欺诈案件的新闻发布会"。在准备好了所有这种重大司法活动所要求的排场和舞台后，巴拉拉就要公布他对赛克资本的刑事起诉了。在午餐时间前后，摄影人员就开始在圣安德鲁广场1号底座的中庭后墙摆放三脚架。此时，这个房间已经变得非常拥挤，有人不得不站在走道上。在中午12:59，普利特·巴拉拉从一黑色幕布后面走出来，站在他熟悉的讲台后方的位置。他说："今天，我们宣布与赛克对冲基金有关的三项执法行动。"[12] 巴拉拉概述了他办公室对科恩公司的三项指控：内幕交易和电话欺诈指控；对与非法交易有关资产进行罚没的民事指控；赛克资本一个名叫理查德·李（不是理查德 C. B. 李）的投资组合经理的认罪（这是目前为止第八名被指控内幕交易的赛克资本员工）。

"当一个对冲基金有这么多人从事内幕交易时，那就不是巧合了。相反，它成了一种可预测的行为，该公司出现了普遍的大规模机制失灵现象，"巴拉拉强调说，"赛克资本从事非法交易的规模，在对冲基金历史上，没有任何已知的先例。"

起诉书把科恩及其公司描述成相当可怕可憎的模样。巴拉拉还用"深度"和"广度"两个维度，描述了赛克资本非法交易的严重性：它们跨越 10 多年，涉及至少 20 种不同行业的证券，非法盈利"至少"数亿美元之巨！

不过，关键问题还没有解决：如何指控科恩？对于巴拉拉来说，起诉赛克资本已经说明了一个相当重要的观点：现在比以往任何时候都需要马特莫的合作。事到如今，这是允许他们能把这个负有所有罪责的人绳之以法的唯一筹码。

当他完成了准备好的演讲之后，巴拉拉说，他会回答在场几十位记者提出的若干问题。"你打算刑事起诉史蒂文·科恩吗？"一个女性记者喊道。

巴拉拉的脸上露出了一丝不爽。他当然知道，媒体会盯住没有对科恩进行指控的缺憾，而不会专注于他对赛克资本的指控。新闻界熟悉的故事情节往往是关于捕捉"大鱼"之类的东西，而且，记者会急于将对赛克资本的指控视为政府主管机构的败笔。巴拉拉打算明确表示这件事不会就此画上句号。史蒂文·科恩仍然是追查的目标，他们计划继续调查，并最终把他绳之以法。"今天，我们要做我们前面阐述过的那种指控，"巴拉拉说，他希望已经把自己的意思表达清楚了，"我不会说明天可能或不可能做什么指控。"

然后，第二位记者实际上也提到了同样的问题。巴拉拉回答道："有时候，当你立一个案子时，这就为以后立其他的案子敞开了大门。你需要有耐心。"

随着巴拉拉在CNBC上直播的新闻发布会的结束，赛克资本交易大厅里的每个人都盯着科恩，而后者则试图假装今天仍然只是另一个正常的交易日。

"当时有很多人认为史蒂文马上就要走了，"[13] 一个在场的人说，"助理们都在问，他们是否应该把自己的物品装箱，走人。"

科恩通过公司的广播系统发表了一项声明。"我们会好起来的，"他说，试图听起来让人放心，"我们会挺过去的！"

私下里，科恩还是感到了惊吓。在那个周末，他撤到了东汉普顿，相伴的是亚历克斯和他们四个最小的孩子，其中最年长的是从大学回家度假的。在这次调查的大部分时间，亚历克斯都在试图避免让孩子遭受新闻报道的影响，并禁止在家中谈任何相关的话题。科恩对孩子们会如何对新闻界将其卡通化的描绘做出反应非常害怕，并避免与他们谈论此事。但现在，曼哈顿的联邦检察署办公室在向全世界电视直播时，把他们父亲描述为金融界的坏蛋"阿尔·卡朋"，他无法再隐瞒了。

在东汉普顿，他们住的是具有七间卧室的房子，科恩把他的大部分时间，都花在了他二楼的办公室，盯着他交易中心的屏幕。此时，他的女儿们爬了上来，要跟他说话。

科恩对她们说，你们将会读到和听到很多关于我的不太令人愉快的事情。此时，科恩不知说什么好，挺挣扎的；他对所发生的事情感到很痛苦。他的朋友开始开玩笑说，他"穿条纹装会很好看"，[14]

但这种玩笑显然对他有些残酷。[⊖]

"人们会有不同的看法，"科恩对他的女儿说，"有些是不真实的。"

可以理解的是，这些女孩子感到很焦虑。她们的父亲会有麻烦吗？他做了一些可怕的事情吗？

"公司里的人做错了事情，他们要对自己的所为付出代价，"科恩告诉她们，"我没有做错什么！"

⊖ 条纹装即囚服。——译者注

第 4 部分

正　义

在这个夏天余下的每个工作日的早上，史蒂文·科恩会坐进他那黑色迈巴赫车的后座，花大约 23 分钟的时间，从他格林威治的家行驶到斯坦福德赛克资本的办公室。他的习惯做法是，确保在上午 8:00 之前到达办公室。[1] 随后，他会像往常一样，坐在屏幕的后方，做着他唯一知道如何做的事情：证券交易。尽管他的公司被打上了有罪企业的烙印，而且，科恩本人还面临着刑事起诉的风险，但他还能继续做他的交易。这主要是因为像摩根士丹利、摩根大通和高盛这样的主要投资银行（在过去 10 多年里从科恩那里获得了数亿美元的佣金），[2] 拒绝在他人生最黑暗的时期放弃他。这在金融史上几乎是前所未有的事情。在这个时刻，华尔街的这些主流公司看了一眼在其领域里代表法律、秩序和道德的那家机构，又看了一眼他们曾经共事过并最有利可图的那个交易对手，然后，指着科恩说："我们选择你啦！"

虽然位于纽约的纽约南区检察官宣布赛克资本为市场的大骗子，并表示该公司一直在利用内幕信息从事证券交易，[3] 而且，其规模在对冲基金史上也是前所未有的。但几天后，高盛的总裁加里·科恩表示："他们是我们的重要客户，[4] 这是我们的一个很好的交易对手。"

在起诉赛克资本之前，与科恩律师进行沟通时，美国检察官办公室明确表示，为了解决此案，科恩必须关闭其对冲基金。不过，科恩仍有近100亿美元的自有资金，他将被允许以私募家族理财机构的名义，继续进行交易和投资。的确，政府无法阻止他用自己的钱做交易。在他被定罪之前，科恩和他的那群交易员仍然享有华尔街主流投资银行的尊重，并获得了最好的IPO配股待遇。对科恩来说，那100亿美元的数字很重要。它告诉世界，我科恩一切如常，没有什么实质性的变化！

然后，在9月的第二个星期，科恩的律师接到了美国检察署证券股联席负责人安健·萨尼的电话。萨尼和他的同事想谈谈赛克资本案子的和解事宜。实际上，在起诉书之后的8月，没有发生太多的事情。不过，检察官注意到，赛克资本的业务似乎没有发生什么异常。市场也没有出现可见的危机，没有发生裁员或追加保证金的要求。好像是在几乎没有任何冲击的情况下，华尔街就已经消化了世界上名列前茅的这家对冲基金遭受刑事指控的事件！

结案是唯一有意义的决断；走审判流程对双方都有风险。对政府而言，赛克资本案子的挫败将会给它带来耻辱，对检察署的士气将会是一个沉重的打击。马修·马特莫的审判也即将到来，联邦调查局仍希望他最终能选择合作；如果真如此的话，检察官们将需要集中所有的资源来应对那个案子。

对于科恩来说，耗费几个月的时间去应对调查，站在法庭宣誓并回答有关自己交易活动的相关问题，那显然是一个可笑的选择。

他是一个无畏的交易员，但他却无法承受这里内含的风险：一场冗长乏味的法庭之战，可能会暴露他所有的秘密。另外，如果科恩最后会受到指控的话，他需要保留所有的合法火力来保护自己。当然，对于科恩而言，最后无论如何拨打这个算盘，指控赛克资本的这个案子，归根结底还是一个需要他开出一张多大的支票才能了结的问题。

科恩的律师给出的开盘价是1亿～1.5亿美元。巴拉拉根本就没把它当真，因为这和他心目中的数字相差甚远。证券股的联席负责人提醒克洛茨和科恩的其他律师，有两件非常相关的审判即将到来：11月开始的迈克尔·斯坦伯格案和1月的马特莫案。如果科恩拖延谈判，直到这两个审判都以定罪结束的话，那么，和解的费用只会增加。当然，这里还有一个萨尼不用提及但显而易见的情况：如果他们中的任何一方决定在和解之前与政府合作的话，那么，政府的要价地位就会更高。

两个月后的11月4日，巴拉拉宣布他们达成了协议。这个和解协议的条款不仅金额大而且影响大，它向人们提供一个强有力的信息：华尔街不能凌驾于法律之上。在21世纪，当金融业在很大程度上主宰经济之时，赛克资本的案例应该证明，华尔街的过分之举是有代价的，即使是与最强大的违法者较量，法律也能战胜他！赛克资本同意认罪并支付18亿美元，但该公司设法为已经承诺支付给证券交易委员会的6.1亿美元谈到了减免，实际上，新的罚款为12亿美元。和解方案还将包括赛克资本的认罪：在法庭上承认该公司犯了政府所指控的一切罪行！

与迈克尔·米尔肯（在许多方面他都是科恩的先行者）进行比较好像比较合适。1989年，米尔肯的德崇证券公司承认犯有证券欺诈罪，同意支付6.5亿美元的罚款。与之相比，赛克资本的处理结果同样令人印象深刻。由于还没人对 2008 年金融危机的罪行负责，所以，还有很多美国人仍然对此感到困惑和沮丧。但对科恩公司指控的最终落地则有所不同，这里表现出的是公平正义的力量所取得的无可辩驳的胜利！

至少，那就是意义所在。

剩下的工作就是赛克资本在几天后向联邦法官认罪。当电视网络将和解的消息传播到世界各地的交易场所之时，科恩正愁眉苦脸地坐在斯坦福德的办公桌前。他对此相当沮丧，但他知道这一天终会到来，他有一个激进的危机公关公司，准备在巴拉拉宣布后，立刻进入反击模式。赛克资本的公共关系处理人员在巴拉拉宣布后的一份声明中表示："这极少数不法分子[5]并不代表过去 21 年里曾在该公司工作的 3000 名诚实男女。该声明的最后一行甚至说，'赛克资本从未鼓励促进或容忍内幕交易'。"

当巴拉拉阅读该文时，简直不敢相信自己的眼睛。赛克资本刚刚签署了认罪书，承认这种罪行事实上是建立在内幕交易的企业文化之上的。作为和解协议的一部分，科恩也承认，他的公司已经在过往的 10 多年来，培育了证券欺诈文化。巴拉拉的证券股股长给科恩的律师打电话，命令他们撤回他们所做的声明。然后，他们发布了一个新声明，说："对于发生的这种事情，我们感到非常遗憾！"

11 月 8 日，该国最昂贵的辩护律师团队之一，正在登记进入曼哈顿下城珍珠街 500 号的法庭，他们身穿最好的细条纹服装并带有闪亮的袖扣。旁听席就像火车车厢里的情形，长椅子上挤满了记者、检察官、证券交易委员会律师、联邦调查局特工、法律专业的学生和猎奇者。此外，小报的摄影师都在外面潜伏着。令人难以置信的是，科恩自己没有出庭。要知道，他得用自己的资金支付那 18

亿美元的罚款，但他好像不在意自己的这笔钱已经没了。

法官劳拉·泰勒·斯温将一只不锈钢咖啡杯放在她面前的桌面上，向下盯着那群汇集的律师团队。房间随之沉静了下来。

"努斯鲍姆先生，我看，你今天得一直坐在这里了。"她透过眼镜，眨了眨眼说。

200来号人都转过头来，看着赛克资本的律师彼得·努斯鲍姆，他坐在辩护席上，显得有些不太自在。

"是的，尊敬的法官，这是我的偏好。"努斯鲍姆说道，好像有点畏缩。他在三周前刚做了紧急阑尾切除手术；目前的这种极度压力，无疑加剧了他的疼痛感。他是弓着腰站着宣的誓，然后，做了他来这里所要做的事：代表科恩认罪。

法官问道："你清楚与赛克资本认罪相关的指控吗?

"是的。"

"你是不是受到什么药物或酒精的影响?"

"根据我的病情，我已经用了一些抗生素。"他说。

"你要我大声朗读起诉书吗?"斯温问道，拿起一份40页的文件。

"不要，谢谢您，尊敬的法官。"努斯鲍姆说。

此时，笑声在旁听席荡漾。实际上，也就在这一瞬间，斯温的问话似乎为整个仪式带来了一丝诡异的内涵：一个没有死尸的葬礼。

实际上，努斯鲍姆都能把这些指控背下来了。他13岁的雇主[⊖]即将承认，在过往的10多年里，它就像一直在经营着一家犯罪帝

⊖ 即赛克资本。——译者注

国，攫取了数亿美元的非法利润，使其创始人成为这个地球上最富有的人之一。

法官斯温概述了双方就此案件达成的处罚内容：9 亿美元的刑事罚款和 9 亿美元的民事罚款，以及 5 年缓刑期，在这个阶段，将用司法部审批的合规监督措施来监督该基金的活动。该对冲基金将被关闭。

努斯鲍姆叹了口气，抬头看着法官。他表示："我代表赛克资本，首先要我们对赛克资本所雇的每个违法者的不当行为表示深切的悔意。这种事发生在我们的眼皮子底下，我们要对这种不当行为负责。"

"我们已经付出了，而且正在付出巨大的代价，"努斯鲍姆继续说道，"我们正经受这种经历的折磨，但是我们决心从中汲取教训，涅槃重生，成为一家更好的公司。"

法官一直盯着努斯鲍姆。他的额头渗出了几滴汗水。

"赛克资本如何认识自己的行为？"她问道。

努斯鲍姆离开自己的椅子，弯腰站起来。

"有罪。"他说道。

"被告认罪是因为他们有罪吗？"这位法官问道。

"是的，尊敬的法官。"

斯温法官轻击法槌，说："休庭。"

法庭上的约 200 人花了不少时间从后面唯一的那扇门，挤了出去。随后，在外面的路边，赛克资本的辩护律师小组找不到载他们离去的黑色凯迪拉克，正焦急地等待着。此时，一群摄影师和电视记者像一群蚊子围着他们，试图逼他们说话；他们则四处躲避，狼狈不堪。

最后，律师发现了他们的车，跑了过去。他们爬进车里，关上门，疾驰而去。

一个正要离开大楼的背包客看着这群记者，迷惑不解。"他们追的是什么骗子？"

差不多两个星期后，11月20日，迈克尔·斯坦伯格的审判开始了。至此，检察官认为他是绝对不会选择合作了：一方面，他对科恩的忠诚感很强；另一方面，他的交易量很小，政府指控他的筹码很弱。尽管如此，他们还是希望，有一种荣誉感或公民意识，或许是他妻子的恳求，可能让他最终改变立场。

不过，在审判的第一天，当安东尼奥·艾普斯进入庭审室，就座于检察官席位之时，这种预期显然不会实现了。事到如今，检察官所能做的，就是使斯坦伯格得到应有的惩罚。此时，艾普斯转向坐在陪审团席位的12名男女。

"陪审团成员们，"她开始说道，"迈克尔·斯坦伯格得到窃取的商业信息，然后，利用这些信息通过股票交易，赚取了大笔的钱。"此时，坐在辩护席上的斯坦伯格及其律师，脸上露出了沉痛的模样。"他从相关公司内部人那里获取了尚未向公众公布的秘密财务信息。他借此获得了非法的市场优势，使得遵纪守法的普通投资者的利益受损。迈克尔·斯坦伯格利用这些非法内幕信息进行交易的行为，触犯了法律。"

艾普斯是这样一类人：当面临是与同事出去喝酒，还是为庭审准备至深夜时，几乎总是选择后者。她身材高大健美，曾是一名前国家花样滑冰冠军，放弃了顶级商业律师事务所收入丰厚的合伙人地位，来到美国检察署专门起诉证券欺诈案。她更愿意站在伸张正义的位置上。

她的工作就是把一个非常复杂的案子，变成一个最简单的故事：迈克尔·斯坦伯格就是一个靠行骗起家的华尔街富人。"他想为自己和他所工作的对冲基金赚大钱，"艾普斯说，"女士们、先生们，那就是所谓的内幕交易；这是一个严重的罪行。"

在一个普遍人群对华尔街没有明确靶标，仅有激烈愤怒的环境中，斯坦伯格就是一个上佳的目标。他幸运、傲慢，生活在与大多数美国人不同的星球上。虽然他不是史蒂文·科恩，但他与其十分接近。

将斯坦伯格从这种形象中拯救出来的工作，落到了他辩护律师巴里·伯克身上。就个人风格来说，艾普斯更愿意做庭前的精心演练，但伯克却更钟爱即兴发挥，像国会议员那样凭借魅力施加影响。自进入哈佛法学院起，伯克就一直想成为一名辩护律师；在学生时代，在为一个错误定罪的案件辩护之后，他就在法庭门前的阶梯上，撞进了电视新闻摄像机炫目的光芒之中。

他特别享受聚光灯下的那一刻。他说："这最好不是我所有案子里能吸引聚光灯的最后一个案子。"

伯克抚平他的领带，抓住讲台的两边缘，转向陪审团。实际上，为了验证自己的论点，伯克曾经进行了两次模拟庭审，并录下了整个流程，以便和搭档一起分析他们的表现。他还研究过该案的每个陪审员，搜寻了他们在社会媒体上的言迹，了解他们对华尔街或政府的看法。他比任何人都更了解该案的情况。如马特莫案一样，赛克资本也正支付着这里律师的账单。

伯克给陪审员闪了一个笑脸，随即开讲了一个寓言故事，旨在表述斯坦伯格抗辩的核心之意：斯坦伯格的前部下霍瓦特，为了拯救自己，指控斯坦伯格。可惜，并不是房间里的每个人，都能理解他设法用那个寓言故事（它说的是一个落井农夫），所要说明的观点。但伯克不管这些，还是继续着他的抗辩演讲。"他需要把手指指向某人才能达成和解协议，"伯克说（意指霍瓦特），"所以，他把手指指向了迈克尔·斯坦伯格。"

伯克的第一个任务就是诋毁霍瓦特，把他描绘成一个不诚实的人，只为自己解脱。他的第二个任务更加微妙，而且，鉴于此时的政治大环境，难度要大很多。他不得不将斯坦伯格人性化。他必须向陪审团表明，斯坦伯格是个慷慨温馨的家庭男，而不是对冲基金在东汉普顿度夏的另一个贪婪的百万富翁，但这并非易事。

伯克试图以最简单的语言解释，斯坦伯格为生计而做的是什么。"赛克资本是一家基金，"他以谄媚的声调说，"它就像一家共同基金……"

房间里出现了一阵窃笑。将赛克资本描述为共同基金的同类，就像将纽约洋基队描述为一群打棒球的孩子一样。

"他努力地成为一位投资组合经理，"伯克继续说，"他是那种被称为成功的、稳定的……他是那种可靠之人，当然，他还因此得到了不菲的报酬。"

此外，斯坦伯格的妻子伊丽莎白还自己动手，对丈夫的不公处境进行反击。她组织了一群支持者参加审判，而且，他们几乎占据了整个法庭左边的席位。她甚至指示他们如何穿戴，以便不会对其丈夫产生负面影响。"着装要保守，"[6] 她给小组成员写了一封电子邮件，"我们要求女性不要戴首饰或穿毛皮，不要戴名贵围巾，不要拿名贵手袋等。"

伊丽莎白自己穿着黑色毛衣、黑色休闲裤和平底鞋，像一个意大利寡妇，坐在前排斯坦伯格父母和自己父母之间。在他们身后，还有几排穿着黑色衣服的男女，分别是叔叔、阿姨、表兄弟，还有十几个朋友，其中几个还是曼哈顿社区网页的常客。出席庭审的还有科恩的艺术顾问和斯坦伯格童年的朋友桑迪·海勒，以及他的孪生兄弟安迪（他自己也经营着一家对冲基金）。实际上，内幕交易案件中的其他被告也在做同样的装扮，意在向陪审团表明，他们不是一些不道德的贪婪交易员，而是一个给慈善组织捐款，并受到爱戴和信任的好邻居。

斯坦伯格可能不满于自己被拘在这里，而科恩却可以自由地做他喜欢的事情，但他并没有表现出来。他拒绝了政府多次提出的合作要求。艾普斯已经明确表示，政府对他要说的任何话都感兴趣，无论它看起来多么微不足道。但斯坦伯格都予以了拒绝。根据他与该国一些顶级刑事辩护律师的谈话，他认为自己有机会被判无罪。

"我知道今天世人对华尔街有强烈的看法，"伯克对陪审团说，随即准备结束他的开场抗辩，"正如你们所知，也不必我告诉你们，这里要做的不是针对华尔街的公民投票。实际上，这个案件归根结底就是一个人的问题，也就是有关迈克尔·斯坦伯格的个人问题。"他恳求他们能意识到斯坦伯格与所有的指控无关。然后，伯克就瘫倒在椅子上了。

三天后，当霍瓦特被带到法庭时，[7]他看起来与人们的想象有些格格不入，就像是一个穿着父亲西装的小男孩。他有着深褐色的皮肤，他前额的头发掠过了他的双眼，就像一撮玉米穗。当他走过斯坦伯格妻子的旁边时，她两眼恨恨地瞪着他。

至此，斯坦伯格已经受到了一些负面影响。在庭审的第二天，艾普斯讲解了一些幻灯片，显示了斯坦伯格在 2007 年和 2008 年赚了多少钱[8]——当时他的奖金已经达到数百万美元！对陪审员来说，这肯定是一笔难以想象的财富，他们当中有一名前邮政工人[9]、一名汽车旅馆的会计和一名网球场的服务员。然后，杰西·托尔托拉，霍瓦特那个戴尔消息的信息源，花费了两天时间就下述事项作证：他是如何从曾在戴尔工作的朋友那里获得内部信息的，又是如何将其交给了霍瓦特的，后者又是如何与斯坦伯格分享的。

艾普斯以一种冷酷超然的语气，问霍瓦特，他通过同意指证迈克尔·斯坦伯格犯罪，希望得到什么。

"我希望避免坐牢。"霍瓦特说。

在审判的第八天，接近下午 3:00，伯克一直等待的时刻到来了：他有机会盘问霍瓦特。私下里，他把这称为"告密者的十字架"。

到目前为止，艾普斯的方略是有效的。霍瓦特虽然远不是一个值得同情的人物，但他听起来就像他正在尽全力，根据自己记忆描述相关的事件。的确，他是一个狡猾之人，但他是一个可信的黄鼠狼。

就斯坦伯格一方来说，一大队律师、同事和助理帮助伯克做了不少的准备：私人侦探调查了霍瓦特的朋友及其家人的情况；他们还查阅了他以前的工作档案；伯克的律师事务所甚至聘请了一名法院电脑专家，从赛克资本拿到了霍瓦特的笔记本电脑，重新找回了他在该机所做的谷歌搜索历史目录，例如在被捕前，霍瓦特搜索了一些文件粉碎公司的信息。此时，伯克手里握有 600 页的论据和证据，以反驳霍瓦特可能提出的所有的借口或辩解。

伯克站起来，走向讲台。他很快就把重点放在霍瓦特的说法：斯坦伯格给他的要求是，他在赛克资本的工作是获取内部信息。

"根据你的证词，他告诉你，他要你去获取'优势的专有信息'，"伯克说道，他的语气显然是敌对的，"这是你的证词吗？"

"是的。"霍瓦特答道。

"你当时说了什么？"伯克问道。

霍瓦特说，他认为自己没有直接回应斯坦伯格。

他们就此来回拉扯，伯克给他施压，问他是否对斯坦伯格的指示做出了回应。他似乎试图让霍瓦特承认，他并不清楚斯坦伯格当时要的东西是什么。这种做法的风险比较大，因为斯坦伯格无法自己来作证。也就是说，只有霍瓦特的可信度本身，才能决定斯坦伯格的未来。

伯克一共盘问了他五天。在盘问的第二天，有一次，他想唆使霍瓦特说斯坦伯格"没有明确地告诉我出去做违法的事情"。对此，连斯坦伯格也笑了起来，这可是他审判开始以来的第一次给出的笑脸！

伯克说："是真的吗？你正在捏造谎言，进行虚假指控？"

霍瓦特头也没抬，摇着头说，没有！

当伯克完成盘问之时，霍瓦特作为证人的地位被严重削弱。但当重塑机会到来之时，艾普斯还是能够做一些修补。她通过这个案件的核心事实重新扶起霍瓦特：斯坦伯格曾经告诉他要设法得到非法的信息；斯坦伯格知道霍瓦特给他的信息来自戴尔的一个内部人员；他们在收益公布前卖空了戴尔股票；霍瓦特从来没有向斯坦伯格隐瞒该信息来源。

12月13日，政府的检察官得以歇息，暂时放下案子。

几天后，陪审团开始审议，伯克感到斯坦伯格的机会不错！他认为，这是他经历过的最强大的审判之一。要想对检方的案子釜底抽薪，最好的办法莫过于证明其关键证人是不可信赖之人；他觉得他在几个方面做到了这一点。在审判之初，斯坦伯格无罪释放的想法看起来很可笑，但现在突然变得非常真实了！

此时，法庭都清空了，只剩下斯坦伯格以及他的妻子、他们的父母和两方的律师们。对于伯克和他的团队来说，令人兴奋的是，这可能是推翻普利特·巴拉拉内幕交易定罪案 76∶0 完胜纪录的第一个案子。

对于判决而言，此时站在一旁的这些律师、家庭成员和新闻记者所不了解的是，随着时间的推移，在争吵过于激烈的陪审室内，陪审员的审议已经陷入僵局！在第二天审议过半的时候，两名陪审员仍不相信斯坦伯格明确地知道霍瓦特已经给了他有关戴尔的内幕信息。在整个审讯期间（5 个星期和 13 位证人），陪审员们设法了解了所有财务术语，如"优势"的内涵、"渠道核查"和毛利率等。有几位认为霍瓦特不诚实，用一个陪审员的话来说，他是那种不惜一切"自保"的人。陪审团女班长，一名来自曼哈顿的按摩治疗师戴莉莉思·戈登说了 28 次：她觉得霍瓦特在说谎。就像她后来所言，她"不相信任何他说的话"。

尽管如此，有 10 名陪审员与戈登争辩，而另一名则坚定地说，霍瓦特不诚实的事实并不意味着斯坦伯格不知道所发生的事情。

戈登在整个审讯中都做了笔记。她以自己具有法官的特质而自豪。此时，她是反对投票定罪的人之一。她只是不相信斯坦伯格有罪。

经过一小时的毫无成果的反复交锋后，其中一位陪审员突发说服戈登的灵感。为了说明问题，这位陪审员要求戈登起身走过陪审室的那扇门。戈登照做了。然后，那位陪审员说："我叫你通过那扇门，但我没有明确告诉你，如何通过那扇门。"

这个效果就如同两条电线被连接在了一起。在没有被告知如何做的情况下，戈登知道如何走过那扇门。换言之，被命令去获取"优势"信息也是一样的。在没有细说明述的情况下，霍瓦特心里明白这是什么意思。

另外一名坚持己见者，一位71岁的女子，也被这个演示所打动。她感到震惊的是：当斯坦伯格收到"二手转发"电子邮件后，他给霍瓦特的指示。当时他告诉他的下属，把那个信息以"特别低调"的方式保管起来。这似乎表明，当事人非常清楚这些信息是非法的。这两个要件放在一起似乎说明斯坦伯格有罪！

在2013年12月18日下午2:59，陪审团进行了投票表决。[10]他们一致投票决定斯坦伯格有罪！

庭审书记员告诉法官陪审团已经做出裁决。突然间，法庭里闲散的人们变得紧张起来。各方律师开始发送电子邮件，让人们知道判决迫在眉睫。人们涌入庭审室，填满了空座。斯坦伯格的兄弟冲进来，在前排抢到了位置。他的妻子坐在她父母之间，紧握着他们的手。

伯克感觉不妙！判决下得相对较快，这通常是坏消息！

下午3:15，陪审团成员依次进入庭审室，重新坐在了陪审团的座位上。就在此时，不知何处，突然发出了一声尖叫。众人很快看到，斯坦伯格的头向前耷拉着，身子窝在了椅子上，不省人事。

放声尖叫的正是斯坦伯格的妻子伊丽莎白；她把手伸过分隔旁听席与应讯席的那厚重的橡木屏栏，想去搀扶自己的丈夫。伊丽莎白在哭泣，斯坦伯格的母亲也开始哭泣。此时的伯克正双手抱住斯坦伯格，摇着他的头，试图使他苏醒过来。

法官理查德·沙利文从椅子上跳了出来，说道："这样，让我们请陪审团先出去。"

陪审团被带出了庭审室。不过，他们已经把包含他们裁决的信封交给了沙利文的书记员。那些检察官看起来也被吓住了。对于政府而言，这次审判进行得并不顺利，而且，尴尬的挫败前景好像正在逼近。与此同时，斯坦伯格的朋友和亲戚似乎都在祈祷。他的母亲和岳母在第一排相互依偎，来回轻摆。

在这几分钟的沉默之中，法庭护士给予了斯坦伯格一些救护，最终使他能够在被告席上坐了起来。随即，陪审团回到庭审室，眼睛却是盯着他们前面的地板。

看起来似乎斯坦伯格已经有了预感。陪审团认为，他的罪行确凿无疑！[11]

判　决

对于阿罗·德夫林－布朗而言，圣诞节假期并不轻松。他整天都待在自己的办公室，准备庭审展示材料，审核证人名单。直到晚上 10:00，他才拖着疲惫的身躯回到上西区的家，与妻子和两个孩子相聚。他正忙于为马修·马特莫的审判做深度准备，这是新年开始之后就开始的工作。他知道，政府在这个案子上有很足的底气，但他不想过度自信。

美国检察署的任何人都不会相信是这样的结果：马特莫宁愿进入审判流程，也不愿与政府合作。不过，有些检察官还是怀揣希望，突然面临长时间公开法庭诉讼的马特莫，最终屈服于由此带来的压力，决定反水帮助他们指控科恩。

2013 年 12 月底，斯坦伯格被定罪的几天后，德夫林－布朗的手机响了。这是马特莫的律师理查德·斯特拉斯堡的来电。[1] 斯特拉斯堡是要给出一个和解的提案，希望检察官能认真考虑。此刻，德夫林－布朗屏住了呼吸。也许就是它，他们一直在等待的那个电话。也许，马特莫准备开口说话了。

"我不能说马修已经同意这样做了，"斯特拉斯堡开门见山地说道，"你是否对 5 年期上限的 371 认罪感兴趣？"

混蛋！德夫林－布朗在心里骂道。

马特莫并不打算合作！"371"是《刑法典》中的阴谋法规的提法。斯特拉斯堡想看看美国检察署是否会同意让马特莫以犯有串谋诈骗认罪；这样他所面临的最低罪责，最多是 5 年徒刑。显然，这不是一个马特莫可能会帮助他们的建议，只有他想通过认罪来为自己减刑。

斯特拉斯堡非常渴望庭审这个案子，但他知道审判对马特莫的家庭来说将会异常痛苦，如同眼睁睁地看着他们的亲人在公众场合惨遭水刑，而且审判的结果也可能对他们不利。能够获得最后时刻的交易，可以使他们免除几个星期的压抑和屈辱。

德夫林－布朗看不出这个提议有多么严肃，特别是在斯特拉斯堡说，马特莫还没有同意的情况下。无论怎么说，巴拉拉都不大可能接受它。同样，对马特莫律师的最后提议，检察署办公室的每个人都感到极其失望！且不说这压根不是巴拉拉所希望的东西，联邦检察署也不愿意在审判前夕，与被告达成对其有利的交易。这看起来很糟，法官也不喜欢它。而在个人层面上，德夫林－布朗对此也感到很恼怒。在过去几个月里，他和同事都每周工作七天，来准备那个预期是今年最受关注的审判之一的审判。为什么斯特拉斯堡没有早点就这个提议找他呢？尽管如此，他还是同意和检察署的上级官员讨论这个提议。那天下午，他和证券股负责人就此进行了讨论。

第二天，德夫林－布朗给斯特拉斯堡回了电话。答案自然是否定的。不会有什么交易了。他们要走审判流程。

2014 年 1 月 7 日，马修·马特莫和罗斯玛丽·马特莫乘坐司机驾驶的 SUV 到达法院。一场暴风雪已经在街上留下了厚厚的积雪，下车后，罗斯玛丽却是脚蹬 4 英寸的高跟鞋，在很滑的人行道上艰难地挪步。

这个审讯预计会持续数周，所以他们已经把孩子们从学校接了出来，在时代广场附近的洲际酒店订了一个套房，使得家人在这段时间可以在一起。马修和罗斯玛丽到达法院的时刻，被一大堆新闻摄影师和电视摄像机记录了下来。两天后，就在他们预期要发表开庭公告的前夜，斯特拉斯堡在古温波特律所的合伙人罗伯特·布拉克拉斯站在面对法官的辩护席的后面，极力压抑着自己的怒火。他颤抖的手拿着当日《纽约时报》的商务版。首页的头条标题是：[2] "前赛克资本交易员曾被哈佛法学院驱逐！"

几个星期以来，两套律师班子一直在幕后进行着激烈的博弈。现在，激烈的战火已经开始飞溅于报纸之上了！

当天早上，政府主管机构就向法官提出一项动议，要求准许在审判期间接受马特莫在哈佛法学院被驱逐的证据。当然，这不仅是驱逐本身，还包括整个卑鄙的故事：马特莫如何篡改自己的成绩单，如何极力掩盖它，然后，又如何捏造一家公司，试图让自己重新入学。表面上看，哈佛大学的故事无关于这个案件的核心问题：马特莫是否向一位博士支付报酬，获得了非公开的药物试验结果，然后，根据这个信息交易了股票。实际上，在检方案件的准备中，还有一些不足之处，哈佛的故事正好提供了他们想要储备的弹药，以做补偿。例如，联邦调查局仍然无法恢复那份丢失的电子邮件，即包含吉尔曼所说的他已经发送给马特莫的有关那次药物试验结果的幻灯片。这是一个重要的证据，它能证明马特莫在正式发布 bapi

试验结果的前一周，就已经得到了这些实验数据。德夫林-布朗认为，马特莫可能已经做了手脚，使该电子邮件完全消失了。他在哈佛大学法学院试图做电子邮件篡改的经历表明，他可能已经具有把这类信息处理掉的技术专长和秉性，或至少有试着这样做的可能。

当斯特拉斯堡和布拉克拉斯了解到，德夫林-布朗正在寻求引入这个哈佛背景故事的许可时，他们就提出了自己的反对动议。此外，他们还提出了一项单独的动议，要求将整个辩论置于封闭状态，在非公开庭审的场合下进行。他们知道，披露哈佛大学商学院的故事对马特莫的案子将会是毁灭性的。当地区法官保罗·加德佩裁定这个哈佛故事可以被公开时，马特莫就已经遭受了重大挫折。马特莫不仅会因此而被公开羞辱，而且，还在很大程度上制约了他律师的抗辩效果。斯特拉斯堡也不得不承认，把这份哈佛证据植入案情之中，是检察官的一个极为聪明的战术举动。如果他极力想把吉尔曼将那份 PPT 文档发送给马特莫的说法视为谎言的话，陪审团就会听到有关哈佛欺诈事件的一切相关细节。这就等于他们已经提前被手铐给铐上了。

"尊敬的法官，"布拉克拉斯说，"正如我们预期的那样，电视和报纸上都有一些故事……"他指着自己桌上的那一堆其他的文件，包括《纽约邮报》那轰动性的标题。布拉克拉斯想要加德佩问问陪审员，他们是否读过那个有关哈佛事件的相关报道。

布拉克拉斯也来自古温波特律师事务所波士顿办公室，是斯特拉斯堡经验丰富的合作伙伴。他身体健壮、体质好，有着一种使人臣服的自我贬低风格。当他提出他的观点时，马特莫的妻子和父母正坐在法庭前两排，耷拉着脑袋。他们最黑暗的家庭秘密及其最大的耻辱，现在正展示于光天化日之下。对于马特莫来说，这比被控内幕交易罪更加痛苦。[3]

加德佩表示同情，但拒绝询问陪审员是否阅读过那个哈佛的故事。他们已经奉命不看关于此案的任何相关新闻。他一开始就告诉他们，不要上网。自 2008 年以来，他就一直是联邦法官，他认为陪审团制度是建立在信任基础之上的。

在庭审中，开庭辩论是德夫林－布朗最喜欢的部分。像这样的案子，开庭辩论有时是至关重要的。就此，美国检察官署提炼出了一个行为程式，一个经过几代检察官传承下来的规制。它始于他们称为的"抓住"：一个快速两分钟的案情摘要，旨在捕捉陪审团的注意力。这种"抓住"有两种开始的方式。第一种是一种大主题的做法，如"这是一个关于贪婪的案子"。德夫林－布朗更喜欢他所说的"这是一个漆黑的暴风雨之夜"，这种开场白使得陪审员们一下就掉入戏剧化的场景。就像置身于电影之中。

这一天，他的版本始于"这是 2008 年 7 月的一天"。他以温柔平和的声音说道："被告马修·马特莫，是大约 1000 位参会者的一员，挤在芝加哥的一个拥挤的会议厅，等待阿尔茨海默病专家走上讲台。"他解释说，在这次国际阿尔茨海默病会议上，西德尼·吉尔曼即将公布一个市场急切盼望的药物试验结果。这个试验结果可能预示着一项重大的医疗突破，以及该药品生产企业的巨大利润。参加会议的每个人都急切地等待这位博士的公告，除了马特莫！"要知道，马修·马特莫，已经知道吉尔曼博士将会说什么，"德夫林－布朗说，"他利用金钱和虚假的友谊，腐蚀了吉尔曼博士；后者已经提前和他分享了这个演讲稿。"在吉尔曼做完试验结果的介绍之后，宜兰公司的股价下跌了 40%。"很多人亏了钱，但马修·马特莫没有。马修·马特莫为他效力的对冲基金赚了很多钱!"

德夫林－布朗是一位天生的表演者,前百老汇女演员的儿子。他本科上了哥伦比亚大学,并像自己的许多同事一样,接着又上了哈佛法学院,在此,他抓住一切机会,在众人面前说话,从辩论会到模拟法庭,再到法学院无伴奏小组的演唱。德夫林－布朗家族有一个笑话:为了避免加入马戏团,他离家出走,一不小心,最终成为一名律师!

他说:"这个案情将会包含一些科学的内容,但它不是一个科学测验。"他告诉陪审团:"这里还会涉及一个狡诈的对冲基金,但这个案情并不是有关金融专业的相关事宜。这个案情是关于作弊的肮脏和卑鄙的!"

当他在勾画政府眼中的案情时,罗斯玛丽俯身于座位上,反复将其眼镜在其脸上滑上滑下,心里在揣摩这位检察官对手。她丈夫则僵硬地坐在 5 英尺远的被告席上,脸色苍白。好像整个场面对他都是痛苦不堪的,其灵魂已经离开了躯体,仅留下一个空虚的外壳,包裹在一件紧身衣里。

当斯特拉斯堡开始抗辩的时候,他很清楚,他很难改变德夫林－布朗所描绘的景象。他们面临的重大挑战是主要证人吉尔曼。除非有什么不可辩驳的证据,否则,怎么能让陪审团不信任一个 81 岁的医生,一位大学医疗系的前主任呢?所以,他必须小心翼翼地介绍马特莫这边的故事。

"大约在 10 多年前,百老汇有一个轰动一时的歌剧:《赦免》,讲的是一个被判有可怕罪行的人。"斯特拉斯堡一边说,一边踱步。他梳着大背头、油光锃亮,穿着一件定制的灰色西装,辅以粉色领带,外加脚下锃光瓦亮的皮鞋。"在每一起案件中,检察官都是错的！"他继续说道，"他们把无辜的男女置于死牢，直到确凿的证据赦免他们。"当他热完身后，他开始在空中来回挥手："我站在你们面前，不是在戏剧之中，而是在现实的生活里。那个控方想匆忙做出判决，而且在匆忙中做出了判决，他们指控了一名无辜的人！"

德夫林－布朗略带困惑地听着他的演讲。将马特莫比作一个误判的死囚？这似乎有点太过了吧！但鉴于他们雄厚的资源实力，马特莫的律师很可能已经用高价评审顾问，对这个抗辩思路进行了测试，并得出了有效的结论。

斯特拉斯堡继续说道，陪审团不会听到任何有关窃听的事，但会关注那位极力想得到豁免的老医生极端矛盾的说法。"这位吉尔曼医生感到了巨大的压力，被迫讲述了一个检察官想听的故事。"他说道。

然后，他转而对自己客户诚信遭到不公正的诽谤进行了辩护。"在很多方面，马修就是美国成功的典范，"斯特拉斯堡说，"他出生于佛罗里达州的印度移民家庭，成长于肯尼迪航天中心的影响之下，在那里他是少数族裔基督徒社区的一员。""他从公立高中毕业，进入杜克大学。当他在就读工商管理硕士学位时，遇到了罗斯玛丽，"斯特拉斯堡说着，愉悦地看了罗斯玛丽一眼，此时，她对着陪审团绽开了笑容，"他们在 2003 年结婚，并在不长的时间里，为这个世界带来了三个孩子，约书亚、阿瓦和戴维，都不足 9 岁。"

"这里暗藏着很多阴谋，"他说着，走在法庭的尽头，在空中挥舞着双手，"这个案子根本就没有道理！那些东西根本就讲不通！重要的是你们，陪审团，不要急于下判决。你们会发现马修根本就没有触犯他们的任何指控。他完全是被诬告的！"

两个开场白都很强。但是，似乎斯特拉斯堡已经做得有些过头了。他使自己进入了推销员模式，试图向陪审团兜售一个有悖常理的故事。但无论怎么说，为马特莫的抗辩将会是斯特拉斯堡职业生涯的巅峰之战。

在开庭辩论五天后，陪审员首次瞥见了西德尼·吉尔曼博士。当他在中午 11:45 前后被带到时，法庭陷入一片寂静。马特莫的家人按照传统的做法，招募了一些朋友参加庭审。出席庭审的有马特莫的父母、罗斯玛丽的父母、几个表兄弟和婶婶，他们都把自己包在毛衣里，看起来好像会被冻僵一样。罗斯玛丽每天出现在法庭上时，都穿着不同的引人注目的衣服。显然，这群支持者比斯坦伯格背后的那群差得太多。那群人看起来健硕结实，马特莫背后的小队伍看起来几乎可用悲惨来形容。

吉尔曼有着一双黑色明亮的眼睛，配之以一对凸显的眼袋，他的头发雪白，苗于发根。吉尔曼身穿深灰色西装，看起来很虚弱，好像会一触即碎。当他从她身边蹒跚而过，罗斯玛丽在一旁冷冷地看着。

说实话，吉尔曼远非完美证人。首先，他的记忆总是摇摆不定。德夫林－布朗听说，马特莫的辩护律师彻底调查过吉尔曼，试图找到他们可以用来诋毁他的资料。他们甚至派了一名私家调查员到安阿伯拜访吉尔曼的裁缝，但这位裁缝拒绝与他们谈话，还引用了"裁缝特权"的主张。有人还找到了在康涅狄格州与吉尔曼疏远的儿子。德夫林－布朗的希望是，在审判进入流程中，把吉尔曼置于相对较晚的时候出场，此时，陪审员的大脑对所发生事情的基本情况已经相当清楚了。因此，吉尔曼所要做的事情就是确认他们已经知道的情况。

吉尔曼双耳戴着助听器，眼神显得有点游离不定，给人一种困惑之感。当德夫林－布朗要求他在法庭上辨认马特莫时，有一个较长的等待期：此时，吉尔曼拿出眼镜，颤颤巍巍地戴上，盯着眼前的那群律师看。

"他穿着黑色的西装，系着灰色的领带。"吉尔曼说，眯着眼看着马特莫的方向。

房间里有些笑声。这个描述几乎可以指房间里的任何一个男人。

虽然吉尔曼身体看起来很脆弱且不稳定，但他的头脑却像锋利的刀刃。他阐述了在马特莫被指控之后的 2012 年 11 月，他自己决定从密歇根大学"下野"，而不是等待由于违背职业道德准则被校方解雇。他说："我已经为这所大学做了很多贡献，但突然间我很耻辱地结束了我的职业生涯！"该大学从其网站和建筑物中清除了任何与他相关的内容。他的许多同事都鄙弃了他。他现在正在做的唯一工作是在安阿伯的一家免费医疗诊所给患者看病。密歇根大学校园曾是他终身的学术家园，但现在却禁止他入内！此时，斯特拉斯堡从房间的他这一侧，审视了一下这位医生。看来，这将比他想象的更难对付。

2014 年 1 月 21 日，对于即将到来的暴风雪，纽约市官员都处在紧急应对状态。预计有 7 ～ 10 英寸厚的降雪量，这个消息在人们心里引发了一种围城之感，学校和火车都提前关闭或取消。加德佩法官宣布，法庭将于下午 2:00 提前休庭，以便人们能安全回家。德夫林－布朗则赶紧阐述马特莫为查看那份药物试验结果所做的密歇根之旅。

他将吉尔曼电子信箱的一个日历条目的副本投影到头顶的屏幕上。"吉尔曼博士，你能不能读一下 2008 年 7 月 19 日星期六中午 12:30～下午 1:30 的那个条目？"德夫林 – 布朗问。

吉尔曼读了他面前其中一张纸上的内容。"马特莫会来我的办公室拜访我。"他说。

"在办公室与马特莫先生会面的计划是如何产生的？"德夫林 – 布朗问。

吉尔曼说，马特莫告诉他：他的叔叔在几个月前去世了，他将去拜访在安拉伯附近的一些亲戚。当时，马特莫问他：当他在城里的时候，是否可以顺便来拜访他？德夫林 – 布朗请他描述一下这次会面的情况。

"我不记得所有的细节。"吉尔曼说。但他记得接到过一个马特莫从机场到他办公室路上打来的电话。他还记得当马特莫到达时为他开门，并在中午向他提供了午餐。他还记得在自己的计算机上，为马特莫演示了有关 bapi 的幻灯片。

"你是否清楚你的做法是违法的？"德夫林 – 布朗问道。

"我的理解是，我披露了内幕信息，这违反了法律，"吉尔曼说，"我明白我在犯罪。"

这个案件的主要谜底之一是，为什么像吉尔曼这样会失去很多东西的人，竟然会卷进马特莫的这种阴谋。这也是对检方的一个挑战。在此，他们需要陪审团关注马特莫的行为，而不是吉尔曼的做法。他们的策略是证明吉尔曼是受害者。德夫林 – 布朗引导这位医生过了一遍他与马特莫关系的深化过程：相关的电话、会面、对马特莫的某种迷恋和一种感情的表述。随之，呈现在陪审团面前的就是一幅精神诱惑的画面：一个孤独的老年男子陷入了一个有魅力的年轻交易员的摆布之中——吉尔曼是一个与自己儿子疏远的工作狂；他很孤独，与周遭的世界隔绝。此时，马特莫成了自己孩子的替身。[4]

当吉尔曼作证的最后一天时，德夫林－布朗确信自己已经得到了所需的一切。此时，吉尔曼已经作为一个被同情的人物出现；这是一个失去了一切，而且没有任何理由说谎的老人。政府提供的证据也证实了检察官的说法。但这对马特莫却是毁灭性的。

当这位现今的医生在证人席上只有最后几分钟时，德夫林－布朗再次问他，为什么他与马特莫的关系超越了底线，却能对与他交谈的许多其他投资者理智相待？

吉尔曼叹了口气。"他很可爱，"他说，"不幸的是，他让我想起了我的第一个儿子。他有很强的好奇心，他聪明伶俐。我的第一个儿子也很聪明。"随后，他停顿了很久："但，他自杀了！"

如果说马特莫的律师在进入审判阶段时就处于严重劣势的话，那么，现在他们就处在双重的不利之境。这位明星证人的表现已经大大超出了检察官的预期。吉尔曼是一位天生的老师，他用自己的表现迷住了观众。至此，斯特拉斯堡已经陷入了一个几乎不可能爬出的深坑之中。在随后的盘问中，如果要想欺辱一名儿子自杀且成就卓著的老年医生，不太可能让他或他的委托人，受到陪审团的任何青睐。

尽管吉尔曼外表显得虚弱，但他却透出了一种固执，而且，这时他的这种品质表现在他回视斯特拉斯堡的那坚定的眼神里。他好像在挑战他，让他拿出自己的拿手好戏！

"下午好，吉尔曼医生。"斯特拉斯堡说。

"下午好，先生。"吉尔曼冷冷地答道。

"我叫里奇·斯特拉斯堡，我代表马特莫先生。我们以前从未谋面，吉尔曼医生，是吗？"随后，有一个短暂的沉默。斯特拉斯堡向前微微倾了倾身子。"你能听到我说话吗？"

吉尔曼大声说道："如果你用麦克风说话，我会听得更清楚。"

"你是否知道我们曾向你的律师提出要和你见面，但我们被拒绝了，你知道吗？"斯特拉斯堡问道。

"我听不见你在开场白中说了我什么，先生。"

盘问刚刚进行了6秒，斯特拉斯堡就感到愤怒了。吉尔曼似乎不会懂得他要说的每一件事情，会不时地打断他的问话。斯特拉斯堡只得再次开始。他把嘴放在麦克风附近，用他的高调门，好像在和一个2岁的孩子说话。"吉尔曼医生，今天下午我会问你一些问题，如果有什么不明白的，请您告诉我，"他压抑着怒火说道，"好吗？"

斯特拉斯堡的策略是向陪审团表明，吉尔曼是一个年迈糊涂的老人，被政府逼着撒谎。但他低估了自己所面对的那个人。可以看出，吉尔曼决心要与他厮斗一番。结果是，他不仅远没被斯特拉斯堡的策略所诱，还把这个久经沙场的庭审律师打得乱了方寸。每当斯特拉斯堡张嘴之时，吉尔曼都会打起精神。

在斯特拉斯堡要求了无数次，想知道吉尔曼是否能听到他所说的话后，这位医生呛了他一句："你连话都说不清楚！"

斯特拉斯堡试图稳住自己，不偏离他的主题：医生老了，健忘。他演示了一个列表，上面有十几个主席身份的活动、相关的咨询、日历记载事项、电子邮件交流等，并在这个过程中问吉尔曼，他是否能想起这个细节或那个细节，他是否在某个特定的时间说过什么，或在某个具体会议中，讨论过什么。他沿着那个时间轴来回跳跃，极力寻找话题。对斯特拉斯堡在屏幕上呈现的许多事情，吉尔曼都说从未见过。"我不记得了，先生。"他一遍又一遍地说。

"你知道吗，吉尔曼医生，就这个日志所反映的内容，你为超过300个客户进行了400多次的咨询服务？"斯特拉斯堡有一次问道。

"这是可能的。"吉尔曼说。

在此，斯特拉斯堡极力暗示，吉尔曼纯粹是被金钱利益所诱，在为华尔街客户提供咨询时，他赚取了巨额收入：2006年为34万美元，2007年为42万美元，2008年为42.5万美元。这种收入就使他密歇根大学的工资相形见绌。这意味着吉尔曼把更多的精力放在了华尔街而非科学研究上。在与马特莫分享bapi信息的问题上，辩护律师指责吉尔曼是在撒谎。不过，面对斯特拉斯堡连续三天的严厉盘问，吉尔曼在自己的说法上，守住了那些关键的要点。

在这种影响很大的案件中，庭审律师必须要有超人的耐力。在斯特拉斯堡座席前，堆满了内含各种展示材料和证据文档的厚厚的黑散页夹，而且，好像这些东西还在不断地增加，并从桌面一直铺到地板。疲惫不堪的斯特拉斯堡最终转向了与B. J. 康相关的话题，这位联邦调查局特工在2011年找到吉尔曼，试图策反他。斯特拉斯堡问吉尔曼，当联邦调查局第一次找到他时，他说过什么，是否说了实话。

"吉尔曼医生，您在这次会面中，告诉特工你想就调查与他们进行合作，"斯特拉斯堡说，"你还记得吗？"

"是的。"吉尔曼说。

"可以说，在联邦调查局特工对你的整个讯问中，除了马特莫之外，他们从来没有提到过你的任何其他客户，对吗？

"我想，是的。"吉尔曼回答。

当斯特拉斯堡转而问他下一个问题时，吉尔曼开始在座位上显得有些慌乱了。他还有些话没说完。他问法官是否可以回到上一个问题，因为他没有回答完。

"不行，吉尔曼医生，"斯特拉斯堡厉声说道，"尊敬的法官，我要吉尔曼医生回答我正在问的问题。"

但是，加德佩法官很感兴趣。他告诉吉尔曼，他可以再次回答。医生深吸了一口气。

"这位特工还说，我只是一粒沙子，马特莫也是如此，"此时，吉尔曼字斟句酌地说，"他们真正要追查的是一个名叫史蒂文·科恩的人。"

法庭上出现了急促的喘气声。检察官、身着长袍的法官、陪审席上的公共汽车司机和精算师，好像他们都在起诉马特莫的过程中发挥着各自的作用，但这里真正的用意却是冲着科恩去的。他才是联邦调查局想要的目标；他才是马特莫为解脱自己所应该作证指控的人！实际上，该案的律师和法官都极为小心地将科恩的名字置于诉讼内容之外，但是吉尔曼太老了，也没有什么可以失去的，所以，根本不在乎这些。他在瞬间之中，无意之下，骤然拉开了那扇窗帘，向大家展示了那里实际在做的事情。

虽然科恩在马特莫罪行中的共谋性从未在审判中直接说过，但他的名字却反复出现。当科恩的研究交易员和"右手人"（马里奥特的律师用词）的钱德勒·博克拉格为辩方出庭作证时，他说："我个人认为史蒂文是史上最伟大的交易员。"每当科恩的名字被提及时，德夫林－布朗就会变得很恼火。至少目前，他的目标是给马特莫定罪。在这个背景中出现一个恶棍，会搅乱他们的案情控辩。

由于同样的理由，加德佩法官曾经多次告诫两家律师团队，不要提及科恩的名字。但这个亿万富翁的大部分钱财都是在赛克资本赚的，还是那里的决策者，并为马特莫的庭审辩护支付费用。在此，法官的要求好像有些奇怪，但为了马特莫的审判，他有责任尽量消除那些分心之事。"我认为，类似史蒂文·科恩如何进行交易这种一般性问题非常危险，"在陪审团听不到的一次庭前讨论中，加德佩如此说过，"这些问题意味的风险是，打开了泛泛地考证史蒂文·科恩如何做生意的大门。我想我们都会认为这不是我们现在想要走的路。"[5]

在结束庭辩时，与德夫林－布朗搭档的检察官尤金·因戈利亚再次梳理了一遍该案事件的时间表：从马特莫到赛克资本工作，到他培养吉尔曼作为信息源，最后到访吉尔曼在密歇根大学的办公室，并看到大型 ICAD 会议的介绍幻灯片。因戈利亚说："史蒂文·科恩和马修·马特莫星期天在电话里说了 20 分钟。我们怎么知道他们谈论了什么？但紧接着这个电话之后，马特莫通过电子邮件给科恩列出每个账户中相关股票的数量。第二天开始，他们用四天多的时间，秘密卖掉了所有的相关股票。

然后，轮到斯特拉斯堡了。他站起来，看着陪审团。"史蒂文·科恩不在审判中，"他说，"史蒂文·科恩甚至根本没有被指控为共谋犯。马修不是史蒂文·科恩。史蒂文·科恩不在这里。科恩的事是科恩的事。"

当然，这些话没错。但是从科恩付费的律师嘴里说出来，这就可疑了！马特莫已经向一位科恩付费的律师咨询过，是否应该与政府合作，做指控科恩的证人。检察官认为，科恩之所以没有受到审判，主要是因为马特莫拒绝合作。在某种程度上可以说，允许存在这样一种付费制度本身似乎就是腐败。

斯特拉斯堡的结束演讲持续了两个半小时！大约在开始45分钟后，看着他一遍又一遍地重复了同样的观点，陪审员们就开始显得很不耐烦了。在结束演讲之时，他深吸了一口气。"马修的希望、他家人的希望，将会因这里发生的事情而永远改变，"他说道，"这对马修、他的妻子、他的孩子和他的父母来说，就像是地狱。他不是一粒沙子，他不是指控史蒂文·科恩的棋子。"当他夸夸其谈之时，眼泪顺着罗斯玛丽的脸颊流了下来。

在审议的第三天下午1:51，陪审员返回法庭，递交他们的裁决结果。他们想要表达的是显而易见的。此时，没人向法庭马特莫所在的那个方向望去。当陪审团团长宣布，针对马特莫的所有三项指控都有罪时，罗斯玛丽抽泣了！

马特莫的父母拖拽着疲惫的身躯，走出后门，进入外面寒冷的世界时，脸上看上去是惊呆的表情！对于马特莫的父亲来说，在听到三项指控都有罪这句话时，他觉得好像有三颗子弹穿心而过！ 6

当第二天这些故事出现在各家媒体的版面之时，读者的感觉是，控制着世界上最大规模的对冲基金之一的那个非常有钱的人，似乎只是被分走了小部分财富，并且最终挣脱了个人的罪责。史蒂文·科恩将继续交易股票和购买艺术品。剩下来检察官可做的所有事情，就是拿马特莫的案子说事，声称他们取得了胜利，但实际上，他们并没有达到自己的最终目标。

对于一个清醒的旁观者来说，马特莫案本身并没有多大意义。实际上，马特莫有充分的机会指证他的前老板，为自己换取较轻的刑罚，但他拒绝了。相反，他经历了极其羞辱性的审判，现在面临十多年的监禁期。为什么？这是一个三年来一直围绕着他案子的问题。近十年来，一直在追查史蒂文·科恩的联邦检察官确信，马特莫手握能使科恩认罪的确凿证据。通常，像马特莫这样受到指控，面临长期刑罚的人几乎都被策反了。为什么马特莫就没有一起做这件事呢？

当然，他没有关于科恩定罪信息的可能性也是存在的。但是，即使如此，无论他为政府做些什么，都可能使他获得减刑的优待。令人困惑的是，他甚至试都没试过。就此，有三种相关的说法是人们最常议论的。

第一个是荣誉。也许马特莫根本就不能接受成为一个告密者的想法。在白领的案子里，这样一种原则立场是一个非常不寻常的例外，尤其是对于有马特莫这种历史记录的人来说，似乎是特别不可信的。难道这就是他突然选择正义之路的那一拐点时刻吗？

第二个是恐惧。也许马特莫相信，如果他出卖了科恩，他将会面临某种报复。但这也是很难接受的。马特莫已经离开了金融业，而且，尽管科恩作为一个商人是相当无情的，但没有任何证据表明，史蒂文曾经的确雇用过黑社会流氓，对背叛者进行报复。

另一个假设，也是那些参与办这个案件的人经常提到的那个假设：物质利益，或者说，马特莫抱有一个决绝的希望——科恩会奖赏他的忠诚。虽然还没有证据支持这个理论，但它比其他的假设更容易理解和接受。因为最终驱动华尔街大多数人的就是金钱！这一案件让马特莫的财务状况毁于一旦。[7] 政府下令没收了他家的下述资产：他和罗斯玛丽在博卡拉顿的别墅、以马特莫名义在美国运通银行账户存的 320 万美元、以罗斯玛丽的名义在网络银行账户存

放的 24.5 万美元和马修 – 罗斯玛丽 – 马特莫基金会的名义剩下的
934 897 美元。这个基金是他们在 2010 年建立的一个非营利组织，[8]
并在该账户存入 100 万美元。在大谈特谈致力于慈善事业之后，马
特莫因这笔捐赠而获得了税收优惠，但随后它却几乎没有为慈善事
业贡献自己的资金。同年，他们还从基金会报销了 22 826 美元的差
旅费和其他费用。现在，账户中留下的所有钱都将转交给政府了。

面对此情此景，罗斯玛丽争辩道，她和孩子们最终都有流浪街
头的风险。他们的家族都没有能力帮助他们，她通过提交各种法律
文件，向法官提出了相关请求。

至少可以这么说，科恩向马特莫输送资源的路径会是一个很棘
手的问题。（这也是非法的、最公然的收买证人罪。）政府会计师将
迅速找到任何神秘的收入来源。即使现在还没有什么证据，但该案
子的观察者也不得不猜测一定发生了什么。尽管她曾以痛苦的法律
术语说过："现在没有，从来没有，[9] 将来也不会有史蒂文·科恩照
顾我们的任何可能。"但罗斯玛丽无法完全平息这种坊间传言。此
外，这句话听起来像是某个律师教给她的。不管怎么说，时至今
日，马特莫的动机依然是一个未解之谜！

在量刑听审会的前几个星期，马特莫家族就陷入了极其痛苦的
境地。他们的噩梦终于成真。此外，他们还遭受了另一个十分痛苦的
打击：斯坦福商学院寄来了一封信，剥夺了马特莫的 MBA 学位，[10]
因为他在入学申请中撒了谎。

尽管如此，罗斯玛丽还是没有放弃。她请求朋友、同事和亲
戚，向判决马修刑期的法官寄出对马特莫表示支持的信函。此时，
马修也把自己的傲慢放在一边，再次向他在杜克大学的前伦理学教

授布鲁斯·佩恩发出了请求。如今，佩恩对他这位以前曾视为朋友的学生感觉很不好。他知道了，马特莫在请他向斯坦福大学商学院写推荐信时，没有透露他在哈佛法学院发生的事情，从而欺骗了他。这种行为着实太过分！佩恩告诉马特莫他不可能再这样做了。

不过，很大程度上由于罗斯玛丽的努力，还是有很多人给法官发了这种信函，大约有几十个表兄弟、叔叔和婶婶，其中许多是医生，还有一些来自遥远的印度。他们的信件有几个反复出现的主题：马修的监禁将会不公平地惩罚他的三个孩子；罗斯玛丽是一个脆弱的人，马修被逮捕入狱，对她将是致命的一击；她将无力独立抚养自己的孩子；还有人认为，马特莫遭受的苦难已经足够多了。还有的说，罗斯玛丽正遭受一种幻觉之苦，这使她身心极其虚弱。这听起来是维多利亚之幻，但并不符合如此深度地参与马特莫抗辩的那种强悍人格。那些检察官们在读到它时，都不屑一顾。正如德夫林－布朗后来指出的那样，没有任何医生或精神科专家给出的任何确诊的函件。

马特莫的父亲鲍比写了一封 13 页内含激情的信函，其中附有一些马特莫儿时的照片，其中他穿着细条纹西装和领带，满脸微笑。他描述了在马特莫没能上哈佛大学本科后，作为父辈极度失望的心情，鲍勃写道："几乎是到了 22 年后的今天，我才觉得，也许是我为了完成自己的梦想，才把他推到如此困窘的境地。我们逼他出人头地，直到他越过了底线！"

罗斯玛丽知道丈夫命运多舛。斯特拉斯堡和布拉克拉斯一直在设法使她做好准备，迎接即将到来的事情。内幕交易案的判刑往往很重。例如，拉贾拉特南被判处 11 年，一位名叫兹维·嘉福的帆船集团交易员也被判了 10 年。不过，她仍然坚信马修可以幸免。

她每天都祈祷。

在 2014 年 9 月 8 日下午 3:30，马特莫再次站在加德佩法官面前，等待聆听将会发生在他身上的事情。根据公开的判刑指南，他将面临 19 年半的监禁。

在此，法官复述了那些确凿的案情：2008 年 7 月 17 日，吉尔曼和马特莫一边进行着手机通话，一边翻阅那份幻灯片；马特莫飞往底特律，在吉尔曼办公室与后者会晤；第二天又与科恩进行了 20 分钟的手机通话；随后一周，赛克资本秘密卖掉了所有宜兰股和惠氏股。虽然政府没有提及科恩的名字，显然，他位于马特莫犯罪活动的核心位置。

"鉴于这一系列事件，"[11] 加德佩表示，"科恩的确从马特莫那里得到了非公开的重要信息。"但为了量刑之目的，马特莫要为其所有的行为负责。

"马特莫先生已经被这起诉讼给毁了。"法官说。不过，他补充说，为了利用他的案子震慑他人，"我觉得有必要判处重刑"。

此时，罗斯玛丽垂着头。加德佩也停顿了一会儿。他似乎真的对他要做的事感到悲伤。"我决定判他 9 年的刑期！"

这时众人花了片刻时间进行消化。9 年。随后，罗斯玛丽开始哭泣。

法官离开后，有一段较长时间的静寂。然后，罗斯玛丽牵着马修的手，一起走出法庭。

❧

马特莫的父母已经沉默了好几个月。他们每天都要在进出法院的路上，勇敢地推开一群又一群摄影师，但从不说一句话。然而，在宣判结束之后，他们蹒跚地走进明媚的阳光之中，再也无法压抑的怒火，瞬间爆发！

"他被诬陷了！"马特莫的母亲丽兹·托马斯在法院大楼外阶梯的基座上喊道。她的眼睛灼热难当，她再也无法忍受了！

"我是他的父亲，"鲍比·马特莫站在他妻子旁边说，"检方是否知道，三年前两名特工就在博卡拉顿找到他；如果他们知道马修有罪，那他们为什么告诉他，他们想招募他当告密者？原因是什么？"鲍比接着说："如果他有罪，他们应该说，'你有罪，我们要按法律程序办这个案子！'相反，他们说，'我们想招募你做告密者'……"

"他被诬陷了，"鲍比继续说，"谁赚钱了？有人赚了2.75亿美元，但把所有的责任归咎于马修！今天，那位法官把全部罪责都搁在了马修的身上。那个法官，那个法官根本不代表正义！这种审判只是一种嘲弄。这就是美国的制度！"

"谁赚了钱？"丽兹插话道，"我的儿子从中赚了930万美元，其中的300万美元缴了税款。"

那么，有人会问：为何马修没有和检察官合作，帮助自己呢？为什么他不帮他们法办那个赚了大钱的人，史蒂文·科恩呢？

"你要我告诉你们吗？"鲍比回答道，用正义的愤怒在空中猛戳手指，"因为他相信第九诫。你知道第九诫是什么？你不要对你的邻居作假证！"

"赚钱的人在游艇上。"丽兹说，明显是在指科恩的妻子晒在网上的夏季希腊航行之旅的照片，"而我的儿子却要去监狱！"

"这不是正义！"鲍比说。

BLACK EDGE | 后 记

2015 年 5 月 11 日，马修·马特莫被判刑 8 个月后，佳士得在位于洛克菲勒中心的总部举办了一场世界顶级艺术品收藏家的专题拍卖晚会。这场拍卖会被称为"展望过去"。它的核心是一组精心挑选的 20 世纪杰作，混合了当代和稍早的作品。若在另一个不同的时代，它们可能就已经待在那些大型博物馆里了。当晚的耀眼之星是毕加索的绘画《阿尔及尔的女人》，预计售价为 1.4 亿美元。总的来看，这个夜晚预计将会有一个创纪录的销售额！对于此期主要由华尔街的金钱和亚洲的财富助推起来的艺术品收藏盛宴，这场拍卖就像是一场结束曲。在这场拍卖中，有一幅作品是来自科恩的收藏品，[1]让·杜布菲的《巴黎的波尔卡》，估价为 2500 万美元。

虽然他的前雇员马特莫正在就他的判决进行上诉，并准备在监狱的新生活，但科恩并未因此而蛰伏。鉴于他的法律团队保证说对于他的刑事指控威胁已经全部消失，科恩又开始积极向世界展示，他的强大还是一如既往。因此，他去了达沃斯，并坐在麦迪逊广场花园的球场边，充分享受着电视摄像机的关照。在 11 月 10 日，马特莫应该开始服刑的日子，科恩又制造了一则新闻：在苏富比花费了 1.01 亿美元购买了名为《战车》的阿尔贝托·贾科梅蒂的雕塑。

"史蒂文是一个非常认真、非常精明的收藏家，"[2]科恩的艺术品代理商之一，威廉·阿奎斯拉告诉《纽约时报》，"他还有一些恰如其分的直觉，那些从阅读艺术史书中无法得到的东西。"

同时，科恩一直在努力净化自己在华尔街的声誉，设法使自己远离司法丑闻。根据他公司刑事和解方案的要求，科恩已经关闭了赛克资本，并将其变成一个私人理财机构，只投资自己的资金（接近100亿美元）。对他来说，重要的是100亿美元这个数字。

2014年4月，在马特莫被定罪的3个月之后，科恩将自己的公司名称从赛克资本顾问公司更改为"尖端72资产管理公司"，这里的尖端72是指公司的地址：斯坦福德的卡明斯尖端路72号。此外，他还清除了那些帮他摆脱了法律麻烦的顶层助手和顾问。赛克资本的总裁汤姆·康尼内离开了，赛克资本合规部负责人史蒂文·凯斯勒也离开了。科恩的业务发展总监所罗门·库明曾参与招聘了许多后来陷入内幕交易的交易员，也离开了科恩并创建了自己的对冲基金。[3]科恩为合规部找了新负责人，招聘人员就此联系了几名曾涉入赛克资本调查的检察官和联邦调查局特工。

最终，科恩聘请了一位前康涅狄格州的联邦检察官担任"尖端72"的总法律顾问，并宣布计划设立一个6人"顾问委员会"[4]（都由知名企业领导组成），负责就公司管理和道德问题为公司提供咨询意见。

颇具黑色喜剧色彩的是，史蒂文·科恩还为大学生开设了一个名为"尖端72学院"的课程。这是一个"高度精选且要求严格的12个月培训计划"，旨在向寻求金融职业的年轻人教授投资策略。

证券交易委员会对科恩没有对马特莫和斯坦伯格进行有效监督的指控仍未得到解决。该机构希望能够使他终身禁入证券行业，但科恩正在与之抗争。他聘请了著名辩护律师戴维·博伊斯加入抗辩证券交易委员会案件的法律团队。

他告诉朋友，他预计不久的将来会经营另一个对冲基金，但如果证券交易委员会胜诉，那将成为泡影。在此期间，科恩的"家族理财机构"[5]每年为他赚取了数亿美元。他的交易额仍达到数十亿美元，他还在买艺术品——8年来，政府针对他的各种努力，都无法阻止他。在我为写本书做报道的3年中，我和科恩的办公室进行了断断续续的联络，试图得到对他采访的机会。我打电话给他，写信给他，并与他的代表会面。我仅得到了一些暗示，他最终可能会找我聊，但他从来没有。我决心要跟他面谈。我知道那晚他将出现在佳士得2015春季拍卖会，所以，我去那儿找他。

在拍卖之夜，佳士得的拍卖场地充斥着各国浓妆艳抹的贵妇和一些看起来极其富有的男人，他们根本不在意希腊的金融危机（它此时正是国际新闻的头条主角）。这里弥漫着狂热的气氛。一场刺激无比的赛事即将登场，那些胜者将支付巨额的资金。

当天晚上6:30前后，科恩的前交易员戴维·甘内克轻快地穿过大厅；他看起来好像刚刚从游艇上下来，衬衫的纽扣敞至胸部。随后不久，在晚上7:00拍卖会开始前的几分钟，史蒂文·科恩走了进去。

他身材矮小，呈梨形，着灰色拉链毛衣和卡其色裤子，似乎是独自一人来的。他的脸颊呈粉红色。当他进入人群时，他给出了他那标志性的咧嘴微笑。此时，他看起来就像一个刚刚进入一家大型玩具店的孩子。在预定开始时间5分钟前，才刚刚到达本季最火的艺术品拍卖会之一，这通常是终极买家的举动。科恩知道，如果他不出现，拍卖会是不会开锤的！

当他进入通向放置投标人的拍卖牌的桌子的走廊时，我走到他的前面。"嗨。"我和他打了个招呼，顺便介绍了自己。到目前为止，我和他的前同事、员工和密友，进行了数百次访谈。我觉得我对他的了解，不比其他人少。

"哦，是你呀！"科恩回应道。他愣住了。

"我正想和您聊聊。"我说道，同时抓住他的手，握了握。

"我知道你想和我聊，我知道你想聊聊。"他说道，同时，开始环顾四周，想找到一种逃逸的方式。

"你赢了！"我说，"你有很多辉煌的故事要告诉世人。"

"我不想和你聊，"他说道，并迅速走开，"没什么可说的……"

当他正要溜进人群之时，我赶紧抛出了最后一个问题："您今晚是打算买，还是打算卖？"

"哦，卖，"他答道，"卖。"

他走过楼梯，到了挤满买家的画廊，拍卖即将开始。在拍卖会接近结束时，阿尔贝托·贾科梅蒂的另一尊青铜雕塑《指示者》上台拍卖。它被业界广泛认为是该艺术家最伟大的作品之一。[6]

对于刚刚经历了极端挑战期的科恩来说，雕塑是他自己未来的一个标志。他确信自己能在法律的阴影之下，几年后再放异彩。按理说，政府已经尽了全力，设法把这位世界上最富有的人之一绳之以法，但在很大程度上，他依然如故。科恩是一个幸存者，是一个比他自己想要承认的更加另类的他那个时代的标志性人物。即便此刻，他还可以在没有任何恐惧之下，购买任何他想要的东西。经过几轮的积极投标，他最终以1.413亿美元的价格赢得了贾科梅蒂的作品。这可是拍卖史上为一尊雕塑所付出的最高价格！[7]

在普利特·巴拉拉领导了对对冲基金的调查，并使他成为全美知名人物后，美国的法律体系对此发出令人震惊的谴责。2014年12月，上诉法院分别推翻了对托德·纽曼（响尾蛇资本）和安东尼·基亚桑（水平国际基金）的定罪，而这两家基金与赛克资本有着密切的联系。那位法官申斥巴拉拉办公室太过激进，对从朋友或雇员那里（而非公司内部人士）间接获得内幕信息的交易员也进行了指控。在将会被称为《纽曼裁决》[8]的内容里，法院表示，要起诉因重大非公开信息交易的交易员，他必须清楚内幕信息原始泄密者收到的好处。在许多内幕交易圈里，交易员从其他交易员那里获得利润或收入数字，知道这些信息来自公司内部人，但其他的基本上一概不知。法院还裁定，泄密者分享这种信息所得到的好处必须是有形的，类似于货币等。出于友谊或获利交易自身，不足以获罪。

"昨天的裁决[9]如同一辆18轮卡车，直接碾压了内幕交易法。"负责拉吉·拉贾拉特南审判的联邦法官理查德·霍尔维尔说，"它大行倒行逆施之道，使得昨天还被大多数华尔街从业者认为错误行为，得到了漂白！"

巴拉拉被这个裁决激怒了。他认为这并没有反映华尔街的真实运作方式，因为非公开的重要信息在这里可以像现金那样有价值，能在朋友和同事之间进行分享，以换取商誉和未来礼物的承诺。他把《纽曼裁决》上诉到最高法院。当最高法院拒绝受理此案时，巴拉拉被迫解除对相关七人的起诉，包括迈克尔·斯坦伯格，在其生活遭到颠覆之后，他又自由了。除了斯坦伯格，他的前分析师乔恩·霍瓦特、霍瓦特在响尾蛇资本的朋友杰西·托尔托拉，以及该案的其他主要证人都撤销了他们的认罪。[10]对科恩来说，这就是对其行为的另一种辩护方式，基本上使赛克资本"莫问莫说"的信息采集模式合法化。巴拉拉说，这个裁决只会影响他办公室大约10%的起诉案，但他认为，一大批内幕交易现在将不会受到惩罚，而这个先例将会给富人和有良好关系能获得宝贵信息的人又一种优势。只要你不太了解它的来源，你基本上就可以合法地利用那些重要的非公开信息进行交易！

"这为无良行为绘制了一个明确的路线图，"[11]巴拉拉说，"我认为人们不得不问自己，这是否对市场有益，这是否有利于市场的诚信。"（在《纽曼裁决》公布两年后，最高法院在一个与内幕交易无关的案子中，一致裁定：《纽曼裁决》太过了，向朋友或亲戚提供有价值的信息，应该作为一种不当之举被追究。这使司法部得到了某种程度的解脱。）

2015年2月，戴维·甘内克起诉巴拉拉和联邦调查局，指控他们侵犯了他的宪法权利，非法突袭搜查了他的水平国际基金（由于司法审查而关闭）。[12]甘内克认为，在政府追查科恩的过程中，许多人的生活和业务受到不公正的损害，包括他自己在内。在调查的压力下，他的水平国际基金和托德·纽曼供职的响尾蛇资本都被迫关闭。纽曼上诉获胜后，两家公司与司法部（响尾蛇的案子）和证券交易委员会的和解协议都被撤销，并且返还了已经支付的相关罚金。甘内克的案件于2017年10月被撤销。这"对于那些雄心万丈且正在寻找众人眼光的检察官而言，是一个伟大的日子，因为即便他们在撒谎和泄密之时，也会获得安全无忧之感"，甘内克说道。

证券交易委员会在2013年对科恩提出的指控（指责他未能有效地监管斯坦伯格和马特莫），在2016年1月也悄然解决。上诉法庭对纽曼和基亚桑案件的裁定，削弱了证券交易委员会的权力；在处理该案时，该机构只对科恩提出了一项重大制裁：禁止他两年内不得管理外部投资者的钱。这项制裁使他得以在2018年重返对冲基金业务。

一位对冲基金的投资者，埃及克罗夫特合伙基金的唐·斯坦布鲁格表示："如果科恩在开盘当天获得25亿美元外部资金，我并不会感到惊讶。"阿尔法资本管理公司的布莱德·阿尔福德曾在赛克资本投过钱，他说："人们将会在门外排起队购买份额。[13]科恩募集资金就像篮下直接得分那样容易。"

2006年，拜维尔公司指控赛克资本和其他对冲基金股票操纵案也同样被驳回。相反，拜维尔公司被证券交易委员会指控诈骗。后来该公司为了处理无理诉讼索赔，还向赛克资本支付了1000万美元。另外，费尔法克斯对赛克资本和其他对冲基金提起的诉讼在2013年也被驳回。它目前还在上诉之中。科恩前妻帕特里夏对他提出的诉讼于2016年5月被驳回；地方法官发现，"没有证据表明史蒂文在离婚时对帕特里夏隐藏了任何资产"。2017年年末，马修·马特莫的上诉被驳回。目前，他正在佛罗里达履行他9年的刑期。

与此同时，涉及指控科恩和赛克资本案件的检察官和监管者，则纷纷转向回报更丰厚的职业生涯。负责谈下赛克资本18亿美元罚款的巴拉拉刑事部门负责人洛琳·赖斯纳成为保罗-韦斯律师事务所的合伙人（就是那家为科恩提供法律辩护团队的律师事务所）。负责斯坦伯格案的检察官安东尼奥·艾普斯离开了政府机构，成了另一家公司法事务所（米尔班克-特威德-哈德雷-麦克罗伊律师事务所）的合伙人，从事白领辩护工作。巴拉拉的副手理查德·扎贝尔则宣布，他正在一家名为艾略特管理的对冲基金担任总法律顾问，这是一家由杰出的亿万富翁和政治捐款人保罗·辛格所管理的基金。在联邦调查局尽职25年之后，B. J.康的前主管帕特里克·卡罗尔加入高盛，担任其合规部的副总裁。领导马特莫起诉案的阿罗·德夫林-布朗成为卡文顿-博林律师事务所的合伙人。

不过，最令人吃惊的举动可能来自证券交易委员会负责监督该机构调查马特莫的高级执法检察官阿米利娅·科特雷尔。2015年6月底，她用自己的去向震惊了她的同事：她正在加盟威尔基-法尔律师事务所，即科恩的长期辩护律师马丁·克洛茨工作的律师事务所。事实证明，领导政府对科恩进行的最强有力的指控案，成为她做法律顾问的最好的试镜表演。

如今，金融业发展演变得如此复杂，以至于该行业的大部分行为几乎完全超出了监管机构和执法机构所能触及的范围。通常，华尔街最成功的公司不断地把监管的前沿向前推进；每当法律看起来像要追赶上来时，它们却又移师远去。有一种观点认为，迈克尔·米尔肯时代以后，特别是2008年的金融危机以来，由于缺乏意愿或专业知识，起诉那些顶级运作的企业罪犯几乎是不可能的。对经过长期昂贵的审判之后遭受尴尬失利的惧怕，导致了执法行为的某种瘫痪。2008年以前，就席卷金融系统的广泛诈骗行为，司法部无法或不愿将华尔街任何资深人物置于刑事指控之下。相反，它从那些世界上最大的银行罚没了数十亿美元的款项。2015年，针对缺乏追究个人诉讼的批评，司法部宣布了针对金融犯罪的积极的新政策，侧重追究个人责任。但直到我撰写本书为止，似乎还没有看到什么变化。

对冲基金行业为新一代华尔街投资者创造了前所未有的财富，其主要创新是在股市中寻找更积极的投注方式。作为这个领域的开拓者，科恩之所以创建了他的交易帝国，主要是由于他战胜了不太成熟的投资者。几年之后，在金融犯罪史上惨遭最大罚款（并看到自己的十几名员工卷入了内幕交易）后，科恩作为世界上最富有的人之一，从那场把他公司卷入旋涡的危机中走了出来。最后，政府花了近十年时间收集的针对他的证据，从未被提交给陪审团。剩下的就是科恩为此花费了数十亿美元代价，换得了他可以重新归来的门票。

2016年11月8日，唐纳德·特朗普当选总统，誓言要开启一个放松管制的新时代。在新旧政府过渡的动荡期，即将上任的特朗普政府任命科恩私人投资公司"尖端72"的总法律顾问[14]负责招聘新的司法部门候选人。不久，特朗普就解雇了作为美国纽约南区检察官的普利特·巴拉拉。在重要的经济政策岗位上，特朗普很快任命了来自高盛对冲基金的经理人和银行家，而且，司法部也开始不强调对企业犯罪的起诉了。在这种环境下，未来的"史蒂文·科恩们"很可能又会火爆起来。

在本书付梓之时，科恩正在准备于2018年推出一个新的对冲基金。据新闻报道，被科恩聘用的营销人员预计，他可以筹集到100亿美元的资金。

BLACK EDGE | 人物表

赛克资本顾问公司，斯坦福德，康涅狄格州

高层管理人员

史蒂文·科恩（Steven A. Cohen），创始人和所有者

彼得·努斯鲍姆（Peter Nussbaum），法律总顾问

所罗门·库明（Solomon Kumin），首席运营官

汤姆·康尼内（Tom Conheeney），总裁

史蒂文·凯斯勒（Steven Kessler），首席合规官

"累计收益率本质"部门，赛克资本以研究为驱动力的精英部门

马修·格罗斯曼（Matthew Grossman），"累计收益率本质"部门的负责人

马修·马特莫（Matthew Martoma），投资组合经理

贾森·卡普（Jason Karp），研究主任

戴维·蒙诺（David Munno），投资组合经理

本杰明·斯莱特（Benjamin Slate），投资组合经理

乔纳森·霍兰德（Jonathan Hollander），分析师

蒂莫西·扬多维茨（Timothy Jandovitz），医疗保健股交易员

西格玛资本，赛克资本位于曼哈顿的部门

迈克尔·斯坦伯格（Michael Steinberg），投资组合经理

乔恩·霍瓦特（Jon Horvath），服务于迈克尔·斯坦伯格的分析师

加布里埃尔·普洛特金（Gabriel Plotkin），投资组合经理

理查德·格罗丁（Richard Grodin），投资组合经理；斯特提克斯资产
  管理公司联合创始人

C. B. 李（Richard Choo-Beng Lee），服务于格罗丁的技术股分析师；
  西菲利克斯资本的联合创始人

赛克资本的其他人物

韦恩·霍尔曼（Wayne Holman），医疗保健股投资组合经理；脊背资
  本管理公司创始人

菲利普·维尔豪尔（Phillipp Villhauer），首席交易员

戴维·甘内克（David Ganek），投资组合经理；水平国际投资者基金联
  合创始人

理查德·西默尔（Richard Schimel），金融股交易员；响尾蛇资本联
  合创始人；娶了史蒂文·科恩的妹妹温迪

拉里·萨潘斯基（Larry Sapanski），能源股交易员；响尾蛇资本联合
  创始人

唐纳德·朗奎伊尔（Donald Longueuil），投资组合经理

诺阿·弗里曼（Noah Freeman），投资组合经理

肯·利萨克（Ken Lissak），早期高管；独立交易员

阿里·基辅博士（Dr. Ari Kiev），心理专家和"交易教练"

戴尔交易案

托德·纽曼（Todd Newman），响尾蛇资本投资组合经理

安东尼·基亚桑（Anthony Chiasson），与戴维·甘内克共为水平国
　际投资者基金的联合创始人

杰西·托尔托拉（Jesse Tortora），纽曼手下的分析师（响尾蛇资本）

山姆·艾当达奇斯（Sam Adondakis），基亚桑手下的分析师（水平国
　际投资者基金）

桑迪普·戈雅尔（Sandeep Goyal），分析师，纽伯格－博曼基金

单德·迪普（Chandradip "Rob" Ray），"罗博"·雷，戴尔公司雇员

格兰特尔公司，纽约

唐纳德·艾泽尔（Ronald Aizer），期权部门负责人

杰·戈德曼（Jay Goldman），史蒂文·科恩的朋友、杰·戈德曼公司
　的创始人

马修·马特莫的律师

斯蒂尔曼－弗里德曼律师事务所，纽约

查尔斯·斯蒂尔曼（Charles Stillman），合伙人

纳撒尼尔·马默（Nathaniel Marmur），合伙人

古温波特律师事务所，纽约

理查德·斯特拉斯堡（Richard Strassberg），合伙人和证券诉讼与白
　领辩护部联席主任

罗伯特·布拉克拉斯（Roberto Braceras），合伙人

迈克尔·斯坦伯格的律师

克拉默－莱文－纳夫塔里斯－弗兰克尔律师事务所，纽约

巴里·伯克（Barry Berke），合伙人和诉讼部联席主任

史蒂文·科恩的律师

威尔基－法尔－加拉格尔律师事务所，纽约

马丁·克洛茨（Martin Klotz），诉讼部资深律师
迈克尔·斯瓦科特（Michael Schachter），合伙人

保罗－韦斯－里夫金德－加里森律师事务所，纽约

小希尔多·威尔斯（Theodore V. Wells Jr.），合伙人和诉讼部联席主任
迈克尔·格茨曼（Michael Gertzman），合伙人和诉讼部联席主任
丹尼尔·克拉默（Daniel Kramer），合伙人和证券诉讼及执法组联席
　主任
马克·波美坦茨（Mark Pomerantz），律师

博伊斯－席勒－弗列克斯纳律师事务所，纽约

戴维·博伊斯（David Boies），主任

费尔法克斯和拜维尔的案子

科索维茨－本森－托里斯－弗里德曼律师事务所，纽约

迈克尔·鲍威（Michael Bowe），合伙人

联邦调查局，纽约外勤办公室

白领犯罪股

帕特里克·卡罗尔（Patrick Carroll），B. J. 康的上司

戴维·查韦斯（David Chaves），戴维·马科尔的上司

B. J. 康（B. J. Kang），特工，C-1 小组

戴维·马科尔（David Makol），特工，C-35 小组

马修·卡拉汉（Matthew Callahan），特工

詹姆斯·欣克尔（James Hinkle），特工

汤姆·祖卡卡斯（Tom Zukauskas），特工

证券交易委员会

总部，华盛顿特区

玛丽·夏碧诺（Mary Schapiro），主席，2009 ~ 2012 年

玛丽·乔·怀特（Mary Jo White），主席，2013 ~ 2017 年

安德鲁·赛瑞斯纳（Andrew Ceresney），执法部主任，2012 ~ 2016 年

乔治·卡内洛斯（George Canellos），执法部副主任，2012 ~ 2013 年；
　执法部联席主任，2013 ~ 2014 年

纽约地区办公室

桑杰·瓦德瓦（Sanjay Wadhwa），区域执法助理主任

阿米莉娅·科特雷尔（Amelia Cottrell），分支机构主管

查尔斯·黎里（Charles Riely），专职律师

马修·沃特金斯（Matthew Watkins），专职律师

约瑟夫·桑索内（Joseph Sansone），证券交易委员会市场违规股负责人

丹尼尔·马克斯（Daniel Marcus），专职律师

贾斯汀·史密斯（Justin Smith），专职律师

内尔·亨德尔曼（Neil Hendelman），分析师

托马斯·史密斯（Thomas Smith），专职律师

迈克尔·霍兰德（Michael Holland），专职律师

美国检察署纽约南区办公室

普利特·巴拉拉（Preet Bharara），联邦检察官

理查德·扎贝尔（Richard Zabel），联邦副检察官

洛林·赖斯纳（Lorin Reisner），纽约南区犯罪股负责人

安东尼奥·艾普斯（Antonia Apps），联邦助理检察官

阿罗·德夫林-布朗（Arlo Devlin-Brown），联邦助理检察官

艾维·威茨曼（Avi Weitzman），联邦助理检察官

安德鲁·迈克尔森（Andrew Michaelson），联邦特别助理检察官，
负责证券交易委员会贷款问题

约书亚·克莱恩（Joshua Klein），联邦助理检察官

雷蒙德·洛伊尔（Raymond Lohier），商品和证券欺诈特别小组负
责人

里德·布罗德斯基（Reed Brodsky），联邦助理检察官

尤因·因格里奥（Eugene Ingoglia），联邦助理检察官

哈利·切夫（Harry Chernoff），联邦助理检察官

克里斯托弗·加西亚（Christopher Garcia），商品和证券欺诈特别小组
负责人

马克·伯格（Marc Berger），商品和证券欺诈特别小组负责人

安健·萨尼（Anjan Sahni），商品和证券欺诈特别小组副负责人

BLACK EDGE | 鸣　谢

　　如果没有许多人的支持和帮助，这本书是不可能面世的；施助者众多，从研究人员到编辑，从雇主到同事，从事实核查员到朋友，不一而足。我深切感谢，在过往的 10 年里，那些与我分享时间和睿见的众多信源和主体，使我能尽量多地从几个对冲基金了解内幕交易调查的内容，并努力重建相关事件的过程。

　　在做有关本案的大部分新闻报道时，我做新闻工作的东家是《彭博商业周刊》，那时正好是本书描述的许多事件所发生的时间段。本书的故事则发端于我在这本周刊所领受的一份杂志专题报道的任务。《彭博商业周刊》编辑约什·泰然吉尔总是有很高的标准，但让人觉得有动力去实现。他和他的副手及继任者艾伦·波洛克，既宽容我表现出的那种长期的焦虑感，又慷慨允许我为这本杂志写出雄心勃勃的故事。《彭博商业周刊》专题编辑兼朋友布莱恩特·乌尔斯塔特，首先敦促我把赛克资本案作为写作的主题。同时，我也很感谢那段时间的许多其他朋友和同事，包括我的编辑布莱德·维纳以及《彭博新媒体》的那些伙计们。

　　自从离开《彭博商业周刊》以来，我有幸在《纽约客》做专业写手，为戴维·瑞姆尼克工作，他在很多方面都是我们的楷模。我还有幸有了下述各位作为我的编辑和同事：亨利·芬德、维拉·蒂坦尼克、苏珊·莫里森、尼克·汤普森等许多其他各位。

我的书落在了安迪·沃尔德手中，这是行业中最有耐心和最严格的编辑之一。从我进入 Penguin Random House，与苏珊·卡米尔和汤姆·佩里会面的那一刻起，我就知道我正在和那些理解和欣赏这个故事重要性的出版人合作（他们在第一次交谈中就提到了《总统班底》）。莎莉·马文和伦敦·金在本书的宣传指导中散发出了别样的智慧和活力，而凯拉·迈尔斯、梅利莎·桑福德、埃文·坎菲尔德和约瑟夫·佩雷斯对此也非常有帮助。

我的经纪人盖尔·罗斯，一直是一位孜孜不倦的支持者和顾问；她的搭档霍华德·尹，是编辑咨询的关键人物。雨果·林格伦是一位难得的编辑、顾问和朋友。在不同阶段，希尔多理科·梅尔和娜丁·萨白都是非常棒的研究助理，安迪·杨则扮演了事实核实的重要角色。

我很幸运有许多朋友和同事愿意阅读书稿，提供书写的建议，倾听和／或提供自己报道里的案例，其中包括卡特里娜·布鲁克、史蒂夫·菲斯曼、戴维·格罗文、苏西·汉森，亚历山德拉·雅各布、帕特里克·罗登·启赋、凯特·凯利、彼得·拉特曼、德文·伦纳德、达夫·麦克唐纳、伯大尼·麦克林、米兰达·普尔维斯、安妮塔·拉格万、安德鲁·莱斯、玛丽亚·罗素、加布里尔·谢尔曼、珍妮弗·斯塔尔、尼克·沃比斯基、戴维·沃里克斯和其他人。本书的部分也是献给彼得·卡普兰，他教我如何成为一位记者。

我非常感谢我的家人，包括我的父母——弗兰克和罗恩娜；我妹妹阿曼达；我的姻亲，包括卡洛塔和帕特西；最重要的是，与我共在一个屋檐下，我挚爱的和包容了我一切的人——塞特、怀亚特和洛拉。

纽约市，2016 年 11 月

| **注释和来源**

2012 年 11 月 20 日，马修·马特莫被捕的那天，我就开始报道这个故事了，而且，这个报道一直持续到今天。本书的素材基于对 200 多人数百次的访谈，以及大量的法庭笔录，证物、证词、证券交易委员会讯问笔录、联邦特工讯问证人的笔录（简称为 302s）、日记、信函和其他文件。此外，相关素材还有许多被记者和下述媒体详细报道的案件和人物：《纽约时报》、路透社、《彭博新闻》《华尔街日报》《机构投资者》《财富》《名利场》、美国全国广播公司财经频道和《纽约客》；还有一些相关书籍，其中包括安妮塔·拉格万的《亿万富翁的学徒》，这是拉吉·拉贾拉特南案件的真实复述。詹姆斯·斯图尔特的《盗贼之穴》也是一个重要的信息来源，它是对迈克尔·米尔肯时代困扰华尔街的内幕交易的精要描述。

我那时撰写的许多人，要么是我所描述事件的目击者（在我做访谈时可能正面临刑事起诉或监管制裁的可能性），要么是与雇主签署了保密协议（这是金融行业的标准做法），或者是被禁止公开谈论其工作的政府部门的人。由于这些原因以及主题的敏感性，绝大多数的访谈结果是：我可以使用人物的观点和对话信息，但我不能指名道姓地说明这个信息的来源。当我反映一个人物的观点或对话或任何其他事实时，这并不意味着这个人就是相关的信息来源；在某些情况下，有些段落的内涵来自相关的文件、笔录、证词或亲历者的交代。为了写其中的一些段落，我有时被迫依赖对已经过去多年事件的回忆。为了证实不同人、多个来源和不同文件所传达的事件真相和版本，我都会竭尽全力。为了确保所述情节尽可能准确和完整，我们费尽心血，或是通过现场报道，或是通过严格的事实核查。值得注意的是，法律案件有时也会呈现戏剧性的曲折和意外：有些被定罪或认罪的人，后来却被逆转了；有些看起来可能会被指控的人，却从来没有听到过法槌的声响。

本书提到的几乎每个人都有机会发表自己的看法。在这个过程中，史蒂文·科恩没有合作，虽然在三年时间里我提出了多次请求，其中一次还是在佳士得拍卖会面对面的相遇。此外，科恩还试图阻止他最亲密圈子的人与我说话，甚至为科恩工作的新闻发言人还威胁要让人跟踪我。在华尔街内外，科恩（仍然）有巨大的影响，不少人对他还有些害怕。

尽管有如此多的障碍，但还是有数十人选择与我交谈。这可能是下述两个因素的结果：自己的不懈努力；这是一个涉及公共利益和历史意义的事件。总之，如果不是这些合作者的慷慨贡献，本书是不可能面世的。

序言：策反

1. David Glovin, Patricia Hurtado, and Bob Van Voris, "Chiesi Told Rajaratnam She 'Played' Friend Like 'Piano,'" Bloomberg News, April 4, 2011.

2. "Akamai Reports Fourth Quarter 2008 and Full Year 2008 Financial Results," company press release, February 4, 2008.

3. 美国政府诉拉贾拉特南案，编号：09-Cr-1184（RJH），政府物证（以下简称"GX"）532T，2008 年 7 月 24 日，拉贾拉特南和吉耶西之间的通话记录。

4. Anita Raghavan, "Power and Pleasure," *Forbes*, September 23, 2010.

5. Robert A. Guth and Justin Scheck, "The Man Who Wired Silicon Valley," *The Wall Street Journal*, December 30, 2009.

6. 美国政府诉拉贾拉特南案，GX 44，"帆船科技从阿卡迈科技股的交易种获得利润——始于 2008 年 7 月 25 日。"

7. 美国政府诉拉贾拉特南案，政府物证 GX 42，"帆船科技在阿卡迈股票的当日收盘头寸"，2008 年 6 月 1 日至 2008 年 7 月 30 日。

8. 美国政府诉拉贾拉特南案，GX 45，"新堡基金从阿卡迈股票的交易中所获利润"，始于 2008 年 7 月 25 日。

9. 美国政府诉拉贾拉特南案，GX 543T，拉吉·拉贾拉特南和丹尼尔·吉耶西于 2008 年 7 月 30 日的电话记录。

10. 美国政府诉拉贾拉特南案，GX 42。

11. David Glovin and Patricia Hurtado, " Chiesi Swaps Cell for Halfway House," Bloomberg News, May 18, 2013.

12. 从此，会更多地用"赛克资本"或"赛克"指科恩的公司：赛克资本顾问公司。

13. 美国政府诉阿里·法尔案，编号：09-Cr-1009（RPP），阿里·法尔量刑备忘录。阿里是通过培训成为一名电气工程师的。他 1978 年出生于伊朗。在伊朗革命时期，少年的他移民到了美国。在伯克利毕业后，他曾在一家硅谷公司 Plantronics 工作（该公司的产品之一是计算机化的手机耳机）。与此同时，他通过夜间学习获得了硕士学位。后来，他又成为培基证券的半导体板块分析师。他给帆船集团雇用他的拉贾拉特南留下深刻的印象，但他在那里的职业生涯却是起起伏伏，并在 2008 年，离开了帆船集团。

14. 美国政府诉阿里·法尔案，阿里·法尔量刑备忘录、阿里·法尔母亲恩斯迈特·艾克文的来信。

15. 美国政府诉理查德 C. B. 李等人，第 09 Cr. 0972（PKC），理查德 C. B. 李量刑备忘录，2015 年 11 月 18 日。在成为赛克资本分析师之前，C. B. 李工作于硅谷的芯片公司 Monolithic Memories（最终改成"先行微设备公司"，在太阳微系统的旗下）。

16. 美国政府诉 C. B. 李等人，理查德 C. B. 李量刑备忘录。

17. 美国政府诉赛克资本等，编号：13-Cr-541（LTS），未解密的起诉书，2013

年 7 月 25 日；C. B. 李与科恩电话内容的一些细节。

18. 费尔法克斯金融控股有限公司和克拉姆 – 福斯特控股公司诉赛克资本管理有限责任公司等，MRS-L-2032-06；新泽西州高级法院，有关史蒂文·科恩的录像证词，2011 年 2 月 22 日。更多细节参见 Matthew Goldstein, "Cohen Said to Have Warned Friend About Possible Federal Investigation," *The New York Times*, December 23, 2013。

19. Nina Munk, "Greenwich's Outrageous Fortunes," *Vanity Fair*, July 2006.

20. 托多·琼斯创立了托多投资公司。格里芬创立了城堡投资集团。参阅 Sebastian Mallaby, *More Money Than God* (Penguin, 2010).

21. 对冲基金业务诱人的一个方面是，对冲基金经理可以轻松地将其年度奖金从每年数百万美元增加到数千万美元，甚至只需引入更多投资者的钱，使基金规模更大即可——往往几乎无须其他额外的工作。除了在年底收取所创利润的 20% 之外，大多数对冲基金会按资产总额的 2% 收取管理费用，用于支付经营费用和薪金。那么，管理 3 亿美元他人资金的基金就会收取 600 万美元的管理费，外加 20% 的利润提成。如果资金增加到 30 亿美元，管理费将跳到 6000 万美元。如果这一规模的基金当年只有 6% 的回报，那么，它将产生 1.8 亿美元的利润，其中 3600 万美元是基金经理可以留为己有的。所有这一切都可以由少数员工完成。

22. Mallaby, *More Money Than God*, p. 3. See also "The Top 25 Moneymakers: The New Tycoons," *Institutional Investor's Alpha*, April 24, 2007.

23. "HFR Global Hedge Fund Industry Report: Year End 2015," *Hedge Fund Research*.

24. 最近的法院裁决放宽了非法内幕交易的定义；更多信息请参见 Jon Eisenberg, "How United States v. Newman Changes the Law," K&L Gates LLP, May 3, 2015.

第1章 钱、钱、钱

1. Richard Behar, "The Shabby Side of the Street," *Fortune, March* 3, 2003.

2. 格兰特尔的期权部门是由卡尔·伊坎于 1964 年启动的。伊坎、艾泽尔以及科恩有很多共同之处。虽然伊坎比艾泽尔大几岁，但在他们的孩提时代，他们在市外小镇度过了羡慕曼哈顿天际线的青葱时光，并竭力为从中产阶级阵营脱颖而出而奋斗。

   当时，如果有人想交易股票期权的话，他们就不得不打电话给格兰特尔或其他几家公司的经纪人，解释他们想要做什么样的交易以及在什么时间范围内运作，基本上都会接受对方提出的任何价格。到 1968 年，伊坎在格兰特尔的部门就能为公司赚取 150 万美元的佣金，是该公司盈利能力最强的部门之一。那年，伊坎离开了格兰特尔，创建了自己的公司。见 Connie Bruck, *The Predators' Ball* (Penguin, 1989), p. 151.

3. Jack D. Schwager, *Stock Market Wizards* (HarperCollins, 2001), p. 269.

4. Judith S. Goldstein, *The Great Gatsby: Inventing Great Neck: Jewish Identity and the American Dream* (Rutgers University Press, 2006), p. 3.

5. Bryan Burrough, "What's Eating Steve Cohen?" *Vanity Fair*, July 2010.

6. 在那个年代，沃顿商学院的几位毕业生陆续被起诉（参见 "Wharton Producing Its Share of Criminals on Wall Street," *Boca Raton News*, September 26, 1988），最有名的是布鲁斯·纽伯格（科恩的同学），1979 年获得学士学位，1980 年获得沃顿商学院工商管理硕士学位。纽伯格曾是德崇证券迈克尔·米尔肯的明星交易员，作为 1989 年垃圾债帝国的一部分，被以勒索和证券欺诈罪而起诉。米尔肯自己也获得了沃顿商学院工商管理硕士学位。

7. "一到宾州大学，我就觉得此路不通，"科恩说，"所有这些预科学校过来的孩子，他们早已准备就绪，他们已经读了所有的相关书籍。对于我来说，这真是一场无望的挣扎。"见 Burrough, "What's Eating Steve Cohen?"

8. Burrough, "What's Eating Steve Cohen?"

9. 1974～1995 年，霍华德·西尔弗曼经营着格兰特尔。

10. Lawrence Van Gelder, "Long Islanders: Driving Hard on Wall Street," *The New York Times*, May 3, 1987.

11. Some details about Cohen and Patricia's first meeting from Steve Fishman, "Divorced, Never Separated," *New York*, March 28, 2010.

12. 帕特里夏·科恩诉史蒂文·科恩等人案，基于《反欺诈和反腐败组织法案》的起诉书，编号：09-Civ-10230（WHP），2009 年 12 月 9 日，婚姻日期是 1979 年 12 月 7 日；另一个离婚文档的婚姻日期是 1979 年 12 月 12 日。

13. 1981～1988 年，超过 1500 家上市的美国公司被收购。Mallaby, *More Money Than God*, p. 113.

14. "在我看来，我对股价方向判断上的正确概率大于错误概率，"科恩后来说，"所以我想，为什么要对冲它们呢？为什么不直接买股票呢？" Burrough, "What's Eating Steve Cohen?"

15. Burrough, "What's Eating Steve Cohen?"

16. 帕特里夏·科恩诉史蒂文·科恩等人案，"事实陈述"，2009 年。

17. 有关美国无线电公司证券的交易事项，证券交易委员会档案号 HO-1793。

18. 帕特里夏·科恩诉史蒂文·科恩等人案件，"事实陈述"，2009 年。

19. "General Electric Will Buy RCA for \$6.28 Billion," *Los Angeles Times*, December 12, 1985.

20. 帕特里夏·科恩诉史蒂文·科恩等人案，"第一次修改的起诉书"，编号：09-Civ 10230（WHP）。

21. 传票日期是 1986 年 4 月 23 日，根据是科恩证券交易委员会的证词，事项是有关美国无线电公司证券的交易。

22. 有关美国无线电公司证券的交易事项。

23. 有关美国无线电公司证券的交易事项。

24. James B. Stewart, *Den of Thieves* (Simon & Schuster, 1991), p. 294.

25. " Investment Banker Pleads Guilty to Insider Trading," Associated Press, June 5, 1986.

26. 在 1989 年代理科恩后，奥贝梅耶被总统乔治·布什任命为纽约南区的美国检察官，取代鲁迪·朱利安尼。奥贝梅耶担任该职位，直到 1993 年。"Otto Obermaier Is No Rudy Giuliani," *BusinessWeek*, July 27, 1992.

27. 宪法第五修正案，也被称为反对自证有罪的特权，规定任何人不得被迫作为自己的证人。在证券交易委员会的调查中，有关采用第五修正案主张的相关影响，请参阅 Tom Hanusik, " Averse to Adverse Inferences? Rethinking the Scope of the Fifth Amendment Protections in SEC Proceedings," *Securities Regulation & Law Report*, 41 SRLR 574, The Bureau of National Affairs, March 30, 2009.

28. 科恩在证券交易委员会的证词，有关美国无线电公司证券的交易事项。

29. "他曾经十分沮丧地回到家中，极不耐烦，但又束手无策，"帕特里夏说，"他会显得苛刻，吹毛求疵和歇斯底里。"Fishman, "Divorced, Never Separated."

30. 布莱特·卢里的证券交易委员会证词，有关美国无线电公司证券的交易事项。

31. Peter Lattman, " SAC Capital's Cohen Opens Up, " *The New York Times*, February 15, 2011.

32. 史蒂文·科恩诉帕特里夏·科恩，编号：11-Civ-1390，提交于 1991 年 3 月 21 日；依据是阐述儿童抚养费上调修改缘由的法令，公寓位于东区大街 120 号 10A。

33. 史蒂文·科恩和赛克资本交易公司诉布莱特·卢里和"转换交易公司案，编号：9891/87，布莱特·卢里的宣誓书，1987 年 5 月 12 日。

34. 史蒂文·科恩先生和夫人 1988 年 7 月 1 日的财务状况表。

35. 史蒂文·科恩诉帕特里夏·科恩案，科恩 1989 年的收入是 430 万美元（根据 1989 年的 1040 表），作为抗辩函于 1991 年 8 月 9 日提交的一份物证；

根据帕特里夏的离婚档案内容，她认为，科恩 1989 年赚了 2000 万美元，1988 年为 1200 万美元。科恩对此表示异议。

36. 史蒂文·科恩诉帕特里夏·科恩案，"抗辩函"提交于 1991 年 8 月 9 日。

第 2 章 史蒂文，为所欲为

1. 虽然该公司 1974 ～ 1995 年都由霍华德·西尔弗曼经营，但与此同时，西尔弗曼的两个儿子经营着一家公司，清算所有格兰特尔在纽约证券交易所的交易；这是一个合法的安排，但至少有利益冲突。另外，该公司另一位副总裁的儿子爱德华·鲍尔，清算该公司在美国证券交易所的所有交易。Richard Behar, "The Shabby Side of the Street," *Fortune*, March 3, 2003.

2. 一些公开阐述引用的数字是 2500 万美元；我交谈过的前雇员都说是 2300 万美元或 2400 万美元。

3. Jack D. Schwager, *Stock Market Wizards* (HarperCollins, 2001), p. 274.

4. 虽然迈克尔·斯坦哈特是在布鲁克林一个粗俗社区，由一位单身母亲养大的，但他有着很好的投资意识和率性的脾气，这些都激发了他赚钱的欲望。他曾经说过："我每天获胜的需求压倒一切。如果我没有获胜，我就像遭遇了一场重大的悲剧那样的痛苦。"Sebastian Mallaby, *More Money Than God* (Penguin, 2010), pp. 55-56.

5. 这个行业主要由少数几个在华尔街成名的男人所控。朱利安·罗伯逊经营着老虎基金，以培育新对冲基金经理而闻名。被视为知识分子的乔治·索罗斯与他的合伙人斯坦利·德鲁肯米勒一起，经营着量子基金，它针对广泛的经济体而下注。孟菲斯的棉花交易员保罗·托多·琼斯，1983 年开始创建托多投资公司；据报，在 1988 年，他 33 岁时，成为华尔街薪酬最高的个人，收入为 8000 万～ 1 亿美元。他们每个人都有自己的赚钱策略，通常是建立于一种很强的投资的理念。Alison Leigh Cowan, " Where the Money Is: Wall St.'s Best-Paid People," *The New York Times*, June 4, 1988.

6. 赛克资本营销演示稿，2012 年 5 月 1 日。

7. Bryan Burrough, "What's Eating Steven Cohen?" *Vanity Fair*, July 2010.

8. 史蒂文·科恩诉帕特里夏·科恩案，索引号 62593/90，抗辩函，1995 年 11 月 9 日。

9. Alex and Steven Cohen appearance on *The Cristina Show*, July 29, 1992.

10. 季耶夫是一位布朗克斯犹太教祭司的儿子，哈佛毕业，写了几本关于抑郁症的书籍，一直处在抗抑郁药研究的前沿，从事着百忧解和舍曲林的临床试验。William Grimes, "Ari Kiev, Psychiatrist to Traders, Dies," *The New York Times*, Nov. 30, 2009.

11. Ari Kiev, M.D., *Trading to Win* (John Wiley & Sons, 1998).

12. Schwager, *Stock Market Wizards*.

13. 利萨克被解雇的故事来自利萨克本人，并被当时也在那里供职的其他几个人所证实。

14. 这个故事的一个版本是由 Gary Sernovitz, "Edge and the Art Collector," *n+1*, January 16, 2013.

15. Nina Munk, "Greenwich's Outrageous Fortunes," *Vanity Fair*, July 2006.

16. Munk, "Greenwich's Outrageous Fortunes."

17 回顾那个事件，斯坦伯格在接受访谈时说："那个物业十分了得，这就是一个美丽的大花园。我认为那是一种自然天成的完美，但他把它给肢解了。"斯坦伯格最终花了 1500 万美元购买了格林威治另一座以前由唐纳德·特朗普所拥有的豪宅。

18. Marcia Vickers, "The Most Powerful Trader on Wall Street You've Never Heard Of," *BusinessWeek*, July 20, 2003.

19. Matthew Purdy, "Our Towns: In Greenwich, More Is Just Too Much," *The New York Times*, December 5, 1999.

20. Purdy, "Our Towns: In Greenwich, More Is Just Too Much."

第 3 章 杀手阵容

1. "很难找到没被用过的点子，更难获得真正的回报，使你与众不同，"科恩表示，"回报丰厚的日子已经过去了。"Susan Pulliam, "The Hedge-Fund King Is Getting Nervous," *The Wall Street Journal*, September 16, 2006.

2. 美国政府诉 C. B. 李等案。

3. James Sterngold and Jenny Strasburg, "For SAC, a Shift in Investing Strategy Later Led to Suspicions," *The Wall Street Journal*, July 24, 2013. See also *U.S. v. SAC Capital Advisors*, No. 13 Cr. 541, filed July 25, 2013，另见美国政府诉赛克资本，编号：13-Cri-541，提交日期为 2013 年 7 月 25 日，未解密的起诉书。

4. 这种观念的一个版本是 Jonathan Jones, "Art and Money: The Sharks Behind the Showpieces," *The Guardian*, October 12, 2011.

5. Rebecca Mead, "The Daredevil of the Auction World," *The New Yorker*, July 4, 2016.

6. Carol Vogel, "Swimming with Famous Dead Sharks," *The New York Times*, October 1, 2006.

7. Roberta Smith, "Just When You Thought It Was Safe," *The New York Times*, October 16, 2007.

8. Account of Wynn cocktail party: Nick Paumgarten, "The $40-Million Elbow," *The New Yorker*, October 23, 2006.

9. "Steve Wynn to Keep Picasso He Damaged," Associated Press, October 18, 2006.

10. Geraldine Norman, "Life with Picasso," *The Independent*, September 27, 1997.

11. Nora Ephron, "My Weekend in Vegas," *The Huffington Post*, October 16, 2006.

12. Paumgarten, "The $40-Million Elbow"; some details from *Stephen and*

Elaine Wynn v. Lloyd's of London, No. 07 Civ. 00202, filed January 10, 2007.

13. 美国政府诉马特莫案，2014 年 1 月 20 日，蒂莫西·扬多维茨的证词。

14. 美国政府诉马特莫案，GX 570，于 2014 年 1 月 13 日采用，马修·马特莫赛克资本工作聘用函，起始日期是 2006 年 6 月 2 日。

15. 戴维·卡普兰等诉赛克资本等。编号：12-Civ-9350（VM）（KNF），提交于 2014 年 9 月 3 日，宜兰股东第二次修订的起诉函。

16. 美国政府诉马特莫案，马修·马特莫量刑备忘录，物证 1，来自罗斯玛丽·马特莫的信。

17. Patrick Radden Keefe, "The Empire of Edge," *The New Yorker*, October 13, 2014.

18. 美国政府诉马特莫案，2014 年 1 月 17 日，西德尼·吉尔曼博士的证词。

19. Laurie P. Cohen, "Seeking an Edge, Big Investors Turn to Network of Informants," *The Wall Street Journal*, November 27, 2006.

20. Steve Bodow, "Investing; It's Not What They Know, but Whom," *The New York Times*, December 23, 2001.

21. 美国政府诉马特莫案，格理和赛克资本认购协议，GX 630，提交于 2014 年 1 月 16 日。

22. 美国政府诉马特莫案，GX 262，2006 年 8 月 30 日发送的电子邮件；还有戴维·卡普兰等人诉赛克资本等的案件，宜兰股东第二修正的起诉函，提交于 2013 年 9 月 3 日。

23. 美国政府诉马特莫案，GX 660，2014 年 1 月 16 日；吉尔曼给卢波·巴特莎的电子邮件，2006 年 8 月 23 日。

第 4 章　就像瑞克赌场的博弈

1. garbage: Michael Orey, "Corporate Snoops," *BusinessWeek*, October 9, 2006.

2. 该公司专门从事把成熟药物（如商业上成功的抗抑郁药 Wellbutrin）进行深

加工，即获得相关许可，以新的形式生产这些药物，它的诀窍在于用它自己开发出来的逐步释放的机制，使药物的使用效果更好。

3. 有关更多详情，请参阅 Leonard Zehr, "Biovail and the Analyst's Secret Account," *The Globe and Mail*, June 22, 2002.

4. Marcia Vickers, "The Most Powerful Trader on Wall Street You've Never Heard Of," *BusinessWeek*, July 20, 2003.

5. 赛克资本交易员从来没有就英克隆（ImClone）的不法行为受到指控。Vickers, "The Most Powerful Trader on Wall Street You've Never Heard Of."

6. 拜维尔公司诉赛克资本等案，编号：06-Civ-01413，提交于 2006 年 2 月 23 日。

7. Jenny Anderson, "Claiming Stock Manipulation, Biovail Sues Hedge Fund," *The New York Times*, February 23, 2006.

8. 拜维尔公司诉赛克资本等的案件。

9. 令人惊讶的是，在 2009 年，一位新泽西法官驳回了拜维尔针对赛克资本的诉讼。2010 年 2 月，赛克资本起诉由瓦伦特制药公司收购的拜维尔，指控其无理取闹的诉讼。2010 年 11 月，瓦伦特和赛克资本达成了和解，瓦伦特同意向赛克资本支付 1000 万美元，以弥补其法律费用。

2008 年 3 月 24 日，证券交易委员会对梅尔尼克和拜维尔提起诉讼，指控公司从事会计欺诈。就此，该公司支付了 1000 万美元进行和庭外和解，另外还支付了 1.28 亿美元，用于解决股东提出的集体诉讼。"Biovail Settles with SAC Capital," *The New York Times*, November 4, 2010.

10. Leslie Stahl, "Betting on a Fall: On One Company's Lawsuit Against a Hedge Fund," *60 Minutes*, CBS News, March 24, 2006.

11. Stahl, "Betting on a Fall."

12. 史蒂文·科恩诉帕特里夏·科恩案，索引号 62593，抗辩函和确认函，1995 年 11 月 9 日。

13. Richard Behar, "The Shabby Side of the Street," *Fortune*, March 3, 2003.

14. Peter Lattman and Ben Protess, "$1.2 Billion Fine for Hedge Fund SAC Capital in Insider Case," *The New York Times*, November 4, 2013.

15. 费尔法克斯金融控股有限公司和克拉姆 – 福斯特控股公司诉赛克资本管理有限公司等，费尔法克斯上诉简报。

16. Bethany McLean, "A Wall Street Battle Royal," *Fortune*, March 6, 2007.

17. 费尔法克斯金融控股有限公司和克拉姆 – 福斯特控股公司诉赛克资本管理有限公司等。2012 年，新泽西法官驳回了费尔法克斯对赛克资本和其他基金的诉讼案。费尔法克斯在 2013 年重新提交了案件。参见 David Voreacos，"SAC Dismissal from New Jersey Lawsuit Appealed by Fairfax," by Bloomberg News, June 4, 2013.

18. "SEC Fact Sheet on Global Analyst Research Settlements," Securities and Exchange Commission, April 28, 2003.

19. "SEC Sues Goldman Sachs for Research Analyst Conflicts of Interest," SEC press release, April 28, 2003.

20. 银行提供的许多服务可以作为所谓的"软美元"支付——基本上是以交易佣金形式偿付的 IOU。

21. 这个短语来自卡萨布兰卡电影中的场景，当雷诺船长（瑞克·布莱恩夜总会、赌场和瑞克咖啡馆的常客），必须找到一个借口来关闭这个地方时，他说："我很震惊，很震惊，发现这里正在进行赌博。"

第 5 章　优势的专有信息

1. 美国政府诉迈克尔·斯坦伯格案，编号：12-Cr-121（RJS），提交于 2014 年 5 月 2 日，迈克尔·斯坦伯格量刑备忘录，瑞贝卡和肯尼斯·罗班的来信。

2. 美国政府诉斯坦伯格案，2013 年 11 月 21 日，赛克资本首席财务官丹. 伯克维茨的证词。

3. Kate Kelly, Serena Ng, and David Reilly, "Two Big Funds at Bear Stearns Face

Shutdown," *The Wall Street Journal*, June 20, 2007.

4. 美国政府诉斯坦伯格，乔恩·霍瓦特的证词。在审判期间，斯坦伯格的辩护律师对这种说法提出了异议；由于上诉法庭的裁决，对斯坦伯格的指控后因无相关性而被驳回。

5. 马科尔是一位叉车司机的儿子，成长于马萨诸塞州斯普林菲尔德。他有沉溺于工作的习惯，在大多数日子都是凌晨 5:00 就进入办公室。马科尔的第一个大案是玛莎·斯图尔特的调查；根据指控，她从英克隆公司创始人山姆·沃克赛尔（一位社交朋友）处得到内幕消息，于 2001 年悄悄出售了4000 股英克隆的股票。

   自那以后，马科尔就转到了锐步 – 阿迪达斯的案子：一位年轻的高盛分析师提前获悉阿迪达斯要收购锐步之后，交易了锐步的期权。他通过他的婶婶（克罗地亚的一名 63 岁退休裁缝）的账户进行了交易。更多内容，请参阅 Susan Pulliam, Michael Rothfeld, and Jenny Strasberg, "The FBI Agent Who 'Flips' Insider-Trading Witnesses," *The Wall Street Journal*, January 20, 2012.

6. Susan Pulliam, "Wired on Wall Street: Trader Betrays a Friend," *The Wall Street Journal*, January 16, 2010; also David Glovin and David Voreacos, "Dream Insider Informant Led FBI from Galleon to SAC," Bloomberg News, December 2, 2012.

7. 美国政府诉戴维·斯莱恩案，编号：09-Cri-1222（RJS），2012 年 1 月 9 日，政府的量刑备忘录；斯莱恩的证据导致对帆船交易员茨维·高佛和克莱格·德里摩尔以及其他许多人的起诉。美国政府诉戈夫尔案，编号：11-Cri-3591（2d Cir.2013）。

8. 美国政府诉斯坦伯格案，GX 2004，西格玛资本管理有限责任公司 2007 年终利润提成计算额。

9. 美国政府诉斯坦伯格案，GX 2064，乔恩·霍瓦特 2007 年的业绩评估。

10. 美国政府诉斯坦伯格案，杰西·托尔托拉的证词。

11. 包括他的朋友山姆·艾当达奇斯——戴维·甘内克的基金（水平国际）分析师。

12. 美国政府诉斯坦伯格案，托尔托拉的证词。

13. 美国政府诉斯坦伯格案，GX 327，托尔托拉的证词。

14. Ben Rooney, "Home Prices: Down Rec-ord 11%," *CNN Money*, March 25, 2008.

15. 美国政府诉马修·马特莫案，编号：12-Cri-0973（PGG），丹·伯克维茨的证词。

16. Katherine Burton and Anthony Effinger, "How Hedge Fund Manager Steve Cohen Averaged 30% Returns for 18 Years," *Bloomberg Markets*, April 25, 2010.

17. 美国政府诉马特莫案，伯克维茨的证词。

18. Colin Gleadell, "Saatchi Sells Another Key Work in His Collection," *ArtNews*, May 10, 2005.

19. Carol Vogel, "Swimming with Famous Dead Sharks," *The New York Times*, October 1, 2006.

20. Kelly, Ng, and Reilly, "Two Big Funds at Bear Stearns Face Shutdown."

21. Alexandra Twin, "Stocks: Mixed Day, Brutal June," *CNN Money*, June 30, 2008.

22. 美国政府诉马特莫案，GX 302。

第 6 章　利益冲突

1. 美国政府诉马修·马特莫案，编号：12-Cri-0973（PGG），GX 305。

2. 美国政府诉马特莫案，GX 302。

3. Michael Betzold, "The Corruption of Sid Gilman," *Ann Arbor Observer*, January 2013.

4. According to "Not My Father's Keeper: Unveiling the Skeletons in Dr. Sid Gilman's Closet," a book proposal by Todd Gilman that was submitted to publishers in 2014.

5. Gilman, "Not My Father's Keeper."

6. Patrick Radden Keefe, "The Empire of Edge," *The New Yorker*, October 13, 2014.

7. Betzold, "The Corruption of Sid Gilman."

8. 美国政府诉马特莫案，西德尼·吉尔曼博士的证词和对他的盘问。

9. 美国政府诉马特莫案，吉尔曼的证词。

10. 美国政府诉马特莫案，对吉尔曼进行的盘问。

11. 美国政府诉马特莫案，2014 年 1 月 23 日，对吉尔曼进行的盘问。"外部咨询"带来的收入：2006 年是 34 万美元，2007 年为 42 万美元，2008 年是 42.5 万美元；早些时候，在直接质证中，吉尔曼说是 20 万美元。另见 Jenny Strasburg, "Doctor's Alleged Role Highlights Ties Between Investors and Medical Field," *The Wall Street Journal*, November 20, 2012.

12. 蒂姆·格林阿米尔，吉尔曼的前学生，管理着匹兹堡神经衰退性疾病研究所；他来自凯富的《边缘帝国》。

13. Nathaniel Popper and Bill Vlasic, "Quiet Doctor, Lavish Insider: A Parallel Life," *The New York Times*, December 15, 2012.

14. Eric Topol and David Blumenthal, "Physicians and the Investment Industry," *Journal of the American Medical Association*, June 1, 2005.

15. 美国政府诉马特莫案，GX 20，外加吉尔曼证词。在 2005 年，吉尔曼在 bapi 的前身 AN-1792 测试期间，担任安全监督委员会的主席。在看到这种药物的灾难性副作用（导致大脑出现危险的肿胀）后，吉尔曼担心新一组患者的安全。吉尔曼收取的费用是每小时 350 美元，最高可达 25 000 美元。

16. 美国政府诉马特莫案，2014 年 1 月 13 日，艾伦·霍尔姆（宜兰公司）证词，吉尔曼的证词。来自全国各地的 234 名阿尔茨海默病患者参加了 bapineuzumab 的 II 期试验。20 名医生在该研究中被委任为调查员，向其患者提供药物并密切监测其反应。

17. 美国政府诉马特莫案，霍尔姆的证词、吉尔曼的证词。

18. 美国政府诉马特莫案，GX 7，还有霍尔姆和吉尔曼的证词。

19. 美国政府诉马特莫案，GX103，吉尔曼的证词、宜兰公司恩琪·刘的备忘录。

20. Keefe, "The Empire of Edge."

21. 美国政府诉马特莫，吉尔曼的证词。

22. 美国政府诉马特莫案，辩护物证 269，马特莫给钱德勒·博克拉格的电子邮件，在钱德勒·博克拉格提供证词期间介绍的。

23. 美国政府诉马特莫案，赛克资本总顾问彼得·努斯鲍姆的证词。

24. 史蒂文·科恩在证券交易委员会的证词，有关宜兰公司的事宜，档案编号：NY-8152，2012 年 5 月 3 日。

25. 美国政府诉马特莫案，GX 297，科恩部分头寸警示的电子邮件，在凯蒂·林登的证词中介绍的。

26. 戴维·卡普兰等人诉赛克资本等。编号：12-Civ-9530（VM）（KNF），2008 年 3 月 28 日庭上交锋所言，并在 2008 年 4 月 6 日，于宜兰股东第二修正的起诉书予以引用。

第 7 章　营造传奇之事

1. 美国政府诉拉贾拉特南案，编号：09-Cri-1184（RJH），2010 年 10 月 6 日，弗兰克斯听证会，联邦特工 B.J.康的证词。

2. 标题 18，美国法典 2518，（1）(c)，关于窃听的法规。

3. 美国政府诉马修·马特莫案，编号：12-Cri-0973（PGG）；辩护物证 505，日期 2008 年 7 月 7 日，见于蒂莫西·扬多维茨证词。

4. 戴维·卡普兰等诉赛克资本等，编号：12-Civ-9350（VM）（KNF），宜兰股东第二次修改的起诉书，第 80 ～ 81 页。

5. 宜兰和惠氏宣布："宜兰和惠氏宣布了鼓励人心的用于阿尔茨海默病的 Bapineuzumab 第二阶段临床试验的概要结果"，2008 年 6 月 17 日的新闻稿。

6. 美国政府诉马特莫案，GX 298、299.

7. 美国政府诉马特莫，GX 53，吉尔曼的证词。

8. 美国政府诉马特莫案，GX 9。

9. 美国政府诉马特莫案，艾莉森·霍尔姆的证词。

10. 美国政府诉马特莫案，GX 11。

11. 美国政府诉马特莫案，GX 12。

12. 美国政府诉马特莫案，GX 710，吉尔曼的证词。

13. 美国政府诉马特莫案，密歇根大学纳森·布朗的校内访问控制系统的证词。

14. 美国政府诉马特莫案，GX 1307，在达美的马克·曼汉作证期间采用。

15. 美国政府诉马特莫案，GX 459。

16. 戴维·卡普兰等人诉赛克资本等，编号：12-Civ-9350（VM）（KNF），宜兰股东第二次修改的起诉书，第 86 页。在 2008 年 7 月 21 日的市场开盘之前，该投资组合持有 1060 万股宜兰股的存托凭证，价值 3.66 亿美元，以及 1900 万股惠氏股，价值约 9 亿美元。

17. 美国政府诉马特莫案，GX 431，采自菲利普·维尔豪尔的证词。

18. 美国政府诉马特莫案，GX 432，采自维尔豪尔的证词。

19. 宜兰股东第二次修改的起诉书，第 86 页；另见证券交易委员会诉 CR Intrinsic 投资者、马修·马特莫：西德尼·吉尔曼博士，以及赛克资本，编号：12-Civ-8466（VM），增补的起诉书，2013 年 3 月 15 日。

20. 美国政府诉马特莫案，GX 595，采自赛克资本合规官约翰·凯西的证词。

21. 美国政府诉马特莫案，有些细节来自律师 2014 年 1 月 16 日坐堂讨论内容；其他来自凯西的证词。

22. 美国政府诉马特莫案，GX 595，哈维·皮特谈到的电子邮件邀请，以及 GX 591，皮特幻灯片演示文稿、凯西证词。

23. 证券交易委员会针对马修·帝伯乐、戴维·黎里和约翰·约翰逊的起诉函，纽约南区美国地方法院，2013 年 3 月 26 日。

24. 证券交易委员会诉罗纳德·丹尼斯案，编号：14-Civ-1746，2014 年 3 月 13 日。

25. 这个表述很大程度上来自罗斯的庭审证词，美国政府诉马特莫案。

26. 美国政府诉马特莫案，在吉尔曼的盘问期间引出了化疗治疗方案。

27. 美国政府诉马特莫案，GX 19，采自霍尔姆的证词。

28. Nathaniel Popper and Bill Vlasic, " Quiet Doctor, Lavish Insider: A Parallel Life," *The New York Times*, December 15, 2012.

29. 这是惠氏公司的股票符号。美国政府诉马特莫案，GX 294，马特莫－林登间的电子邮件，采自凯蒂·林登的证词。

30. 美国政府诉马特莫案，辩护物证（以下简称" DX"）328/GX 313，扬多维茨的证词。

31. 美国政府诉马特莫案，GX 235，电子邮件日期：2008 年 9 月 28 日，采自吉尔曼的证词。

32. 美国政府诉迈克尔·斯坦伯格案，编号：12-Civ-121（RJS），杰西·托尔托拉的证词。事实证明，戈雅尔的消息来源于戴尔的投资者关系部门。在 2015 年，在纽曼和基亚桑的定罪逆转之后，对戈雅尔的指控也被驳回。

33. 美国政府诉斯坦伯格案，GX 214。

34. 美国政府诉斯坦伯格案，GX 631。

35. 美国政府诉斯坦伯格案，GX 631。

36. Laurie J. Flynn, " Dell's Profit Drop Surprises Investors," *The New York Times*, August 28, 2008.

37. 证券交易委员会诉丹尼斯案；Patricia Hurtado, " Former Level Global Analyst

Says Two SAC Friends Got Inside Tips," *Bloomberg News*, November 29, 2012.

第 8 章 线人

1. Eamon Javers, Broker, *Trader, Lawyer, Spy: The Secret World of Corporate Espionage* (HarperBusiness, 2010).

2. Michael J. de la Merced, "Blackstone Executive Is Charged with Insider Trading," *The New York Times*, January 14, 2009.

3. Peter Lattman and Ben Protess, "How Pursuit of Billionaire Hit One Dead End," *The New York Times*, January 14, 2013.

4. 美国政府诉理查德 C. B. 李等人，编号：09-Cri-0972（PKC），提交于 2009 年 10 月 13 日，也可参见政府提交的量刑建议函。

5. Anita Raghavan, *The Billionaire's Apprentice* (Business Plus, 2013), p. 302.

6. Susan Pulliam, "How Associates Helped Build Case," *The Wall Street Journal*, October 20, 2009.

7. 美国政府诉 C. B. 李案，量刑建议函。

8. 有关在美国的申请授权截听某些电讯通信的事宜，编号：11-Cri-00032（JSR），提交于 2011 年 7 月 12 日。首选环球调研公司监听申请函，第 20～25 页。B. J. 康的怀疑被卡尔·莫蒂所印证——后者正在与联邦调查局特工戴维·马科尔和詹姆斯·欣克尔合作。

   莫蒂已婚，是三位孩子的父亲；他是一名顾问，在不同的对冲基金有五名投资组合经理客户；每年为获得他对技术行业的见解（他传递的某些信息也是内幕信息），他们总共向他支付 50 万美元。当莫蒂被问及是否有任何他在金融行业观察到的东西让他感到阴暗，但他并不一定自己参与其中的问题时，他回答说："专家网络。"美国政府诉莫蒂案，编号：10-Cri-1249。

9. Patricia Hurtado, "SAC Trial Seen by Probe Convict as Latest Abusive Tactic,"

Bloomberg News, January 7, 2014.

10. 首选环球调研公司监听申请函。

11. Devin Leonard, "The SEC: Outmanned, Outgunned, and on a Roll," *Bloomberg Businessweek*, April 19, 2012.

12. 美国政府诉拉吉·拉贾拉特南案，拉吉夫·格尔和安妮儿·库马尔，编号：09-Mag-155，2009 年 10 月 15 日。

13. 新城基金交易员安妮儿·切尔西、切尔西的老板马克·柯兰德、IBM 高级副总裁罗伯特·莫法特；和拉吉的朋友拉吉夫·格尔、英特尔高管，以及麦肯锡的安妮儿·库马尔。据说，和切尔西有婚外情的是柯兰德和莫法特（她迫使莫法特泄露 IBM 内幕信息）。Michael J. de la Merced, "Hedge Fund Chief Is Charged with Fraud," *The New York Times*, October 16, 2009.

第 9 章　国王之死

1. Ed Beeson, "When U.S. Attorney Preet Bharara Speaks, Wall Street and the World Listens," *The Star-Ledger*, August 19, 2012.

2. Carrie Johnson, "Family Ties," *Columbia Law School Magazine*, Fall 2011.

3. 也是西德尼·吉尔曼博士的辩护律师马克·穆凯西的父亲。

4. Benjamin Weiser, "For Manhattan's Next U.S. Attorney, Politics and Prosecution Don't Mix," *The New York Times*, August 9, 2009. 普利特不是巴拉拉家族有超级基因的唯一的儿子。巴拉拉的弟弟维尼也是上的哥伦比亚法学院，比哥哥晚三年。他与他人共同创立了一家互联网零售公司，销售尿布；在 2010 年，以 5.4 亿美元的价格出售给了亚马逊。另见 Johnson, "Family Ties."。

5. Benjamin Weiser, "Schumer Aide Is Confirmed as United States Attorney," *The New York Times*, August 8, 2009.

6. 美国政府诉拉吉·拉贾拉特南等人，编号：09-Mag-2306，2009 年 10 月 16

日；为联邦检察官普利特·巴拉拉在宣布该指控的新闻发布会准备的发言稿。

7. 拉加仁根·拉贾拉特南在证交会的证词，有关矮行星资本管理公司事宜，档案编号：NY-7665。

8. 在拉吉被捕后三天，《华尔街日报》网站的文章首次公开指明 C. B. 李和阿里·法尔是政府合作者。这对调查造成了巨大的破坏。Susan Pulliam, "How Associates Helped Build Case," *The Wall Street Journal*, October 20, 2009.

9. 瓦伦特制药最终收购了拜维尔公司，并于 2010 年与赛克资本和解，解决了后者针对无理诉讼的索赔要求，同意支付赛克资本 1000 万美元。Shira Ovide, "SAC Capital, Biovail Finally Bury the Hatchet," *The Wall Street Journal*, November 4, 2010.

10. Judith Burns, "SEC Charges Biovail Officers with Fraud," *The Wall Street Journal*, March 25, 2008.

11. 帕特里夏·科恩诉史蒂文·科恩等人，第一次修改的起诉函，编号：09-Civ-10230（WHP），2010 年 4 月 7 日。

12. 史蒂文·科恩和赛克资本交易公司诉布莱特·卢里和换位交易公司，编号：8981/87，陈述原因令之支持宣誓书，纽约州最高法院，1987 年 5 月 12 日。另见 Douglas Montero, "Slippery Scammer an Elusive Daddy, Too," *New York Post*, October 26, 2004, and "Agents Catch Up with U.S. Citizen on the Run," *A. M. Costa Rica*, Vol. 5, No. 224, November 11, 2005.

13. *Patricia Cohen v. Steven A. Cohen, et al.*, December 16, 2009.

14. Story of the Riely family: Virginia Grantier, "Four Boys Thank Her for Courage After Husband's Death," *Bismarck Tribune*, May 11, 2002.

15. 美国政府诉马修·马特莫案，编号：12-Cr-0973（PGG），GX 555，丹·伯克维茨证词。

16. Andrew Pollack, "FDA Rejects InterMune's Drug for Fatal Lung Disease," *The New York Times*, May 4, 2010.

17. Suzy Kenly Waite, "Hedge Funds Hemorrhage on InterMune," *Institutional Investor*, August 31, 2010.

18. Susan Pulliam, Michael Rothfeld, Jenny Strasburg, and Gregory Zuckerman, "U.S. in Vast Insider Trading Probe," *The Wall Street Journal*, November 20, 2010; Ernest Scheyder and Matthew Goldstein, "U.S. to Lift Lid on 'Pervasive Insider Trading': Report," Reuters, November 20, 2010.

19. Steve Eder, Michael Rothfeld, and Jenny Strasburg, "They Were Best of Friends, Until the Feds Showed Up," *The Wall Street Journal*, February 17, 2011.

20. Eder, Rothfeld, Strasburg, "They Were Best of Friends, Until the Feds Showed Up."

21. FBI 讯问诺阿·弗里曼的笔录，以后简称弗里曼 302s。

22. 朗奎伊尔的 Gmail 账户的详细信息；弗里曼 302s。

23. 朗奎伊尔 Skype 的使用记录；联邦调查局讯问萨米尔·巴莱的笔录，以后的简称是巴莱 302s。

24. 美国政府诉萨米尔·巴莱和唐纳德·朗奎伊尔，编号：11-Mag-332，2011 年 2 月 7 日；指视频监控，出公寓大楼和回公寓大楼的时间，来自联邦调查局特工 B. J. 康提交的誓函。另见 Eder, Rothfeld, Strasburg, "They Were Best of Friends, Until the Feds Showed Up." 注意：朗奎伊尔的未婚妻从没因任何不法行为被指控。

25. 在每个季度利润公布前的一周，他们三人会相聚于圣克拉拉·希尔顿酒店，把他们非法获取的信息拢在一起；他们在电子邮件里按计划称之为"三人行"或"唐·山姆·诺亚——性"；巴莱 302s。

26. Bree Sposato, "One Enchanted Evening: Bhavana Pothuri & Samir Barai," *New York*, April 15, 2006; Barai 302s. 巴莱 302s。

27. 巴莱 302s。此外，联邦调查局讯问贾森·普夫劳姆的笔录，以下简称普夫劳姆 302s。

28. 巴莱 302s。

29. 美国政府诉巴莱等人。

30. 普弗劳姆 302s。

第 10 章　奥卡姆剃刀

1. 水平国际的地址，第七大道 888 号；水平国际搜查和缉拿许可证，2010 年 11 月 21 日。

2. 这种许可证授权他们搜查下列人员的办公室：甘内克，他的合伙人安东尼·基亚桑和两位分析师山姆·艾当达奇斯和格雷格·布里纳。水平国际搜查许可证。

3. 甘内克计划在周末与证券交易委员会主席玛丽·莎佩罗（研究生毕业于富兰克林马歇尔学院）一起出现于一个小组研讨会。Peter Lattman, " In Insider Case, the Odd Couple Won ' t Meet," *The New York Times*, November 23, 2010.

4. 水平国际搜查许可证。另见戴维·甘内克诉戴维 – 莱博维茨、里德·布罗斯基、戴维·马科尔等人，编号：15-Civ-1746，2015 年 2 月 26 日。

5. Katherine Burton, " Goldman Sachs Fund Buys Stake in Ganek's $4 Billion Hedge Fund," Bloomberg News, April 2, 2010.

6. 美国政府诉诺阿·弗里曼案，编号：11-Cr-116（JSR），诺阿·弗里曼的量刑建议书，提交于 2015 年 1 月 28 日，来自西拉斯·鲍尔的信。

7. 弗里曼 302s。

8. 弗里曼 302s。

9. 这些往来的信息复述于美国政府诉萨米尔·巴莱和唐纳德·朗奎伊尔案，编号：11-Mag-332，2011 年 2 月 7 日。

10. Tory Newmyer and Kate Ackley, " Sullivan's Hiring Hedge Bets on Sully, " *Roll Call*, April 18, 2007.

11. Some details in Jenny Strasburg and Michael Siconolfi, " Senator Probes

Trades at SAC," *The Wall Street Journal*, May 21, 2011.

12. 给美国证券交易委员会主席玛丽·莎佩罗的信，来自查尔斯·格拉斯里，资深委员，司法委员会，2011 年 5 月 24 日。

13. 美国政府诉马修·马特莫案，编号：12-Cr-0973（PGG）；来自对西德尼·吉尔曼的盘问。

14. 根据佛罗里达不动产记录显示，马特莫花了 190 万美元购买这座别墅。

15. 据记录，该基金会于 2010 年 12 月 10 日以 100 万美元注册在佛罗里达州；根据其 990 表格，该基金会在 2011 年为少数当地慈善机构捐赠了几百美元，金额分别是 50 美元或 100 美元，但夫妇俩却在该基金会报销了超过 20 000 美元的费用。他们在以后几年都没有再提交过 990 表格。

16. Bob Van Voris and Saijel Kishan, " SAC's Martoma Harvard Expulsion Revealed as Trial Starts," Bloomberg News, January 10, 2014.

17. 这个描述是源自对直接熟悉具体事件的人的访谈，但与罗斯玛丽·马特莫向《纽约客》提供的版本相冲突。Patrick Radden Keefe, " The Empire of Edge," October 13, 2014. 在该版本中，她说 B. J. 康和卡拉汉找到他们时，康叫她"进屋里去"，但她拒绝了。她说，B. J. 康然后转向马特莫，并说："你是想自己叫她进去，还是让我来呢？"马特莫告诉 B. J. 康："如果你能够的话，你可以叫她进去。"根据罗斯玛丽的说法，B. J. 康对马特莫说："我们知道你在哈佛做了什么。"然后，马特莫晕倒了。根据我的报道，当他们见面后，马特莫晕倒之时，罗斯玛丽并不在场，没有听到 B. J. 康在马特莫失去知觉之前所说的话。

第 11 章　永不言败

1. 美国政府诉马修·马特莫案，编号：12-Cr-0973（PGG），GX 65，马修·马特莫量刑备忘，存档于 2014 年 5 月 28 日；来自鲍比·马特莫的信。

2. 美国政府诉马特莫案，GX 106，马特莫量刑备忘；曼珠·瓦基斯的来信。

3. Patrick Radden Keefe, "The Empire of Edge," *The New Yorker*, October 13, 2014.

4. 2月4日，那位文员再次尝试：美国政府诉马特莫案，2014年1月9日，指控阿扎·马修·托马斯的惩戒听证会，行政委员会有关事实和决策的调查结果，1999年5月12日，作为政府请求法院接受有关被告从哈佛法学院开除的证据（以应对潜在抗辩）的庭前动议物证归档。

5. Jal D. Mehta, "Law Student Expelled for Forging Transcript," *The Harvard Crimson*, January 30, 1997.

6. 美国政府诉马特莫案，政府请求法庭接受哈佛证据的动议物证。

7. 美国政府诉马特莫案，政府请求法庭接受哈佛证据的动议物证，惩戒听证会。

8. 美国政府诉马特莫案，马修·马特莫的"支持其动议排除与指控犯罪不相关事件和马特莫先生在赛克资本工作之前的证据的法律备忘录"，密封归档，2014年1月9日。

9. 阿扎·马修·托马斯诉史蒂芬·陈，MIC-2000-0010，1999年6月2日，马修·马特莫提交的宣誓书；计算机数据取证的一些细节。

10. 计算机数据取证报告是作为政府请求接受哈佛证据动议的物证归档的。

11. 马特莫排除证据动议。

12. 托马斯诉陈案，史蒂芬·陈的宣誓书，2000年1月20日。

13. Bob Van Voris, "SAC Capital's Martoma Defense May Be Hurt by Partnership," Bloomberg News, January 28, 2014；还可参阅托马斯诉陈案，罗伯特·欧文的宣誓函。

14. Van Voris, "SAC Capital's Martoma Defense May Be Hurt by Partnership."

15. 托马斯诉陈案，员工小组的信，日期为1999年12月26日。

16. 托马斯诉陈案，持续强制限制的非正审令。

17. 托马斯诉陈案所提交的起诉函。

18. 美国政府诉陈等人，美国马萨诸塞州地区美国地方法院，1998 年 8 月 12 日，刑事案编号：98-102977-GAO，1998 年 8 月 12 日。这家假冒公司为商业目的签订了数百万美元的租赁协议，为不存在的企业购买电脑设备和办公用品。

19. Van Voris, "SAC Capital's Martoma Defense May Be Hurt by Partnership."

20. 根据佛罗里达州布雷瓦德县巡回法院文员的说法，这次更名发生于 2001 年 8 月 29 日。

21. 与 FBI 那次遭遇的一些细节来自罗斯玛丽·马特莫在凯富《边缘帝国》给出的描述。

22. 拉加特·朱博塔，前麦肯锡咨询公司负责人和前高盛董事会成员，被捕并被控将高盛的有关信息泄露给拉贾拉特南。首选环球专家网络公司已关闭。诺亚·弗里曼还在与检察官合作。萨米尔·巴莱已经认罪，开始合作。唐纳德·朗奎伊尔也认罪，并被判处 30 个月的监禁，"Longueuil Pleads Guilty to Conspiracy, Securities Fraud," Bloomberg News, April 28, 2011; Patricia Hurtado, "Ex-SAC Manager Longueuil Sentenced to 30 Months in Prison," Bloomberg News, July 29, 2011.

23. 证券交易委员会诉乔纳森·霍兰德案，编号：11-Civ-2885，纽约南区，2011 年 4 月 28 日。在 2011 年 4 月，霍兰德与证券交易委员会和解了下述民事指控：他根据内幕信息在其个人账户购买了 5600 股艾伯森股票。他同意支付 192 000 美元的罚款，同时，禁入证券业三年。

24. Hurtado, "Ex-SAC Manager Longueuil Sentenced to 30 Months in Prison."

25. 马科尔有两名合作者，杰西·托尔托拉和山姆·艾当达奇斯，响尾蛇资本和水平国际基金的前分析师。根据马科尔从他们那里得到的信息，检察官正在准备以内幕交易罪指控托德·纽曼和安东尼·基亚桑——托尔托拉和艾当达奇斯各自的老板。

据有关戴尔利润的内部信息称是由戴尔投资者关系部员工传给前戴尔员工，

再传给托尔托拉，再由托尔托拉传给他的老板托德·纽曼，并由托尔托拉传给他的朋友艾当达奇斯。艾当达奇斯又将其传递给了水平国际的老板安东尼·基亚桑。纽曼和基亚桑都与赛克资本有联系。另见 Patricia Hurtado, "Newman Calls FBI Inside-Trading Agent as Last Witness," Bloomberg News, December 11, 2012.

26. 美国政府诉迈克尔·斯坦伯格，编号：12-Cr-121（RJS），GX 634，见于乔恩·霍瓦特证词。电子邮件的全文："我有来自那家公司某人那里得到的二手信息，这是我第三季度从他们那里得到的，过去两个季度的结果一直很好。他们表示，由于产品组合不佳，在线运营费用问题，公司毛利率下滑了 50～80 个基点，虽然收入有点上涨，但是每股盈利不及预期。即使他们在运营支出／其他收益方面有一定的灵活性来抵消不足的毛利率，报告的每股利润与预期的一致，甚至上涨一美分，但我认为该股会下降（我知道他们说上个季度下降的费用本季又回弹了）。请莫外传，该信息还未公开。

27. 美国政府诉托德·纽曼、安东尼·基亚桑、乔恩·霍瓦特和丹尼·郭，编号：12-Mag-0124，未解封的起诉函，2012 年 1 月 17 日。

第 12 章 "鲸鱼"

1. 仅两周前，2012 年 1 月 18 日，来自响尾蛇资本的托德·纽曼在波士顿被捕，乔恩·霍瓦特在纽约被捕。安东尼·基亚桑（戴维·甘内克在水平国际的合伙人），发现他的被捕迫在眉睫，住进了一家酒店。联邦调查局的六名特工突击搜查了他上东区的公寓楼，发现他不在家。他那天临近中午时自首了。普利特·巴拉拉宣布了对他们指控，声称他们在戴尔和伟创力的内幕信息交易中赚了 6800 万美元的非法利润，其中 5300 万美元来自水平国际的基亚桑做空戴尔股票的一笔交易。Jenny Strasburg, Michael Rothfeld, and Susan Pulliam, "FBI Sweep Targets Big Funds," *The Wall Street Journal*, January 19, 2012.

2. 美国政府诉马修·马特莫，编号 -12Cr-0973（PGG），GX 741，会晤的日期见西德尼·吉尔曼博士的证词。

3. 美国政府诉马特莫，GX 751。

4. See Gretchen Morgenson, "SEC Settles with a Former Lawyer," *The New York Times*, June 29, 2010.

5. Svea Herbst-Bayliss, "SAC's Cohen Buys Small Stake in New York Mets," Reuters, February 23, 2012.

6. Bill Shaikin, "Billionaire Aims to Own Dodgers," *Los Angeles Times*, December 28, 2011. See also David Ng, "Dodger Suitor on Museum Board," *Los Angeles Times*, January 14, 2012; Ronald Blum, "MLB Approves Dodgers' Finalists," Associated Press, March 27, 2012.

7. Ronald Blum, "Dodgers Reach Deal with Magic Johnson Group," Associated Press, March 28, 2012.

8. Leslie Scism and Craig Karmin, "Guggenheim Gets SEC Scrutiny on Milken Ties," *The Wall Street Journal*, February 27, 2013.

9. Steve Fishman, "The Taming of the Trading Monster," *New York*, June 3, 2014.

10. 日期是 2012 年 5 月 3 日。

11. 有关宜兰公司的相关内容，证券交易委员会档案编号：NY-8152，美国政府诉马特莫案，编号：12-Cr-0973，政府根据科恩证交会证词的动议。

第13章　因果报应

1. Michael Rothfeld, Chad Bray, and Susan Pulliam, "Trading Charges Reach SAC," *The Wall Street Journal*, November 20, 2012.

2. Peter Lattman, "Insider Inquiry Inching Closer to a Billionaire," *The New York Times*, November 20, 2012.

3. 美国政府诉马修·马特莫案，编号：12-Cr-0973（PGG），蒂姆·扬多维茨的证词，2014 年 1 月 10 日。

4. 美国政府诉马特莫案，由阿罗·德夫林 – 布朗在当庭辩论中言及。

5. Massimo Calabresi, "U.S. Attorney Preet Bharara Is Taking Down Wall Street," *Time*, February 13, 2012.

6. 有关"累计收益率本质"/宜兰案和解的细节："'累计收益率本质'在史上最大内幕交易案的和解中同意支付的金额超过 6 亿美元"，证券交易委员会的新闻稿，2013 年 3 月 15 日。关于西格玛/戴尔案的和解协议的详细信息："证券交易委员会指控对冲基金公司西格玛资本内幕交易罪"，证券交易委员会新闻稿，2013 年 3 月 15 日。

7. 这个案子是如此的复杂（两名投资组合经理在关于戴尔收益的一连串的电子邮件问题上，一直都是主张沉默权的人），以致看起来几乎无法推进了。辩护律师认为，政府正在挑战什么是内幕交易的边界极限。基亚桑和纽曼自称不知道戴尔的信息来自哪里，并大力反击对他们的指控。尽管案子很复杂且有时出现了一些令人困惑的证据，但陪审团在两天后还是将他们定罪。在准备把乔恩·霍瓦特与他们一起进行审判的六个星期之前，他就被策反了，并开始与政府合作。Patricia Hurtado, "Ex-SAC Analyst Horvath Pleads Guilty in U.S. Insider Case," Bloomberg News, September 28, 2012. 在 2014 年 12 月，基亚桑和纽曼的定罪在上诉法庭被推翻。

8. 应该注意的是。普洛特金和卡瓦里诺从未被指控犯有任何不法行为。

9. Katherine Burton, "Cohen Travels to Davos for Lesson in 'Resilient Dynamism,'" Bloomberg News, January 23, 2013.

10. Carol Vogel and Peter Lattman, "$616 Million Poorer, Hedge Fund Owner Still Buys Art," *The New York Times*, March 26, 2013.

11. Kelly Magee, "Wynn's $troke of Luck," *New York Post*, October 15, 2008.

12. Peter Lattman and Carol Vogel, "Suit by Ex-Wife of SAC's Cohen Revived on Appeal," *The New York Times*, April 3, 2013.

13. Lattman and Vogel, "Suit by Ex-Wife of SAC's Cohen Revived on Appeal."

14. 实际上，在几个月前，在 2012 年 11 月初，也就是马特莫被捕的前三周，科恩可能就购买了《雷神之梦》。他的顾问试图消除彼时放出这个消息的负面影响，"时机不好。"赫勒说，指关于购买毕加索作品的新闻报道，并澄清了科恩支付的价格实际上是 1.5 亿美元。"我们正在纠正事件发生的时间。"Lattman and Vogel, "Suit by Ex-Wife of SAC's Cohen Revived on Appeal."

第 14 章　救生筏

1. 伯克在斯坦伯格被捕后的声明中表示："迈克尔·斯坦伯格完全没有做错任何事情。在任何时候，他的交易决策都是基于详细的分析，而且，他对市场的理解依据是机构投资者每天所依赖的那些类型的渠道所获的信息。"

2. 更多关于司法部寒蝉效应的得失问题，请参见 Jesse Eisinger, "Why Only One Top Banker Went to Jail for the Financial Crisis," ProPublica and *The New York Times Magazine*, April 30, 2014.

3. James B. Stewart, *Den of Thieves* (Simon & Schuster, 1991), p. 441.

4. 参见有关史蒂文·科恩的相关事项，行政诉讼文件第 3-15382 号，2013 年 7 月 19 日归档的法庭指令。

5. "9-28.000- 商业组织的联邦起诉原则，"联邦检察官手册，"第 9 部分：刑事。"

6. Ben Protess and Peter Lattman, "Cohen Declines to Testify in SAC Insider Case," *The New York Times*, June 28, 2013.

7. Peter Lattman and Ben Protess, "SAC Starts to Balk over Insider Trading Inquiry," *The New York Times*, May 17, 2013.

8. Matthew Goldstein, "Blackstone Notifies Cohen's SAC It Intends to Pull Money," Reuters, May 25, 2013.

9. Jonathan Alter, "Schwarzman: 'It's a War' Between Obama, Wall St.," *Newsweek*, August 15, 2010.

10. Peter Lattman, "Blackstone Keeps Most of Its Money with SAC," *The New*

York Times, February 14, 2013.

11. 美国政府诉赛克资本顾问公司等，编号：13-Cr-541（LTS），未解密的起诉书，2013 年 7 月 25 日。

12. Preet Bharara press conference, July 25, 2013.

13. Fishman, "The Taming of the Trading Monster."

14. Michael Rothfeld, Jenny Strasburg, and Susan Pulliam, "Prosecutors Pursue Big SAC Settlement," *The Wall Street Journal*, September 24, 2013.

第 15 章　正义

1. Michael Rothfeld, Jenny Strasburg, and Susan Pulliam, "Prosecutors Pursue Big SAC Settlement," *The Wall Street Journal*, September 24, 2013.

2. 摩根士丹利、摩根大通和高盛继续与赛克资本做业务；德意志银行在起诉后确实从赛克资本那里收回了一笔信贷额度。Jenny Strasburg and Rob Copeland, "SAC Reconsiders Industry Relationships—and Its Name," *The Wall Street Journal*, December 12, 2013.

3. 普利特·巴拉拉准备的讲稿，2013 年 7 月 25 日。另见 Peter Lattman and Ben Protess, "SAC Capital Is Indicted, and Called a Magnet for Cheating," *The New York Times*, July 25, 2013.

4. Gary Cohn interview with Kate Kelly, CNBC, July 31, 2013.

5. Peter Lattman and Ben Protess, "$1.2 Billion Fine for Hedge Fund SAC Capital in Insider Case," *The New York Times*, November 4, 2013.

6. Kaja Whitehouse and Michelle Celarier, "Steinberg Wife to Pals: No Wearing Bling Near Jury," *New York Post*, December 16, 2013.

7. 霍瓦特出生于瑞典，在多伦多长大，毕业于皇后大学的商学学士专业。美国政府诉迈克尔·斯坦伯格案，编号：12-Cr-121（RJS）。

8. 美国政府诉迈克尔·斯坦伯格案，XG 2004，2005 和 2006，在丹尼尔·伯克维茨作证期间引入，2006 年 11 月 21 日。

9. Christopher M. Matthews, "SAC's Steinberg Convicted in Insider-Trading Case," *The Wall Street Journal*, December 18, 2013.

10. Alexandra Stevenson and Rachel Abrams, "Insider Jury-Room Demonstration Persuaded Holdouts in Ex-Trader's Trial," *The New York Times*, December 19, 2013.

11. 2015 年 10 月，上诉法院裁决之后，对斯坦伯格的指控被驳回。见 Matthew Goldstein, "U.S. Prosecutor to Drop Insider Trading Cases Against Seven," *The New York Times*, October 22, 2015.

第 16 章　判决

1. 马特莫于 2013 年把查尔斯·斯蒂尔曼换为他的辩护律师。Peter Lattman, "Martoma, Former SAC Employee, Changes Lawyers in Insider Case," *The New York Times*, April 4, 2013.

2. Matthew Goldstein and Alexandra Stevenson, "Ex-SAC Trader Was Expelled from Harvard Law School," *The New York Times*, January 9, 2014.

3. 马特莫说他被毁了。美国政府诉马修·马特莫案，编号：12-Cr-0973（PGG），马修·马特莫量刑备忘录，GX 101，来自詹姆斯·蒂尔妮的信。

4. 对为什么吉尔曼变得如此不可救药地沉溺于英俊年轻的马特莫，托德有他自己的理论。随着庭审的展开，自 1991 年以来就没有和父亲说过话的托德，开始写有关他父亲的书的提案。托德已经断绝了与吉尔曼博士的关系。他觉得自己和哥哥杰夫一样，因为同性恋之故，父亲不理睬他了。该出书提案表明，吉尔曼博士"非常不安，他的两个儿子都是同性恋"，托德说。这个事实与吉尔曼博士下述决定形成鲜明对比：置其声望和一生钟爱的工作于不顾，极力加深他与马特莫的关系。"不是父亲的守护者：揭开西德尼·吉尔曼博士内心的秘密"——托德·吉尔曼博士所写的出书提案，2014 年 10 月

6 日。

5. More on Judge Gardephe's mindset: "From the Trenches: High Profile Trials 2014," Practicing Law Institute, September 2014.

6. 美国政府诉马特莫案，马特莫量刑备忘录，GX 65。

7. 美国政府诉马特莫案，没收请求函，GX A。

8. 马修－罗斯玛丽－马特莫基金会，2011 年的 990 表格；该基金会没有提供 2012 年和 2013 年的 990 表格。

9. Patrick Radden Keefe, "The Empire of Edge," *The New Yorker*, October 13, 2014.

10. Melissa Korn, "Stanford B-School Strips Diploma of SAC Capital's Martoma," *The Wall Street Journal*, March 5, 2014.

11. 美国政府诉马特莫案，备忘意见和规制函，2014 年 9 月 8 日。

后记

1. Katya Kazakina, "Billionaire Cohen Said to Sell $25 Million Dubuffet 'Paris,'" Bloomberg News, April 7, 2015.

2. Carol Vogel, "Steven A. Cohen Was Buyer of Giacometti's 'Chariot,' for $101 Million," *The New York Times*, November 10, 2014.

3. Saijel Kishan, "Ex-SAC's Kumin Said to Gather $1 Billion for Hedge Fund Startup," Bloomberg News, January 14, 2015.

4. Juliet Chung and Jenny Strasburg, "Steven A. Cohen's Point72 Asset Management to Create Advisory Board," *The Wall Street Journal*, November 16, 2014.

5. Matthew Goldstein, "Profit at Point72, Cohen's New Firm, Outshines Many a Hedge Fund's," *The New York Times*, January 5, 2015.

6. "Giacometti's iconic *L'Homme au doigt* (Pointing Man)," Impressionist & Modern Art Auction Preview, Christie's, April 16, 2015.

7. Eileen Kinsella, "Billionaire Steve Cohen Goes on a $240 Million Giacometti Buying Spree," *Artnet News*, June 8, 2015; Kelly Crow, "Steven A. Cohen Was Mystery Buyer of $141 Million Sculpture," *The Wall Street Journal*, June 8, 2015.

8. 参阅向美国第二巡回上诉法庭提出的复审令，针对美国政府诉托德·纽曼和安东尼·基亚案的托德·纽曼上诉函，编号：15-137，由谢尔曼－斯特灵律师事务所的斯蒂芬·费雪宾、约翰·内桑森和布莱恩·卡兰德拉提交。

9. Interview with Richard Holwell, Bloomberg Television, December 11, 2014.

10. 除斯坦伯格和霍瓦特外，巴拉拉还取消了另外五名合作证人的认罪结果，他们是杰西·托尔托拉、思百里丹·艾当达奇斯，桑迪普·戈雅尔、丹尼·郭和林恒。Matthew Goldstein, "U.S. Prosecutor to Drop Insider Trading Cases Against Seven," *The New York Times*, October 22, 2015.

11. Gina Chon, "Preet Bharara Warns of Insider Trading 'Bonanza,'" *The Financial Times*, October 5, 2015.

12. 戴维·甘内克诉戴维·莱博维茨等人，编号：15-cv-1446，备忘和指令，03/10/16。

13. Aruna Viswanatha and Juliet Chung, "Deal Ends SEC's Pursuit of Steven Cohen," *The Wall Street Journal*, January 8, 2016.

14. Simone Foxman and Tom Schoenberg, "Steve Cohen's General Counsel is Part of Trump Transition Team," Bloomberg News, November 14, 2016. See also Neil Vigdor, "Connecticut's Former Top Prosecutor Off Trump Transition Team," *Connecticut Post*, November 16, 2016.